KB155491

허공에
기대 선
여자

憑虛閣

일러두기

- 장면 전환이 되는 위치에서 한 줄 띄어쓰기를 하였다.
- 들여쓰기는 한 줄 띄어쓰기를 한 후, 첫 번째 문단에서만 하였다.

    이 소설은 빠른 전개를 위해 한 문단이 한두 문장으로 구성된 경우가 많아 줄바꿈만으로 하나의 문단임을 충분히 표시할 수 있고, 독자들도 인터넷 등 온라인 글 읽기에 익숙하여 들여쓰기가 오히려 가독성을 떨어뜨린다고 판단하였다.

- 어려운 단어와 고유명사 중 낯선 단어에는 한자병기를 하였다. 사람 이름에는 한자 병기를 하지 않았다.
- 이 책은 풍석 서유구(1764~1845)가 남긴 제문 "수씨단인이씨묘지명嫂氏端人李氏墓誌銘"을 토대로 빙허각 이씨(1759~1824)의 생애를 재창조한 역사소설이다.

허공에 기대선 여자

憑虛閣

곽미경 장편소설

자연경실

머리말

"혁명이 여성들의 태도에까지 영향을 미쳐야 할 때이다. 다시 말해 여성들이 잃어버린 권리를 찾아야 할 때이다. 여성도 인간의 일원으로서 자신들을 개혁하고 세계를 개혁하기 위해 노력해야 한다."

메리 울스턴크래프트

소설을 써 내려가면서 나는 영국의 메리 울스턴크래프트 (1759~1797)를 끊임없이 머릿속에서 떠올리곤 하였다.

메리 울스턴크래프트는 〈여성의 권리 옹호〉라는 책을 통해 여성의 인권과 평등을 주장하였다. 그녀는 여성에게도 이성과 인권이 있고, 여성도 남성과 똑같은 교육의 기회를 가져야 한다고 주장하였다.

불행하게도 메리 울스턴크래프트의 책은 당시 남성 계몽주의 지식인들의 인권 주장이 받았던 지지와는 달리 논란거리 내지는 조롱거리로 전락하고 말았다. 메리 울스턴크래프트의 생애와 사랑 역시 비극적이었다.

이 소설의 주인공인 빙허각 이씨(1759~1824)는 1759년

생으로 메리 울스턴크래프트와 같은 해에 태어났다. 우연히도 1759년 생으로 동갑내기인 두 사람의 삶과 사랑은 서로 매우 달랐다.

조선 하면 꽉 막히고 뭔가 답답한 것을 연상할 수 있다. 특히 열녀, 효부, 제사, 시댁 등을 떠올린다면 여성들의 입장에서는 더욱 그러할 수 있다. 18세기에서 19세기에 이르는 동안 여성의 존엄성, 남녀평등을 주장하는 이가 있었다면 전 세계 어디에서나 그 주장은 배척 받고, 그 삶은 비참할 수 밖에 없었다.

놀랍게도 빙허각 이씨는 인간으로서의 자주적 삶을 선언하고 실천하였고, 〈규합총서〉를 비롯한 다수의 저술을 남겼으며, 생애 전체를 통해 그 남편 서유본과 시동생 서유구를 포함하여 주변의 남성들로부터 뜨거운 지원과 지지를 받았다.

빙허각의 삶과 남편 서유본을 포함한 그 시대 남자들의 모습은 진정한 남녀 관계, 평등과 의리에 기반한 사랑이 무엇인지를 보여 준다.

나는 이 소설을 통해 현재 우리나라에서 뜨겁게 논란이 되면서 문제 해결보다는 오히려 남녀 갈등의 한 요인으로 작용하는 페미니즘에 대한 새로운 해석, 보여주기를 시도하고 있다.

맑은 그늘과 서늘한 공기, 가랑비와 가벼운 이내,

저녁 해와 고운 눈 그리고 늦은 안개,

보배로운 새와 외로운 두루미,

맑은 시내와 작은 다리, 대나무 곁 혹은 소나무 아래,

환한 창과 성긴 울타리, 푸른 언덕과 숲 사이에서 피리 불고

무릎 위에 거문고를 비스듬히 두어 연주하는 일,

돌 바둑판에 바둑을 두며 눈을 무릅쓰고 달과 짝하는 일은

매화가 사랑하기에 마땅한 것들이다.

모진 바람과 궂은 비, 내리쬐는 볕과 몹쓸 추위,

더러운 계집과 속된 사람, 늙은 까마귀와 사나운 글

그리고 속된 말과 크게 외치는 소리, 꽃에 장막을 치는 일들은

매화가 싫어하는 것들이다.

규합총서閨閣叢書 권3. 산가락山家樂 '꽃 품평' 중에서

몇 해 전 규합총서에 실린 빙허각 이씨의 위 글을 보는 순간,
나는 언젠가 반드시 내가 빙허각 이씨를 다룬 전기 혹은
소설을 쓰게 될 것을 예감하였다.
이 책은 무엇보다도 내 어린 시절부터 지금까지 내가 보고,
듣고, 만나고, 경험하면서 점점 잊혀져 가는 것들에 대한
나의 아련한 그리움과 아픔이 절절히 담겨 있다.

어린 시절 만경 평야의 너른 들판에 펼쳐지던 벼와 지천
의 꽃들.

가난하고 병든 이들과 항상 같이하던 따뜻한 시선들.

속 깊은 사랑을 숨기면서 몸소 실천을 통해 올바름을 가르
쳐 주시던 어른들의 모습.

멀리서 찾아온 손님들에 대한 지극한 정성.

여중 여고 대학 시절의 우정과 사랑, 설렘, 호기심.

이국에서의 낯섦에 대한 공감.

역경을 헤쳐 가야 하는 강인한 의지.

나의 그리움과 아픔을 동시대를 산 이들과 공유하고도 싶었
지만, 무엇보다 이제는 장성하여 결혼을 눈앞에 둔 나의
아들 세대들, 우리 미래 세대들에게 여러모로 부족함과
숙제만 잔뜩 남겨 놓은 빚진 심정을 이 책을 통해 조금이
라도 갚고 싶다.

스마트폰과 컴퓨터로 글을 쓰는 지금은 많이 잊혀져 버린
우리의 아름다운 순우리말들도 이 책에 담으려고 노력
했다.

차례

복숭아꽃
손수건

　"대감마님! 서둘러 가마 안으로 드시지요. 날씨가 춥습니다."

늙은 청지기가 가마 안의 비단 방석을 매만지고는 근심스러운 얼굴로 말한다.

"춘래불사춘이라더니… 춘색이 무색하구나."

이창수가 아침 굶은 시어머니 얼굴처럼 잔뜩 찌푸리고 있는 은회색빛 하늘을 바라보며 중얼거린다.

"대감 어른 가마 안에 탕파湯婆는 넣었느냐?"

연분홍색 명주 단령團領을 입고 팔짱을 낀 채 턱을 치켜세운 병정이 청지기에게 묻는다.

"네. 대감 어른 가마에는 두 개를, 작은 대감님 가마에는 하나를 넣어 두었습니다."

"잘했다."

짧지만 위엄 있게 말을 마친 병정이 홀로 손바닥을 한번 내리치자, 추위에 오그라진 가마꾼들이 잽싸게 자세를 바로잡는다.

조심스럽게 가마에 올라탄 이창수는 식솔들에게 추위에 떨지 말고 어서 들어가라는 듯 토시로 싸서 손가락만 보이는 손을 들어 손짓을 한다.

이창수가 탄 사인교가 조심스럽게 들어 올려지고, 그 뒤를 아들 병정이 탄 장보교가 따른다.

"쉬~ 수어사 어른 나가신다. 길을 비켜라!"

가마꾼들의 벽제辟除 소리에 가맛길을 내기 위해 대문 앞 눈을 쓸고 들어오던 머슴 대길이 급히 한쪽으로 물러서 머리를 조아린다.

두 부자를 태운 가마는 설국이 된 사랑마당을 지나 큰 대문을 빠져나가는데, 소나무 가지에 쌓인 새삼스러운 춘설이 벽제 소리에 놀란 듯 병정의 장보교 지붕 위로 투둑~ 떨어진다.

가마꾼들의 목소리가 점점 사라져 안 들릴 즈음, 정짓간은 남은 식솔들의 조반 준비로 부산하다. 첫 상에서 남은 국물 음식을 덥히고, 찬은 아무려서 다시 접시에 담는다.

유씨 부인을 중심으로 친정에 다니러 온 이창수의 누이동생 용강 부인과 며느리와 딸, 그리고 손녀들이 소박하고 정갈하게 차려진 작은 둥근상을 하나씩 받는 것으로 여자들의 아침식사가 시작된다.

"어머니~ 저희 친정 오라비가 꿩 사냥을 하였다고 꿩을 보내와 탕을 좀 끓였는데, 맛이 괜찮은 것 같습니다. 고기가 싫으시면 개운한 국물이라도 좀 드세요."

"매번 신세를 져서 어쩌나? 사돈에게 고맙다고 꼭 전해주게나."

며느리 조씨가 너구리털 배자褙子를 입은 시어머니 유씨의 식사 시중을 다소곳하게 들고 있다.

"어머니~ 조반을 마치면, 어머니가 좋아하시는 치저雉菹를 좀 담글까 합니다."

"그래, 지난번 치저는 싱거워서 제맛이 안 났으니 간은 좀 짭짤하게 하고 배추는 속대만 쓰는데… 묻어둔 배추가 시원치 않으면 작은댁에 말씀드리고 열댓 포기 가져오거라."

"네! 어머니~ 걱정마세요. 제가 배추를 잘 살펴 맛있게 담가보겠습니다."

병정의 처는 고뿔로 입맛이 떨어진 시어머니 유씨 부인을 극진하게 챙겨주고, 시고모나 시누이들 밥상에도 시선을 두어 식사 분위기를 부드럽게 만든다.

"용강 대감도 치저를 좋아하는데 올해는 내가 못 담가드렸더니 마음에 걸리는구나."

용강 부인이 목소리를 낮추며 아쉬운 듯 말한다.

"큰시누님~ 마침 잘되었네요. 맛은 장담할 수 없지만 내일 며느리가 치저를 담그는 대로 대길이 편에 용강으로 보내드리겠습니다."

구메구메 챙겨주는 유씨 부인이 흔쾌히 말한다.

"호호호~ 살뜰한 올케성과 조카며느리가 또 내 낯을 세워주네요."

용강 부인은 올케 유씨 부인과 조카며느리 조씨 부인을 고마움이 담뿍 담긴 눈으로 바라본다.

"꿩탕이 아주 담백해서 좋구나! 꿩고기가 넉넉하면 네 시아버지께서 좋아하시는 치건도 좀 만들어라. 요즘 이가 좋지 않으시니 반쯤 말리는 것이 좋겠구나."

"네. 어머니~ 그렇지 않아도 간장 양념을 하여 꿩을 말리고 있습니다."

유씨 부인은 자신의 마음을 한참 앞서 헤아리는 며느리 조씨가 흡족하여 느긋한 얼굴로 시누이 용강 부인을 바라본다.

"아이고~ 어쩜 저리 영리하고 다정하기도 할까? 올케성은 며느리를 참 잘 두었어요."

"시누님~ 아침부터 칭찬이 너무 과합니다."

유씨 부인이 겸연쩍은 듯 웃으며 말한다.

"올케성은 꾸며서 말을 못하는 내 성격을 잘 아시면서요. 덕은 여자가 갖추어야 할 덕목 중에 최고지요. 두어 달 전 심심해서 〈박씨부인전〉을 또 읽으며, 덕성스러운 병정이 처 생각이 났답니다."

시고모 용강 부인의 칭찬에 병정의 처 조씨 부인은 부끄러운 듯 마마를 앓아 솜솜 얽은 얼굴이 잠시 붉어지지만, 유씨 부인은 시누이의 병 주고 약 주는 듯한 며느리 칭찬이 못마땅하여 잠시 불쾌한 낯빛을 짓다가 이내 거두어 들인다.

선정은 수다스러운 고모 용강 부인의 다음 목표물이 자신이라는 것을 잘 알고 있어, 고모의 입에 오르지 않기 위해 여우 굴에 잘못 들어간 토끼처럼 눈치를 살피며 숨죽여 밥을 먹고 있다.

꿩탕 국물을 천천히 음미하고 만족한 얼굴로 수저를 내려 놓은 용강 부인이 작은 조카딸 선정을 사냥감을 발견한 포수처럼 바라본다.

고모의 시선을 느낀 선정은 작년 초겨울 오라비 병정과 함께 하였던 꿩사냥에서 보라매에 놀라서 수풀에 머리를 처박은 까투리가 떠오른다.

"아이고~ 우리 선정이는 밥도 저리 곱게 먹을까? 하늘의 선녀가 밥을 먹는 것 같네."

"고모님은 선녀가 밥 먹는 것을 직접 본 듯 말씀하십니다." 자신을 칭찬하는 고모의 말이 부끄러워, 마음과는 달리 말투는 쌀쌀맞다.

"선정이가 인물은 초한의 우희보다 못할 것도 없고 공부까지 갖추었는데, 아직 짝을 정하지 못했으니 아까워서 어쩌면 좋아! 여자는 나이가 어리면 금값이고, 나이가 들수록 은값에서 나중에는 엽전 한 잎 값도 안 된단다."

수다스럽게 말을 쏟아 낸 고모가 선정을 바라보며 "쯧쯧…"하고 혀를 찬다.

용강 부인의 혀 차는 소리에 유씨 부인은 모래알을 씹는 표정으로 밥을 먹다가 수저를 내려 놓고 숭늉을 마신다. 젓가락질이 서툰 어린 딸의 밥숟가락에 굴비를 얹어 주던 조씨 부인이 시어머니의 표정을 살핀다.

"고모님이 오신다고 해서 제가 생강 식혜를 했는데 조반 마치면 맛보세요."

선정은 고모의 화제를 돌리기 위해 애를 쓴다.

"그래! 그럼 얼른 조반을 먹고 우리 선정이가 만든 식혜 맛을 한번 봐야겠구나!"

고모는 생각난 듯 밥 수저를 든다.

병정의 처 조씨는 막 수저를 내려놓는 선정에게 나지막한 목소리로 말을 건넨다.

"막내아가씨! 며칠 전 작은아가씨가 다니러 온다는 전갈이 있었는데, 알고 있지요?"

"작은성요?"

선정은 요즘 한창 청어淸語공부에 빠져 청어만을 생각하는 통에 작은성이 온다는 말을 들었지만 귀담아듣지 않았던 터라, 미안한 얼굴로 올케성을 바라본다.

"네~ 몸이 좋지 않아서 좀 쉬어 간다고 오는 것 같아요. 작은아가씨가 쓰던 방을 어제 청소하고 아궁이에 불도 넣었어요. 이불 홑청도 갈아 끼우긴 했는데 부족한 것은 없는지 막내아가씨가 한 번 살펴봐줘요."

"올케성! 작은성은 언제 온다고 해요?"

"모레 도착한다고 했어요."

선정은 작은성이 온다는 말에 괜스레 불안하여 일이 손에 잡히지 않는다. 팔세아八歲兒를 읽어도 머리에 들어오지 않아 마음을 추스를 겸 아버지 두루마기 짓던 것을 꺼내 들었지만 손가락이 자꾸 바늘에 찔린다.

서쪽 하늘이 유난히 노란 노을빛으로 물든 봄 어스름 무렵, 선정은 해가 질수록 향과 색이 진해지는 봄꽃에 취해 후원을 걸으며 나지막이 콧노래를 불렀다. 마침 불어오는 저녁 봄바람에 분홍나비, 흰나비가 된 작은 꽃잎은 춤을 추다가 선정의 머리에도 어깨 위에도 살며시 내려 앉는다.

열네 살 소녀는 춘흥으로 인한 터질 듯한 행복감을 이기지 못해, 잠시 복숭아 나무에 기대어 눈을 감는다. 꽃향기를 담아 부풀어 오른 달짝지근한 공기는 소녀 선정의 몸을 부드럽게 어루만져 준다.

그때 채마밭과 분리해 놓은 대나무 담장 뒤켠에서 서럽게 우는 울음소리가 들려온다. 선정이 후원에 왔을 때부터 작은 울음소리가 들렸지만, 그저 고양이들의 울음소리로 생각하고 별 신경을 쓰고 있지 않았다. 가만 귀를 기울여 들어보니 여자의 울음소리였다.

선정은 계집종들이 야단을 맞고 숨어서 서글피 우는 것을 가끔 보았기 때문에, 연유를 알아보고 달래기도 할 겸 울음소리가 나는 곳을 향해 발걸음을 옮긴다.

선정이 대나무 담장에 도착하자 울음소리는 더욱 커지고 서러워져, 듣고 있던 선정의 가슴이 대들보가 무너지듯 쿵! 하고 내려 앉는다.

대나무 담장 뒤켠은 빈 터인 탓에 석양빛이 조금 남아 있어, 울고 있는 사람이 누구인지 선정은 금방 알아볼 수가 있었다.

"작은성! 여기서 왜 이리 서럽게 울고 있어요? 무슨 일이 있어요?"

뜻밖에도 울고 있는 사람은 친정을 다니러 온 작은성 숙정이었다. 작은성은 동생의 등장에도 아랑곳하지 않고, 그저 서럽게 운다.

선정은 더 이상 우는 이유를 묻지 않고 울도록 내버려 두었다. 자신도 억울한 일이 있을 때 실컷 울고 나면 저절로 억울함이 사라졌던 일이 한두 번이 아니었기 때문이다.

작은성이 고된 시집살이에 많이 지친 것 같다는 생각이 들었다. 선정은 작은성이 시집가기 싫어했으며, 시집가기 전날 너무 슬퍼 보였던 작은성의 얼굴이 떠오른다.

"누가 우리 작은성을 슬프게 만들었어요? 작은성 울지 말아요. 시집살이가 힘들면 다시 돌아와 예전처럼 살면 돼요."

선정의 말을 들은 작은성은 세차게 도리질을 한다.

"안돼~ 선정아! 나는 너처럼 용기도 없고 잘나지도 못했어."

"작은성! 잘나고 못나고가 어디 있어요? 작은성은 작은성일 뿐이에요. 작은성은 저랑 비교될 수가 없어요. 학의 다리가 길다고 다리를 자르지 않고, 오리 다리가 짧다고 오리를 나무라거나 자른 학의 다리를 오리에게 이어붙이지 않는 것과 같은 이치지요."

숙정은 다리가 짧아진 학과 학의 다리를 이어붙인 다리가 긴 오리가 떠오르는지, 눈물을 그치고 재미가 있다는 듯 방긋 웃기까지 한다.

"선정이 넌 어찌 이리 우스갯소리를 잘하는지 너랑 이야기를 하니까 내 깊은 시름이 다 달아나는구나. 네가 남자로 태어났다면 많은 여자들이 너를 따라 아버지 어머니가 골치를 앓으셨을 거야. 너는 사람들을 즐겁게 해 주는 재주를 가지고 있어. 우스갯소리를 해도 선정이 네 눈에서는 별빛이 쏟아지는 것 같아."

"작은성이 더 재미있네요. 작은성도 남자로 태어났다면 작은성, 아니 작은오라버니를 좋아하는 여자들이 줄을 섰을 거예요. 작은성은 저보다 더 예쁘고 마음이 더 고운데요."

작은성의 얼굴은 먹구름이 걷힌 하늘처럼 해맑아졌다. 백옥처럼 흰 피부에 도톰한 입술, 그리고 초승달 같은 가지런한 눈썹은 유씨 부인을 쏙 빼다박았다.

선정과 숙정은 어둑해질 때까지 도란도란 이야기를 나눈다. 유씨 부인이 직접 두 딸을 찾아 나섰다가 다붓한 두 자매를 보고 너무 늦지 말라는 말을 남기고 안채로 돌아간다.

"선정아~ 너에게 이야기를 다하고 나니 무거운 돌에라도 눌린 듯 답답하던 마음이 후련하구나."

"작은성~ 작은성에 비할 바는 아니지만 나도 마음이 무거웠어요."

"선정아! 아버지 어머니께 오늘 있었던 일을 말씀드리면 안 된다. 내가 부족해서 오는 일들이야. 시간이 흐르면 나아질 거야."

"작은성도 내 비밀을 꼭 지켜 줘야 해요. 오라버니 귀에 들어가면 모든 것이 물거품이 될 거예요."

"선정아! 걱정마~ 비밀을 꼭 지켜 줄게. 너랑 나랑은 비밀을 실은 배를 탄 거야."

두 자매는 잠시 엄숙한 얼굴로 서로를 바라보다가 깔깔거리며 웃음보를 터뜨린다.

복숭아나무 아래에서 연분홍 꽃비를 맞으며 두 자매는 부모님과 오라비 병정에게 비밀을 지킬 것을 새끼 손가락을 걸고 언약을 하였다. 하지만 선정은 작은성의 비밀을 지켜 주는 것이 과연 작은성의 행복을 위해서 좋은 일인지 알 수가 없어, 작은성이 떠난 뒤에도 새끼 손가락을 바라보며 한참을

서 있는다.

유씨 부인은 사돈댁에 '몸이 병약한 딸아이로 인해 심려를 끼쳐서 미안하다'며 '스무날 동안을 더 데리고 몸조리를 시키고 싶다'는 내용을 편지에 담아 보낸다.

안사돈은 '스무날은 너무 길고 열흘만 더 있다 오라'며 '이런 내용은 쓰고 싶지 않지만, 며늘아이가 아들의 심기를 잘 살피지 못해 좀 나무라면 눈물을 자주 보여서 집안에 재수가 없을까 염려가 되니, 훈육을 하여 보내기를 앙망한다'고 답을 보내왔다.

유씨 부인은 시집으로 돌아가는 작은딸을 위해 떡, 엿, 포, 젓갈, 곶감, 산자, 개소주 등 온갖 산해진미와 보신 음식을 준비한다. 선정은 음식더미가 과연 작은성의 눈물을 지우는 데 어떤 역할을 하는지 알 수가 없다.

음식 만드는 바쁜 손길을 뒤로하고, 선정은 작은성에게 줄 흰 명주손수건에 분홍 복숭아꽃을 수놓는다. 혹여 작은성의 서러움을 눈물이 위로해 줄 때, 복숭아나무 아래에서의 행복한 기억을 떠올리며 위로받기를 바라는 마음에서다.

천성이 무뚝뚝한 데다, 작은성이 친정에 와서 오래 머문 일로 화가 난 듯 살찬 얼굴의 형부가 언니를 데려가기 위해 왔다.

유씨 부인이 몇 날 며칠 잠을 줄여가며 정성껏 만든 음식을 담은 무개갸자^{無蓋架子}의 채에 가마꾼들이 멜빵을 걸자, 숙정은 어두운 얼굴로 옥교자^{屋轎子}에 오른다.

선정은 옥교자에 오르는 작은성의 야윈 어깨가 안쓰러워 얼굴을 돌린다.

형부가 장모와 처가 식구들에게 인사를 하고, 장보교에 오르려 하자 유씨 부인이 사위에게 다가가 "홍 서방! 미안하네. 자네만 믿네. 나는 자네만 믿어"라며 아부하듯, 사위에게 말한다.

찬 능구렁이 같은 형부는 애가 달은 장모의 말에 알 듯 모를 듯 묘한 미소를 짓는 것으로 답을 대신한다.

선정은 맘씨 곱고 예쁜 작은성은 어디로 가고, 작은성보다 형부를 믿는다고 하는지 알 수가 없다.

가마가 들어 올려지자, 마음을 추스린 선정은 작은성의 손을 잡았다. 작은성의 손은 이상하리만큼 뜨겁고 축축하여 작은성의 눈물처럼 느껴진다.

"선정아~"

다정하게 동생의 이름을 불렀지만, 작은성은 말을 잇지 못한다.

"작은성이 좋아하는 수밀도^{水蜜桃}가 익을 때 또 와요. 기다릴게요"라는 선정의 말에, 작은성이 가지런한 흰 이를 드러내고 환하게 웃는다.

작은성이 떠난 뒤, 선정은 복숭아꽃이 진 자리에 연록의 작은 열매가 알알이 맺히는 것을 보며, 우울한 마음을 달래곤 하였다.

가끔 아버지 이창수에게 작은성의 소식을 물으면, 이창수는 "출가외인이라 자주 소식을 물을 수는 없다"며 헛기침을 하곤 했다.

수어사댁
막내딸

"아버지! 수어사댁 막내딸이라고 말씀하셨습니까?"

"왜 그리 화들짝 놀라느냐? 내가 너에게 못 들을 소리라도 했단 말이냐? 마치 귀신을 본 듯한 얼굴을 하는구나."

"아버지! 소자는 평생 혼자 살더라도 너무 똑똑한 수어사댁 막내딸은 싫사옵니다."

"어허! 아비 앞에서 별 불경스러운 소리를 다하는구나. 수어 사댁 막내딸이 뭐가 잘못되었단 말이냐?"

김 참판은 긴 장죽長竹으로 술상 끄트머리를 탕탕 내리치며, 울상을 한 아들을 쏘아본다.

"영감! 아이를 너무 닦달하지 마세요. 아이의 생각도 한번 들어보시구려."

불 같은 남편의 성정을 잘 아는 박씨 부인이 포수 앞의 꿩 신세 같은 아들의 편을 들어준다.

"그래, 말해 보아라. 네가 수어사댁 막내딸과의 혼사를 막무가내로 거부하는 이유를! 이 아비가 들어봐서 타당하지 않으면, 내가 서둘러 혼사를 주선할 것이니라."

김 참판의 큰아들은 도움을 바라는 듯한 간절한 눈길로 어머니를 바라본다. 계집아이처럼 곱게 생긴 김 참판의 큰아들은 만나 본 적도 없는 수어사댁 막내딸에게 이미 질린 듯한 얼굴이다.

"영감~ 아이가 말하기가 좀 딱한 모양인 것 같으니, 제가 대신 말씀드리지요. 영감 좋아하시는 숭어로 만든 어란魚卵이 있는데 도화주桃花酒 한잔 따라 올리지요."

박씨 부인은 계집종까지 물린 후, 남편에게 다정하게 다가가 향기로운 도화주를 한 잔 그득히 따른다.

영리한 박씨 부인은 남편의 화를 가라앉히는 게 우선이라는 것을 잘 알고 있다.

오늘, 다른 날보다 일찍 퇴청하여 득달같이 안채로 온 김 참판은 다짜고짜 아들을 수어사댁 막내딸과 혼인시키겠다고 하는 것이었다.

놀란 박씨 부인이 "너무 서두르는 것이 아니냐"고 말하자, "남자 나이 열두 살이면 최소한 정혼이라도 해야 하는 것인데 지금까지 아들 혼처도 알아보지 못했냐"며 박씨 부인의 게으름을 나무랐다.

"영감~ 오늘 따라 도화주의 향이 유난히 좋은 것 같습니다. 이 어란은 친정 오라비가 영감 술안주로 보낸 것인데, 알이 통통한 것이 어쩌나 고소한지 둘이 먹다가 하나가 죽어도 모른다는 말이 이 어란을 두고 하는 말인 것 같습니다. 오늘 영감이 일찍 퇴청하셨으면 하였는데, 마침 일찍 오시니 소첩 얼마나 반갑던지요."

부인이 따라주는 도화주와 입에 넣어 주는 숭어 어란에 기분이 좋아진 김 참판은 한결 눈길이 부드러워지고 입가에는 미소까지 어려, 언제 화를 냈느냐는 듯 다정하기까지 하다.

'그렇지~ 여자는 이리 나긋나긋하고 척척 감겨야지~ 지나치게 똑똑하면 어디다 쓴단 말인가? 과유불급이지…'

방금 전, 아들을 나무라던 성난 파도 같던 기세는 박씨 부인의 애교에 춘삼월 봄눈 녹듯 녹아버린다.

'우리 아들이 정사에 시달리다 퇴청하면, 기분 좋게 해주어야 판서도 정승도 되는 거지. 수어사댁 딸이 우리 아들 대신 과거를 볼 수도 없고, 수어사댁 아들 이병정이가 비록 잘 나가고는 있지만, 물번데기 같아서 혼란스러운 정국에 언제 밀려날지는 아무도 모르는 거지'라는 생각까지 밀물처럼 몰려온다. 하마터면 아들의 인생을 망칠 뻔 했던 자신의 성급함을 스스로 나무라기까지 한다.

"요즘 맹자孟子를 읽고 있다 하였는데 공부에 어려움은 없느냐? 내가 괜한 일로 너의 시간을 많이 뺏었구나. 이 일은 네

어미와 상의해서 결정하겠으니, 너는 건너가서 공부하도록
해라!"

김 참판이 아들에게 자상한 목소리로 말하고, 계집종을 불
러 아들 공부방에 간식상을 차려 주라고 당부한다.

저승에서 부처님 만난 듯 얼굴에 화색을 되찾은 아들이 저
녁 문안을 올리고 방을 나가기가 무섭게, 김 참판은 부인 박
씨에게 "똑똑한 수어사댁 막내딸이 결혼을 못 할 만한 무슨
흠이라도 있느냐"고 호기심이 가득한 표정으로 묻는다.

박씨 부인이 말을 하지 못하고 머뭇머뭇거리자, 성질 급한 김
참판이 "차마 말 못할 흠이라도 있는거요"라며 재차 묻고는,
부인의 답이 돌아오기도 전에 "천하의 박색이거나, 천연두를
심하게 앓아 마마 자국에 빗물을 받아 세수를 할 정도냐"
라고 묻지만, 부인이 빙그레 웃으며 고개를 가로젓는다.

"손가락이 여섯 개이거나, 가슴이 등에 달리기라도 했단 말
이오?"

성질 급한 김 참판은 부인의 느긋함이 답답해서 짜증을 담
아 묻는다.

박씨 부인이 다시 고개를 가로젓자 "그럼 성정에 큰 문제가
있나 보오"라며 체념한 듯 한숨을 쉬며 말한다.

박씨 부인은 겨우 답을 낸 남편이 고마운 듯, 활짝 미소를 지
으며 고개를 끄덕인다.

"네~ 대감! 시기와 질투가 심하기가 여후呂后가 울고 갈 지경

이요, 성정이 불 같기가 웬만한 사내를 능가하고, 고집이 어찌나 센지 이길 사람이 아무도 없어 안하무인이라고 합니다. 저도 들은 이야기이기는 하지만, 여섯 살 때 장도리로 자신의 이빨을 두드려서 뽑아버리고, 피가 줄줄 흐르는 데도 눈 하나 깜짝하지 않았다고 합니다."

"아니 왜 이빨을 망치로 두드려서 뽑았단 말이오?"

김 참판은 몸에 소름이 돋아나면서 한기로 선득거린다.

"또래의 아이들은 젖니가 빠졌는데 혼자만 젖니를 그대로 가지고 있자, 얼른 이를 갈고 싶어서 아랫니와 윗니를 뽑아 버렸다고 하니, 얼마나 무서운 성정을 가지고 있는지 짐작을 할 수 있지요. 그 소문이 온 한양에 돌아 수어사댁 막내딸에게 섣불리 장가들려는 도령이 없을 겁니다. 남에게 지는 것을 극도로 싫어해서, 심지어는 오라비 이병정이 과거에 급제한 경사스러운 날에도 왜 나는 과거를 볼 수 없냐며 악을 쓰고 울어서, 그걸 본 사람들이 모두 질겁을 했다고 합니다."

박씨 부인은 수어사댁 막내딸에 대한 이야기를 자신의 귀한 입이 거론하는 것조차 마음에 내키지 않는 듯 어깨를 움추린다.

"어허~ 부인! 내가 큰 실수를 할 뻔 했소. 내가 우리 귀한 아들을 상투가 잡혀 살게 할 뻔 했소."

김 참판이 자르르 윤기가 흐르는 수염을 쓸어내리며 낫낫한 얼굴로 박씨 부인을 바라본다.

그날 밤, 김 참판은 얼굴에 깊은 마마 자국이 가득한 젊은 여인이 입에서 피를 줄줄 흘리며 큰아들의 상투를 잡고 흔들며 질질 끌고 다니는 꿈을 꾼다. 놀라서 "안돼! 안돼! 우리 아들을~"이라고 소리를 쳐보려 하지만, 젊은 여인이 김 참판의 목을 눌러 목소리가 나오지를 않는다. 답답한 마음에 팔을 휘저으며 젊은 여인을 향해 돌진하다가, 잠자리에서 벌떡 일어났다. 얼마나 꿈이 생생하였는지 팔은 도리깨질을 한 것처럼 쑤시고, 온 몸은 식은 땀으로 범벅이 되어 있다.

　김 참판이 보름간 병가를 냈다는 소식을 들은 이창수는 자신이 큰 실수를 한 것 같아 편치 않은 마음에 오후 내내 일이 손에 잡히지 않는다.

정표시말과
작은성

"아기씨!! 큰 일 났습니다. 마님~ 마님께서 혼절을 하셨습니다."

"뭐라고? 뭐라고 했느냐? 어머니가 혼절을 하셨다고?"

마른 하늘의 날벼락 같은 대길아범의 말에, 책을 읽던 선정은 운혜雲鞋를 신을 겨를도 없이, 버선발로 안채를 향해 혼비백산하여 줄달음질을 한다.

"마님께서 홍 대감 댁에서 온 청지기의 전갈을 받고 쓰러지셨습니다."

"홍 대감 댁에서? 작은성에게 뭔 일이 있단 말이냐?"

뒤따르던 삼월이가 눈물바람인 것이 심상치 않아서, 선정은 달음박질을 멈추고 삼월이에게 묻는다.

"막내아기씨! 작은아기씨가… 몇 일 전 자진하셨다고 합니다."

"자~ 작은성이 자진을 했다고?"

선정은 하늘과 땅이 뒤집어져 빙빙 도는 어지러움에, 몸을 가누지 못하고, 땅바닥에 털썩 주저앉았다.

'아, 이게 꿈이겠지!!! 꿈이야! 얼른 깨어나야해. 꿈이야!! 꿈이라고!!!'

별당 앞의 복숭아나무를 붙잡고 간신히 일어난 선정은 안채에서 나오는 통곡소리에 다시 털썩 주저앉는다.

'저 통곡소리… 꿈이 아닌가봐. 꿈이 아니라네, 어쩌면 좋아. 어쩌면 좋아! 아니야, 꿈이야! 꿈이 아니네! 내 손의 느낌이 너무 생생해! 꿈에서 느끼던 느낌이 아니잖아! 진짜 작은성이 죽었나?'

안채에서 나오는 통곡소리가 더 커지는 것을 들으며, 선정은 베어진 나무처럼 정신을 잃고 쓰러져 버린다.

"선정아! 울지마. 그만 울고 얼른 일어나서 어머니를 돌봐드려야지."

작은성의 다정한 목소리에 선정은 고개를 든다.

노란 저고리에 진분홍 치마를 입은 작은성이 선정을 보고 배시시 웃고는, 등을 돌려 어두운 기운이 가시지 않아 검푸른 빛이 감도는 강가를 향해 걸어간다. 강에는 작은 나무배가 금방이라도 떠날 듯 노가 들려 있다.

"안돼! 작은성 가면 안돼!"

선정이 바닥에 주저앉아 목놓아 소리치며 운다. 마음은 작은성을 향해 뛰어가고 싶으나, 다리가 움직이지를 않는다.

작은 배에 오르기 전, 작은성은 몸을 돌려 손을 흔들며 환하게 웃는다. 선정은 겁보 작은성이 혼자 배를 타고 떠나는 것이 걱정이 되는데, 작은성은 걱정 말라는 듯 선정을 향해 손을 흔든다. 작은성이 강 너머로 소풍을 갔다가 해 지기 전 돌아올 것만 같아, 선정은 작은 배가 푸른 안개 속으로 사라질 때까지 잘 다녀오라며 손을 흔든다.

"어디 묻히기라도 했느냐?"

이창수가 담담한 목소리로 전갈을 가지고 온 홍 대감 댁 청지기에게 묻는다.

청지기는 손을 비비고 머리를 조아리며, 좌불안석 어찌할 바를 모른다.

"대감마님, 송구하옵니다… 자진하신지라… 선영에는 못 가시고…"

"그럼 됐다. 춥지는 않겠구나".

이창수 옆에 넋이 나간 표정으로 앉아 있던 유씨 부인은 솟구쳐 나오는 슬픔을 삼키느라, 목젖이 솟았다 내렸다 하고, 억누름을 뚫고 나온 '꺽꺽' 하는 짐승 같은 괴성을 지른다.

"옷이라도 잘 입혀 보냈는지…"

유씨 부인이 손수건으로 눈물을 훔친다.

이창수는 유씨 부인과 청지기를 번갈아 바라보며, 낮고 단호한 목소리로 말한다.

"시집과 친정을 욕보인 못난 죄인이 무엇을 입고 갔는지, 뭐가 중요하고 궁금하단 말이오?"

남편의 서릿발 같은 목소리에, 유씨 부인은 감히 아무 말도 못하고, 얼굴을 실룩거리며 눈물만 줄줄 흘린다.

아무 말도 없던 이병정은 청지기에게 오늘은 늦었으니 여기서 자고 내일 떠날 것을 권한다.

청지기는 불편한 이 자리를 벗어나는 것이 반가운 듯 홀가분한 표정으로 냉큼 자리에서 일어난다.

선정은 초저녁 무렵이 되어서야 겨우 정신과 몸을 추스리고 삼월이의 부축을 받으며 부모님을 뵈러 간다.

작은성이 살아 있던 어제와 작은성이 죽은 오늘은 분명 다르건만, 별채 앞의 복숭아나무도, 푸른 하늘도, 집도 다 그대로 변함이 없다.

뜰 앞의 백합도 피어서는 안되고 작은성이 없으면 아궁이의 불도 다 꺼져야 할 것 같은데, 백합은 여전히 진한 향기를 뿜어내고 아궁이에서는 예쁘게 불꽃이 타오르며 밥이 시어지고 있다.

'이상하다. 작은성이 떠났는데 모든 것이 똑같다.'

선정은 모든 것이 그대로인 세상이 이상하고 낯설게 생각되었다.

댓돌에서 운혜를 벗던 선정은 방안에서 들려오는 오라비 병정의 화난 듯한 목소리에 주춤한다.

"숙정이 때문에 홍 대감 일가를 어찌 볼지 걱정입니다. 아버님이야 이제 관직에서 물러나실 것이지만, 저는 앞으로 가야 할 길이 험합니다. 그런데 숙정이가 이런 일을 저지르다니 참으로 기가 막히고 황당합니다. 홍 대감 댁은 얼마나 더 황망하겠습니까?"

선정은 작은성의 죽음을 자신의 벼슬길에 지장을 초래하는 일 정도로 여기는 냉정한 오라비 병정의 언사에 기가 막혀 벗던 운혜를 다시 신는다.

병정의 말이 끝나고 잠시 침묵이 흐른 뒤, 유씨 부인의 떨리는 목소리가 끊어질 듯 말 듯 들려온다.

"미안하구료. 내가 숙정이를 잘못 가르쳤으니 모두 이 어미의 허물이라네. 이 일로 자네의 벼슬길에 지장이 있다면 자네 가슴이 얼마나 답답하겠나?"

"숙정이가 툭하면 친정 나들이를 할 때부터 제가 알아봤습니다."

"모든 것이 다 내 잘못이라네. 내가 너무 오냐오냐하면서 키운 탓이라네."

작은성의 살아서의 고통을 헤아리며 마음 아파하기보다는 집안의 체통과 자신의 출세만 헤아리는 오라비와, 그런 오라비에게 죄인이 되어 전전긍긍하는 어머니의 말에서, 선정은 가슴이 미어지는 슬픔과 함께 망치로 머리를 맞은 것 같은 충격을 느낀다.

선정이 밤새워 읽고 또 읽었던 책에서는 형제간의 우애와 의리를 강조했었다. 선정이 알고 있는 선비는 의를 위해 글을 읽을 뿐이며, 관직은 의를 실천하기 위한 직업일 뿐이었다.

'아! 여자인 작은성의 죽음이 고기나 가죽을 남기는 백구나 누렁이가 죽은 것보다도 못하구나.'

선정은 '잘 나가는 명문가의 고집 세고 고지식한 규수'에 불과한 자신과 현실의 상황이 혼란스러워 머리를 쥐어 싸고 마루에 털썩 주저앉았다.

선정은 숙정과 함께 큰아버지 이창의의 집에 자주 놀러 가곤 하였다.

큰어머니 윤씨는 아랫동서 유씨 부인이 아들 병정을 생산하고 생산문이 막히자 몹시 안타까워하였다. 윤씨는 아랫동서에게 수태에 도움이 되는 약을 보내는 등 온갖 정성을 쏟았으나 되려 동서를 괴롭히는 것 같아 약 보내는 일도 비방을 구하는 일도 그만두었다.

십 년 뒤 유씨 부인은 기적처럼 세 딸을 연거푸 생산했는데, 큰 딸인 현정이 바둑머리를 면할 무렵 천연두로 죽고, 두 살 터울의 숙정과 선정을 금이야 옥이야 키웠다.

이창수 부부는 물론이지만, 이창의 부부도 두 조카딸 숙정과 선정을 몹시 아끼고 사랑하였다.

"숙정이와 선정이는 닮은 듯 다른 것이 참으로 오묘하단 말이야."

이창의가 어린 선정을 무릎에 올려 놓고, 의젓하게 혼자 수정과水正果를 먹는 숙정을 신기한 물건 바라보듯 보다가, 툭 튀어나온 선정의 뒤통수를 쓰다듬으며 하는 말은 항상 똑같았다.

"선정은 앞뒤 꼭지가 삼천리라 머리가 영리하겠구나. 너희들 인물에 맞는 좋은 집안으로 시집가야지. 그때까지 큰아비가 살아서 숙정이와 선정이 시집가는 것을 볼 수 있을지 모르겠구나."

큰아버지는 짐짓 한숨을 내쉬며 아부하듯 조카딸들을 바라본다.

"대감~ 무슨 섭섭한 소리를 하십니까? 이제 겨우 환갑도 안 되셨는데 숙정이와 선정이 시집가는 것은 물론이고, 정월이면 까치두루마기 입은 손자들의 세배도 받아야지요."

숙정의 윤기나는 머리를 풀어서 예쁘게 다시 땋아 자주색 비단 댕기로 묶던 큰어머니는 큰아버지가 화가 난 것을 알도록 앵돌아앉는다.

"하하하! 그런가? 예쁜 조카딸들 어서 시집보내 우리도 호강을 좀 해봅시다."

이창의의 언행은 위압감을 주지 않는 부드러운 흙산과 같고 둥근 얼굴은 포실포실 잘 쪄진 햇감자처럼 다정하고 포근하여, 위아래를 막론하고 누구나 이창의를 따르고 좋아하였다. 이창의가 눈꼬리가 살짝 처진 눈에 다정함과 사랑을 가득 담아서 윤씨 부인을 바라보면, 윤씨 부인의 얼굴은 마치 새 색시처럼 붉어지곤 하는 것이 젊어서 뿐만 아니라 평생토록 이었다.

큰어머니의 방은 두 자매에게는 그야말로 보물창고였다. 선정은 청나라에 사행使行을 두 번 다녀온 큰아버지가 연경에서 가져온 바람을 만드는 기계를 돌려 보기도 하고, 온도 재는 막대가 시간마다 장소마다 변하는 걸 보는 재미로 시간 가는 줄을 몰랐다. 선정은 정경부인인 큰어머니의 개구리 첩지를 머리에 얹고 색경으로 이리저리 비춰 보는 작은성을 보면서, 늙은 큰어머니도 정경부인이 되었으니 예쁜 작은성은 당연히 정경부인이 될 것이라고 확신한다.
"큰어머니~ 이 상자 안에는 무엇이 들어 있어요?"
선정이 눈에 궁금증을 가득 담아 벽장 안의 작은 지함을 가리키며 물어본다. 큰어머니가 귀중한 물건을 소중하게 보관하고 있는 것 같아 묻지 않았지만, 선정이 오늘따라 궁금증을 이기지 못하였다.
"선정이가 혹시 청나라에서 가져온 신기한 물건을 큰어미가 숨겨 둔 줄 아는 거로구나."
선정은 자신의 마음을 알아주는 큰어머니가 신기하여 웃으며 고개를 끄덕인다.

"그래 이제 선정이는 아직 어리지만 숙정이가 아홉 살, 선정이가 일곱 살이 되었으니 정표시말旌表始末을 이해할 수도 있겠구나."

큰어머니의 옥가락지를 꺼내서 끼어 보고 있던 숙정이 쪼르르 큰어머니 곁으로 온다.

큰어머니는 지함을 싼 비단 보자기를 풀고 지함의 뚜껑을 열어 언문으로 쓴 글 묶음을 꺼낸 다음, 손을 손수건에 닦고 그 글을 펼친다.

"숙정이가 한번 읽어 보아라."

큰어머니가 엄숙한 얼굴로 숙정에게 읽을 것을 명한다.

숙정은 오래된 글을 본 순간, 달빛도 없는 캄캄한 밤에 측간에 갈 때처럼 소름이 돋고 무서워져 몸을 움츠리자, 큰어머니 윤씨가 읽을 것을 재촉한다.

"정표시말… 병진 십이월 초칠일… 정효공 이언강의 처 안동 권씨 부인은 남편인 이언강이 병으로 죽자 그 슬픔을 이기지 못하고…"

숙정이 명주실처럼 가는 목소리로 글을 읽는다. 숙정이 다 읽자 큰어머니가 글을 경상에 올려 놓고 절을 하는데, 눈에는 눈물이 그렁그렁하다.

숙정과 선정은 '글이 사람 대접을 받는구나'라고 생각한다.

"정표시말이 무슨 뜻인지 아느냐?"

눈물을 거둔 큰어머니가 다정하지만 단호한 목소리로 묻는다.

"큰어머니! 증조모인 권씨 부인을 칭송하는 내용이라고 짐작은 가지만, 잘 모르겠습니다."

숙정이 조심스럽게 대답한다.

"그래 맞다! 너희 증조부인 정효공의 부인이신 안동 권씨 증조모의 선한 행동을 널리 알리고자, 그 선행의 처음부터 끝까지를 적은 글이다."

"증조모님의 선행이라 함은 증조부인 정효공을 따라 돌아가신 것을 말씀하시나요?"

숙정이 몸을 파르르 떨며 겁먹은 목소리로 말한다.

큰어머니는 자랑스럽게 고개를 끄덕이며, 숙정과 선정을 바라보고 몸을 바로 세운다.

"너희 증조모인 안동 권씨 부인께서는 열다섯의 나이에 우리 전주 이씨 영해군과 집안으로 시집을 오셔서, 시부모를 극진히 모시고 형제간에 깊은 우애를 나누는 데 한 마디의 불평도 없으셨던 분이다. 남편인 정효공께서 돌아가시자 그 슬픔을 이기지 못하고 병을 얻어 남편의 뒤를 따르셨기에, 국왕께서 정표시말을 내리셔서 여인들의 모범으로 삼도록 하였단다."

큰어머니 윤씨 부인의 눈에서 광채가 번득이고, 말투가 격하기도 하다가 몽롱하기도 해, 평소와 다른 모습이 두 어린 소녀에게는 낯설기만 하다.

"큰어머니! 무서워요~ 저도 혼인을 하면 권씨 할머니처럼 선행을 해야 하나요?"

숙정이 금방이라도 울 듯한 얼굴로 말하고, 선정은 침착한 얼굴로 눈을 깜박거린다.

"암만! 그렇게 해야지. 조상님들의 선행을 이어서 우리 가문이 만세에 빛나야지."

큰어머니는 결의에 찬 얼굴로 이야기를 한다.

"그럼 큰어머니는…?"

숙정이 질린 듯한 얼굴로 차마 뒷말을 잇지 못하자, 숙정의 말을 낚아채듯, 윤씨 부인이 답한다.

"나도 당연히 이씨 집안의 며느리로, 안동 권씨 할머니의 뒤를 따르려고 생각하고 있단다."

숙정과 선정은 자신의 목숨을 끊는 것을 마치 돼지를 잡는 것처럼 말하고, 조카들도 남편을 따라 죽는 것이 당연한 듯 권하는 큰어머니가 무서워서 잠시도 같이 있을 수가 없었다.

숙정과 선정은 공부를 핑계로 일찍 집에 돌아왔고, 한동안은 무서움이 들어 방에 혼자 있지도 못하고 밤에는 신발도 꿸 수 없었다.

"생으로 목숨을 끊을 큰어머니는 정말로 독하고 무서운 분이야."

숙정은 선정을 만나면 악몽을 떠올리듯 가냘픈 흰 몸을 사시나무처럼 아르르 떨곤 하였다.

작은성이 죽은 지 세 달이 조금 못돼서 하얀 벼꽃이 필 무렵 큰아버지 이창의가 돌아가시고, 누렇게 이삭이 팰 무렵 곡기를 끊었던 큰어머니 윤씨 부인이 절명하여 남편의 뒤를 따랐다는 소식을 듣는다.

　칠 년 전, 정표시말을 읽던 작은성의 창백한 얼굴과 열녀의 칭호를 받기를 간구하던 큰어머니의 결기에 찬 얼굴이 겹쳐지며, 두 사람이 지금은 이승의 사람이 아니라는 사실이 황망하여 선정은 서리 맞은 국화처럼 고개를 떨군다.

선정의
세 가지 소원

"영감! 요즘 조석으로 쌀쌀한 것이 벌써 가을이 오는 것 같아 마음이 심란합니다."

유씨 부인은 모처럼 일찍 퇴청한 남편 이창수가 저녁상을 물리자, 남편의 안색을 살피며 조심스럽게 입을 뗀다.

"입추가 내일 모레니 당연한 것 아니오?"

이창수는 유씨 부인의 마음을 헤아릴 뜻이 없다는 듯 무심하게 한 마디를 던진다.

"계절이야 가고 또 오지만 여인네의 젊음은 한 번 가면 다시 오지 않으니 벌판의 들꽃보다 못한 신세입니다."

"그것도 당연한 일이 아니오?"

유씨 부인은 이창수의 반응에 아랑곳하지 않고, 남편의 장죽에 연초 잎을 채우며 짐짓 깊은 한숨까지 짓는다.

이창수가 장죽을 입에 물고 담배 한 모금을 깊고 달게 들이킨다. 공중에 흩어지는 동그란 담배 연기에 눈길을 주던 이창수는 좀 전의 썰렁한 반응이 미안한 듯, 유씨 부인을 보고 빙긋이 웃는다.

유씨 부인은 남편의 심심한 미소에 별 의미를 두지는 않지만, 적어도 자신의 이야기는 들어줄 것 같다는 생각이 들어 짐짓 이창수 옆으로 몸을 기울인다.

"요즘 막내아이가 병정이 과거 볼 때보다 더 열심히 책을 읽어 한편으론 대견스럽지만, 여자의 본분을 넘는 것 같아 염려가 많이 됩니다."

"허… 그게 무슨 말이오? 자식이 책을 열심히 읽는 것이 염려가 된다니…?"

"영감은 참… 공부에 빠진 우리 딸아이를 좋아할 도령은 어디 있으며, 설령 그런 도령이 있다 하여도 고집 센 며느리를 좋아할 댁이 어디 있을지? 근심이 깊어 요즘은 잠이 다 오지 않습니다."

"별 걱정이 많구료."

"영감이 막내아이 혼사를 너무 안일하게 생각하시는 것이 큰 걱정입니다. 영감! 아이들의 외숙모인 사주당을 생각해 보세요. 어디가 부족해서 저승꽃 핀 홀아비의 재취도 아니고 사취로 혼인을 하였겠습니까? 여자가 공부에 빠져서 혼기를 놓치고 나이가 든 까닭이지요."

유씨 부인은 작정을 한 듯 이창수에게 막내딸 혼사 문제로 답답한 마음을 풀어 놓는다.

이창수는 흰 수염을 손으로 비비 꼬며, 실컷 넋두리를 해도 얼마든지 듣겠다는 얼굴로 유씨 부인의 눈을 빤히 바라본다. 곱게 키워 시집보낸 작은딸 숙정의 죽음에 큰 충격을 받은 유씨 부인이 선정의 혼사를 논하는 것이 고맙기만 하다.

머쓱해진 유씨 부인은 딸의 적당한 혼처가 나서지 않는 것이 마치 남편을 탓하는 것 같아, 모처럼 풀어 놓은 넋두리를 거두고 편치 않은 얼굴로 일어선다.

유씨 부인이 방문을 닫고 나가자, 이창수는 물먹은 솜처럼 무거운 몸을 일으킨다. 이창수는 앞뜰에 나가 부드럽게 부는 서남풍에 몸을 맡기고, 잠시 이런 저런 생각에 잠긴다.

유씨 부인 앞에서는 내색을 안 했지만, 사실 요즘 이창수도 별난 딸의 혼사를 생각하면 조정에 나가서도 가끔 한숨이 나오곤 하였다. 세상의 욕심에서 자유롭다는 지천명知天命이 다 된 마흔아홉 살에 얻은 막내딸은 이창수에게 갈증을 달래주는 시원한 감천수甘泉水 같은 존재였다. 인생 칠십 고래희人生七十古來稀라 하였는데 벌써 육십 줄 중반에 선 자신의 나이를 떠올리자, 이창수는 새삼스럽게 마음이 급해지기 시작했다. 신선노름에 도낏자루 썩는 줄 모른다더니, 남다른 막내딸을 키우는 재미에 흠뻑 빠져 자신의 나이조차 잊고 살았던 것이다. 이것이 바로 주책이 아니고 무엇이랴!

이창수는 잰걸음을 걸어 딸의 방 앞에 도착해서, 딸의 글 읽는 소리에 귀를 기울인다.

"인지불학人之不學은 여등천이무술如登天而無術하고 학이지원學而智遠이면…"

뜰에 선 아비가 나지막한 목소리로 방안의 딸과 입을 맞추어 글을 낭송한다.

"여피상운이도청천如披祥雲而觀靑天하고 등고산이망사해登高山而望四海니라…"

밤이 깊을수록 밝아지는 달처럼, 밤이 깊어질수록 딸의 글 읽는 소리는 맑고 청아해진다.

이창수는 어린 시절 자신의 무릎에 앉아 글을 읽던 딸이 떠오른다.

"아버지~ 왜 글은 소리를 내서 읽어야 하나요?"

어린 딸은 글을 읽는 이창수의 무릎에 앉아, 쉴 새 없이 소리를 토해 내는 아버지의 입에서 눈을 떼지 않고, 호기심 가득 어린 눈으로 질문을 한다.

"그래~ 아주 좋은 것을 물었구나!"

이창수가 읽던 글을 멈추고, 딸의 머리를 쓰다듬으며, 다정하게 설명을 한다.

"글을 읽을 때 큰 소리를 내서 읽으면, 글 소리가 그냥 허공에서 사라지는 것이 아니고, 머리 속에 들어가서 꼭꼭 박힌단다. 그래서 힘들어도 글을 읽을 땐 밝고 분명하게 소리를 내어 글을 읽어야 한단다."

"아버지~ 저도 앞으로 큰 소리로 글을 읽을 거예요. 그러면 아버지처럼 입에서도 손에서도 글이 술술 나오게 되겠지요?"

이창수는 아버지의 설명을 듣고 자신의 길을 정하는 어린 막내딸의 고사리 같은 손을 꼭 잡아 주었다. 기특한 듯 칭찬을 하지만, 한편으론 남다른 여식의 앞날이 걱정되곤 하였다.

  지칠줄 모르는 막내딸의 글 읽는 소리를 듣던 이창수는 자신도 모르게 습관적으로 헛기침을 하고 만다.

세상의 모든 소리가 자신의 글 읽는 소리에 묻히지만, 아버지의 헛기침 소리는 딸의 글 읽기를 멈추게 한다.

"드르륵~"

반갑게 장지문이 열리고, 사슴처럼 민첩한 딸이 어느새 댓돌 위의 신발을 돌려 신고 있다.

"아버지~ 밤이 깊은 시각에 어쩐 일이신지요?"

딸은 아버지의 방문이 반갑기도 하지만, 뭔지 사연이 있는 것 같아, 호기심이 가득한 눈으로 아버지를 바라본다.

요사이 조정일로 바빠 몇 달 제대로 마주한 적이 없는 사이 딸아이는 몰라보게 성숙해져, 단 둘이 마주하는 것이 어색하기까지 하였다. 이창수는 유씨 부인의 막내딸 혼사에 대한 초조함이 결코 여인네의 호들갑이 아니라는 생각이 든다.

"내가 너의 글 읽는 것을 방해했구나."

"아닙니다 아버지~ 이제 그만 읽고 자려던 참이었습니다."

"아까 들으니 네가 여러 번 반복해서 읽더구나."

"네! 벌써 열 번째 읽고 있는데 자꾸 반복해서 읽다 보니 모르던 뜻이 저절로 깨쳐지는 것이 참으로 재미스럽습니다."

휘영청한 달빛을 받고 선 딸은 자신을 바라보는 아비의 미간에 근심이 살짝 스치는 것을 놓치지 않는다.

어색한 분위기를 깨려는 듯, 어린 딸과 늙은 아비는 걸음을 옮겨 연못가의 돌 의자에 앉았다.

잠들어 있던 연못 속 물고기들이 단잠을 깨운 불청객이 누군지 보려는 듯, 빼꼼 머리를 내밀고 주둥이를 몇 번 뻐끔거리다가, 다시 잠을 청하였는지 잠잠하다

"아버지~ 소녀가 글공부에 너무 열중하는 것이 염려가 많이 되시는 것 같사옵니다."

"아니다. 글공부를 하는 것이 어찌 흉이 된단 말이냐?"

"소녀, 글공부도 열심히 하지만 여공女功과 음식 만들기도 소홀히 하고 있지 않습니다. 어제는 집안의 여인들이 모여 길쌈을 했는데, 소녀가 제일 매끈하고 아름다운 비단을 뽑아서 할머니의 칭찬을 많이 들었습니다. 소녀, 시집 갈 때 그 비단으로 혼수를 하여 가져가고자 합니다."

이창수는 시집가는 혼수를 준비하는 딸아이의 말이 흐뭇하

면서도 한편으로 서운하기도 하다.

"이 아비도 네가 길쌈한 비단으로 지은 옷을 한 벌 입어 보고 싶구나."

이창수의 말에 딸은 깜짝 놀라 손가락을 세워 입을 가리며, 누가 듣는 것을 경계하는 듯 목소리를 낮추어 이야기를 한다.

"아버지~ 이미 제일 잘 짜진 비단으로 아버지의 두루마기 한 벌을 지어 놓았습니다. 어머니가 서운해하실까봐 어머니 두루마기도 만들면 같이 드리려 합니다. 아직 어머니에게 말씀하지 마십시오."

이창수는 장난스러운 얼굴로 어머니에게 이야기를 할 거라고 말하자 막내딸이 울상을 짓는다.

"아버지! 소녀가 오늘밤 잠을 못 이룰 것 같으니, 그 말씀은 거두어 주십시오."

이창수는 현명하고 사려 깊은 막내딸을 사랑스러운 눈길로 바라본다.

'이 늦은 나이에 무슨 복이 있어 이런 명민하고 사랑스러운 딸을 두었단 말인가? 이런 딸을 주신 조상의 음덕이 참으로 깊나. 조상이 이런 딸을 내게 주신 것은 큰 뜻이 있을 텐데, 내 아직 그 뜻을 살피지 못함이 참으로 부끄럽구나!'

"그래! 알았다. 이 아비 옷보다 더 좋은 비단으로 어미의 옷도 곱게 짓도록 하여라. 네 어미는 주목朱木처럼 붉은 비단옷을 지어 주거라. 고운 네 어미에게 잘 어울릴 거다."

비로소 딸이 달보다 더 환한 미소를 짓는다.

"아버지~ 제가 아버지 두루마기를 지어 선물을 하면, 아버지도 저에게 선물을 주셔야 합니다."

갑자기 딸이 정색을 하고 아비에게 눈을 맞춘다.

이창수는 딸의 당돌한 요구에 놀란 듯, 눈을 동그랗게 뜨고 지레 겁이 난 듯한 표정을 짓는다.

"그래~ 네가 갖고 싶은 선물이 무엇이냐?"

"소녀는 갖고 싶은 것이 한두 가지가 아니옵니다."

"큰일이구나! 이 아비가 구할 수 있을지 걱정이다."

"아버지라면 꼭 제가 갖고 싶은 것을 구해 주실 수 있습니다. 아버지는 조선 선비들의 평생의 꿈인 과거에서 장원 급제를 하신 분이 아니옵니까? 뜻만 세우시면 뭐든 이루시는 분이라고 생각합니다. 소녀, 글을 읽으면 읽을수록 공부로 그 뜻을 이루는 것이 세상 일 중 가장 어려운 일이라는 생각이 듭니다."

아비를 몰아 세우는 막내딸이 밉기는 커녕, 사랑스러워 죽겠다는 듯 이창수가 바라본다.

"그럼, 네가 말하기 전에 아비가 한번 맞춰보면 어떻겠느냐?"

"네~ 좋습니다~"

딸의 맞장구에 신난 이창수가 물었다.

"네 발에 딱 맞는 예쁜 가죽신이냐?"

"아니옵니다."

"중국에서 가져오는 귀한 서책이냐?"

"아니옵니다."

"그럼 몸종 복례가 맘에 들지 않아 바꿔 달라는 거냐?"

"아니옵니다."

"어허! 아비는 나이가 들어서인지, 짐작조차 할 수 없구나."

아비가 항복을 하고, 궁금해 죽겠다는 표정으로 딸을 바라본다.

막내딸은 결심을 한 듯, 살짝 얼굴을 숙이다가 눈을 들어 아비를 다정하게 바라본다.

'아~ 이 아이의 눈에서 별빛이 쏟아지는구나!'

이창수는 어린 시절 아버지 이태제가 청나라 연행에서 선물로 사다 주었던 망원경을 대하며 느꼈던 설레임과 두려움이 혼재된 기분을 실로 수십 년 만에 막내딸 때문에 다시 느껴본다.

"아버지~"

"그래 말해 보아라."

"소녀는 세 가지 선물을 아버지에게 받고 싶습니다. 소녀가 불효막심하게도 아버지에게 선물을 바라는 딱한 사연이 있습니다. 이제 제 나이도 올해 열네 살이 되었으니, 부모님 곁을 떠날 날이 얼마 남지 않았습니다. 소녀가 짝을 만나는 것이 천지간의 도리라고 생각합니다. 제가 집을 떠나기 전까지만이라도 아버님이 제 스승이 되어 주시기를 간청합니다. 소녀 시집을 가게 되면 친정 나들이도 어려울 터인데, 언제 아버지의 가르침을 받을 수 있겠습니까?"

막내딸의 목소리가 촉촉하게 젖고, 눈가에는 눈물이 금방이라도 복숭아빛 볼을 타고 쪼르륵 흐를 듯 그렁그렁하다.

이창수도 가슴이 뭉클해진다. 두 부녀지간이 하는 양은 내일이라도 혼례를 치르는 아비와 딸의 모습이다.

"그럼 다른 청은 무엇이냐?"

이창수는 서글픈 마음을 추스려 짐짓 밝은 목소리로 물어본다.

"소녀는 연경에 꼭 가보고 싶습니다."

"연경이라고 했느냐?"

이창수는 딸의 뜻밖의 이야기에 귀를 의심하였다.

"네! 연경에 꼭 가보고 싶습니다."

막내딸은 당황스러워하는 아비 이창수의 얼굴에도 한 치의 흔들림이 없이 대답한다. 조금 전 친정을 떠날 생각에 눈물짓던 연약한 소녀는 온데간데없다.

"너는 벼슬아치도 아니고 역관도 장사꾼도 아니거늘, 어찌 연경에 가려 하느냐?"

"소녀가 읽은 청나라의 책들에는 놀랍고 신기한 내용들이 가득 차 있습니다. 어찌 같은 사람의 머리로 쓰임이 많은 물건과 편한 도구를 만들 생각을 했는지, 소녀는 연경의 경이로움에 가슴이 뛰어 잠을 설치곤 합니다. 청나라는 서역의 문물을 잘 이용하여 백성들의 삶을 이롭게 한다고 합니다. 연경에 직접 가서 궁금함으로 터질 듯한 소녀의 가슴을 달래고 싶습니다."

이창수는 딸의 말에 마치 벌에 쏘인 것처럼 놀란다. 선정은 청나라의 책을 읽고 청나라 물건을 소유하는 것으로 만족한 것이 아니라, 급격하게 변하고 있는 청나라를 동경하고 있었던 것이다.

"제가 여자라 과거는 포기했지만, 연경에 여자가 가면 안 된다는 법은 조선에 없는 것으로 알고 있습니다."

이창수는 선정이 조선의 법까지 들먹이자 머리가 아찔하다. 보름을 이틀 앞둔 달도 당돌한 소녀의 말에 놀랐는지, 구름 속으로 쏙 숨어 먹물을 뒤집어 쓴 듯 사방이 캄캄하다.

이창수는 딸의 뜻밖의 이야기에 놀란 가슴을 진정시키려 일부러 헛기침을 길게 한다.

"그럼, 남은 한 가지는 무엇이냐?"

당돌한 소녀의 마지막 소원을 들어보려는 듯, 구름 속에 숨어 있던 달이 머리를 쏙 내밀고 다시 나왔다.

"제가 평생을 같이할 배필을 아버지께서 주관하셔서 직접 구해주시는 것이 소녀의 마지막 소원입니다."

세 가지 소원을 다 아버지에게 털어 놓은 딸은 가슴 속에 담아 두었던 비밀의 무게가 빠져나가서인지, 날아갈 듯 가뿐해 보인다.

"첫 번째 소원과 세 번째 소원은 너무 쉽구나. 모두 아비의 마음먹기에 달린 것이 아니겠느냐?"

이창수가 웃으며 말한다.

"아버지의 마음이 아니고 모두 제 마음입니다."

딸이 톡 튀어나온 이마를 찡그리며 당차게 응수한다.

"공부는 아버지께서 스승이오니 어쩔 수 없다 하나, 제 배필은 아버지께서 골라 오셔도 선택은 제가 하는 것입니다. 제가 배필을 구한다고 스스로 나설 수는 없으니 아버지께서 저를 대신하실 뿐이고, 배필을 정하는 것은 만나본 다음에 소녀가 결정하겠습니다."

연못 속의 물고기 몇 마리도 소녀를 비웃는 듯, 톡톡 주둥이로 수면을 쳐서 파문을 만들고 사라진다.

이창수는 큰딸 숙정의 죽음이 선정에게 지울 수 없는 상처가 되었다는 것을 새삼 느낀다.

"삐그덕~ 끼익!"

중문 열리는 소리가 들리면서 가벼운 발자국 소리가 들린다.

딸과 아버지는 이야기를 멈춘다.

"영감~ 시간이 너무 야심합니다. 딸아이와 남은 이야기는 내일 밝은 시간에 나누시지요."

등불을 든 계집종을 앞장세운 유씨 부인이 안마당으로 들어선다. 딸과 나란히 앉아 대화를 나누는 남편의 넓은 등판에서 비밀이 느껴져, 발길이 자신도 모르게 주춤거려진다.

이경을 알리는 순라꾼의 목소리가 담 넘어 들려온다.

"그래, 시간이 벌써 이경을 넘기고 있구나."

이창수가 일어서며 놀란 듯 말한다.

"선정아! 야심하니 어서 잠자리에 들어라. 너는 혼기가 꽉 찬 규수이니 건강에 각별히 조심해야 한다. 밤이슬처럼 찬 기운을 쐬는 것은 여자의 몸에 좋지 않단다."

어머니 유씨 부인이 딸의 어깨를 부드럽게 다독여 주며 말한다.

딸은 어미에게 걱정을 끼친 것을 사죄하며 방으로 들어간다. 소녀의 비밀을 다 알아버린 달도 구름 속에 숨어서 꾸벅꾸벅 졸기 시작한다.

유씨 부인은 선정의 방에 불이 꺼지는 것을 확인하고, 이창수와 함께 별채를 떠난다.

'한양 안의 혼처 자리가 의외로 좁고 뻔하다. 한 다리만 건너면 다 아는 처지라 행여라도 나쁜 소문이 나지 않도록 조심 또 조심해야만 한다. 황소도 울고 갈 만큼 고집이 센 소녀라는 소문이 자자한 막내딸은 더욱 주의를 해야 한다. 세월이 많이 흘렀으니, 우리 막내딸아이에 대한 소문도 좀 잠잠해졌겠지~'

유씨 부인은 혼잣말로 중얼거린다.

이창수는 관직 생활 삼십오 년 동안 천길 낭떠러지로 떨어질

뻔한 위기도 여러 번 겪었고, 주변인들이 처참하게 몰락하는 모습도 여러 번 보았다. 젖내나는 막내딸을 무릎에 앉혀 놓고 막내딸의 복사빛 볼을 당기며 말하지 않았던가?

"넌 벼슬아치에게 시집가지 말고, 책 읽기를 술 먹기보다는 좋아하고, 평생 우리 딸의 예쁜 모습만 눈과 가슴에 담고, 이웃에게 나누어 줄 수 있는 만큼의 차밭을 가진 눈빛 선한 선비에게 시집을 갔으면 좋겠다."

똑똑한 어린 딸은 그런 아비의 뜻이 무엇인지 알겠다는 듯 "그럼 외조부님은 벼슬아치에게 딸을 시집보내셨으니 그 마음이 얼마나 힘드셨을까"라고 앵두 같은 입술로 말하였다. 이창수는 "그래, 네 말이 맞구나"라며 박장대소를 하였다.

'그때의 어린 딸이 어느덧 장성하여, 스스로의 삶을 찾으려는 모습이 기특하면서도 안타까운 마음은 세상 모든 아비와 같은 것일까?'

이창수는 스스로에게 묻는다.

청어를
배우는 선정

몸살기가 있어 조금 일찍 퇴청한 이창수는 잠시 누워 휴식을 취하였다가, 집을 한 바퀴 둘러 본다.

모처럼 바깥 주인이 일찍 들어오자, 며느리와 자식들 그리고 청지기와 하인들은 모두 긴장을 하여 쓸 것도 없는 마당을 또 쓸어대고, 부엌에서는 계집종이 빈 가마솥을 바가지로 괜스레 득득 긁고 있다.

제 어미 치마 꼬리를 잡고 징징거리던 어린 손자도 허리를 펴고 목소리를 돋궈 "하늘 천, 따 지~"하고 천자문을 읽는다.

이창수는 집안이 잘 돌아가고 있는 것이 흡족하여, 정짓간 앞에서 저녁 하루살이들의 춤을 보며 헛기침을 한다.

'그래~ 설마 우리 막내딸이 혼처가 없어서 시집을 못 가기야 하겠어? 좀 여유를 갖고 골라 봐야지~ 올 추석이 지나면 좋

은 혼처가 나설 거야'

이창수의 울적했던 마음이 건들바람에 비구름 걷히듯 다 사라진다.

이창수는 붉은빛 저녁노을과 푸르스름한 하늘빛이 합해지면서 오묘한 색을 내다가 눈 녹듯이 사라지는 것을 한동안 넋을 놓고 바라보았다.

"아버님! 소자 병정이옵니다. 아버님을 뵙고 드릴 말씀이 있어 왔습니다. 제가 들어가도 괜찮으시겠습니까?"

모처럼 한가롭게 난을 치던 이창수는 아들 병정의 목소리를 듣고, 막 먹물을 묻힌 낭미필狼尾筆을 들고 잠시 망설이다 내려놓는다.

묵향墨香이 가득한 방에 들어온 병정은 먹을 갈아주는 사람도 없이 혼자 난을 치고 있는 아버지의 모습이 조금 낯설게 느껴진다.

"아버님께서는 땅 위의 난을 뽑아다가 화선지 위에 그대로 올려 놓으시는 것 같습니다."

진심으로 탄복하며, 이창수의 그림을 홀린 듯 쳐다본다.

아들의 칭찬이 싫지 않은 듯 이창수는 "네 방에 하나 걸어 놓고 싶으냐"며 가장 마음에 드는 난을 골라 보라고 한다.

병정은 조금 전 아버지의 그림에 반한 듯한 모습과는 다르게, 건듯 매화 그림 하나를 정한다.

이창수는 자신이 가장 아끼는 그림들 중에서 선택하지 않은 아들의 안목이 마땅치 않아 미간을 찌푸린다.

  얼마 전 막내딸이 마음에 들어 하여 골라 놓은 그림은 이창수가 가장 마음에 들어 하는 그림 중의 하나였다.

"아가야~ 너는 아비가 그린 많고 많은 그림들 중에서 어찌 이 소나무 그림을 마음에 들어 하느냐?"

"아버지~ 소나무가 당당함과 슬픔을 함께 담고 있어 제 마음에 듭니다."

이창수는 순간 움찔하며, 떨리는 목소리로 딸에게 다시 묻는다.

"푸른 잎을 달고 오만한 듯 하늘을 바라보는 소나무가 슬퍼 보인다고 하는 것이 좀 이상하구나. 찬 눈 속에 핀 매화나 서리 속에 핀 국화라면 몰라도…"

"아버지! 저 소나무는 다른 소나무를 등지고 비탈진 돌 땅에 홀로 서 있습니다. 일부러 시련을 택하여 자신을 담금질하는 것이 교만해 보이기도 합니다. 양지쪽의 다른 소나무들이 고만고만하게 무리 지어 서로 엉겨 살아가느라 가지가 땅을 향하기도 하지만, 저 소나무는 갈망하듯 높고 푸른 하늘을 바라보고 있습니다. 그래서 저 소나무가 소녀의 마음에 들어왔습니다."

이창수는 딸의 남다름이 앞으로 아이의 삶에 큰 보탬과 기쁨이 되기도 하지만 때론 큰 고통이 될 것이라는 것을 알고 있다.

"아버님!"

이창수는 소나무 그림을 바라보며 딸을 생각하다가 아들 병정이가 부르는 소리에 화들짝 놀란다.

"그래… 중요한 할 말이 있는 것 같구나."

이창수는 꿈에서 깬 듯한 멍한 눈으로 아들을 바라본다.

아들은 제 아비가 요즘 부쩍 많이 노쇠하였다는 생각을 한다. 부자가 등청을 같이 하기는 하지만 만나는 일은 극히 드물다.

"아버님! 말씀드리기 송구스럽습니다만…"

"괜찮다 말해 보아라."

"저와 가깝게 지내는 역관 이택길이 소자에게 해괴한 일을 알려 왔습니다."

"해괴한 일이라고 했느냐?"

"그러하옵니다."

"지금 같은 대명천지에 해괴한 일이 무엇이더냐? 역관 이택길이라 하면, 그 아비가 얼마 전 세상을 뜬 이근만 아니더냐? 아비를 닮았다면 입이 가볍기가 솜털 같을 것이니라."

이창수는 아들의 말에 심드렁한 반응을 보이며, 먹물이 묻어 있는 붓으로 붓방아를 찧는다.

"역관 이택길이 청나라 사신으로 왔다가 조선 여인과 혼인하여 숭례문 근처에 눌러 살면서 청나라 말을 가르치는 대통에게 청어淸語를 배우러 다니는데, 그 곳에서 막내누이 비슷한 소녀를 보았다며 혹시나 하여 묻는다고 하였습니다."

"그러면 그 대통이라는 자에게 물어보면 되는 것이 아니겠느냐?"

"대통은 아니라고 했다고 합니다."

"그럼 됐지 않느냐? 한양에 네 누이 또래의 소녀들이 어디한 둘이라더냐? 사행사로 가는 관리들이 청어가 서툰 역관들 때문에 곤욕을 치르고 있다던데, 청어나 열심히 배울 일이지… 요즘 젊은 사람들은 왜 잡스러운 일에 신경을 쓰는지 모르겠구나."

이창수는 뜨악한 얼굴로 아들에게서 시선을 거두고, 화선지를 마름질하기 시작한다.

"아버님! 이런 일은 아랫것들을 시키시지요."

병정이가 당황한 듯 아버지를 만류하며, 밖에 있는 청지기를 짜증 섞인 목소리로 부른다.

이창수는 아들을 손짓으로 주저앉히고, 다시 그림 그릴 태세를 갖추며 말한다.

"요즘은 혼자 조용히 그림 그리는 시간이 좋아 일부러 다 물리치고 있는 중이니 나무라지 말아라."

병정은 마시던 차를 마저 마시며, 익숙한 솜씨로 화선지를 마름질하는 아버지를 괜스레 바라보다가 뻘쭘한 얼굴로 일어선다.

병정은 마루 끝에 서서 평소와 다르게 딴청을 부리는 아버지의 태도가 석연치 않다는 생각을 하다, 태사혜太史鞋를 거꾸로 신은 줄도 모르고 마당으로 나선다.

선정은 등잔불의 심지를 돋워 가며 붓으로 정성스럽게 필사筆寫를 하고 있다. 선정의 옆에는 이미 필사한 종이들이 수북하게 쌓여 있다.

어린 계집종이 먹을 가는 소리와 선정이 필사가 끝난 종이를 내려 놓고 새 종이로 바꾸는 소리만이 조용한 방안의 정적을 깨뜨릴 뿐이다.

"이제 그만 하면 됐다."

선정은 어린 계집종에게 먹을 가는 것을 멈추게 한다.

지루한 작업에서 벗어난 어린 계집종의 얼굴에 화색이 돈다.

계집종이 물러가자, 선정은 황급히 책 몇 권을 비단 보자기에 소중하게 싸고 검은색 장옷을 챙겨서 방을 나선다.

"아기씨~"

선정은 어둠 속에서 조심스럽게 자신을 부르는 늙은 사내를 따라, 기와집이 빽빽한 골목을 숨이 차도록 빠른 걸음으로 일다경一茶頃 정도 걸어, 초가로 지붕을 얹은 아담한 집에 다다른다.

"여기옵니다. 아기씨~ 누추하지만 안으로 드시지요."

이 집의 주인인 듯한 늙은 사내가 선정을 집 안으로 안내한다.

대문 안으로 들어서자, 늙은 사내의 부인인 듯한 아낙이 선정을 반갑게 맞이하여 방안으로 안내한다.

선정은 방안에 들어서자, 장옷을 벗고, 책 보자기를 작은 상 위에 내려 놓는다.

선정이 미처 숨을 돌리기도 전에 다시 방문이 열리면서, 변발을 한 사십 대 사내가 아낙의 안내를 받아 방안으로 들어선다.

선정은 변발 사내에게 예를 갖추어 공손하게 인사를 한다.

"왕 대통! 여기까지 오시게 해서 죄송스럽습니다."

소녀는 청어로 변발의 남자에게 이야기를 한다.

"괜찮습니다. 아기씨! 아기씨가 오시느라 고생이 많으셨지요. 아무래도 역관들이 드나드는 저희 집보다는 이 댁이 아기씨에게 더 나을 것 같습니다."

늙은 사내와 아낙은 청어로 이야기를 하는 두 사람이 신기한 듯 바라보다가 방을 나선다. 늙은 사내는 아낙에게 아기씨가 공부를 마칠 때까지 인기척을 내지 말고, 옆방에서 눈꼽재기 창으로 의뭉스러워 보이는 되놈을 지키라고 한다.

"우리 아기씨가 어떤 아기씨인데… 아기씨에게 뭔 망측한 일이라도 생기면 임자와 나는 죽어야 해."

늙은 사내는 아낙에게 신신당부를 하고는 방에 군불을 더 지피러 부엌으로 들어가고, 아낙은 바느질거리를 들고 선정의 옆방으로 들어간다.

"아기씨가 청어를 배운 지가 이제 겨우 두 달이 좀 넘는데, 일상의 일을 어렵지 않게 청어로 말씀하신다는 것이 놀랍습니다."

"모두 스승님의 덕입니다. 저는 하루 종일 청어로 생각하고, 청어로 이야기를 합니다. 길쌈을 하거나 바느질을 할 때도 그리합니다."

"누구랑 청어로 이야기를 하는지요?"

"저는 저랑 청어로 이야기를 합니다. 제가 저에게 질문하고 스스로 답하고 하는데, 물어보고 답하기 하는 재미가 여간 아닙니다."

선정은 아직은 긴 문장으로 이야기하는 청어가 좀 어려운 듯, 은행 껍질 같은 눈까풀을 깜빡이며 스승의 질문에 대답한다.

왕 대통은 사역원司譯院에서 머리 좋고 청어를 좀 하는 역관들에게 청어를 가르치고 있지만, 선정같이 뛰어난 학생은 처음이었다.

'아~ 아깝다! 선정 아기씨는 어찌 여자의 몸으로 태어났단 말인가?'

왕 대통은 선정을 처음 본 순간, 쏟아지는 별빛 같은 소녀의 눈빛에 잠시 멍해졌었다. 그리고 쏟아져 흩어지는 별빛 속에서 섬광처럼 번뜩이는 소녀의 만만치 않은 야심을 보았다.

왕 대통은 선정이 얼마나 절박한 마음으로 청어를 공부하는지 누구보다도 잘 알고 있다. 남다름을 타고 난 운명을 거역하지 않고 달게 받고 있는 조선 소녀에 대한 연민으로 가슴이 짜르르해진다.

두 사람의 공부는 첫닭이 울 때까지 계속된다.

옆방에서 선정을 지켜 주던 아낙은 바느질을 하던 모습 그대로 앉아서 잠이 들었고, 늙은 사내는 설핏 고주박잠을 자다가 깨어 타다 만 무드러기를 모아 새벽 첫 군불을 때고 있다. 다시 늙은 사내의 안내로 서둘러 집으로 돌아온 선정의 얼굴은 피곤하지만 싱그럽기가 추운 날 새순을 낸 푸른 대나무 같다.

서둘러 몸단장을 마친 선정은 등청하는 아비와 오라비에게 인사를 하기 위해 아비의 거처가 있는 처소로 간다. 싸라기눈이 내리는 마당에는 이미 조카와 올케, 하인들과 가마꾼들이 등청하는 두 부자를 기다리며 서 있다.

마루에 올라 아버지를 부축하고 내려오던 병정은 막내누이 옆을 지나다가, 날을 새워 공부한 사람에게서 나오는 자부심과 첫새벽 찬 기운을 뚫고 달려온 긴박함이 합해져서 만들어낸 묘한 쾌감이 흐르는 것을 감지한다. 이는 날을 새워가며 공부한 사람만이 알아챌 수 있는 기운이었다.

병정은 자신과 눈이 마주치자 태연한 미소를 짓는 누이동생을 흘깃 바라본다.

근래 들어 병정은 명민하고 남다른 누이 선정이 부담스러운 존재라는 생각이 자주 들곤 한다. 야심가인 병정은 외모가 빼어난 선정이 세도가와 혼인을 하여, 자신의 출셋길을 환하게 비춰 주는 등불이 되기를 바랄 뿐이다. 선정의 혼인이 늦어지고 공부가 깊어질수록 병정의 근심도 깊어져 간다.

병정은 말귀를 알아들을 때부터 장원 급제를 한 착한 신동에 대한 이야기를 귀에 못이 박히도록 듣고 살았다.

"너희들 아비는 책을 그저 넘기기만 하는 것 같은데, 나중에 물어보면 다 알고 있더라."

"사냥을 가도 제일 많은 사슴을 잡아오는 것이 네 아비였다."

"성정은 얼마나 결곡하고 따뜻한지, 아랫것들이 네 아비의 일이라면 목숨도 내놓을 정도였다."

병정은 아버지보다 더 낫기 위해서 몸부림을 쳤지만, 어느 날 애당초 아비와 자신은 다른 사람이라 따라잡을 수가 없다는 것을 알게 되었다.

병정도 아비와 같이 과거에서 장원 급제를 하는 것이 목표였지만 그저 과거 급제에 머물러야만 했고, 사냥을 가도 그저 체면을 구기지 않는 정도였다.

아무리 발버둥을 쳐도 잡을 수 없는 아름다운 무지개 같기만 한 아버지를 빼닮은 자식이 바로 막내누이 선정이었다.

선정은 누가 보아도 호감을 느낄 만한 청순한 외모와, 아비처럼 책장을 넘기기만 해도 아는 뛰어난 머리에, 집안의 어른과 아랫것들을 모두 자기 편으로 만드는 매력을 가지고 있었다.

음식 만들기와 길쌈도 잘하고, 다른 또래의 소녀들이 낙마할까 두려워하는 말타기도 제법이다. 가슴을 후벼 파는 가야금 솜씨는 어디 내놓아도 빠지지 않을 정도다.

병정은 선정이가 경쟁을 해야 하는 남자 형제가 아니라는 것이 다행이라는 유치한 생각을 하곤 한다.

소원을
들어주는 세손

　이창수는 요즘 들어 몸의 기력이 부쩍 달리는 것을 느낀다. 가끔 가슴이 뜨끔거리면서 쥐어짜는 듯한 통증으로 정신이 아득해져 잠시는 두려웠지만, 자신의 몸이 '생로병사'라는 순리를 거역하지 않고 있는 것 같아 한편으론 다행스럽다.

이창수는 남여監輿에 올라 죽서에 있는 서명응의 집으로 향한다. 가마 뒤에는 유씨 부인이 챙겨 준 약과며 떡과 술을 지게에 짊어진 젊은 하인이 잰걸음으로 따라온다.

서명응의 집 정원에는 붉은 장미와 연보랏빛 수국이 한창이라 이창수는 눈을 떼지 못한다.

"어허~ 수어사 어른! 어서 오십시오. 손님이 있어 좀 늦었습니다."

"서 공~ 잘 지내셨소이까? 오랜만에 서 공 집 정원을 구경합니다. 그 사이 꽃들이 더 우거져서 보기에 좋습니다."

서명응은 반갑게 이창수를 맞이하며, 장미 정원 안의 작은 정자로 자리를 권한다.

"수어사 어른이 오셨는데 어찌 삭막한 방안에서 시간을 보내 겠습니까? 어서 올라오십시오."

"수국과 장미는 서로 어울릴 것 같지 않은데, 참으로 묘하게 어울립니다."

"그럼 오늘 안주는 장미와 수국으로 하는 것이 어떻겠습 니까?"

"음식은 향기로 먹는 것이 반이라고 하는데, 오늘은 코로 안 주를 먹으면 될 듯합니다."

"하하하! 그럴 듯합니다. 실컷 먹어도 배 부르지 않고 사람의 수고도 없으니 정말로 좋은 안주입니다. 이 술은 주상께서 내려 주신 과하주過夏酒입니다. 한잔 하시지요."

서명응은 과하주가 담긴 술병을 유리구슬 만지듯 소중하게 어루만지다가 술잔에 따라 이창수에게 권한다.

"수어사 어른의 막내 여식은 여전히 과거시험 치는 사람보다 더 열심히 공부하고 있는지요? 이제 공부가 꽤 물이 올라 있 을 것 같습니다만…"

"부끄럽습니다만 여전히 공부를 열심히 하고 있습니다. 요즘 엔 제가 직접 공부를 봐주고 있습니다."

"조선 천지에 수어사 어른보다 뛰어난 스승은 없지요. 여식이 별난 어른을 꼭 닮았으니 어찌 하겠는지요? 허허허!"

서명응은 오랜만에 이창수의 근황과 집안에 대해서 물어보며 흐뭇한 얼굴 표정을 짓는다.

"수어사 어른 집안과 우리 집안은 남이라 할 수 없지요. 선대로부터 지란지교芝蘭之交로 맺은 인연이 깊어 자손들이 서로 형제처럼 지내며 어려움을 나누고 즐거움은 함께하니, 이 또한 인생의 기쁨이 아니겠습니까?"

"그렇습니다. 아침 이슬처럼 반짝이는 짧은 인생에서 가장 긴 인생을 사신 분들이라 할 수 있지요. 선대 분들께서도 하늘에서 우리 손들이 잘 되기를 바라고 계실 것입니다."

이창수가 선친의 얼굴을 떠올리는 듯 목소리가 먹먹하다.

서명응도 선친에 대한 그리움과 사모의 마음에 울컥해지는 것을 이창수에게 보이고 싶지 않아 빈 장죽을 괜스레 입에 문다.

가마꾼들의 유쾌한 웃음소리가 초하의 싱그러운 밤 공기와 섞여 간간이 들려온다. 모시고 온 주인이 대접받는 정도가 가마꾼이 받는 대접과 같기 때문에 이창수를 친형제와 같이 대하는 서명응의 집에서 오래 머물며 술과 안주를 실컷 먹을 수 있는 가마꾼들은 운수가 대통했다고 서로들 좋아한다.

"어른께서는 수어사를 마지막으로 관직을 떠날 셈인가요?"

"세손께서 보위에 오를 때까지 마지막 힘을 다해 보필하고 물러나 소일거리로 차밭을 가꾸며 살까 합니다."

이창수는 힘든 결정을 하였다는 듯 단호하게 말한다.

"세손이 왕이 되는 것이 두려워 방해하고, 심지어 세손의 목숨을 노리는 자들이 세를 키우고 있어서 걱정입니다."

서명응은 땅이 꺼질 듯 깊은 한숨을 쉬는데, 유난히 갈쭉한 얼굴과 코에 수심이 차올라 와 갑자기 십 년은 늙어 보인다.

이창수는 낮게 드리워진 밑턱구름 속에 숨은 야박한 초승달이 장헌세자를 죽음으로 모는 데 앞장섰던 홍봉한의 샐쭉한 눈과 닮았다는 생각을 한다.

"서 공! 제가 수어사로 있는 한 역적의 무리들이 들고 일어난다 해도 조용히 잠재울 수 있으니 염려 마십시오. 바로 동원할 수 있는 민첩한 군사 수백 명이 매일 강훈련을 하고 있습니다."

"전쟁의 조짐도 없는데 수어사가 매일 군사들을 강훈련시키고 있으면 이를 의심하는 자들이 있기 마련이니, 늘 경계를 늦추지 마십시오."

"명심하겠습니다. 그렇지 않아도 믿을 수 있는 사람들을 놓아서 첩보를 수집하고 있습니다만, 아직은 이렇다 할 조짐은 없습니다."

서명응은 이창수의 말에 말처럼 긴 얼굴의 수심이 걷히면서 십 년은 젊어 보인다.

이창수와 서명응은 세손을 보위에 세워야 한다는 강한 의지를 넘치게 부은 술잔에 담는다.

생사를 같이할 동지와 함께 취기가 오른 이창수와 서명응은 술잔을 주거니 받거니 하며 주상이 하사한 과하주에 몸과 마음을 실어 버린다. 서명응이 술을 마신 것은 실로 오 년만의 일로, 가솔들은 서명응이 이창수를 목숨을 같이할 동지로 여긴다는 것을 느낀다.

마침 오른 취흥이 절호의 기회일 수도 있다는 생각이 든 이창수는 서명응에게 어려운 부탁이 있다며 짐짓 곤란한 표정을 짓는다.

한 배를 타고 거친 풍랑이 치는 항해길에 같이 나설 동지의 부탁이라, 어떤 부탁이라도 들어주고 싶은 것이 서명응의 마음이다.

"서 공! 미안하지만 내 막내여식 일입니다."

"설마… 나라법을 바꿔 과거 시험을 칠 수 있게 해달라고 조르는 것은 아니겠지요?"

서명응은 모든 면에서 남다른 선정에 대해서 잘 알고 있는지라 취기 속에서도 긴장을 하는 듯하다.

"그건 아니고…"

이창수는 정작 부탁의 말이 입에서 떨어지지 않는 듯 말끝을 흐리며 시간을 끈다.

"어서 말을 해 보십시오. 어른의 부탁이 뭔지 궁금해서 안달이 납니다."

이창수는 선정의 혼처가 나서지 않아 않으나 서나 걱정이라는 것과, 선정이 당돌하게도 연경에 가고 싶어한다는 이야기며, 대통에게 청어를 공부하며 자신을 압박하고 있는데 청어

실력이 역관보다 낫다는 이야기를 한숨과 섞어 서명응에게
털어놓는다.

서명응은 큰 너털웃음을 터뜨리며, 선정이가 어떤 사내대장
부보다 낫다며, 무슨 일이 있어도 선정의 소원을 들어줄 테
니 한숨은 그만 쉬시고, 주상 전하와 세손을 보필하는 일에
전심전력을 다하자고 한다.

이창수는 직접 신랑감을 선택하고 동경하던 연경을 기필코
가야겠다는 선정을 당돌하다 놀라지 않고, 그 소원을 풀어주
고자 하는 서명응이 고맙기만 하다.

"할아버지~ 할아버지~"

서명응의 두 손자 유본과 준평이 망원경을 들고 뛰어나오다
가 손님을 보자 멈칫거린다.

"그래 우리 손주들~ 오늘밤도 별을 보러 나왔구나. 수어사
어른이시다. 어서 인사드려라."

유본과 준평은 망원경을 바닥에 내려 놓고, 두 손을 가지런
히 모은 다음, 정성을 다해 인사를 올린다.

이창수는 두 소년이 망원경을 들고 뛰어오는 것을 보는 순간
부터 알 수 없는 떨림을 느꼈다.

'이런 기분을 언제 느꼈을까?'

짧은 시간이지만 이창수는 온 신경을 집중한다.

'아~ 그렇다! 바로 이 정원! 오늘처럼 수국과 장미가 어우러
져 피어 있던 이 정원에서 서명응의 질녀인 첫 번째 부인 달

성 서씨를 처음 보았을 때의 그 느낌 그대로구나!'

"수어사 어른! 이 해끄름한 녀석들이 내 손주들이랍니다."

서명응은 목소리에 힘을 잔뜩 주고 손자들을 소개한다.

"요즘은 별을 공부하는 재미에 빠져서 밤마다 이리 열심이랍니다. 허허허."

"할아버지~ 저 하늘의 별빛이 쏟아져서 제 눈에 박히는 것 같아요."

큰 소년은 쏟아지는 별빛에 눈이 부신 듯 눈을 깜빡이다가, 별빛을 눈에 담으려는 듯 한참 하늘을 본다.

서명응을 만나고 온 날 밤, 이창수는 장미와 수국이 가득한 꽃밭에서 옥비녀로 쪽진 머리가 어색한 듯 수줍은 미소를 짓는 새색시 선정을 보았다.

서명응은 밤새워 세손의 교재를 집필하느라 혹사한 눈의 피로를 풀려는 듯, 경희궁 존현각 뒤를 감싼 푸른 대나무 숲에 눈길을 주고 있다. 이렇게 피곤할 때는 편한 벗과 술 한잔도 좋으련만, 세손의 선생이 된 날부터 좋아하던 술도 끊어 버렸다.

서명응이 술을 끊은 이유는 꼭 세손의 공부 때문은 아니다. 장헌세자가 세상을 뜬 지 십 년이 되었건만, 지금도 그 날을 생각하면 가슴이 미어진다. 술을 마시면 자신의 감정을 제어하지 못해 독버섯이 될지도 모를 실언을 할 수 있다는 두려움에 술은 아예 입에 대지도 않는다.

'나 서명응은 세손이 용상에 올라 나의 생사를 관장할 수 있는 권력을 가질 때 비로소 용서를 구할 것이다.'

'내 혀로 세자를 죽음으로 내모는 데 조알만큼이라도 보탰다면, 그가 비록 천하의 패륜아라고 해도 나는 저하에게 아비를 뺏는 몹쓸 짓을 한 것이다.'

'목숨을 건 당당한 사죄'라고 읊조리자 울적했던 서명응의 마음이 소나기 그친 하늘처럼 맑아진다.

"장헌세자와 함께 서명응도 죽었다."

서명응이 혼잣말로 중얼거린다.

"동궁 저하 드십니다."

내관의 목소리가 끝나기도 전에 문이 활짝 열리고 세손의 웃는 얼굴이 서명응을 바라보고 있다.

"많이 기다리셨지요? 주상 전하를 뵙고 오는 길입니다. 요즘 옥안이 좋지 않으신 것이 마음에 걸려, 공부 시작 전 서둘러 다녀온다는 것이 좀 지체되었습니다."

세손이 된 이래로 아침저녁 주상의 수라상을 돌보는 시선視膳을 한 번도 거른 적이 없다는 것은 이미 잘 알고 있지만, 오늘은 점심 수라까지 돌보고 온 것이다.

"주상 전하의 어환은 좀 어떠신지요?"

"며칠 체기가 있으셨는데 내의원에서 올린 탕약을 드시고 쾌차하셔서 죽 수라를 드시는 것을 보고 왔습니다. 모두 스승님의 염려 덕분입니다."

"성은이 망극하옵니다!"

서명응은 경복궁 쪽을 향해서 절을 하며 어환에서 회복한 주상의 덕에 감사를 표한다.

경상 앞에 좌정한 세손이 애잔함이 가득 담긴 눈빛으로 꺼칠한 서명응의 안색을 살핀다.

"할바마마보다도 어찌하여 스승님의 안색이 더 좋지 않습니다."

마음을 담아서 진심으로 늙은 스승의 건강을 걱정하는 세손을 보며 서명응의 얼어붙은 겨울 강 같은 눈에 핑그르 눈물이 돈다.

"어제 수어사 이창수와 장미 향에 취해서 늦은 시각까지 술을 마셔서 그런 것 같습니다."

"잘하셨습니다! 술을 끊으시고 무슨 재미로 사시나 늘 걱정을 하던 참이었는데, 호연지기浩然之氣를 기르는 데는 술보다 나은 것이 없지요."

세손이 그동안 금주하였던 서명응을 깎아내리듯 말한다.

"동궁 저하~ 신을 속 좁은 좀팽이로 생각하십니까?"

서명응이 유난히 얄포름한 눈꺼풀이 내려앉아 눈을 덮는 바람에 시야가 좁아진 거적눈을 꿈뻑거리며 불만스러운 얼굴로 말한다.

"하하! 내 어찌 스승님을 좀팽이로 생각하겠습니까? 두주불

사斗酒不辭 하시던 분이 매정하게 술을 끊어 섭섭해서 하는 말입니다."

세손은 서명응의 까센 공격에 놀라서 말갈망을 하고는 안심찮은 얼굴로 스승을 바라본다.

서명응은 비단 보자기에서 주섬주섬 새책을 꺼내 경상 위에 올려 놓는다.

"저하의 선천학先天學 공부를 위해 신이 특별히 집필한 교재이옵니다."

"스승님! 고생하셨습니다. 이제 선천학 공부는 이 책으로 하면 되겠습니다."

세손은 스승이 날을 새워 집필했을 선천학 책을 소중한 듯 매만지다가 몇 장을 넘기며 훑어본다.

"저하! 석강夕講 전까지 오늘 배우실 부분을 예습하고 오십시오."

서명응이 이른 저녁을 먹고 다시 존현각으로 향한다. 존현각 지붕 너머로 흰 달이 떠오르고 있었다. 존현각으로 오르는 댓돌 위에는 낯익은 여인의 청옥 당혜가 가지런히 놓여 있었다.

내관이 서명응의 도착을 알리자, 조심스럽게 문이 열리며 신발의 주인인 나인이 나와 서명응에게 공손하게 고개를 숙이고 서명응이 존현각에 들어갈 때까지 기다린다.

서명응도 간단히 목례를 하고 존현각으로 들어서자, 세손이 약간 들뜬 얼굴로 읽던 책을 덮으며 일어난다.

"스승님! 덕임에게 인수분해를 가르치던 참이었습니다. 어찌나 말귀를 잘 알아듣는지 가르치는 것이 신이 납니다. 하루 종일 머리나 얼굴을 치장하는 궁 안의 여인들과는 다릅니다. 덕임이 만약 남자였다면 못할 것이 없었겠지요. 조선에서 덕임만큼 똑똑한 여인은 없을 듯 싶습니다."

서명응은 빙긋이 웃으며 물끄러미 세손을 바라본다.

"저하~ 저하가 조선의 모든 여인을 다 만나보신 것처럼 성급하게 말씀하십니다."

"덕임이처럼 곱고 머리 좋은 여자는 없을 것입니다."

세손의 목소리가 단호하다.

"저하~ 덕임이처럼 총명한 여인이 또 있다고 하면 어찌하시겠습니까?"

서명응이 세손을 놀리듯 하자 세손은 짜증이 섞인 목소리로 말한다.

"스승님! 어느 여인이 덕임이보다 더 식견이 트일 수가 있겠습니까?"

세손은 얼굴까지 붉게 달아오르며 스승에게 물러서지를 않다가, 덕임을 향한 특별한 감정을 드러낸 것이 겸연쩍은 듯 서둘러 낯빛을 가라앉힌다.

"우리 조선의 여인들이 덕임처럼 영특하고 현명하다면 조선의 큰 덕이지요."

서명응은 덕임을 향한 세손의 애틋한 감정을 지켜주기 위해 물러서 준다.

세손은 덕임을 후궁으로 맞이하려 하지만, 덕임이 아직 후사가 없는 세손빈의 입장을 헤아려 강하게 거절하고 있는 참이라 세손은 애가 타고 있다.

서명응은 덕임이 세손의 후궁으로 나무랄 데가 없다는 것은 알고 있지만, 후사는 세손빈 김씨가 잇기를 간절히 바라고 있어, 세손이 덕임과 남다른 정을 나누는 것을 보면 심정이 착잡하기 그지없다. 기품과 겸양은 물론이요, 공과 사가 분명하고 인정 많은 세손빈 김씨가 혼인 십 년을 넘겼지만 아직 후사가 없는 점이 서명응은 늘 안타까웠다.

세손빈 김씨는 서명응이 세손과 공부를 마칠 시간이면 죽상이나 다과상을 올려 서명응의 노고를 위로하는데, 한 번도 빠짐이 없었다.

"스승께서 오랫동안 지켜 오셨던 금주를 깨실 정도라면 수어사와 무슨 심각한 문제라도 있는 것이오?"

오지랖 넓은 세손이 궁금함을 가득 담은 얼굴로 묻는다.

"저하~ 수어사 이창수가 별난 여식으로 인해 심려가 커서 끌밋했던 얼굴이 멸치젓갈 삭듯이 폭삭 삭아버렸습니다."

서명응은 '바로 이 순간이 기회다' 라고 입을 열긴 하지만 여러 가지로 심란스럽다.

'이창수는 어쩌자고 별난 딸을 두었고, 나는 이창수의 말도 안 되는 청을 냉정하게 거절하지 못하고 저하 앞에서 고양이에게 몰린 쥐 신세가 되어 이리 쩔쩔매고 있어야 하나? 어제 과하주를 너무 많이 마셨어.'

이창수와의 의리 때문에 저하에게 운을 떼보지만, 너무 터무니없는 일임은 분명하다.

세손은 스승의 자다가 봉창 두드리는 듯한 이야기에 호기심 가득한 눈으로 서명응을 바라보며 말한다.

"아니~ 여식이 얼마나 별나면 아비가 삭은 조기젓 꼴이 되었단 말이오?"

"동궁 저하! 황송하지만… 조기젓이 아니고 멸치젓입니다."

서명응은 세손이 눈에 호기심과 장난기를 담고 자신을 바라보자, 망신살은 면했다는 생각이 들며 안도한다.

서명응은 수어사의 여식이 연경에 가고 싶어하는데 그 집요한 성격과 고집은 아무도 꺾을 수가 없어 이창수가 딸 때문에 죽을 코에 빠졌다고 이야기한다.

"하! 하! 하! 멸치젓이 된 것도 부족해서 이제 죽을 코에 빠지기까지 하였단 말이오?"

세손은 아주 재미있다는 듯 만면에 웃음이 가득하다.

"수어사 어른이 재주가 좋은 모양이오. 늘그막에 남다른 딸을 두다니요. 남들은 황천길 준비하는 적적한 나이에 영특한 딸에게 시달리는 것도 복이오."

"내 흔쾌히 수어사 이창수의 여식이 청나라에 가는 것을 허락해줄 터이니 수어사 이창수는 속히 근심에서 벗어나라고 하시오."

세손은 폭삭 삭은 수어사 이창수와 별난 딸 선정에게 세손전으로 들 것을 명한다. 아울러 세손은 덕임의 공부가 일취월장하고 있어 공부를 같이할 벗이 있었으면 하였는데 잘되었다며 기뻐한다.

"드르륵!"

문이 열린다. 아청색 용포를 입은 세손이 생각보다 가까운 곳에 장죽을 물고 앉아 있어, 선정은 순간 당황스러웠다.

남령초 연기가 자오록한 방에는 선정보다 나이가 많아 보이는 분홍 치마에 노랑 저고리를 입은 도도한 표정의 여인이 들어서는 선정을 슬쩍 바라본다.

폭삭 삭은 늙은 아비와 별난 딸은 예를 갖춰 세손에게 인사를 한다.

세손은 이창수 부녀를 격의 없이 친근하게 맞이하여, 선정도 긴장했던 마음이 풀어진다.

밖에는 세찬 폭풍이 몰아치고 있어 세손의 공부방이 새 둥지처럼 포근하게 느껴진다.

유씨 부인은 미친 듯 휘몰아치는 바람살에 곱게 단장한 선정의 옷이며 머리가 흐트러질까 봐 여간 걱정을 하지 않았다.

선정을 본 세손은 자신이 상상했던 야무지고 단단한 돌 같은 소녀가 아닌 청순하고 아리따운 용모라 잠시 당황한다.

아득한 산빛 같은 갈맷빛 치마에 상앗빛 나는 미색 저고리는 선정의 우아한 용모를 더욱 돋보이며 성숙미를 풍긴다.

'아! 이 소녀의 눈은 겨울 밤하늘의 별빛처럼 차갑게 빛나는구나!'

세손은 선정에게서 눈을 떼지 못하며 선정에게 덕임을 소개한다. 세손은 다시 한번 선정의 기품이 넘치는 외모와 총명함과 당당함이 묘하게 어우러져 내뿜는 기세에 잠시 말문이 막힌다.

"그래~ 수어사 이창수의 여식이며 집의執義 이병정의 누이인 네가 공부가 깊다고 들었는데, 독서는 어디까지 하였느냐?"

선정은 고개를 숙이면 세손의 말을 제대로 이해하지 못할 것 같아 고개를 똑바로 들고 세손을 바라보았다.

선정이 고개를 바짝 쳐들자 이창수가 당황하며 '동궁께서 고개를 들라고 하실 때 들어야 하는 것'이라고 가볍게 딸을 나무란다.

세손은 크게 웃으며 "내가 이창수의 여식을 보고 너무 놀라서 고개를 들라는 말을 미처 못하였는데 알아서 고개를 잘 들었다"라고 칭찬한다.

세손의 잘생긴 외모와 호쾌한 성격은 선정을 실망시키지 않았지만, 자신을 지칭하는 말 앞에 꼭 수어사 이창수의 여식,

집의 이병정의 누이라고 붙이는 것이 별로 마음에 안 들었다.

"소녀에게는 여공도 중요하여 시간을 쪼개어 글을 읽고 있어 이제 막 주례周禮의 〈고공기考工記〉편을 읽기 시작하였습니다."

선정은 깍듯하고 담박하게 대답한다.

선정의 말에 세손은 깜짝 놀라며 말한다.

"허라! 소녀가 〈고공기〉를 읽는다는 것이 놀랍구나. 네가 읽은 〈고공기〉의 구절 중 가장 마음에 남는 구절은 무엇이냐?"

선정이 잠시 숨을 고르는데 이창수가 마른 침을 꼴깍 삼키는 소리가 유난히 크게 들린다.

"〈고공기〉에 말하길 그림을 그리는 일은 흰 비단을 마련한 후에 하는 일이고, 글을 배워 학식을 갖추는 것은 사람의 자질을 갖춘 뒤에 하는 일이라고 하였습니다. 또한 〈고공기〉에는 관개, 차량, 도성의 제도를 상세하게 다루는데 이는 흰 비단이나 사람의 자질처럼 일의 근본이 되기 때문입니다."

선정의 말을 듣는 세손은 황홀경에 빠져 넋이 나간 사람의 모습이다.

"너는 외모도 수려하지만, 배운 바를 말하는 것도 수려하구나."

"너무 과찬의 말씀입니다. 소녀는 그저 공부를 즐기며 할 뿐입니다."

선정은 '수려하다'는 세손의 칭찬이 부담스러워 자리에 바늘이라도 꽂힌 듯 어찌할 바를 모른다.

"수어사께서는 참으로 총명한 딸을 두셨습니다. 부녀자의 학문이 깊다 해도 한계가 있는 법인데, 내 이처럼 뛰어난 학식을 가진 소저는 처음 봅니다.”

덕임도 세손의 놀라움에 장단을 맞추어 웃고는 있지만, 마음이 불편한 듯 자연스럽지 않아 어색하다.

덕임은 선정이 나이가 어리면서도 자유로움과 성숙한 분위기가 같이 느껴지는 것이 부러웠다. 청지기의 딸로 자라나 궁에 들어와서 늦게 공부를 시작한 자신과는 다른, 당당한 태도와 총명하고 따뜻한 눈빛이 어우러지면서 풍겨 나오는 고상함에 내심 기가 죽는다.

“글을 읽는 것이 그리도 재미있느냐? 무슨 재미가 있어 이리도 글공부를 열심히 했느냐?”

세손은 선정을 취한 듯 바라보며 묻는다.

“저하! 소녀는 어릴 적에는 그저 읽었으나, 지금은 글을 통해서 소녀 자신을 알아가는 것이 재미스럽습니다. 소녀는 책 속에 들어가서 성현의 눈으로 세상을 바라보면서 소녀가 누구인지를 알아내고 있습니다만, 소녀가 어리석어 답은 쉽게 찾지 못할 것 같습니다.”

“그래 답은 찾지 못했지만 지금까지 찾은 것은 무엇이더냐?”

“우주가 변하듯이 소녀도 끊임없이 변하고 있다는 것입니다.”

선정은 아직 긴장하여 서찰을 읽듯 또박또박 말을 이어가는데, 그 모습이 짐짓 귀엽고 사랑스러워 세손의 입가에 미소가 떠날 줄을 모른다.

"그래서 연경을 가려 하느냐?"

세손이 연경 이야기를 꺼내자, 늙은 대신 이창수는 황공하여 어쩔 줄을 모른다.

"황공합니다. 저하!"

선정도 아비와 장단을 맞추어 공손히 고개를 숙인다.

"동지사행冬至使行길은 죽음과 삶의 경계에 서서 하는 여행인데, 연약한 여자의 몸으로 감당할 수 있겠느냐?"

선정은 늙은 아비 앞에서 풍찬노숙風餐露宿도 달게 하겠다는 말을 하기가 곤란하여, 살짝 달아오른 얼굴로 어찌할 바를 모르고 있다.

"네가 굳이 말을 하지 않아도, 연경에 갈려고 하는 네 뜻을 헤아리고도 남음이 있구나."

말이 끝나기도 전에 세손은 손수 종이를 펴고 붓에 먹을 듬뿍 묻혀, 선정이 사행단의 일원으로 연경에 가는 것을 허락하는 증표를 호쾌한 필체로 단숨에 써 내려간다.

세손은 증표를 명주로 만든 봉투에 손수 넣은 다음 선정을 가까이 오라 하여 직접 건넨다.

방안에 있는 사람들은 세손이 내관의 손을 빌리지 않는 파격에 당황하고, 선정은 이 모든 것이 꿈을 꾸고 있는 것 같았다.

세손은 선정과 헤어지면서, 자주 입궐하여 덕임과 더불어 공부를 하자고 권하며 덕임을 바라본다.

덕임은 그리하자는 듯 세손을 바라보며 미소를 짓지만, 배틀어진 얼굴에 서운함이 몽땅 녹아 있다는 것을 선정은 알아 챈다.

덕임은 나이 열 살에 세손의 어머니인 혜경궁 홍씨의 친정에서 보낸 나인으로 궁 생활을 시작하였다. 어린 덕임을 지탱하게 한 것은 혜경궁 홍씨의 사랑이었다. 덕임은 궁에 들어와서 다른 나인들과 함께 궁녀로서 기본적으로 갖추어야 할 공부를 하면서, 자신이 다른 궁녀가 따라잡지 못할 만큼 뛰어난 머리와 솜씨를 가진 것을 알게 되었다.

덕임이 자신의 가치를 발견하면서, 덕임의 희망은 홍씨의 사랑에서 아들인 세손의 사랑을 받는 것으로 바뀌었다. 혜경궁 홍씨 친정 청지기의 딸로, 내세울 배경이 없는 덕임은 다른 궁녀들이 세손의 눈에 들기 위해서 사향주머니를 차고 쑥 목욕을 할 때 독서를 하고 붓글씨를 쓰면서 자신을 갈고 닦았다. 머지않아 조선의 새로운 왕이 될 총명한 세손이 자신의 가치를 알아볼 날이 올 것이라 생각했다.

덕임의 예상은 적중하였다. 혜경궁 홍씨의 심부름으로 세손전에 자주 드나들면서 자연스럽게 세손은 덕임의 남다름을 간파하였고, 세손은 세손빈 못지 않게 덕임을 아끼게 되었다. 덕임은 멀리 내다볼 줄 아는 지혜로운 여자였다. 섣불리 성은을 입어 주변으로부터 질시를 받고 아들을 생산하면, 자신과 아들의 생명을 보존하기 어려울 수 있다는 것을 잘 알고 있었다.

궁 안의 여인들뿐 아니라 대소 신료들과 좋은 관계를 유지하며 나서지 말아야 한다는 것이 덕임의 철칙이었다. 여자이기에 세손의 간절한 청에 마음이 흔들릴 때도 있지만 매일 아침 머리를 빗으며 다짐을 한다.

"덕임아~ 절대 덥썩 물지 말고 얌전히 기다리자. 곧 때가 올 것이야!"

흑단 같은 머리칼을 빗고 있는 거울 속의 덕임이 속삭인다.

연경에 간
선정

선정은 비단으로 싼 상자 안에서 명주 봉투에 담긴 세손의 친필 증표를 꺼내어 본다. 선정은 매일 밤 잠들기 전에 세손의 친필 증표를 읽어 보며, 힘든 여정으로 인해 무너지려는 마음을 다잡곤 하였다.

"나 조선의 세손 이산의 이름으로 수어사 이창수와 문화 유씨의 막내 여식이며, 집의 이병정의 누이동생인 이선정을 이번 동지연행의 일원으로 연경에 가는 것을 허락하노라. 이선정의 연경 여정에 불편함이 없도록 모든 지원을 아끼지 않을 것이니 이에 합당한 처우를 부사 서호수가 알아서 결정하도록 하라."

홍재弘齋 이산 李祘

선정은 세손의 친필 증표를 읽고 또 읽는데, 마치 세손이 직접 옆에서 읽어 주는 것처럼 글 한 자 한 자가 살아서 고단한 연행길의 선정에게 위로와 힘을 건넨다.

"내가 동지연행원들의 길 안내를 한 이래로 가장 추운 날씨인 것 같네. 어제는 수염에 고드름이 열려 떼어 냈더니 수염이 고드름과 같이 잘려 나가지 뭔가?"

마부는 고드름과 함께 잘려 나간 수염이 아쉬운 듯, 몽당빗자루처럼 짧아진 볼품없는 수염을 거친 손으로 쓰다듬는다.

"아~ 얼어죽지 않은 것만도 다행이지, 그깐 수염이 대순가?"

"저 아기씨는 참 대단한 아기씨야~ 눈보라 속에서도 힘든 기색을 안 보이던데."

사내들은 천막 안으로 들어서며 검은 공단 휘양을 벗는 서호수의 뒤를 따라오는 볼끼가 달린 보라빛 남바위를 쓴 선정을 바라보며 수군거린다.

"그러게 말이야. 이골이 난 우리도 힘든데 참 대단한 아기씨야. 내가 연행원들의 길 안내를 한 지가 삼십 년인데, 여자의 몸으로 동지사에 끼어 연경에 가는 것을 본 것은 처음이야. 지체 높은 댁의 귀한 규수 같은데, 시집가기는 다 틀렸지."

"아니, 이 사람아! 연경에 갔다 왔다고 왜 시집을 못 가나? 그 좋은 연경은 남자만 봐야 하는 법이라도 있나?"

"아니, 이 사람아! 저렇게 극성스러운 여자를 좋아할 남자가 어디 있겠나?"

동지연행원 일행은 도강장渡江狀을 준비하기 위해 압록강변의 거처에서 휴식을 취하며, 별난 선정에 대해 이러쿵 저러쿵 이야기를 한다.

미리 휴식처에 불을 지폈다고는 하지만 엄동설한에 의주의 북풍한설을 막기에는 역부족이라 이가 득득 갈린다. 모든 연행이 고되고 힘들지만, 특히 동지를 즈음하여 출발하는 동지연행은 여행이 아니라 고행이었다. 한겨울의 살을 에이는 듯한 매서운 추위와 바람, 그리고 여행 내내 걷힐 줄 모르는 축축한 새벽안개와 밤낮이 없는 누런 먼지바람과의 싸움은 연행을 가는 사람이면 누구나 감내해야 할 기본적인 고통이며, 길고 험난한 연행길에서 병이 들어 죽는 사람이 나오기도 하는 것이 바로 동지연행이었다.

"의주 부윤이 동지연행원들을 위해 지공支供으로 술과 푸짐한 음식을 준비하였으니 와서 마음껏 드시오."

대통관의 큰 외침에 모두들 추위와 피로에 지쳐 여기저기 나무토막처럼 쓰러져 휴식을 취하거나 말뚝잠을 자던 사람들이 걸신들린 것처럼 술과 음식을 향해 달려 든다.

삼백 명이 넘는 연행원 일행의 삼시 세끼 배를 채우는 일은 추위와 더불어 가장 힘든 일 중의 하나다.

다행히 관리가 파견되어 있어 오늘처럼 지공을 제공받으면 수월하지만, 수레에 실린 식량으로 눈보라나 폭풍우 등의 악천후 속에서 밥을 준비하는 일은 여간한 일이 아니었다.

"말의 숫자와 포의 숫자를 꼼꼼하게 헤아리고, 모든 인원도 빠짐없이 점검하여, 한 식경食頃 전까지 보고하도록 하라."

도강장을 준비하는 서장관의 명령에 밥을 먹고 숨을 돌릴 새도 없이 밖으로 나간 압물관押物官들이 명령을 수행하느라 마당이 파시 장터처럼 박신거린다.

"만약 포의 숫자를 속이는 자가 있다면 바로 의주 부윤으로 압송하여 엄벌에 처하리라!"

서장관의 목소리가 찬 공기를 가르며 고드름이 되어 귀를 찌른다.

서호수의 막객 자격으로 연행원이 된 선정은 한양을 떠날 때보다 수척해져 성숙한 느낌이 났다. 선정은 말을 헤아리다 혼동되어 세고 또 세다 지친 사내들의 투덜대는 소리와 욕지거리를 재미나게 듣는다.

"아기씨~ 여기 계셨군요."

선정을 발견한 유금이 반가운 듯 뛰어오는데, 솜을 많이 두어서 지은 두툼한 옷을 입고 뒤뚱거리는 것이 오리가 하는 양을 닮았다.

이번 선정의 연행길에서 서호수는 유금에게 선정을 잘 보살피도록 찰떡같은 부탁을 하였다. 모든 사람을 허물없이 친근하게 대하는 유금은 선정을 조카처럼 다정하게 보살핀다.

유금은 서호수 어른에게 보석 같은 아들 둘이 있는데, 자신을 그 보석들의 선생이라고 소개하였다. 아울러 자신은 가야금을 잘 탄다고 자랑하였는데, 정말로 가야금을 잘 타는지 사람조차 가누기 어려운 연행길에도 가야금을 들고 나타나서 모두들 '정신도 매화'라며 유금을 핀잔하였다.

유금은 열흘 전 평안도 관찰사가 동지사 일행을 위하여 베푼 위로연에서, 보석들의 어머니가 선물하였다는 자르르한 비단옷으로 멋을 내고 가야금을 연주하여 모두를 놀라게 했다. 선정도 가야금을 잘 타지만 유금의 솜씨는 학이 춤추는 듯한 우아함과 비 갠 후의 폭포수 소리같은 장쾌함을 겸비하여 듣는 이의 혼넋을 훔칠 정도였다.

유금의 가야금 솜씨에 반한 아리따운 평양 기생들이 유금의 주위에 몰려 들어 신기한 듯 유금의 손을 만져 보기도 하며 한 수 가르침을 청하기도 하자, 유금의 벌어진 입이 다물어지지를 않는다.

부러워할 줄 모르는, 아니 부러워하는 것을 싫어하는 선정도 사람을 쥐락펴락하는 유금의 가야금 연주를 들을 수 있는 호수 어른의 보석인지 돌멩이인지 모를 도령들이 부러울 지경이었다.

"아기씨~ 드디어 내일이면 압록강을 건너 청나라 땅에 들어가네요."

"유금 어른~ 정말 꿈만 같아요! 연경이 있는 청나라 땅에 들어선다니…" 선정도 달뜬 얼굴로 말을 잇지 못한다.

"아기씨! 연경에는 화려하고 웅장한 모습에 걸맞는 고상하고 세련된 선비들도 많겠지요?"

유금은 내일 연경에 도착이라도 하는 듯 기쁨에 겨워 어린애처럼 깡총거린다.

걸상에 걸터앉은 유금은 품속에서 헤진 지도를 꺼내 선정에게 심양과 봉황산 등을 설명해 주는데, 마치 연경을 밥먹듯이 다니는 사람처럼 한다.

선정은 유금이 쾌활하고 호탕한 겉모습과는 다르게 두 눈 너머에는 고뇌와 슬픔이 가득차 있다는 것을 알아챈다.

유금이 행장 속을 뒤적여 붉은 양단 보자기로 싼 책을 꺼내어 펼친 뒤, 낮고 그윽한 목소리로 읽는다.

영천詠天

가볍고도 맑음이 하늘의 기색이라

형체야 높다지만 듣고 보는 건 나직하이.

바람·구름·천둥·비 멋대로 흘러다니고

해랑 달이랑 별은 스스로 굴러 옮기네.

중생을 덮어주니 공 어찌 헤아리리

만물을 길러내니 이치가 가이없어.

조화의 자연이라 뉘라서 터득하지

나는 저 창공에다 한 번 묻고 싶은걸.

친구의 아름다운 시를 다 읽은 유금은 진한 눈썹을 꿈틀거리며 자랑스러운 듯 말한다.

"아기씨! 이 시는 남자의 가슴도 설레게 하는 미남자 이덕무가 썼고요. 이덕무 말고도 그림을 잘 그리는 박제가, 역사에 밝은 내 조카 유득공, 온화하고 고상한 이서구의 귀한 시 사백 편이 이 책에 담겨 있습니다."

유금은 친구들이 몹시 보고 싶은지 책표지를 애만지며 한숨을 쉰다.

"친구들이 시를 쓰신 것이 아니고 '술'이 쓴 '시'를 친구분들의 입이 읊었을 뿐이지요."

"허허허~ 아기씨는 정말 대단하세요. 친구들이 몰려 다니며 마신 술을 합하면 아마 큰 배를 띄울 정도일 것입니다. 청나라 문객의 서문과 시평을 이 시집에 받아 조선에서 알아주지 않는 내 친구들을 청나라에 알리려 합니다."

원망과 한이 가득한 얼굴로 유금이 말한다.

유금의 눈이 슬픔과 분함으로 번쩍이는 것이 선정은 낯설면서도 연민의 마음이 든다.

유금은 청나라는 넓은 세상으로 나가는 관문이며, 아기씨나 나나 창공을 향해 막 날아가는 새와 같다며, 마치 날아오르려는 새처럼 몸을 낮추고 팔로 날개를 만들어 퍼덕이는데, 새가 아니라 오리의 날갯짓으로 보인다.

선정은 이런 즐겁고 유쾌한 선생과 함께 공부하는 일면식도 없는 보석 도령들이 살그머니 궁금해지기도 한다.

특히, 보석 도령 중 큰 도령은 작년 열한 살의 어린 나이로 동지연행원의 막객 자격으로 연경에 다녀왔다며, 선정이 연경에 다녀온 뒤 서로 만나는 것이 좋겠다고 너스레를 떨어 선정의 얼굴이 빨개진다.

유금이 간 뒤 선정은 〈삼역총해三譯總解〉를 꺼내 책장을 연다. 처음이자 마지막이 될 연경에서 많은 것을 보고 배우기 위해서는 청어를 하나라도 더 알아야 한다. 아직 연경까지는 한 달여가 남았으므로 집중해서 청어를 공부할 절호의 기회다. '내일 국경을 넘는다'는 생각을 하자, 만감이 교차하며 책을 넘기는 선정의 손이 파르르 떨린다.

　도강을 할 만반의 준비를 마친 서호수는 흥분하여 잠을 못 이룬다는 유금과 술상을 마주하고 앉아 있다.

수레에 실은 375개의 포 중 두 포가 부족한 것이 발견되어, 책임자와 노비를 심문하고 인삼포를 몰래 빼내어 판 자를 잡아서 의주 부윤에 이송하는 일로 우울하던 서호수도 흔쾌히 유금의 술친구가 되었다.

유금은 뛰는 가슴을 진정시키기에는 독한 술이 좋다며 소주를 자작하여 마시고, 서호수에게는 삼해주를 따른다.

"어른~ 이창수 대감 댁 아기씨가 여러 면에서 대단하다는 것을 이미 알고 계시지요?"

"알고 있다네. 소문으로도 이미 대단한 아기씨라는 것이 알려져 있지."

"아~ 하나를 배우면 열을 알고 한번 들으면 바로 암기하는 뛰어난 머리를 가지고 있어, 깜짝깜짝 놀라서 등에 소름이 다 돋는답니다."

"청어책을 들고 와서 역관에게 물어보는데, 역관들이 쩔쩔맨다고 대통관이 놀라 이야기를 하더군."

"아기씨가 나이는 어리지만 행실이 실로 고상하여, 동지연행원들의 칭찬이 자자합니다."

처음엔 목숨을 건 사행길에 여자가 끼어서 재수가 없다고 노골적으로 투덜대던 연행원들도 겸손하고 솔선수범하는 선정을 좋게 보기 시작하였다.

특히, 연행원 일행이 한양을 떠난 지 얼마되지 않아 수레를 끄는 노비 중에 복통 환자가 발생하였는데, 선정이 귀한 비상약을 나누어 주어 노비가 금방 회복한 일이 있은 후, 선정에 대한 연행원들의 태도는 크게 달라졌다.

"호수 어른~ 아직 아기씨가 정혼한 곳은 없는 것 같지요?"

유금이 술잔을 내려 놓으며, 취한 몽롱한 눈으로 서호수를 보며 묻는다.

"그런 것으로 알고 있네. 만약 아기씨가 정혼을 하였다면 거친 연행길을 허락할 친정이나 시집이 조선에 있겠는가?"

갑자기 술을 마시던 유금이 말을 잃고 생각에 잠긴 듯 고요하다.

서호수는 유금의 다음 말이 기다려지나 답이 없자 유금을 바라본다.

연행길에 오른 후 제대로 잠도 못 자고 추위에 시달린 유금이 독주에 취해 가늘게 코까지 골며 깊은 잠에 빠져 들었다.

아침부터 도강 준비로 소란스럽다.

압록강을 건널 때의 억센 추위에 대비하여 선정은 설면자雪綿子를 넣어 누빈 버선을 신고 물을 막아주는 질긴 돼지가죽 신발과 수달피로 만든 남바위와 바람을 막기 위해 비단에 여우털을 댄 쓰개치마를 꺼낸다. 선정은 머리털이 생긴 이후 처음 떠나온 어머니 냄새에 가슴이 뭉클해진다.

새벽까지 미친 듯 몰아치던 눈보라가 잠잠해지자 연행원들의 얼굴이 시름을 덜어 내서 밝고 환하다.

유금은 자신과 아기씨의 청나라 길을 하늘이 돕는다며 기뻐한다.

선정을 비롯한 삼백여 명의 동지연행원 일행은 꽁꽁 얼어붙은 압록강을 건너 책문柵門을 향한다. 압록강에서 책문까지는 청나라에서 그들의 조상이 일어난 곳이라 여겨 150여 리를 봉금지대封禁地帶로 정하여 사람이 일체 살지 못하게 하였다. 이 때문에 동지연행원 일행은 하루를 꼬박 걸어 구련성 일대에서 군막을 치고 하루를 노숙한 후, 다음 날 새벽에 출발하여 해가 질 무렵에야 겨우 청나라 책문 앞에 도착하였다.

청나라의 역관과 관리들이 마중을 나와서 먼저 도착한 삼사三使를 영접한다.

서장관이 연행원, 말, 수포 등의 숫자와 연경을 방문하는 목적이 담긴 문서를 청나라 관리에게 건넨다.

청나라 입국을 허락하는 책문보단柵門報單이 끝나고 선정과 일행은 청나라 땅에 들어섰다.

퇴청한 이창수는 사모도 벗지 않은 채 품속에서 서찰을 꺼내 말없이 유씨 부인에게 건네준다.

숙정의 갑작스러운 죽음의 충격과 선정의 연행으로 이창수와 유씨 부인은 많이 지치고 늙어 보인다.

"선정이가 의주에서 도강장을 보고하기 위해 한양으로 오는 인편에 보낸 편지요."

이창수의 말이 떨어지자 숨죽은 배추처럼 풀죽었던 유씨 부인의 얼굴이 기쁨으로 벌개지며, 이창수 앞으로 궁둥이걸음으로 다가가며 말한다.

"영감 정말이오? 우리 선정이가 어떻게 편지를 다 보냈단 말이오? 영감은 읽어 보았소? 선정이는 별 탈이 없지요?"

유씨 부인은 선정을 직접 안아 보는 듯 서찰을 끌어안고, 딸의 이름을 부르며 눈물을 흘린다.

바깥에서는 병정의 처 조씨 부인의 지휘 아래 조청을 달이는 달콤한 향과 수정회를 만들기 위해 돼지 족을 달이는 구수한 냄새가 난다. 주상께서 늙은 대신의 동지맞이를 위해 친히 고기와 전복까지 하사했지만, 유씨 부인은 모든 것이 심드렁하던 차였다.

삼월이도 상기된 얼굴로 유씨 부인이 편지 읽기를 기다리며 연신 목을 늘인다.

유씨 부인은 낯익은 선정의 글씨를 보자 그리움과 반가운 마음을 주체할 수 없어, 편지를 읽을 경황도 없다.

이창수가 유씨 부인의 하는 양을 보고 선정의 편지를 대신 읽어 준다.

"아버님 어머님 한겨울 추위에 몸 건강하신지요?…

서호수 어른이 북두칠성으로 절기를 아는 법과 다른 별에 대해서도 설명해 주셔서 밤이면 별을 보는 재미에 푹 빠져 있습니다. 어른은 다른 별에도 우리와 비슷한 세상이 있다고 하십니다. 호수 어른은 망원경으로 별을 보시고 다음날 날씨를 정확하게 맞추시는데, 귀신이 따로 없습니다.

호수 어른 자제분들의 스승인 유금이라는 가야금을 잘 타는 어른도 소녀를 친조카처럼 잘 대해 주십니다.

열흘 전에는 평양의 객사에서 냉면과 탕반을 먹었는데, 맛이 좋아 만드는 법을 자세히 물어 적어 두었습니다.

어머니께서 만들어 주신 남바위와 여우 쓰개치마가 찬 바람을 잘

막아주어 집이나 다름없이 따뜻하게 지내고 있습니다.

소녀의 편지를 읽으실 즈음, 소녀는 요동의 너른 벌판을 지나 소현

세자의 한이 남아 있는 선양쯤을 지나고 있을 것 같습니다.

불초 소녀는 부모님의 뜻을 꺾고 저하의 하해와 같은 은혜로 이 연

행길이 허락되었음을 늘 잊지 않고 있습니다.

내년 봄에는 어머니랑 외가댁에 가서 명주랑 소설을 마음껏 읽으

며 희희낙락 지내고 싶습니다…

불초여식 선정 압록강에서 두 분을 그리워하며 보냅니다."

"아이고! 어린 것이 얼마나 힘들면 청나라에서도 명주 생각

이 다 날까?"

유씨 부인은 깊게 한숨을 내쉰다.

유씨 부인의 한탄이 끝나기 무섭게 밖에서 익숙한 아들의 인

기척이 들린다

"아버님! 소자 병정이옵니다."

아들 병정이 착 가라앉은 목소리로 말한다는 것은 마음이

편치 않을 때라는 것을 가솔들은 안다. 편지를 소리내어 읽

던 이창수와 옆에 착 달라붙어 취한 듯 듣던 유씨 부인은 움

찔하며 놀란다. "아기씨는 좋겠다"를 연발하며 신나게 듣던

삼월이도 놀라서 발딱 일어난다.

이창수는 병정이 들어서자, 선정의 서찰을 벽에 걸린 고비에

꽂은 다음, 경상에 올려 둔 책을 들여다보며 느긋하고 온화

한 얼굴로 병정을 본다.

"오늘은 퇴청이 좀 이르구나~"

"세손께서 일찍 퇴청하여 가솔을 챙기고 동지 맞을 준비를 하라고 하셨습니다."

"주상이 어서 쾌차하셔서 세손께서 보위에 올라 반석을 다지는 것을 보셔야 할 텐데."

"주상께서 오늘은 옥체를 세우고 앉기도 하셨다고 하니 어환이 조금은 차도가 있는 것 같습니다."

병정은 얼굴에 아무 표정도 없이 입만 움직여 말을 한다.

유씨 부인은 병정이 자신의 감정을 추스리고 있다는 것을 안다.

"하늘이 우리 조선을 버리지 않는구나~"

이창수는 눈을 감고 혼잣말처럼 중얼거린다.

병정은 아버지가 딴청을 부리는 것이 답답한지, 가슴을 손으로 지긋이 누르다가, 이창수가 눈을 뜨기도 전에 따지듯 묻는다.

"아버님! 조정에 소문이 파다합니다. 이번 동지연행원 중에 청어를 아주 잘하는 소녀가 있다고요. 그 소녀가 용인 외삼촌 댁에 가 있다는 선정이 아닌지요?"

유씨 부인은 놀라서 오므라진 얼굴로 옷고름만 매만지며 어쩔 줄을 모르고 삼월이는 괜스레 뺨을 긁적거린다.

유씨 부인의 안절부절하는 모습을 흘깃 바라본 이창수가 병정을 바라보며 덤덤하게 입을 연다.

"미안하구나. 내가 너에게 숨기려고 한 것은 아니다. 네가 알면 선정이나 너에게 득도 없이 분란만 일어날 것 같아서 그랬다. 이 일은 세손의 뜻이기도 하다."

드디어 청나라의 백성들이 살고 있는 동네가 보이기 시작하자, 처음 청나라에 오는 연행원들은 신기한 듯 집과 사람들을 바라본다.

유금은 선정의 옆에서 구경에 취하여 낙마하는 것이 무서운 듯 말고삐를 움켜 쥐고 "아! 아기씨, 집마다 둘러친 붉은 벽돌담을 보세요. 우리 조선의 담은 주로 흙담이라 큰비라도 내리면 여기저기 무너져 내려 볼썽사나운데, 벽돌담은 튼튼해 보이네요"라며 풀이 죽은 목소리로 말한다.

연행원 일행이 쉬는 동안 선정과 유금은 변방의 동네를 구경하였다.

술과 음식을 파는 식당에서 풍기는 낯선 음식냄새가 변발을 한 사내들의 떠드는 소리와 어우러져 더욱 진하게 느껴진다.

사람들은 화려하면서도 보온에 신경을 쓴 옷 탓에 여유로워 보이고, 얼굴은 땟국이 흐르지만 피부는 윤택하고 부드러워 보인다. 시골의 변방 동네임에도 집들은 모두 벽돌로 반듯하게 지어져 있고, 길이 넓으면서 바닥도 평평하게 잘 정돈되어 수레가 달릴 수 있다는 것이 부러웠다.

청나라 사람들은 조선 소녀인 선정이 신기한 듯 무례할 정도로 선정을 바라본다.

"오랑캐도 예쁘고 잘난 아기씨를 알아보는 것 같네요. 야~이 오랑캐들아! 조선 여인의 인물과 덕은 감히 따라잡을 수가 없을 것이다."

유금은 잘 가꾸어진 변방의 동네를 보고 무너진 자존심을 세우려는 듯 큰 소리를 친다.

"예쁜 아기씨는 조선에서 청으로 시집을 오는 건가요?"

선정보다 서너 살쯤 많아 보이는 청나라의 젊은 여인이 길을 가다가 마주친 선정을 보고 웃음 지으며 청어로 묻는다.

선정은 갑작스러운 청나라 여인의 질문이 못이 되어 가슴에 박히는 듯 아파 온다. 자신의 꿈같은 연행길이 조선의 여인들이 한을 품고 걸었던 피눈물의 길이었다는 것을 깨달으며, 힘이 없는 나라의 백성으로 산다는 것이 얼마나 비참한 일인지를 생각한다.

첫 마을을 지나 삼백여 리를 더 가니 요동이었다. 요동에 도착하여 끝없이 펼쳐진 요동벌을 바라본 선정은 비로소 청나라에 왔다는 것을 실감한다. 말 위에서 바라본 요동벌은 몰아치는 세찬 눈보라를 묵묵히 맞고 있는 고독한 거인 같았다. 선정은 가슴이 벅차 올라, 말을 달려 세찬 눈보라를 뚫고 잠자고 있는 거인을 깨우려는 듯 요동벌을 향해 달린다.

서호수와 유금은 말을 달려 눈보라 속으로 사라지는 선정의 뒷모습을 바라본다.

얼어붙은 요동벌은 윙윙거리는 세찬 바람 소리가 말들의 높은 울음소리조차 삼켜 버린다.

선정은 말 위에 앉은 채로 휘몰아치는 눈보라에 하늘과 땅이 뒤섞인 요동 벌판을 향해 소리를 지른다

"조선의 딸 이선정이 청나라에 왔다!"

　요동을 통과한 뒤에도 눈보라를 동반한 악천후는 계속되었고, 짐이 가득 실린 수레를 끄는 노비들 중에는 동상으로 손과 발이 상하여 한 걸음을 나가기가 어려운 사람이 생겨났다. 선정은 서호수에게 동상이 심한 노비는 중간의 의방醫房에서 치료를 받게 하고, 짐수레는 청나라 사람을 사서 끄는 것이 좋겠다는 제안을 한다. 청나라 사람을 사는 비용은 자신이 사가에서 가져온 돈에서 충당하고, 돈이 부족하면 한양에서 갚을 테니 서호수에게 빌릴 것을 부탁한다.

서호수는 돈은 걱정하지 말라며, 선정의 마음씀씀이를 기특하게 생각한다. 서호수는 세손의 명으로 사행을 가는 선정이 연행원들과의 개인적인 친분이 연이 되어 가는 자제군관子弟軍官들과는 격이 다르기 때문에, 선정의 의견을 존중하여 동상이 심한 사람은 현지에 남아 치료를 받게 한다.

남겨진 동상 환자들은 선정의 덕을 칭송하고, 사행원 일행과

의 헤어짐을 아쉬워하며 서로 건강한 모습으로 만날 날을 고대한다.

의주를 떠나 압록강을 건넌 지 이십여 일 만에 선정을 비롯한 동지연행원들은 천신만고 끝에 진공로를 따라 산해관에 도착하였다. 열다섯 살부터 연행길을 안내하며 다녔다는 오십 중반의 사내는 이번 동지사행이 가장 춥고 힘들었다며 손사래를 치는데, 찬바람으로 트고 갈라진 얼굴에서 피가 흐른다.

산해관을 통과한 선정 일행은 백이와 숙제의 사당에 들른다. 서호수는 선정에게 백이와 숙제의 죽음에 대해서 어찌 생각하는지를 묻는다.

"소녀는 사람이 갖춰야 할 여러 덕목 중에서 '의리'가 제일 위에 있다고 생각합니다. 혹자는 산속에서 고사리로 연명하다 굶어 죽은 백이와 숙제를 고지식하고 나약하다 비웃을지도 모릅니다. 하나 소녀는 두 사람이 죽음을 택한 것은 '의리'가 앞섰기 때문이라고 생각합니다. 사는 것보다 죽는 것을 택하는 것이 더 어렵기 때문에 백이와 숙제는 나약하지 않습니다."

"삼군가탈수야三軍可奪帥也 필부불가탈지야匹夫不可奪志也니라. 삼군에게 장수는 빼앗을 수 있어도 한 사내로부터 그 지조는 빼앗을 수 없다고 하였는데, 백이 숙제는 그 지조를 빼앗기지 않았으니 참으로 사내대장부라고 할 수 있겠구나! 그럼 백이 숙제와 같은 상황이라면 너도 그리 행동하겠느냐?"

서호수의 말에 선정은 살포시 웃으며 말한다.

"필부불가탈지야匹婦不可奪志也입니다. 저도 당연히 죽음으로 그 의리를 보일 것입니다. 〈예기禮記〉에 보면 '부지의리생어불학 不知義理生於不學' 즉 의리를 모르는 것은 배우지 못함에서 비롯된 다고 하였습니다. 소녀는 아비의 무릎에서 말을 깨치기도 전 에 성현의 말씀을 배웠는데 '의리'를 행하지 않는다면 어찌 소녀가 글을 읽었다고 할 수 있겠습니까?"

선정의 맑은 눈빛에 단호함이 흐른다.

서호수는 선정이 '사내' 부夫를 '여자' 부婦로 바꾸어 답하는 재치에 감탄하면서도, 백두산 장백폭포를 봤을 때처럼 가슴 이 뻥하고 뚫리는 듯한 통쾌함이 가냘픈 소녀에게서 비롯된 것이 어색하고 안타깝게 느껴진다.

유금은 습관처럼 가야금을 어루만지다가 조용히 눈을 감고 중얼거린다.

"견현사제언見賢思齊焉하면 견불현이내자성야 見不賢而內自省也니라. 어리지만 현명한 선정 아기씨가 나를 돌아보게 하는구나."

희미하게 연경의 조하문이 모습을 보이기 시작하자, 동지 사 일행의 눈이 안도와 기쁨으로 빛난다.

연경은 목숨을 건 여행길의 고통을 잊어버릴 정도로 크고 호화로웠다.

'연경은 외관만으로도 이리 혼넋이 나갈 정도인데, 골목골목 은 얼마나 신기하고 새로운 볼거리로 가득차 있을까?'

선정은 자신이 연경에 있다는 것이 실감이 나지 않아, 늘어진 버드나무 가지 하나를 꺾어 손에 들었다.

말을 잃은 유금은 침을 꼴딱 삼키며, 사람과 수레로 가득 찬 연경의 거리 모습에서 눈을 떼지 못한다.

회동관에 여장을 푼 일행은 청나라 황제 건륭제乾隆帝를 알현하기 위한 예행 연습에 들어간다.

"되놈 왕을 만나는데 머리 찧는 연습까지 해야 하다니… 참."

바닥에 머리를 찧던 동지연행원 중 누군가가 비감한 생각이 들었는지 작은 목소리로 중얼거린다.

"조선의 여인들이 그렇지만 너는 참으로 명민해 보이는구나! 네 이름이 무엇이냐?"

건륭제는 당돌하면서 기품이 넘치는 조선 소녀의 이름을 마음에 새기고 싶은 듯 안경 너머로 가늘게 실눈을 뜨고 물어본다.

"부모님이 내려 주신 성은 전주 이李가이고 지어 주신 이름은 착할 선善 곧을 정貞 이선정이옵고…"

"부모가 준 이름이 이선정이면 네가 지은 이름도 있느냐?"

선정이 말을 잇기도 전에 건륭제가 호기심이 담긴 목소리로 묻는다.

"그러하옵니다. 제가 지은 이름은 빙허각憑虛閣이옵니다."

"오! 빙허각! 빙허각이라 참으로 특별한 이름이구나. 무슨 뜻이냐?"

"기댈 빙憑, 빌 허虛, 집 각閣 빙허각이온데 '허공에 기대어 선 다'라는 뜻으로, 누구에게도 의지하지 않고 자신이 삶의 주 인이 되어 살아가겠다는 각오를 담은 이름입니다."

선정은 유려하지는 않지만 틀림이 없는 청어로 말하며, 진주 장식을 한 조관을 쓰고 홍옥 목걸이를 한 건륭제를 바라본 다. 건륭제는 피부가 몹시 희고 얼굴의 선이 섬세하고 우아하 여, 젊은 시절 곰과 싸워 이길 정도로 무예가 뛰어났다는 것 이 믿기지 않을 정도였다.

역관 박시중은 선정의 빙허각이라는 이름이 건륭제의 오해 를 불러 화를 자초하는 것은 아닌지 화들짝 놀라, 자신도 모 르게 조아린 머리를 더 조아린다.

건륭제는 자신이 원하는 답을 구한듯 흐뭇한 얼굴로 미소를 지으며 고개를 끄덕인다.

"그렇구나! 조선 여인의 당찬 기상이 빙허각을 통해서 느껴지 는구나."

"황제 폐하 황공하옵니다."

"빙허각은 청나라 글로 시를 지어본 적이 있느냐?"

선정은 건륭제가 시 짓기를 제일 좋아하여 문인들과의 교류 를 최고의 행복으로 여긴다는 것을 서호수 어른으로부터 들 어서 알고 있었다.

"연경으로 오는 동안 청어로 연행길의 감동을 적곤 하였습니다."

"그래? 그럼 네가 지은 시를 한번 소개할 수 있겠느냐?"

건륭제가 온화한 미소를 지으며 말한다.

선정은 잠시 망설이다가 낭랑한 목소리로 청시를 낭송한다.

태초에 하늘과 땅이 열리고

하늘의 주인인 해와 달, 그리고 별 빛을 받은

신묘한 첫 생명이 자라나

그 씨앗은 바람을 타고 공중을 유영하였다.

해지는 서쪽 하늘 너머를 궁금해하던 소녀는

늙은 아비와 애써 눈물을 감추는 어미를 떠나

너테를 알 수 없는 겨울 언 강을 건너

칼바람이 들려주는 요동벌 이야기를 듣고

죽었으되 죽지 않은 두 형제를 만나 꿈인가 하였는데

어느새 고래입 같은 조하문이 보이도다!

…

선정은 평양을 출발한 뒤부터 아버지와 어머니에 대한 그리움과 연행길의 벅찬 감동을 청어를 연습할 겸 적어 두곤 하였는데, 오늘 머리에 떠오르는 것을 건륭제 앞에서 낭송한 것이다.

선정은 사랑스러운 조카가 되어 건륭제를 대하고, 건륭제는 그런 선정에게 다정한 백부가 되어 있었다.

그 어느 조선의 연행원이 선정보다 당당하고 의연하였을까?

선정의 언행에 서호수와 조선의 동지사 일행은 가슴이 뭉클하면서 눈시울이 뜨거워진다.

황제를 알현하고 나온 일행은 선정의 주눅들지 않는 태도에 놀랐으며, 그런 선정을 건륭제가 기특해하고 재회를 약속하였다는 것이 신기하다며 선정을 큰 전쟁에서 승리한 장수와 같다고 한다.

선정은 이런 칭송에 겸연쩍어 하며 "저는 용기 있는 장수나 배포가 두둑한 여걸이 아닙니다. 다만, 사람은 누구나 하늘 아래 똑같다고 생각할 뿐입니다"라고 말한다.

"아기씨, 그래도 다른 사람도 아니고, 청나라의 황제가 아닙니까?"

유금이 놀란듯 다시 묻는다.

"권력은 의복과 같아서 언제라도 벗거나 갈아 입는 것입니다. 황금으로 지은 옷이라 하여도 그 옷에 절을 하거나 경외하지는 않지요."

선정의 딱 부러지는 말에 유금은 말문이 막혀 버린다.

두 사람의 대화를 듣던 서호수는 선정에 대한 연민과 안쓰러움이 몰려 들어 한숨을 짓는다.

'아~ 부귀영화를 손에 쥔 아기씨가 힘든 길을 택하여 가려고

하는구나. 별을 가슴에 품은 소녀의 운명인가?'

　선정 일행은 청나라 역관의 안내로 부성문 근처에 있는 이마두(마테오 리치)의 무덤을 방문하였다. 이마두의 무덤 주변에는 서양 선교사들의 무덤 팔십여 기가 함께 있었다. 돌담으로 둘러싼 이마두의 무덤은 벽돌로 쌓아 처마가 있는 태평거처럼 안락하고 편안하게 보인다. 무덤의 정문 밖에는 돌기둥 스물네 개를 세우고, 포도나무를 심어 올렸는데 품종은 모두 서역의 것이라고 한다.

청의 역관은 포도 맛이 달고 시원하다며, 포도가 익을 무렵 왔으면 맛을 볼 수 있었을 것이라며 누렁누렁한 잎이 몇 개 남아 있는 포도나무를 바라보며 아쉬워한다.

이마두의 무덤 앞에 선 서호수는 감개가 무량한 듯, 비석을 어루만지며 유금에게 말한다.

"땅이 구만 리나 떨어지고 이백여 년이 흘렀지만, 이마두의 기기(혼개통헌)는 기자의 나라 조선에 전해졌고 내 저술에도 스며들었으니, 상우尙友인 이마두의 무덤 앞에 선 감회로 가슴이 터질 것같네."

"호수 어른! 이마두도 처자식이 줄줄 딸렸다면 다른 삶을 살았겠지요~"

유금이 이마두의 자유로웠던 삶이 부러운 듯 입술을 축이며 말한다. 유금의 넋두리에 서호수는 그저 빙그레 웃는다.

선정은 서역의 선교사들이 야소교^{耶蘇敎}를 전파하기 위해서 구라파의 앞선 지식과 학문을 공짜로 내어 주었다고 하는데 그들이 믿는 야소교가 무엇인지 궁금해진다.

다음날 선정은 서양 선교사를 만나러 가는 서호수를 따라 유금과 함께 천주당으로 향한다. 청나라 사람과 똑같은 청색 괘^{褂}를 입고 털모자를 쓴 이국인들은 찻집 안과 밖이 연결된 좁고 긴 살피꽃밭 같은 처마 밑에서 차를 마시다가, 서호수 일행과 눈이 마주치면 미소를 지으며 먼저 익숙한 청어로 인사를 한다. 선정은 청색 괘가 푸른 눈과 흰 피부에 옅은 색 머리칼을 가진 이국인들과 잘 어울린다고 생각한다.

"우리 조선 사람들은 근엄함이 우선으로 미소를 잘 짓지 않는데, 서역 사람들은 늘상 미소진 얼굴이라 보기 좋아요."

"아기씨~ 천주학에서는 이웃을 내 몸과 같이 사랑하라고 해요. 이웃은 꼭 옆집 사람이 아니라 우리처럼 낯선 사람도 해당되지요. 하긴 조선에도 '웃는 얼굴에 침 못 뱉는다'는 속담이 있긴 하네요."

"조선의 속담은 아쉬운 사람의 처신으로 제한되어 있지만, 천주학의 규범은 좀 더 범위가 넓어 참으로 우리가 배울만합니다."

유금은 세상 경험이 많지 않은 조선의 어린 소녀가 천주학의 본질을 한눈에 꿰차는 것이 신통하다.

"머리색과 수염이 잿물에 담가 놓았다가 건진 것처럼 흐리멍

덩하지만, 코는 삼각산 바위처럼 우뚝 솟아 의지가 넘치고, 눈은 강처럼 깊고 푸르러 신비한 느낌을 주네요."

유금이 서역인들의 외모를 재치 있게 표현한다.

야소를 모신다는 천주당 교회는 벽돌로 견고하게 지어졌고, 야소가 산다는 하늘에 닿으려는 듯 뾰쪽한 탑이 건물의 중심에 있다.

천주당 교회 앞은 야소에게 기도를 하려는 청나라 사람들로 넘친다.

천주당 교회 뒤켠의 버드나무 그늘에는 긴 다리가 달린 상을 세워 놓고 빨강색, 파란색, 노랑색, 검정색, 흰색 등의 색을 섞어서 다채로운 색을 만든 다음, 쉴 새 없는 붓질로 여러 더께로 채색하는 서역 화원들과 기예를 보듯 화원의 붓질을 구경하는 청나라 사람들이 옹기종기 모여 있다.

"아기씨~ 서양화는 두껍게 색을 입혀서 첫눈에 마음에 들어오는 것이 조선의 그림과는 다르네요."

"사물의 원근감이 평면에서 잘 표현되는 것이 참으로 신기하네요."

유금은 서양화를 걸어 두고 그 아래에서 가야금을 연주하면 잘 어울릴 것 같다며, 서양화에서 눈을 떼지 못한다.

함께한 화원도 정신 줄을 놓고 서역 화원들의 그림을 구경하다가, 자신의 임무가 불현듯 떠오른 듯, 붓과 먹물을 꺼내고 종이를 펴서 천주당 교회의 모습을 그리기 시작한다.

선정은 조선과 서양의 그림을 한 장소에서 볼 수 있는 이 현실이 신기하기만 하다.

천주당 안에는 유리로 만든 창문들이 있고, 벽에는 야소상과 여러 신상들이 걸려 있는데 복장이 괴이하지만 살아 숨을 쉬고 있는 듯 금방이라도 걸어 내려와 선정에게 말을 걸 것 같다. 창은 유리를 끼워 화려하였고 야소상 앞에 걸린 등한 쌍은 불이 밝혀져 있었다. 어두운 북벽에는 백동병 반체가 붙어 있고 그 아래에는 둥그런 손 씻는 대야가 있는데 백동병 배에 있는 나사못을 왼쪽으로 돌리면 못이 나오면서 물이 대야로 흐르고 오른쪽으로 돌리면 못이 들어가면서 물이 멈춘다. 선정은 백동병이 우물과 연결되어 있는지 일행의 안내를 맡은 서양 선교사 유사영에게 청어로 물어본다.

"아가씨! 제가 아가씨라고 부르는 것이 실례가 아닌지 모르겠습니다. 천주당 안에는 큰 물통이 있고 관으로 연결하여 물을 쓰는 곳에 공급을 해 줍니다."

오라비 병정 또래로 보이는 유사영은 햇살에 반짝이는 푸른 호수 같은 눈으로 호기심 많은 조선 소녀 선정을 바라보며 다정하게 말한다.

서호수 일행은 유사영의 안내로 천주당과 연결된 관성대觀星臺에 오른다.

유사영은 여러 기기들을 보여 주며 서호수에게 기기의 이치를 아느냐고 묻는다.

선정은 서호수가 모를까 봐 가슴이 조마조마하다.

"네! 잘 알고 있습니다만, 기기들에 대한 저의 설명을 들어 보시고 혹여 잘못된 부분이 있으면 유 공께서 바로잡아 주십시오."

선정은 서호수가 겸손한 듯 말하지만 눈빛에서 자신감이 넘쳐나는 것을 느낀다.

유사영은 빙그레 미소를 띤 채, 조선에서 온 거만한 천문학자의 입에서 어떤 설명이 나올지 기대하며 서호수를 바라본다.

"맨 왼쪽 것은 상한의로 주천 360도를 4로 나눈 90도를 이용해 북극 고도와 태양 고도, 산하와 누대의 거리와 높이를 잽니다. 그 옆은 기한의로 주천 360도를 6으로 나눈 60도를 이용해 두 별 사이의 경도차와 위도차를 잽니다."

선정은 무슨 뜻인지 짐작조차 못 하지만, 서호수는 관성대에 있는 상한의, 기한의, 천체의 등의 기기들 사용법을 통달한 사람처럼 이야기를 한다.

유사영은 크게 놀라며 서호수의 손을 맞잡고 말한다.

"대단하십니다! 조선에서 오신 공께서는 이미 천문학의 이치에 밝으니, 말이 필요 없습니다."

선정은 서호수가 너무도 자랑스러워 손뼉을 치고 소리를 내어 웃고 싶은 마음을 누른다.

서호수와 유사영은 화성의 차륜 반경과 태양의 흑점에 대해서 이야기를 하는데, 유사영보다 서호수가 더 깊이 알고 있는 것 같다.

서호수는 주석으로 만든 망원경을 철로 된 틀 위에 걸고 망원경의 초점을 맞추어 태양의 흑점을 찾는다. 한참만에 흑점 몇 개를 찾은 서호수는 어린아이처럼 기뻐한다.

"어른이 청나라 사람이라면 우주를 손 안에 넣으셨을 겁니다. 어른은 천문학에 통달하여 배울 것이 없는 분입니다."

유금이 망원경에서 떠날 줄을 모르는 천재 천문학자 서호수의 뒷모습을 바라보며 안타까운 듯 말한다.

서호수의 설명에 숫자가 많이 등장하는 것으로 보아, 천문학은 수학과 깊은 관계가 있는 것 같다고 선정은 생각한다.

유금은 관성대 안에 있는 천문 기기들을 하나하나 눈으로 살펴보며 그림을 그리고 설명을 더한다. 연필을 코와 미간 사이에 세워 천문 기기를 바라볼 때의 유금의 표정은 짙은 눈썹과 풍성한 수염이 어울려 깊은 울림을 준다.

선정은 우주의 신비를 밝혀 인간의 삶을 예측할 수 있는 천문학이야말로 자신이 하고 싶었던 공부라는 생각이 든다.

선정은 서호수 어른에게 천문학을 배우고 싶다는 생각이 들며, 호수 어른의 보석들이 부러워진다.

선정의 눈에는 천문학과 수학에 능통한 서호수가 밤하늘을 비추는 별처럼 아름답고 신비하게 보인다.

연경에서의 생활이 꿈결처럼 흘러가고, 새해가 밝았다. 선정은 그 사이 〈청평견희淸平見喜〉, 〈홍희일영鴻禧日永〉 등의 연극을 서른 편이나 보았고, 건륭제도 한번 더 만났으며, 시간이 나는 대로 유리창琉璃廠을 다니며 견문을 넓히고 있다. 청에서의 모든 것이 신기하지만, 띄엄띄엄 들리던 청어가 잘 들린다는 것이 무엇보다도 신기하였다.

유금은 밥을 먹으면 연극이나 연회에는 도통 관심이 없고, 친구들의 시집이 든 책 보따리를 안고 어디론가 달려가곤 하였다. 호수 어른은 세손이 요청한 책과 집안의 책을 사러 유리창의 서점에서 살다시피 한다.

얼마 뒤 선정은 유리창 거리와 접한 누각이 있는 찻집에서 안경을 낀 단정한 청나라 선비와 필담을 나누는 의기양양한 표정의 유금을 보고, 유금이 청나라의 문인들과 사귀며 천애지기天涯知己의 정을 나누고 싶어함을 알게 된다.

선정은 어른들을 위해 안경을, 식솔들을 위해 연필을 사고, 남은 노잣돈을 털어 며칠 전부터 유금이 눈독을 들이던 최신 천체 관측기구 '아스트롤라베'를 산다.

선정과
세손과 덕임

　지겹던 겨울도 이제 끝자락을 드러내고 있어, 낮에는 제법 봄기운이 느껴진다. 얼마 전 내린 단비로 존현각 앞의 매화나무는 탱탱하게 물이 올라 금방이라도 '펑' 하는 소리와 함께 분홍 꽃망울을 터트릴 듯 벙그러져 있다.

　세손은 눈을 부릅뜨고 귀를 쫑긋 세우고 매화가 필 때까지 매화 곁에서 지켜보리라 작정을 했다가, 자신의 하는 양이 싱거워 다시 존현각으로 돌아와 무릎을 꿇고 독서를 하기 시작한다.

　세손은 글공부를 시작한 다섯 살 때부터 무릎을 꿇고 독서를 하는 것을 책이 아닌 성현에게 직접 가르침을 받는 것과 같이 했다.

　주위에서 건강을 염려하여 만류하였으나, 세손의 고집을 꺾지 못하였다. 이러다 보니 세손의 무릎은 굳은살이 박혔고,

버선 끝은 늘 닳아 있었다.

"동궁 저하~ 수라상이 올라왔습니다."

세손은 마침 시장기가 돌던 참이라 덕임의 목소리가 유독 반
갑게 들린다.

"동궁 저하~ 오늘이 정월 대보름인지라 약식과 묵나물을 외
가에서 올렸습니다."

세손이 달콤한 약식을 유난히 좋아하여 외할머니인 한산 이
씨는 보름이 아니어도 자주 외손자에게 약식을 선물하였다.
외숙모는 버선이 자주 닳는 세손을 위해 버선을 지어 직접
들고 오거나 궁을 오가는 인편을 통해 보내곤 하였다.

"네 부모님과 오라비들은 잘 지내고 있더냐?"

"네~ 황공하옵니다. 제 아비나 어미는 동궁 저하의 은혜로
잘 지내고 있습니다."

덕임의 아비가 세손 외가의 청지기이므로, 세손은 이런저런
일로 덕임을 외가에 자주 심부름을 보내서 부모와 오라비를
볼 수 있도록 한다. 요즈음 덕임은 혜경궁 홍씨보다 세손과
보내는 시간이 점점 늘어나고 있지만 혜경궁 홍씨도 이를 싫
어하는 기색은 아니었다.

"외할머니의 약식이 달보드레한 것이 천하제일이구나."

잠시 젓가락을 내려놓은 세손이 감탄을 한다.

"내 이 맛있는 약식을 혼자 먹기 아깝구나. 그래, 그게 좋
겠다!"

세손은 흙속에서 보물을 발견한 사람마냥 "수어사 어른 댁에 약식과 묵나물을 보내면 좋겠구나. 딸이 이 엄동설한에 연경에 간 일로 걱정이 깊을 것이다"라고 말한다.

세손은 내관에게 수어사의 아들 이병정을 세손전으로 들 것을 명한다.

'동궁 저하가 갑자기 웬일이실까?'

세손의 부름을 받은 이병정은 득달같이 세손전으로 달려온다. 병정은 어젯밤에 어떤 꿈을 꾸었는지 떠올려 보기도 하며 미리 이러쿵저러쿵 머리를 써 보다가, 불현듯 막내누이 선정이 떠오른다.

영리한 이병정은 자기 자신에게 큰 기회가 오고 있다는 것을 거니채고 흥분으로 몸이 파르르 떨려 온다.

병정과 마주한 세손은 친밀한 사람에게나 보이는 큰 웃음을 짓는다. 세손의 방안은 담배 연기로 가득차서 마치 안개가 낀 것 같았다.

"내 그대 얼굴을 보니 그대의 누이가 떠올라 웃음부터 나오는구료. 어찌 그리 자네보다 훨씬 나은 누이동생을 두었소?"

"동궁 저하! 소신의 누이는 남달리 명민하고 매사에 빠짐이 없어 소신도 누이가 신통합니다."

"허~ 허~ 허~ 그래 누이에게서 연락이라도 있었소? 수어사 어른이 여식 걱정으로 병이라도 얻지 않으셨는지 걱정입니다."

"송구하옵니다 저하~ 제 누이는 인편에 두 번 서찰을 보냈는데, 잘 지내고 있다 하여 건강하게 돌아올 날만을 간절히 손꼽아 기다리고 있습니다."

병정은 선정이 연경에 가는 것을 처음에는 모르고 있다가, 나중에 알게 되었다는 것을 굳이 내색하지 않는다. 처음부터 세손의 뜻으로 가는 줄 알았다면 자신도 반대하지 않았을 것이다. 아니 도리어 누이동생을 자랑스럽게 생각했을 것이다.

세손 이산! 세손이 왕이 되는 것을 반대하는 세력이 있지만 큰 변고가 없는 한 주상을 이어 조선의 왕이 될 자가 아닌가? 세손은 아비인 장헌세자 일로 인해 이병정에게 마음의 빚을 지고 있었다.

장헌세자는 뒤주에 갇히기 직전에서야 자신의 목숨이 위태롭다는 것을 깨닫지만, 심지어 어머니 영빈 이씨와 세자빈 홍씨까지 장헌세자에 대한 더 이상의 기대가 없어서인지 아들과 남편에게 등을 돌리고 있었다.

사자 우리에 내던져진 장헌세자의 유일한 버팀목은 형수인 혜빈 조씨의 오라비이며 이병정의 장인으로 우의정을 지낸 조재호였다. 잠시 벼슬에서 물러나 춘천에서 칩거하고 있던 조재호는 세자가 보낸 서찰의 내용을 다 읽기도 전에 선바람으로 말을 달려 세자의 목숨을 구하고자 한양으로 달렸다.

장헌세자는 새우처럼 구부려진 채 뒤주 틈으로 궁녀와 내관들이 넣어 주는 물을 받아먹으며 뒤주의 뚜껑이 열리기를 기다렸으나, 조재호는 영조를 만나기도 전에 역모를 일으키려 한양으로 왔다는 무고로 사사된다.

영조는 조재호의 역적질 과정을 상세히 기록한 책 〈봉교엄변록奉教嚴辨錄〉을 펴내 흉흉한 민심을 바로잡고자 하였다.

장인 조재호가 역적이 되어 사사를 당한 일은 당시 과거를 준비하던 병정에게는 하늘이 무너지고 땅이 뒤집어지는 충격이었다. 잘나가던 처가가 하루 아침에 역모의 수괴가 되었으니, 병정의 인생도 끝이 난 것이다.

불행 중 천만다행으로, 아비는 아들을 뒤주에 가두어 죽인 일이 더 이상 거론되는 것을 원치 않았기에 모든 것이 거기서 끝이었다.

세월이 흐르고 세손이 성장하여 현 주상의 뒤를 이을 가능성이 커지면서, 조재호에 대한 평가가 조금씩 달라졌다. 몇 달 전에는 병정의 처 조씨가 직접 신문고를 두드리고 아비의 억울함을 하소연하였고, 주상께서는 조재호를 서용敍用하여 옛 벼슬을 회복시키라는 하교와 함께 병정의 처 조씨에게는 그 의기를 가상히 여긴다며 비단과 포 등을 내려주었다.

혼인한 지 얼마 안 되어 장인이 역모로 사사되는 참담한 사건에 은인자중하던 병정은 운이 천시와 맞아 떨어지면서 부교리, 부응교를 거쳐 종3품 집의까지 오르며 탄탄대로를 달리기 시작했다.

세손이 선정의 연경행을 허락한 것도 이병정이 조재호의 사위라는 이유도 크게 작용하였다.

병정은 세손 옆에 다소곳이 앉아 있는 묘한 존재 덕임을 경계의 눈으로 빠르게 훑어본다.

병정의 눈길이 부담스러운 덕임은 고개를 살짝 돌린다.

타고난 미모를 갖추지 못했음에도 세손의 마음을 자신의 것으로 만든 덕임에게는 보통 궁의 여인들에게서 보기 힘든 온유함과 편안함이 묻어나고 있었다.

부부도 아닌, 오누이도 아닌, 친구도 아닌, 친척도 아닌 덕임과 세손의 모호한 관계는 이미 신료들 사이에 소문이 파다하였다.

아직 세손빈이 후사를 잇지 못하고 있는 상황인지라, 덕임의 존재를 무시하는 신료는 아무도 없었다.

궁 안의 어떤 여인이든 세손의 아들을 얻기만 하면 되는 것이 아닌가? 덕임은 신분이 비록 궁녀이지만, 궁에서의 대접은 세손의 뜻으로 크게 격상되어 있었다.

잠시 뒤 세손은 덕임을 물리치고 병정과 단 둘이 남는다.

세손은 병정이 듣기 송구할 정도로 선정의 총명함과 재기를 거듭 칭송하며, 그런 누이를 둔 병정이 부럽다고 한다.

병정은 똑똑한 누이의 오라비 노릇도 쉽지는 않다며 마음고생을 하고 있는 속사정을 하소연한다.

세손은 "조선의 제갈량 이병정이 똑똑한 누이가 싫다면 선정이 불쌍하고 가엾으니 시집을 보내는 것이 좋겠다"고 말한다.

갑작스러운 세손의 이야기에 병정이 당황하다가 "한양의 사대부 집안 부인들 사이에는 선정의 대단한 고집이 소문이 나긴 했지만, 용모가 수려하고 고상하여 선정을 본 사람은 한결같이 선정에 반한다"며 슬쩍 누이 자랑을 한다.

세손은 병정이 자신의 약점을 잡아 약을 올리는 것 같다는 생각이 들어, 부아가 치밀어 오른다.

잔머리 잘 돌고 눈치 빠른 이병정이 세손의 선정에 대한 관심을 눈치챈 것이다.

세손은 이병정에게 끌려다니는 것이 화가 나지만, 체면이 있으니 내색을 할 수 없다.

영리한 병정은 유쾌하고 총기가 넘치는 세손의 당당한 눈빛 뒤로, 신료들이 언제 자신을 내칠지 모른다는 두려움과 불안감에 눌린 사내 이산이 수심이 가득 찬 채 우두커니 서 있는 모습을 본다.

세손은 누이 때문에 눌려 사는 이병정과 신료들에게 잔소리 듣고 눌려 지내는 자신의 처지가 비슷한 것 같아 서로 위로가 필요하다며, 내관에게 술상을 올리라고 명한다.

세손이 병정에게 술을 권하며 '불취무귀不醉無歸'라며 으름장을 놓는다.

'오늘은 죽었구나'라고 포기를 하고 마신 술로 동궁전을 나올 때는 하늘과 땅이 뒤집혀 보일 정도였지만, 이병정의 정신은 조금도 흐트러지지 않았다.

　다음날, 술에서 깬 병정은 세손이 보름 음식을 내리는 것을 핑계 삼아 선정에 대한 호감을 드러낸 것이라고 확신하게 된다.
'세상은 기회를 알아보는 눈과 그 기회를 내 것으로 만들어 내는 자의 것이다.'
이병정은 머리맡에 놓인 자리끼를 벌컥벌컥 들이킨다.
'그래! 나에게 기회가 왔다. 반드시 잡고야 말 것이다.'
밖에는 봄을 재촉하는 반가운 봄비가 촉촉하게 내리고 있다.
'반가운 봄비다. 선정이는 나를 위해 만물을 깨워 싹을 내는 봄비가 되어야 한다. 그래 봄비야 봄비…'
'아버님도 못하신 정승을 반드시 하고야 말겠어.'
장원 급제를 한 이창수가 수어사로 벼슬아치 생활을 마치는 듯하자 병정의 결심은 더욱 단단해진다.

　선정이 돌아왔다.
선정의 일행이 한양과 가장 가까운 파주의 역참에 어제 저녁 무렵 도착했다는 전갈을 받은 유씨 부인은 힘이 벌떡 솟았다.
이창수의 집은 그간 슬픔과 고통에 빠진 안주인으로 인해 잃었던 생기를 빠르게 되찾는다.
유씨 부인이 청소며 음식 준비로 복례어멈과 복례, 삼월이를 들들 볶아대서, 둘은 발바닥에 불이 날 지경이다.

며느리 조씨 부인도 시누이 방의 장판을 새로 놓아 들기름을 먹여 번쩍번쩍 광을 내고 겨우내 짠 발이 고운 치자꽃빛 명주로 벽도 발랐다.

모두가 정신은 없지만 선정이를 맞이하는 일이라 발바닥에 불이 붙어도 좋고, 고기를 삶으려 장작불을 지피다가 삼단 같은 머리털이 불에 타도 아깝지 않다.

'우리 귀하고 착한 아기씨가 무사히 돌아왔다는데 이보다 더 기쁜 일이 세상천지에 또 있으련가?'

'말 잘하는 아기씨는 연경 이야기보따리를 풀어 이년들의 혼넋을 다 빼어 버리겠지.'

복례는 신이 나서 걸레 빤 물을 나비물로 버리고, 대길이는 목욕물을 데울 장작을 나른다.

이창수도 오늘 만큼은 체신을 내려놓고 안채로 정짓간으로 서성거리며, 그리운 막내딸을 기다리는 지루함을 달래고 있다.

선정이 좋아하는 식혜를 만들려고 엿질금을 문지르는 유씨 부인의 눈길은 자꾸만 중문으로 향한다.

그날 저녁 땅거미가 질 무렵, 집을 나선 지 반 년 만에 선정이 돌아왔다. 목단처럼 탐스럽던 얼굴은 광대가 드러났고, 윤기가 자르르하던 흑단 같은 머리채는 비루먹은 개털같이 퍼석한 것이, 영락없이 심한 옥고를 치르고 나온 겅더리 몰골이었다.

선정은 목욕을 하고 부모님과 조상을 모신 사당에 예를 갖취 인사를 한 다음, 사흘을 먹지도 않고 내리 잠만 잔다. 선정은 잠결에 보이는 익숙한 방안의 풍경이 꿈인지 생시인지 어리둥절하다가, 복례와 삼월이의 목소리에 안심하며 다시 깊은 잠에 빠져든다.

별채 지붕 위로 떠오른 초승달은 연못 한 켠에 꽃 수를 놓은 듯하고, 별채 앞 정원의 봉오리를 맺은 장미는 잉태를 한 여인처럼 거만하다.

병정은 선정의 건강이 회복되기를 초조하게 기다리고 있다. 마른 낙엽이 되어 돌아왔던 선정이 보름여의 요양으로 오랜 가뭄에 소낙비를 맞은 나무처럼 생기를 되찾았다는 것을 오늘 아침 조씨 부인으로부터 들었다.

마음이 급한 병정은 아버지 이창수를 찾았으나 술 손님이 있어 들어가지 못하고, 뜰 앞을 서성거리다가 선정을 먼저 만나기로 한다.

"막내아기씨~ 연경의 남자들은 어떤가요?"

까불까불한 복례도 청나라 남정네까지 관심을 갖고 질문을 하는 것이 수줍은 듯, 자그마한 목소리로 선정에게 물어본다. 듬쑥한 삼월이도 토끼처럼 쫑긋 귀를 세우고, 선정의 입을 바라본다.

"청나라 남자들은 한양에서도 흔히 보지 않느냐? 여인에게 구순하고 강처럼 푸른 눈을 가진 서양 남정네들에 대해 이야기를 해 주마."

선정이 잔뜩 목에 힘을 주고 말한다.

"자기 여편네나 누이도 아닌데… 구순하면 흉이 아닌가요?"

삼월이가 고개를 갸웃거리며 선정에게 묻는다.

"연경에는 서양 남정네들이 아주 많은데, 다들 한결같이…"

그때 밖에서 병정의 헛기침 소리가 들리자, 삼월이와 복례는 다 된 죽에 코를 빠트린 듯 허망한 얼굴로 웃음기를 거두고 일어난다.

"그래! 몸이 많이 회복했다 들었는데 좋아 보이는구나. 내가 올케성에게 경옥탕을 달여 주라 하였는데, 잘 먹었느냐?"

"오라버니가 여러 가지로 신경을 써 주어서 이제 다시 공부하고 여공을 할 수 있게 되었습니다."

"공부와 여공은 평생 해야 되는 일이고, 이제 혼인에 신경을 써야 한다. 일전에 내가 저하를 뵈었는데 네가 연경에서 돌아오면 보기를 고대하고 계시더라."

"저하께서요?"

선정은 반색하다가 이내 얼굴이 붉어진다.

"일개 소녀인 너를 연경에 보낸 뒤 신료들로부터 심한 질타를 받으시었다. 내가 몹시 딱하였으니, 너는 마땅히 예를 갖춰 저하를 뵐 일이다."

사실, 연경에 다녀온 뒤 선정은 세손을 만나기를 몹시 갈망하였으나, 자신이 먼저 나서서 말을 할 수가 없어 속으로 애를 태우던 차였기에, 오라비의 말이 너무나 반가워 눈물이 날 지경이었다.

"빙허각~ 어서 들게나."
존현각 이층에 있는 주합루宙合樓에 들던 선정은 청나라에서의 일이 세손에게 알려진 것 같아 쑥스러워 세손에게 바로 눈길을 주지 못한다.
"청의 건륭제 앞에서도 당당한 빙허각이 왜 이리 어색해 하는고?"
선정은 건륭제를 만났던 일을 세손이 미주알고주알 알고 있는 것이 당황스러워 얼굴이 발그레해진다.
세손이 장난기를 가득 담은 눈으로 선정을 바라보자, 선정은 더욱 어찌할 바를 모른다.
반 년 만에 다시 보는 세손이 이상하게 편안하지 않음은 세손에 대한 사무치도록 그리운 마음을 품었기 때문이었음을 선정은 안다. 이국의 차가운 달에 세손의 다정한 얼굴이 떠올라 선정은 화들짝 놀라서 세손의 얼굴을 지우고, 아버지나 어머니 얼굴로 채우려 할수록 세손의 얼굴은 선명해지고 커지기만 하였다. 이런 자신의 마음이 세손에 대한 연정이었음을 죽음의 연경길에서 돌아와서야 알게 되었다.
세손은 연경에서 돌아온 선정이 이제 더 이상 어린 소녀가 아님이 느껴지면서, 괜스레 마음이 울적해진다. 반 년 전 폭풍과 비바람이 몰아치던 날, 선정을 처음 본 순간 세손은 심장이 멈추고 숨이 막혀 몸에 경련이 일어나는 것 같았다. 선정이 연경으로 떠난 뒤, 달빛이 유난히 고운 밤이면 선정의 샛별 같은 얼굴이 떠올라 책을 덮고 시름에 잠기기도 하였다. 선정에 대한 그리움이 점점 커져서 심장이 찔렸는지 가슴이 아파서 숨을 쉴 수도 밥을 넘길 수도 없었다. 조선의 세손 이산이 아니라 한 여인을 사모하는 남자 이산이 되어 한번도 느낄 수 없던 가슴이 부풀어 터질 듯 아픈 행복감에 젖기도 한다.

조선의 세손으로 태어났다는 것은 작은 조각배에 의지한 채 폭풍이 치는 바다에 내던져진 것과 다름이 없음을 안다. 선정을 만난 뒤 폭풍에 휩쓸려 나무 조각을 잡고 자신을 집어삼키려는 파도와 싸우는 꿈을 꿀 때마다 세손 산의 얼음처럼 차가운 손을 잡아 준 것은 어머니도 세손빈도 장인 홍봉한도 아닌 덕임과 선정이었다. 세손빈 청풍 김씨는 세손의 나이 아홉 살에 만나 오누이처럼 지내다 보니 정말 오누이 같이 되었고, 덕임은 답답한 궁에서 같이 지내다 말귀도 통하고 영특하여 정을 느끼고 있던 참이었으며, 선정은 짧은 만남이었지만 산의 마음을 순식간에 사로잡고 있는 중이었다.

"왜 너는 하고많은 아름다운 이름을 두고 빙허각이라고 스스로를 칭하느냐? 너무 허무한 이름이 아니냐?"

세손의 진지한 질문에 머쓱한 선정은 시선을 잠시 허공에 두

다가 산호처럼 붉은 입술을 연다.

"저하! 소녀는 허공에 기대어 세상을 살겠다는 뜻으로 빙허각이라는 이름을 가졌습니다."

선정의 말을 들은 세손의 머릿속은 공부가 여물기 전 할아버지가 낸 어려운 시험문제를 받은 것보다 더 복잡해진다.

"난 너하고 선문답을 하고 있는 것이 아니다."

세손은 선정의 답이 얼른 이해가 되지 않아 자존심이 상하기도 하고, 선정의 빛나는 눈이 거만해 보이는 것도 같아, 심술이 담긴 눈으로 선정을 뚱하게 바라본다.

세손의 마음을 얼른 읽은 선정이 긴장을 풀고 다정하게 말을 잇는다.

"저하! 소녀는 아무것도 없는 허공에 기댄 사람처럼 남에게 의지하지 않고 제가 인생의 주인이 되어 세상을 살고자 할 뿐입니다."

빠르게 말을 마친 선정이 고개를 떨구자 별처럼 빛나던 눈빛도 잠시 잠을 잔다.

"너는 이창수의 여식으로 태어났음에도 어찌 이런 당돌한 생각을 할 수 있단 말이냐? 너는 어린 시절 스스로 먹을 것을 구하지도 않았고, 너의 아비가 너를 위태롭게 하지도 않았을 터인데, 어찌 이런 절박한 생각을 하게 되었느냐?

넌 나처럼 아비가 좁은 뒤주에 갇혀 마실 물을 달라고 애원하는 것을 듣지도 않았거늘, 네가 마치 나인 듯 이야기를 하는구나. 내 마음을 우물처럼 들여다보고 있는 것 같아, 내 어찌할 바를 모르겠구나."

세손의 눈언저리가 갑자기 잇꽃처럼 붉게 변하고 눈빛이 바람 앞의 촛불처럼 흔들리자, 선정은 당황하여 어찌할 바를 모른다.

"내 어찌 여기까지 올 수 있었는지 모르겠다. 난 내가 자각을 한 뒤로 한시도 마음을 놓고 산 적이 없었구나. 네가 허공에 기대어서 하늘을 바라볼 때, 나는 언제 죽임을 당할지 모른다는 두려움을 잊기 위해 하늘을 바라봤다. 몸이 편하면 마음의 고통이 살아날까 봐, 무릎을 꿇고 책을 읽고 또 읽었더니 버선이 닳고 무릎에 굳은살이 박혔다."

선정은 십여 년 전 유난히 더웠던 그 여름날을 똑똑히 기억하고 있다.

퇴청을 한 이창수는 배씨 댕기를 한 선정을 무릎에 앉히고 "그래 우리 막내딸 오늘은 얼마만큼 책을 읽었느냐? 이 아비에게 자랑을 좀 해 보아라"며 선정의 볼을 잡아당기곤 하였다.

선정은 아비가 웃고 말할 때마다 같이 움직이는 수염이 재미있어 수염을 살짝 만져 보았다.

이창수는 "그래 실컷 만져 보아라"며 얼굴을 딸에게 내밀고, 그때마다 유씨 부인은 딸아이의 버릇을 망친다며 이창수에게 곱게 눈을 흘겼다.

그런 아버지 이창수가 선정이 공부를 자랑하려고 아무리 기다려도 집에 오지도 않았다.

며칠 만에 집에 온 아버지는 땀내 나는 관복을 갈아 입고 급히 다시 궁궐로 돌아갔다.

어머니도 근심에 가득찬 얼굴로 "불쌍하셔서 어쩌나"라면서 옷고름으로 눈물을 찍어내곤 하였다.

오라비 병정의 글 읽는 소리도 집안에서 멈췄다.

아버지의 칭찬도 오라비의 글 읽는 소리도 끊어져서 책 읽는 것이 재미가 없어진 선정은 작은성과 함께 말째어멈에게 얻은 전복 껍질과 조개껍데기를 그릇 삼아 장독대 옆에서 소꿉놀이를 하고 있었다. 해가 뉘엿이 넘어가려 할 때까지 소꿉놀이를 하고 있었지만 아무도 두 소녀를 찾는 사람이 없었고, 집안에는 묘한 긴장감과 적막감이 감돌고 있었다.

갑자기 무서운 생각이 든 선정은 어머니를 찾아 안채로 들어가다가, 해질녘의 불타오르는 석양빛을 등에 지고 군드러질 듯한 걸음새로 안채로 통하는 중문을 넘어오는 이창수를 보았다.

아버지는 근 보름이 넘어서 보는 선정을 알아보지도 못하는 것 같았다.

겁에 질린 선정이 "아버지~"라고 큰 소리로 외쳐 불러도, 이창수는 선정을 그냥 지나쳐 안채를 향해 걸어갔다.

며칠 뒤 다시 선정을 알아보는 아버지가 된 이창수는 하염없는 눈물을 흘리며 선정을 꼭 안고 말하였다.

"선정아! 아무도, 아무도 없는 듯 세상을 살아라. 아비도 어미도 너를 대신할 순 없단다. 너 자신만이 너를 지킬 뿐이란다. 마음씨 고운 선비를 만나 네가 좋아하는 글공부를 실컷 하고 살아라. 알았지?"

아비의 수염은 흘러내린 눈물로 마치 땡볕에 우린 물에 먹을 감은 것처럼 축축하고 뜨거웠다.

'소녀가 빙허각이 된 것은 장헌세자와 저하의 일로부터입니다.'

선정은 나이가 들어가면서 몹시도 더웠던 그 여름날이 열한 살 난 소년 이산의 아비인 이선이 스물여덟 살의 나이로 뒤주에 갇혀 죽은 날이라는 것을 알게 되었다.

선정은 아들을 죽일 수 있는 아버지와 어머니, 그리고 언니를 죽음으로 밀어넣었던 형부를 통해 세상은 허공에 기대어선 듯 나를 믿고 살아야 하는 것이라고 깨달았다. 그리고 스스로를 빙허각이라고 칭하였다. 그때 선정의 나이는 겨우 열한 살이었다.

세손은 눈을 감고 "빙. 허. 각"이라고 나지막하게 읊조린다.

"아무리 불러 봐도 이상한 이름이긴 하다."

세손은 또 장난기가 동한 얼굴이다.

"청나라 황제가 너를 몹시 마음에 들어 했다고 들었다."

다시 "빙허각!"이라고 천천히 마음에 새기듯 되뇌이던 세손은 갑자기 삼각눈을 샐쭉 뜨고 선정을 바라본다.

선정은 세손의 마음 상태가 변덕이 심한 날씨처럼 변화무쌍하고 기복이 심하여 어찌할 바를 모른다.

"빙허각, 너는 왜 혼자 갈려고 하느냐? 다른 사람에게 기대어 함께 가면 더 큰 일을 할 수도 있지 않느냐? 나와 함께 가자! 내가 네가 기댈 수 있는 기둥이 되면 되지 않느냐?"

세손의 다급하고 간절한 목소리가 선정의 가슴에 파고들지만, 선정은 달에 떠오른 세손의 얼굴을 지우듯 지워 버리려고 애쓴다. 잠시 후, 선정의 마음을 짐작한 세손이 은근한 목소리로 말한다.

"그럼 빙허각! 너는 다른 사람이 너에게 기대는 것은 어찌 생각하느냐?"

빙허각이 여전히 아무 말이 없자, 두 사람 사이에는 침묵과 어색함이 흐르고, 선정은 붉은 비단 보자기에 싼 상자를 세손 앞에 내놓는다.

"저하! 연경에서 가져온 소녀의 작은 선물입니다."

선정은 연경에 보내준 세손에 대한 고마움을 어떤 선물로도 대신할 수 없다는 것을 잘 알고 있다.

건륭제가 주최한 빙상연에서 빙상화를 신고 얼음 위를 씽씽 달리는 청나라 관리와 공주들을 보면서, 세손에게 이 신발을 선물하고 싶었다.

"신발 바닥에 날카로운 쇠를 대었으니, 마치 칼과 신발이 합쳐진 꼴이로구나. 이걸 신고 얼음 위를 걸을 수 있다니 신기하구나!"

"걸을 뿐만 아니라 물새가 물 위를 스쳐 날듯이 얼음을 지칠 수도 있습니다."

연경에 가 본 적이 없는 세손에게 빙허각이 뽐내듯 설명을 한다.

"너는 나보다 신세가 낫구나. 연경에도 다녀오고… 앞으로 연경에서 있었던 일을 자세히 이야기해 주려무나."

세손이 샘이 난 듯 말하자, 선정은 살포시 웃으며 그러겠다고 한다.

빙상화는 신기하게도 세손의 발에 딱 맞았다.

세손을 처음 만나던 날, 세손의 외숙모가 지어 보낸 세손의 버선들이 한 켠에 놓여 있었던 것을 선정이 눈여겨 보았던 것이다.

이때 밖에서 성덕임이 왔다는 내관의 전갈이 들린다.

"그래, 올겨울에는 이 빙상화를 신고 얼어붙은 경회루慶會樓 연못을 네 손을 잡은 채 물새처럼 미끄러지듯 달려 보고 싶구나!"

세손은 오랜 이별을 할 사람처럼 간절함을 담은 눈으로 선정을 바라본다.

잠시 뒤 세손은 선정의 얼굴에서 눈을 떼지 않은 채 성덕임이 들 것을 명한다.

유본과 선정과
세손

한산 이씨 부인과 문화 유씨 부인은 더위가 가시고 찬 바람이라도 돌면 유본과 선정이 만났으면 하였으나, 선보는 것과 더위가 무슨 상관이 있느냐는 서호수와 이창수의 의견대로 일은 일사천리로 진행된다.

"선정이 모습이 너무 고와서 눈을 뗄 수가 없어요."

용인에 살고 있는 선정의 외숙모 사주당이 남편 유한규와 함께 시누이 집에 다니러 왔던 참이었다.

유한규는 조카인 선정이 예쁜 것은 다 누이인 유씨 부인을 닮은 탓이라며 웃다가, 선정보다 누이를 더 빼다박은 죽은 숙정이 떠올라 얼른 웃음을 거둔다.

서호수가 아들 유본과 함께 도착하였는지, 복례가 마혜 한쪽이 날아가서 목련 나무에 얹히는지도 모르고 뛰어든다.

"삼월아! 어딨어? 우리 아기씨 낭군님이 도착하셨어."

복례는 사랑채의 큰 마루를 닦고 있는 삼월이를 발견하고 달려온다.

"복례야! 아직은 낭군님이 아니야. 너는 아기씨의 이야기를 듣고도 자꾸 낭군이라고 부르냐? 아기씨도 저 도령이 마음에 들어야 하고, 도령도 아기씨가 마음에 들어야 정혼을 한다는 거야."

찬찬한 삼월이가 아기씨의 마음을 자꾸만 잊어버리고 설치는 복례를 의젓하게 나무란다.

"저리 예쁘고 마음씨 곱고 똑똑한 우리 아기씨를 싫다고 할 도령이 어디 있어"라며 복례는 잘난 체하는 삼월이가 못마땅한 듯 가자미 눈이 되어 흘긴다.

"그게 바로 문제라고~ 세상이 네가 말한 것처럼 제대로 돌아가면 뭘 걱정이야? 우리 아기씨야 인물로 보나 집안으로 보나 중전마마를 해도 남음이 있다는 것은 세상이 다 아는 사실이 아니냐?"

"저하도 우리 아기씨를 보셨으니 당연히 우리 아기씨를 좋아하실 건데…"

"저하가 아기씨를 아무리 좋아해도, 아기씨는 후궁 신세 밖에 안 되잖아."

"세손빈이 아직 생산을 못하는데 후궁이고 뭐고 아들만 생산하면 되지 뭐. 나도 아기씨를 따라 궁에 들어가 살게 될 것이고…"

복례가 아쉬운 듯 말한다.

"너처럼 방정맞고 더펄이처럼 굴다가는 무서운 상궁마마에게 쫓겨나는 것 몰라?"

"아기씨가 내가 방정맞긴 해도 팔딱팔딱 살아 있는 잉어 같아서 좋다고 한 것 몰라?"

복례가 으쓱대며 말한다.

"아기씨는 별 문제가 없는 한 오늘 선을 보는 서호수 어르신 아들과 혼인을 할 거야."

삼월이는 아기씨 선정, 아니 빙허각이 세상의 소문과는 달리 여자 선비로 '고요한 삶'을 살기를 원한다는 것을 잘 알고 있다.

"아기씨는 '고요한 마음'이 글 읽는 사람에게 제일 중요한 거래. 그리고 '고요한 마음'을 얻기 위해서 글을 읽는다는 거야. 그래서 저하가 아무리 좋아해도 어지럽고 말 많고 고요하지 않은 궁에는 시집을 안 가는 거지."

삼월이의 잘난 언사가 끝나기도 전에 신랑감을 보기 위해 줄행랑을 친 복례는 벌써 보이지도 않는다.

서호수는 아들 유본을 남겨두고 방안을 나온다.

금방 외숙모 사주당과 함께 도착한 선정이 살짝 미소를 지으며 서호수에게 인사를 한다. 자줏빛 생고사 치마는 선정이

138

움직일 때마다 물결이 이는 듯 하였고, 계란빛 깨끼저고리는 우아하고 청순한 선정을 더욱 도드라지면서도 성숙한 느낌이 나게 하였다.

"정말 곱구나. 방안에 들어가 보아라. 우리 큰아들이 기다리고 있으니, 지우처럼 편하게 이야기를 나눠 보아라."

서호수는 만족한 눈빛으로 선정을 바라보며, 딸에게 하듯 허물없이 말한다.

선정은 긴 연행길 내내 유금이 자랑하여 자신의 호기심을 불러일으킨 큰 보석 도령을 드디어 본다는 설레임을 어젯밤 거울을 보고 연습했던 거만하면서 수줍기도 한 표정에 담고 사주당을 뒤따라 방으로 들어간다.

방석 위에 정좌를 하고 앉아 있던 소년이 벌떡 일어나 두 손을 앞에 모으고, 사주당과 빙허각에게 공손하게 인사를 한다.

선정은 유본과 서로 마주 앉고, 선정 옆에 앉은 사주당은 흐뭇한 표정으로 유본과 선정을 바라본다.

유본은 아버지 서호수에게 들었던 것보다 선정이 기품이 넘치는 고운 자태를 지녀, 놀라 당황스럽기도 하고 부끄러워서 귀까지 빨개진다.

유본에 대해서 유금에게 많이 들어서인지 선정은 유본이 낯설지 않게 느껴진다. 유본은 유금의 말처럼 겉과 속이 투명하게 비치는 수정같이 맑고 순수한 인상이었다.

방안에 틀어박혀 공부만 하지 않고 말을 타고 사냥을 하였느는지, 얼굴이 생명을 키우는 초여름의 볕에 보기 좋을 정도로 그을러 있었다.

크지도 작지도 않은 적당한 키에, 찌지도 마르지도 않은 살집, 넓지도 좁지도 않은 둥그스런 이마와 가지런하고 단정한 눈썹과 오똑하면서도 힘이 느껴지는 콧날이 사려심이 깊어 보이는 선한 눈과 잘 어울린다.

"원래 혼인은 부모가 맺어준 짝과 하는 것이 상례이지요. 하나, 평생을 같이할 두 사람이 먼저 만나서 마음을 살펴보고 그 뜻이 맞는지 알아보는 것이 더 중요하다고 생각을 같이한 양가 어른이 주선하여 자리를 만들었으니 수줍어하지 말고 이야기를 나누어보시게."

선정과 유본에게 어른들의 뜻을 전한 사주당은 방을 나와 옆방에 자리를 잡고 앉는다.

유본은 눈길을 어디다 두어야 할지 몰라 벽에 걸려 있는 이창수가 그린 소나무 그림만 뚫어져라 바라본다.

선정은 쫄아 있는 유본에게 시원한 양매차楊梅茶를 마시라고 권하며 상그레 웃는다.

유본은 선정이 자신에 대해 호감을 갖고 있다는 생각이 들어, 샛바람에 먹구름 걷힌 맑은 하늘처럼 환해지며 선정을 바라본다.

"도령은 말타기나 활쏘기를 좋아하나 봐요?"

"네. 남자라면 말타기나 활쏘기도 게을리해서는 안 되지요.

낭자는 나의 어디를 보고 그런 말을 하는지요?"

이제 갓 열두 살이 된 유본은 똑똑한 빙허각이 어려운 문장에 대해서 묻지 않는 것으로도 일단 한시름을 놓는다.

"도령의 고운 얼굴이 볕에 그을린 것 같아서요."

"네. 며칠 전 파주 장단에 있는 논에서 모내기를 하였습니다."

"네? 도령이 직접 모내기를 하셨다고요?"

"모내기뿐 아니라 포도와 사과나무도 가꾸고, 채마밭에 거름도 주고, 닭과 돼지도 키우고 있지요."

"도령께서 직접 밭에 거름도 주고 돼지도 키운다고요?"

"네~ 조부님과 아버님도 매일 하시던 일이라 동생과 저는 어릴 때부터 당연한 일로 여기고 있지요. 조부님과 부친께서는 글만 읽고 생산은 하지 않는 선비가 가장 하찮은 사람이며, 남의 손에서 만들어진 것을 소모만 하는 삶을 경계하라고 말씀하십니다. 가끔은 저희 형제가 밥을 짓고 반찬을 하여 어른을 대접하는데 조부님이 아주 자랑스러워 하십니다."

유본의 조부라 함은 세손의 스승으로 이름이 드높은 서명응이라는 것을 선정도 잘 알고 있다.

"만약 낭자와의 혼사가 정해지면 동생과 키운 돼지를 잔치에서 잡는다고 하여, 돼지를 살릴 방법은 없을까 동생과 궁리를 하고 있답니다. 우리 형제들을 잘 따르는 돼지들이 불쌍해서요."

유본은 약간 신이 나서 이야기를 하다가, 선정이 너무 심각한 얼굴로 듣자 지나침이 있었던 것은 아닌가 하여 멈칫하고 입을 다문다.

"혹여 낭자를 다음에 만나면 동생들과 함께 키운 닭과 오리가 낳은 알을 좀 가지고 오겠습니다."

빙허각이 짐짓 놀란 듯 "다음요"라고 묻자, 유본은 당황하며 "낭자와 인연이 닿지 않아도 계란과 오리알은 줄 수 있지요"라며 말끝을 흐린다.

"도령께서 작년에 연경에 다녀왔다고 들었습니다. 연경에서 제일 흥미로웠던 것이 무엇이었나요?"

"저는 코끼리하고 말하는 앵무새와 사람 흉내를 그럴듯하게 내는 원숭이 구경이 제일 좋았습니다. 낭자는 어떤가요?"

"동물 구경도 재미있지만, 서호수 어른과 함께 천주당 안에 있는 관성대에 갔던 일이 가장 기억에 남습니다. 다음에 도령과 연경 이야기를 진지하게 나눠 보고 싶습니다."

"그럼 계란과 오리알은 그때 가져오면 될까요?"

유본이 불안한 목소리로 묻는다.

"네, 도령을 기다리겠습니다. 아버님과 오라비가 수란을 아주 좋아하십니다. 수란은 소화도 잘되고 사람의 기력을 돋아 주지요…"

거만해 보이는 선정이 수란에 대해서 좋게 이야기를 하는 것은 자신에게 호감이 있기 때문이라고 생각한 유본의 얼굴이 기쁨으로 일렁인다.

선정이 서명응의 손자이며 서명선의 조카이고 서호수의 아들인 유본과 선을 봤다는 소식을 암행어사로 나주목에서 들은 병정은 몹시 허탈하여 어쩔 줄을 모른다.

서씨 집안이 잘나가고 있는 명문세족으로 세손이 왕위에 올라도 큰 일이 없는 한 탄탄대로를 달릴 집안이라는 것은 병정도 잘 알고 있다. 하지만 선정이 앞으로 주상이 될 세손의 여자가 되는 것과는 비교를 할 수 없다.

병정은 아버지에게 간곡한 마음을 담은 편지를 보낸다.

세손과 선정은 서로를 연모하고 있으며, 자신의 이 판단은 틀림이 없다는 것과 선정의 진정한 행복과 집안의 번영을 위해서 세손과의 혼인을 고려해 보기를 바란다는 내용이었다. 아울러 자기 주관이 확실한 선정과 진지하고 허심탄회하게 논의하기를 간곡하게 바라며, 세손과의 혼인을 권유하는 것은 선정을 진실로 깊이 생각하는 오라비의 순수한 마음이라는 것을 강조하였다.

아들 병정의 편지를 읽은 이창수는 몹시 당황한다.

선정이를 데리고 입궐하였을 때, 세손이 선정에게 호감을 갖는다는 것은 느꼈지만, 세손과 선정이 서로 연모한다는 것은 상상조차 하지 못했다. 어젯밤 유씨 부인과 서씨 집안과의 혼사에 대해서 진지하게 논의를 했고, 유본을 사위로 삼는 것으로 마음을 굳혔다.

어제 아침 조회를 마치고 만난 서호수는 조만간 사주단자를 보낼 것이라 하였고, 이를 이창수에게 전해 들은 유씨 부인은 몹시 기뻐하며, 주역에 밝은 집안 어른을 뵙고 서너 개의 길일을 잡는다 하였는데 갑자기 세손과의 혼사라니! 이게 뭔 변괴란 말인가?

며칠 뒤 이창수는 세손으로부터 선정을 입궐시키라는 내밀한 연락을 받는다.
상황이 병정의 편지대로 흘러가는 것 같자, 늙은 이창수의 머리가 뒤죽박죽이다.
'만약, 세손이 선정이를 원한다면 어찌한단 말인가? 서씨 집안에는 뭐라 핑계를 대고 이 혼사를 깰 것이며…'
어지러운 이창수의 마음과 달리 선정은 선선히 입궐하여 세손을 알현하겠다고 한다.

"빙허각~ 오랜만이구나."
책을 읽던 세손은 빙허각이 산들바람처럼 들어서자, 반가운 얼굴로 책을 덮는다. 선정이 분홍 노방치마를 올려 잡고 문지방을 넘을 때 살짝 보였던 외씨버선발에 세손의 얼굴이 괜스레 달아오른다.
"네가 오지 않는다고 할까 봐 근심이 많았다."
세손은 지난번 자신의 과한 언행으로 빙허각이 부담을 느껴행여나 오지 않을까 불안해하고 있던 참이었다.

세손의 해쓱한 얼굴과 고뇌에 찬 얼굴이 활기가 넘칠 때와는 다른 매력을 풍기고, 선정의 가슴에는 파문이 일어난다. 그 고뇌와 수심이 자신에서 비롯된다는 것이 부담스럽기도 하지만 '이산'이라는 왕이 될 남자가 자신의 가치를 알아준다는 사실이 기쁘기도 하였다.

세손과 선정이 존현각 뒤에 있는 활짝 핀 수련을 구경하고 정자에 올라오자, 단촐한 술상이 올려진다.

상궁은 오늘 오른 술은 올해 처음 담근 연엽주라고 아뢴다.

세손은 선정에게 한 잔을 따르라 하고 선정에게도 친히 한 잔을 따라 준다.

선정은 연엽주에 살짝 입술을 대어 본다. 연꽃의 고상한 향기가 가슴속까지 전해져 속세를 벗어나 신선이 된 듯하다.

세손은 연엽주의 향을 음미하는 빙허각을 사랑스러움을 담뿍 담은 눈으로 바라본다.

"너는 연엽주를 진정으로 즐길 줄 아는 사람이구나."

"연엽주는 향기를 즐길 줄 아는 사람이, 막걸리는 일에 지친 농부가, 그리고 소주는 취해서 번민을 잊고자 하는 사람이 마셔야 하듯이 모두 자리와 사람에 맞는 술이 있지요."

"하~하~ 네가 술을 평하는 재주도 있구나."

연거푸 연엽주 두 잔을 마신 세손의 얼굴이 수련처럼 분홍빛으로 곱게 물들어 가는데, 궁궐의 여인들이 무리 지어 정자 옆을 지나다 세손을 향해 연모의 눈길을 담아 인사를 한다.

세손은 여인들이 지나가자 선정을 향해 천진스럽게 웃음을 지으며 말한다.

"모두들 너를 부러워하는 것 같구나."

"제가 연경에 다녀온 것이 소문이 나서 부러워하는 것 같습니다."

"허허허~ 네가 건륭제 앞에서도 기가 죽지 않았다고 하더니 정말 네 자존심은 대단하구나."

세손은 즐거운 일을 찾아 헤매다가 즐거운 일을 발견하고 웃는 사람처럼 웃음보를 터뜨린다.

멀리서 바람을 타고 날라온 여인들의 웃음소리가 간간이 귀를 간지럽힌다.

"빙허각과 함께 있으면 내가 웃느라 입을 다물 새가 없고 시간 가는 줄을 모른다네."

갑자기 세손이 정색을 하고, 빙허각을 바라보며 입을 연다.

"나는 행복하고 싶구나… 너와 함께라면 행복할 것 같구나. 너를 진실로 사모하여 내 사람으로 곁에 두고 싶다. 너를 누구에게도 주고 싶지 않다."

간절한 목소리로 단숨에 말을 마친 세손은 빙허각의 대답을 기다리는 듯 침묵한다.

세손의 고백은 빙허각에게는 태풍이 몰아치는 것과 같았다. 어느 정도 각오는 하고 세손을 뵈러 왔지만 막상 '세손의 고백'을 들은 선정은 꿈을 꾸고 있는 것 같다. 지금 이 순간 자신이 하는 말 한마디가 자신의 운명을 가른다는 것을 잘 알고 있다. 자신도 세손을 향했던 감정을 고백하고 세손의 사랑을 받아들여야 하는지, 아니면 서명응의 손자며느리로 살아야 하는지 답을 내야 한다.

'아침부터 거름통을 짊어지고 채마밭으로 가는 어린 유본의 뒤에서 쇠스랑을 들고 따라가는 빙허각!'

'골치 아픈 수학문제를 머리 싸매고 풀다가 청춘을 다 보내고 호호 할머니가 된 빙허각!'

'밤이면 밤마다 나와서 하늘의 별을 보라는 시아버지 서호수의 등쌀에 잠도 못자는 빙허각!'

늙은 아버지 이창수와 자신을 금쪽처럼 키운 어머니와 정승이 꿈인 오라비 이병정의 얼굴도 떠오른다.

선정은 자신의 운명을 스스로 결정하는 운명을 타고났다는 생각을 하자 용기가 생긴다.

시간은 기다려 주지 않고 기회는 다시 오지 않는다. 빙허각은 자신의 품 안에서 쉬고 싶어하는 외로운 사내 이산을 본다. 자신과 함께 조선을 살리고자 하는 왕이 될 남자 이산을 본다. 드디어 선정이 입을 연다.

"동궁 저하! 부족한 소녀를 어여삐 봐주시니 황송하기 그지없습니다. 소녀는 저하의 청을…"

선정은 세손이 있는 정자를 향해 돌진하듯 오는 무리들이 내는 들썩임에 말을 멈추고, 무리를 바라본다. 빨강, 노랑, 분

홍, 초록의 화려한 옷 빛 때문에 개나리, 진달래, 장미, 연꽃
들이 걸어오고 있는 것 같다.

세손은 오늘 따라 수련을 구경하러 오는 사람들이 많다며 심
기가 편치 않은 듯 자리를 고쳐 앉는다.

무리들이 정자 앞에 도착하여 세손을 향해 공손히 인사를
하고, 그 중 몇 명의 여인들은 선정을 향해 가볍게 아는 체를
한다. 세손빈 청풍 김씨 뒤로 성덕임이 따르고 주상의 성은
을 입지 못한 채 시들어 버린 늙은 상궁이 세손의 시선을 피
하여 노회한 눈빛으로 선정을 본다. 상궁 뒤로 줄줄이 선 젊
고 아리따운 궁녀들이 모두 세손만을 바라보고 서 있다. 마
치 태양을 하루 종일 바라보며 움직이는 해바라기들 같다.

선정은 갑자기 속이 답답하고 오랏줄로 묶인 듯 가슴이 옥죄
어 온다. 자신이 세손빈과 성덕임의 뒤에 서서 지아비와 꽃구
경을 마치고 술을 마시고 있는 젊은 여인을 미소지은 얼굴로
바라보고 있을 수 있단 말인가?

세손은 선정을 세손빈 청풍 김씨와 상궁에게 '자신이 아끼는
사람'이라고 소개하여 선정을 당황케 하지만, 궁의 여인들은
여전히 온화한 미소를 지으며 세손을 바라본다.

'남이 결정지어 주는 운명에 순응하며 사는 인생!'

'사랑하는 남자를 다른 여인과 나누는 것에 질투조차 드러
낼 수 없는 목각인형 같은 인생!'

살아 있지만 죽은 것이나 다름없는 인생을 사는 것이 얼마나 비

참한 일인가? 선정은 자신도 모르게 머리를 절레절레 흔든다.

서호수에게 수학을 배우는 여인! 유본과 함께 닭장에 들어가 금방 낳은 따뜻한 계란을 꺼내 수란을 만들어 어른을 봉양하는 여인! 장단의 너른 들판을 말을 타고 달리는 여인의 모습이 병풍처럼 펼쳐지다가, 마침내 늙은 유본의 차가운 손을 잡고 함께 누운 여인의 모습에서 멈춘다.

"오늘 서씨 집안 도령이 선정이를 보러 온답니다."

유씨 부인이 친정에 온 용강 부인에게 자랑스럽게 이야기를 한다.

유씨 부인은 유본을 본 뒤 사윗감으로 몹시 흡족하였다.

유본은 한양의 명문가 자제들보다 훨씬 더 의젓하고 뭔가 남다른 점이 있었다.

'남다른 점이 뭘까?'

곰곰히 생각하던 유씨 부인이 탁하고 무릎을 친다.

'아 그래~ 한결같은 사람…!'

숙정의 일로 상처가 깊은 유씨 부인에게는 선정이 명문가고 뭐고 편한 집에 시집가서 살기를 바라는 마음도 한 켠에 자리잡고 있었다.

"별난 선정이가 달성 서씨 집안으로 시집가면 성공한 거죠. 남자로 치면 뭐라고 할까? 맞아! 과거 급제… 그것도 장원 급제 한 것이나 다름없지요. 호호호."

유씨 부인은 아직도 노처녀 딸을 둘이나 둔 용강 부인이 선정을 깎아내리는 것 같아 마음은 편치 않지만, 좋은 일을 앞둔 터라 씁쓰레하게 웃으며 찬동한다.

그때 청지기가 와서 신랑감 유본이 도착하였음을 알린다.

유씨 부인이 감사 치맛자락을 휘날리며 가 보니, 벌써 선정이 유본을 다정하게 맞이하고 있다.

곱게 단장한 복례도 선정 옆에서 제법 얌전을 떨고 있는데, 유본과 같이 온 억실하게 생긴 억기에게 자꾸만 눈길을 보낸다.

유본은 오리알과 계란을 가득 담은 대나무 바구니를 들었고, 진분홍 치마와 연두색 저고리를 입어 흡사 한 떨기 해당화처럼 보이는 선정이 이를 받아 들고 감사를 표하며 좋아한다.

사윗감 유본과 선정을 바라보는 유씨 부인의 얼굴에는 미소가 흐른다.

"참 잘생겼소. 마음도 인물도…"

용강 부인이 유본에게 한눈에 반한 듯 말한다.

"얼른 혼사를 서둘러야겠구나! 저리 인물 좋고 반듯한 도령을 찾기가 쉬운 일은 아니지."

"맞습니다. 어머니~ 제 눈에도 도령이 아주 꼭 찹니다."

며느리 조씨가 잘난 아기씨를 모셔갈 선해 보이는 서씨 도령이 운이 좋은 건지 나쁜 건지 헷갈리며 말한다.

삼각함수를
가르치는 유금

"유금 선생이 내주신 상공수법商功數法 숙제는 다들 해왔는
지요?"

빙허각은 유금이 오기 전, 남편인 유본과 시동생 준평, 아직
은 어린 사촌 시동생 유경에게 엄격하고 단호한 목소리로 말
한다.

"형수님! 지난 사흘 동안 온통 기하학에만 매달렸는데 답이
나오질 않아요."

가장 나이가 어린 사촌 시동생 유경이 작은 목소리로 말한다.

"그래서 숙제를 다 못해 왔나요?"

유경이 힘없이 고개를 끄덕인다. 빙허각은 아직 어린 유경에
게는 수준을 낮추어서 가르치고 있다.

"그럼 형이나 나에게 어려운 부분이 있으면 묻지 그랬어요?"

"죄송합니다. 형수님!"

유경은 고개를 숙이고, 먼지 날리는 소리만 하게 말한다.

"유금 선생이 지난번 가르쳐 주신 상공수법은 토목공사의 공정과 넓이나 부피를 다루는 것으로, 우리 생활에서 꼭 필요한 수학입니다. 예를 들어 성이나 해자, 도랑이나 관개수로를 만들 때 흙을 수레에 싣거나 등에 지고 오갈 때 걸리는 시간을 이용하여 필요한 총 인부 수를 구하는 계산 등에 사용합니다. 자 그럼, 지난번 내준 3번 연습문제를 살펴보아요.

아랫변이 40척, 윗변이 54척, 깊이가 12척인 사다리꼴 모양의 물길 7,550척을 만들려고 한다. 하루에 인부 1명이 300척을 판다면 필요한 총 인부 수는 몇 명인가?

이 문제를 푸는 방법은 방정식을 이용하는 것과 비례를 이용하는 두 가지가 있습니다. 여기서는 비례를 이용하는 방법을 공부하는데요, 먼저 파야 할 총 부피를 구해야 합니다. 사다리꼴 아랫변과 윗변을 더한 뒤 반으로 나누고 깊이를 곱하면 564척 제곱이 나옵니다. 다시 여기에 전체 길이 7,550척을 곱하면 유경 도련님 얼마죠?"

"아~ 형수님 총 부피 4,258,200척 세제곱이 나옵니다."

필산을 마친 유경이 큰 소리로 말한다.

"맞아요~ 잘했어요! 유경 도련님~ 여기까지는 쉽지요? 다음으로 비례식을 세워야 해요. 먼저 하루 공사량 300척을 1률로 놓고, 인부 1명을 2률로 놓습니다. 그리고 앞에서 구한 총 부피 4,258,200척을 3률로 놓고 구하고자 하는 총 인부 수를 4률로 놓으면 아래의 식이 나옵니다.

300척 세제곱 : 1명=4,258,200척 세제곱 : 0명

3률을 1률로 나누면 14,194가 나오는데, 즉 총 14,194명이 필요합니다."

빙허각이 차분한 목소리로 유경에게 비례를 이용한 상공수법의 원리를 설명해 준다.

유본과 준평은 깨끗하게 정리된 숙제를 자신 있게 내놓는다. 유본과 준평의 숙제는 나이 어린 유경에게 내어 준 것보다 높은 수준으로 구고법勾股法에 관한 내용들이다. 구고법은 가로와 세로 그리고 현(빗변) 값을 가지고 다각형과 원의 너비, 한 변의 길이, 원의 지름이나 둘레 등을 구하는 방법으로, 구고법을 통달하면 산천이나 성곽의 너비, 거리, 높이 등을 구하는 데 유용하였다.

"유금 선생이 오시기 전에 내가 채점을 미리 할 터이니, 잘못된 부분이 있으면 가차없이 지적하도록 해요."

작은 직사각형과 큰 직사각형, 사다리꼴과 원형, 사다리꼴과 직사각형이 합쳐진 복잡한 도형 등이 가득한 사이로 빼곡하게 적은 문제를 푼 숫자가 가득하다.

유금은 서호수와 함께하였던 연행에서 구해 온 〈수리정온數理精蘊〉을 기본으로 연습문제를 만들고 자신의 풀이를 넣어 빙허각과 유본, 준평, 유경에게 체계적으로 수학을 가르치고

있었다.

특히 유금으로부터 연행길에 수학에 대한 기초를 배운 빙허
각은 유금을 보조하여 서씨 형제들에 대한 공부를 지도하고
있었다.

빙허각이 채점을 마칠 무렵, 인기척과 함께 유금의 헛기침
소리가 난다.

네 사람은 마루로 나가 모두 유금에게 허리를 숙여 공손히
인사한다.

유금이 유본의 집에 숙사塾師로 올 때마다 아들 둘이 같이 따
라온다. 유금은 '어른 댁에 폐가 되어 아이들을 떼어 놓고 오
려 하나 이 놈들이 떼를 쓰며 따라오고자 하여 할 수 없이
혹을 둘씩이나 달고 온다'며 늘 미안해 한다. 유금의 아들들
은 맛있는 음식을 배 터지게 먹을 수 있어 서호수 어른 댁에
유금이 숙사로 가는 날을 손꼽아 기다리곤 하였다.

한겨울에도 가을살이를 입고 오돌오돌 떨고 오는 유금의 아
들들이 안쓰러운 한산 이씨가 비단옷을 입혀 보내지만, 유금
을 따라올 때는 다시 가을살이를 입고 오돌오돌 떨고 오는
것이 이상하였다. 오늘은 사유를 꼭 알고자 하는 한산 이씨
가 팥떡을 맛있게 먹는 유금의 아들들에게 물어보자, 큰아
들은 입에 들어가던 팥떡을 내려 놓고는 고개를 숙인다. 유
금의 작은아들이 형과 한산 이씨의 얼굴을 번갈아 보다가 마

지못한 듯 "어머니가 비단옷을 쌀과 바꾸거나 아버지가 연경에서 오는 자명종이나 망원경 등 이상한 도구들을 사는 데 쓴다"며 부끄러운 듯 얼굴이 벌개진다.

유금이 선생일로 벌어들이는 수입이 전부인데, 그 숙사일이나마 서씨 집안 이외에는 없는 탓이다.

빙허각은 유금처럼 기하학을 귀신처럼 잘 아는 사람이면 유금을 숙사로 모시려고 줄을 서야 하는데, 아무도 유금을 찾지 않는 것이 참 답답하였다.

빙허각은 연경의 선비들은 누구나 다 기하학을 공부하고 기하학 선생의 몸값이 한참 높다는 것을 잘 알고 있다.

"공자 왈 맹자 왈 하고 있어 봤자 밥이 나오나 떡이 나오나."

가끔 유금은 자조 섞인 목소리로 한탄을 하였고, 빙허각도 유금의 말이 천 번 만 번 맞다고 생각한다.

"배가 부르고 집이 따뜻해야 예의가 나오는 법이지. 지금 배가 고파 죽겠는데 뭔 예의를 따져."

빙허각은 유금의 이 말도 천 번 만 번 맞다고 생각한다.

"우리나 신발에 흙을 묻히고, 사람이 마소처럼 저보다 무거운 짐을 지고 찌그러져서 다니지. 연경에서는 상상도 못할 일이지. 그러니까 청나라 사람들이 우리를 무시하고 함부로 대하는 거지."

유금은 망건의 앞싸개를 젖히고 이마에 난 상처를 보여 주며,

"내 동지연행사로 청나라 황제 앞에서 이마를 찧다가 조절을

잘못하는 바람에 난 상처가 아직도 있네"라고 말하는데, 내심은 연경에서 청나라 황제를 만난 것을 자랑하는 것 같다.

유금과 연경을 같이 갔던 빙허각은 이마의 상처는 자존심 강한 유금이 어린 시절 자신을 서자라고 놀리는 친구와 싸우다가 난 상처라고 말했던 것을 기억하지만, 유금의 말에 맞장구를 쳐준다.

평상시에는 좀 실없는 것처럼 보이기도 하는 유금이지만, 기하학 책을 여는 순간 유금은 다른 사람이 된다. 눈에서는 불꽃이 번쩍이고 목소리는 단호해져 학생들은 모두 긴장을 하게 된다.

유금은 빙허각이 낸 숙제를 살펴보다가, 유금이 가르쳐 준 전형적인 풀이법 이외에 새로운 방법을 응용하여 정확하게 답을 낸 것을 보고 잠시 말문이 막힌다.

'아가씨가 연경에서만 태어났어도 이렇게 묻히지는 않을 것인데… 그래도 서씨 집안에 시집을 왔다는 것이 얼마나 다행스러운 일인가?'

유금은 아찔한 순간을 피한 듯 어깻죽지를 늘이며 두툼한 손으로 가슴을 쓸어내린다.

"아씨는 백년에 하나 나올까 말까 하는 천재입니다."

유금이 입에 침이 마르게 칭찬을 하면 빙허각은 손을 내저으며 "저보다 훨씬 뛰어난 여성들이 많이 있지만 대부분 자식 기르고, 시부모 공양하고, 여공만 하다가 자신이 천재라는 것도 모르고 세상을 살다가 가는 거죠"라며 담담히 말한다.

"아씨와 도령들이 새 학문인 기하학을 훌륭하게 잘 따라오고 있어 다음부터는 팔선법八線法을 공부하려고 합니다. 팔선법은 원의 둘레를 기본으로 정현(sin), 여현(cos), 정시(versin), 여시(coversin), 정절(tan), 여절(cot), 정할(sec), 여할(cosec), 즉 할원팔선을 다룹니다. 팔선법을 잘 익히면 지구와 달, 태양의 거리를 잴 수 있고, 행성의 움직임을 예측할 수 있습니다. 지형을 측량할 수 있어 성곽을 만드는 데도 사용됩니다. 또 일년 365일의 변화를 예측하거나, 수레나 배 같은 기계를 제작하는 데도 활용됩니다. 팔선법은 고래로부터 있었으나, 서양으로 전수되어 보다 다양한 연구가 진행되다가 다시 중국으로 들어온 것으로 공부가 쉽지는 않으니, 새로운 마음의 준비들을 하길 바랍니다."

이때 밖에서 한산 이씨가 저녁이 준비됐음을 알린다.

유금은 퇴청한 서호수와 더불어 술 몇 잔을 마시고 가야금을 뜯다가, 유본과 준평에게도 가야금을 건넨다. 유금은 두 형제가 뜯는 가야금 소리가 세상에서 가장 아름다운 소리라고 치켜세우지만, 유금의 가야금 솜씨를 따라올 사람이 없다는 것을 모두들 잘 알고 있다.

유금에게 호감을 느끼지 못하던 사람도 유금이 타는 가야금 연주를 들으면 모두 유금을 다시 보게 된다.

아버지를 기다리던 유금의 아들들은 배가 부르고 밤이 깊어지자 가야금 소리를 자장가 삼아 꾸벅꾸벅 졸기 시작한다.

오늘따라 유금이 타는 가야금의 곡조가 허무하고도 슬퍼, 빙허각은 가슴속에서 올라오는 자신의 슬픔을 누르려고 애를 쓴다.

"선정아! 나는 무서워. 풍산 홍씨 집안에서 탐탁치 않은 나와 혼인을 한 이유는 증조모인 안동 권씨 할머니가 열녀였기 때문이래. 나도 죽어야 하는 건가 봐. 나는 죽는 것이 무서워."

작은성은 선정의 손을 꼭 잡고 울며 말했다.

복숭아꽃이 바람에 날려 무심하게 작은성의 머리에 앉고, 작은성의 눈물은 구슬이 되어 반짝이다가 떨어진다.

유금의 슬픈 가야금 음률에 작은성의 얼굴이 겹쳐지면서, 빙허각의 가슴속에 잠자고 있던 슬픔이 몰아닥치듯 살아나자, 빙허각은 당황스러워 그 자리를 벗어난다.

서씨 집안의
결단

　"이렇게 시간을 끌다가는 세손이 왕위에 오르기는커녕, 목
숨조차 보전이 어려우실지도 모르겠소."

작은할아버지 서명선의 나지막하지만 단호한 목소리가 귀
밝은 빙허각에게 들려온다.

"세손의 대리청정을 그리도 반대하던 자들이니, 이번에도 무슨
수를 써서라도 세손이 보위에 오르는 것을 막으려 하겠지요."

시아버지 서호수의 목소리도 들린다.

"홍인한과 정후겸이 세를 모아 일을 벌이기 전에 이쪽에서 먼
저 선공을 해야 합니다."

"그렇네. 이제 결단을 내려야 할 때가 온 것 같네."

"주상이 검은 머리가 나고 다시 회춘하시는 것 같다고 기뻐
하시지만, 춘추가 높으시니 방심해서는 안됩니다."

"세손을 죽이려는 자객들의 시도가 벌써 몇 번째입니까? 세손은 불안하여 옷을 벗지도 못하고 주무신다고 합니다."

서씨 집안 남자들의 결연하면서 들뜬 목소리가 그칠 줄을 모른다.

새색시 빙허각이 술상이 준비되었다고 문밖에서 조심스럽게 고하자, 시숙부 서형수가 나와 술상을 받아 들고 방으로 들어간다.

뭔가 심상치 않은 일들이 벌어지고 있으며, 잘못되면 서씨 집안은 몰락하게 될 것이다. 남자들은 사사賜死를 당할 것이고, 설사 운이 좋아 목숨을 부지해도 추자도나 제주도 아니면 고흥에서 귀양살이를 하다 죽을 것이다.

새색시 빙허각은 집안에 닥칠지도 모르는 화가 두려워 볼살이 부르르 떨리고 토돌토돌 닭살이 돋기는 하지만, 내심 긴장감을 즐기고 있는 자신에게 깜짝 놀란다.

술상을 들고 간 빙허각이 오기를 목을 늘이고 기다리던 유본은 빙허각의 얼굴이 단단하게 굳어져 방에 들어오자 "색시는 겁이 나지 않소? 서씨 집안으로 시집을 잘못 왔다고 후회가 되겠소"라며 빙허각을 위로하려는 듯 장난스럽게 말을 건다.

"어른들께서 세손을 보위에 앉히려고 하시는 모양이에요."

"잘못되면 우리 집안은 풍비박산이 나는데 겁이 나지 않소?"

빙허각이 별다른 반응을 보이지 않자, 유본은 목소리를 낮추어 재차 묻는다.

"세손이 왕위에 오르는 것을 반대하는 측은 장헌세자의 일로 보복을 당하는 것이 두려워서인가요?"

빙허각이 밀랍을 뒤집어쓴 듯 무표정한 얼굴로 유본에게 묻는다.

"그 이유가 가장 크겠지만, 영민하고 주관이 뚜렷한 세손보다는 자신들이 손아귀에 넣고 요리하기 쉬운 국왕을 원하는 간악한 자들도 있는 게지요. 이른바 택군擇君이라는 말을 공공연하게 떠드는 적신들이 있으니 기가 막힐 일이지요."

유본은 나지막이 한숨을 쉬며 말을 잇는다.

"지금 청나라와 왜국은 문물이 번성하며 나날이 국력이 커지고 있습니다. 서양의 새로운 기술도 거리낌없이 받아들이고 있고요. 지금 조선에는 새로운 제도와 기술을 도입하고 과감하게 실천할 수 있는 강력한 군왕이 필요합니다. 그래야 백성들의 생활이 나아질 수 있지요. 간악한 자들을 반드시 물리쳐야 할 터인데…"

"저는 어른들께서 하시는 일이 마땅히 목숨을 걸 만한 일이라고 믿고 있습니다. 보위에 오르시는 것이 마땅한 세손을 지키고자 하는 일인데, 잘못될 리가 없다고 생각합니다."

빙허각이 강 건너 불 보듯 하는 볼만장만한 표정을 깨고, 샛별같은 눈망울을 반짝이며 홍화보다 붉은 입술을 열어 단호하게 말한다.

"아이고 올겨울은 왜 이렇게 추운 거야? 고추장을 퍼야 하는데 장독 뚜껑이 얼어붙어서 열리지를 않네."

복례는 시린 손을 호호 불며 장독 뚜껑을 열려고 하지만, 긴 추위로 꽁꽁 얼어붙은 장독 뚜껑은 열리기는 커녕 지남철처럼 복례의 손을 끌어간다.

복례는 친정집 침모의 딸로 빙허각이 시집올 때 같이 온 몸종으로 빙허각보다 두 살이 어렸다.

복례 어미가 딸과 헤어지는 것을 섭섭하게 여겼으나, 복례는 예쁜 선정 아씨와 평생을 함께하겠다며 고집을 부렸고, 빙허각도 복례와 정이 들고 기특하기도 하여 이를 마다하지 않았다.

선정이 시집오면서 함께 온 서씨 집안이 낯설고 두렵기도 할 텐데, 본래 천성이 밝고 느긋한 복례는 서씨 집안 누구와도 살갑게 잘 지내고 있었다.

얼어붙은 장독 뚜껑 앞에서 발을 동동 구르며 애면글면하는 복례가 딱해 보였던지, 지나가던 억기가 마죽을 끓였던 뜨거운 물을 가져와 장독대 주변에 둔다.

"복례야~~ 얼어붙은 장독 뚜껑을 힘으로 열려고 하면 장독 뚜껑이 깨져! 이렇게 살살 다뤄야지."

억기는 성질 급한 복례를 나무란다.

"아이고, 지금 마음이 급해서 그래요."

"마음이 급할수록 돌아가라고 했고, 실을 바늘 허리에 꿰어서는 못 쓴다는 말도 몰라?"

복례는 제법 유식한 소리를 하는 억기가 오늘따라 멋지다고 생각하며 "내가 좀 덜렁대니까 의젓한 억기가 도와주고 그러잖아. 히히"라며 콧소리로 말한다.

"오늘 이녁은 나에게 크게 고마워해야 해. 아침부터 장독 뚜껑 깨고 아씨에게 혼나고 이런 낭패를 피하게 해 주었으니까."

"알았어~~ 히히~~ 내가 이따가 밥 하고 나면 큰 깜밥을 줄 테니까 아침 설거지 끝나고 조용해지면 정짓간 뒤로 몰래 와."

억기는 복례 옆으로 살며시 다가와 목소리를 낮춰 말한다.

"당분간은 장독대 뚜껑이고 종지 하나라도 깨서는 안돼. 그리고 젓가락이나 숟가락도 떨어뜨리지 말고… 명심해야 해."

"뭔 일인데? 내가 알면 안돼?"

복례가 고지식한 억기를 어르려는 듯 성그레 웃으며 묻는다.

"이 일은 극비인데, 내가 복례에게만 특별히 말해 주는 것이니까 가슴에다만 꼭꼭 묻고 절대 남에게 말해서는 안돼."

"응, 알았으니… 어서 말해 봐~~"

"오늘 내일 사이에 서씨 집안에서 큰 일을 벌일 거야. 잘되면 꽃길이요, 잘못되면 가시밭길로 우리까지도 고초를 당할 거야."

복례는 억기가 '극비', '꽃길', '가시밭길'이니 아씨나 대감마님이 쓰는 말을 연신 날리는 것이 마음에 든다.

"아이고, 무서라~ 알았어~~ 재수가 없어지면 안되니까 큰 일이 끝날 때까지는 입 조심하고 물건 떨어뜨리고 깨는 것 조심하면 돼?"

"응, 출랑대지 말고 조심혀~ 서씨 집안이 공신이 되느냐 역적이 되느냐 하는 갈림길이니께. 나는 이 집안에 뼈를 묻을 놈이니까… 복례도 참고혀."

억기 덕에 장독 뚜껑이 열리자, 복례는 윤기나는 붉은 고추장을 대접에 듬뿍 퍼담아 들고, 꽃길이고 가시밭길이고 상관없는 듯 코대답을 하고는 아늘거리며 정짓간으로 간다.

을미년 섣달 초이틀 밤, 찬 서쪽 하늘 끝에 걸린 불그스름한 초승달이 왠지 을씨년스러움을 더하고, 가당찮은 바람으로 대문 앞에 매단 유등이 꺼질 듯 돋을 듯 너울거린다.

그날 밤, 서명선이 양녀 서로주와 함께 서명응의 집으로 찾아왔다.

서명응은 여자들을 포함한 서씨 집안 가족들을 자신의 서재로 부른다.

술상을 보느라 서명응의 서재에 늦게 들어간 빙허각은 일촉즉발의 팽팽한 긴장감이 감도는 방안의 분위기를 상상하였으나, 의외로 밝고 유쾌한 어른들의 모습에 의아해 한다.

말총 탕건을 쓴 서명응과 호박 갓끈을 단 갓을 쓴 서명선이 나란히 좌정한 앞 자리의 경상 위에는 청동 막대에 감겨 있는 범상치 않은 기운을 주는 두루마리 하나가 놓여 있다.

"자 오늘은 독주로 짧게 마십시다. 술자리가 길어지면 마음이 흩어지니까요."

서명선이 말을 마치고 술병을 잡는다. 술이 한 순배 돈 다음, 서명선이 자부심 가득 담은 눈으로 가족들을 바라보며 말한다.

"자네들이 있어 든든하고 믿음직스럽네."

그것뿐이었다.

서호수가 뜨거운 눈길로 유본과 빙허각을 바라본다. 유본은 작은할아버지 서명선이 차마 하지 못한 말을 아비 서호수의 얼굴에서 읽는다.

'곧 서씨 집안의 운명을 가를 시간이 다가오고 있네. 우리 서씨 집안 남자들은 세손을 보위에 올리는 일이 우리 조선을 살리는 길이라 생각하고 목숨을 내놓기로 작정했다네. 뜻대로 되지 않아 화가 자네들에게까지 미친다 해도 서씨 집안과 인연을 맺은 자네들의 운명이고 조선의 운명이라네. 혹시 목숨을 부지하면 우리의 충정을 알아줄 날이 꼭 올 것이니 때를 기다리며 죽은 것처럼 살아야 하네. 무엇보다도 가학… 우리 서씨 집안의 가학은 꼭 이어주기 바라네. 내 책이 장독 뚜껑으로 쓰이는 것은 차마 못 보겠네.'

유본은 오늘밤 이 자리가 어른들과의 마지막 자리가 될지도 모른다는 생각이 들자, 슬픔에 복받친 뜨거운 눈물이 목줄기까지 흘러내린다.

'우리 서씨 집안이 꼭 이렇게 해야만 됩니까?'

이렇게 소리를 지를 뻔한 순간을 유본은 간신히 참아 넘겼다.

"지금 주상의 총기는 예전만 못하십니다. 필히 아우님의 상소가 주상께 전달되는 것을 막는 자들이 나올 것이나, 이는 내가 반드시 저지할 터이니, 아우님은 성심을 다하여 주상을 설득해야만 할 것입니다. 이제 아우님이 올릴 상소에 우리 집안과 조선의 운명이 달려 있습니다."

서명응은 몇 날을 불면의 밤을 보냈는지, 목소리가 잠겨서 말을 하는 데 애를 먹는다.

서명응의 서재에서 나온 빙허각은 삭풍에 떨고 있는 앙상한 매화나무 가지를 보자, 혼인하기 전 이창수가 들려준 이야기가 떠오른다.

매화를 몹시 아끼고 사랑하던 퇴계 이황 선생은 "매화나무에 물을 주어라"라는 말을 남기고 돌아가셨다는데, 보통은 매화를 사랑하는 퇴계 선생의 마음이라고만 생각하겠지만, '희망을 키우라'라는 뜻도 숨겨져 있다며, 어떤 상황에서도 희망을 잃어서는 안 된다고 말씀하셨다.

빙허각과 유본은 사당에 들러 향을 사르고 두 손을 모아 간절히 기도드린다.

"조상이시여! 주상과 세손, 그리고 서씨 집안에 희망을 주소서! 매화나무가 활짝 꽃을 피울 수 있도록 희망을 주소서!"

살라진 향불의 연기가 희망을 담아 날아가는 듯 사리사리 오르다 사라진다.

　"큰올케성~ 날 좀 도와줘요."

빙허각이 시집올 때 네 살이었던 시누이 윤정이 바깥나들이에 맛을 들인 남동생 유비를 안고 빙허각을 부른다.

"윤정 아가씨~ 이제 유비 도련님이 성장하여 어린 아가씨가 안고 다니다가는 큰 변이 납니다."

"어머니는 손님들이 찾아오셔서 바쁘시고, 유비가 어미닭을 쫓는 병아리처럼 졸졸 저만 쫓아다니니 어찌할 바를 모르겠어요."

"유비 도련님이 예쁜 누이가 좋은 모양이예요. 유락 도련님은 어디 갔어요?"

"유락이는 작은 올케성을 따라 갔는데 아직 조용한 걸 보니, 작은올케성이 벽장에 숨겨 두고 혼자 먹는 엿이랑 곶감 맛에 정신을 잃었나 봐요."

"윤정 아가씨~ 유락 도련님이 아직 어려서 그런 걸요."

빙허각이 시동생 유비를 받아 안으며 말한다.

윤정은 아직 어리지만 맹랑한 구석이 있어 어른들의 허를 찔러 웃음을 주기도 하지만, 보고 들은 바를 가감없이 표현하여 집안 사람들이 은근히 두려워하는 존재이기도 하다.

작년 섣달 초사흘, 서명선의 목숨을 건 상소로 세손은 반대세력을 물리치고 대리청정을 시작한다.

석 달 뒤, 선왕이 승하하고 마침내 인고의 세월을 견뎌 온 세손이 조선의 국왕이 되었다.

세손이 국왕이 된 뒤, 서명선은 영의정, 서호수는 도승지가 되어 정치적으로 주상을 보필한다. 서명응은 판중추부사겸 규장각의 주인인 대제학이 되어 아들 서호수, 서형수와 함께 각종 책을 편찬하여 학문적으로 주상을 돕는다.

서씨 집안 남자들은 탄탄대로를 달리지만, 서씨 집안의 맏며느리인 빙허각은 음식을 만들고 손님을 대접하며 연거푸 태어난 시동생들과 자신의 아이들을 돌보는 데 전력을 다한다. 집안일을 마치면 눈을 부릅뜨고 책을 읽으려 하지만, 잠이 쏟아져 경상 위에 엎드려 잠들어 버린 적이 한두 번이 아니었다.

시어머니 한산 이씨는 빙허각을 도울 유모와 살림을 도와줄 찬모를 한 명씩 더 두어 며느리를 배려하지만, 그래도 맏며느리 빙허각의 할 일은 줄어들지 않는다. 다음달, 시어머니 한산 이씨가 출산을 하게 되면 빙허각의 일은 더욱 늘어날 것이다.

자동약탕기

"시르렁~ 시르렁~" 적막감이 감도는 서씨 집안에 비단 짓는 물레 소리만이 정적을 깨뜨리고 있었다.

물레 앞에 앉은 빙허각은 시어른들의 겨울 채비를 위해 부지런히 길쌈을 하고 있다.

어제까지 같이 길쌈을 하며 말동무도 해 주던 동서 여산 송씨는 정짓간에서 어른들이 드실 탕약을 달이고 있고, 시어머니 한산 이씨와 서씨 남자들은 억기와 언년어멈을 비롯한 가솔들을 모두 이끌고 가을걷이를 하기 위해 새벽같이 장단으로 떠났다.

빙허각은 어린 시절부터 길쌈을 익혔기 때문에 책을 읽으면서도 고운 비단을 짤 수가 있어, 집안 또래 소녀들의 부러움을 사곤 하였다.

"킁~ 킁~ 냄새가 좋구나!"

시원하게 불어오는 가을바람에 익숙한 냄새가 섞여서 물레질에 빠진 빙허각의 후각을 기분 좋게 자극한다. 익숙한 냄새가 점차 수상한 냄새로 바뀌자 물레 돌리기를 멈춘 빙허각은 가슴이 철렁하고 내려 앉는다.

빠른 걸음으로 정짓간을 향해 간 빙허각은 냄새의 정체와 마주치자, 다리에 힘이 다 풀려 제자리에 주저앉고 만다.

빙허각이 급히 화로에서 약탕기를 내려 놓았지만, 이미 약은 다 타버려서 검은 숯덩이가 되어 있었다.

약탕기 옆을 지키고 있어야 할 여산 송씨는 보이지 않는다. 정짓간에 달린 작은방의 댓돌 위에 여산 송씨의 빨간 당혜가 있는 것으로 보아, 잠시 눈을 붙인다는 것이 깊은 잠에 빠져 든 모양이다.

빙허각은 여산 송씨가 놀랄까 봐 방문을 조용히 열고, 세상 모르고 곤하게 자고 있는 여산 송씨의 어깨를 살살 흔든다.

살포시 눈을 뜬 여산 송씨는 근심스러운 얼굴로 자신을 바라보는 코 앞의 빙허각을 보고 사태를 파악하였는지, 혼비백산하여 당혜를 신는다.

약탕기를 본 여산 송씨는 마루에 덜썩 주저앉으며 울먹이기 시작한다.

"형님! 주상이 내린 귀한 탕약이 숯검댕이가 다 되어 버렸으니 이 일을 어쩌면 좋아요!"

"아이고, 이 사람아! 이왕 이렇게 된 것 너무 놀라지 말게나. 몸 상할까 싶네."

빙허각이 여산 송씨를 붙들고 달래보지만, 여산 송씨는 몸을 부들부들 떨며 일어나 앉지도 못한다.

새로 보위에 오른 주상은 세손 시절부터 가을이면 원로 대신들에게 귀한 약재를 선물하곤 했는데, 세손 시절의 스승 서명응에게는 특별히 백두산 호랑이 뼈와 묘향산 사슴 뿔을 내의원에 내려 약을 지어 보냈던 것이다.

한산 이씨는 요즘 부쩍 기력이 달리는 서명응을 위해 각별히 정성을 다해서 달일 것을 새며느리인 여산 송씨에게 신신당부하였다.

"형님! 약을 한 첩도 아니고 두 첩이나 달였는데 다 타버렸으니, 오늘 저녁부터 탕약을 올려야 하는데 어찌하면 좋아요."

핼쑥한 얼굴의 여산 송씨가 눈물이 그렁그렁 고인 눈으로 빙허각을 바라보며, 절망한 듯 말한다.

"자네 몸이 약해 잠을 이기지 못해서 그러는데 누굴 탓하겠는가? 마음을 좀 진정시키게."

빙허각은 여산 송씨의 놀라서 식어버린 차가운 손을 꼭 쥐어 주었다.

"다행히 방법은 있는 것 같으니 일단 약탕기를 깨끗이 소제해두고 있게나. 내 잠시 다녀오겠네."

빙허각은 여산 송씨를 안심시키고, 서둘러 장옷을 챙겨 입고 집을 나선다.

"새아기야~ 아주 약을 잘 달였구나. 초탕에 재탕을 넣고 다시 삼탕을 넣어 탕약이 맛이 깊고 조화로워 잘 우려낸 차를 마시는 것 같구나."
그날 밤 새손주며느리가 달인 탕약을 마신 서명응은 만족스러운 얼굴로 여산 송씨를 칭찬한다.
"할아버님! 저는 그저 마음을 다해서 달였을 뿐입니다."
아무 말도 안 하기 뭐하여 여산 송씨는 모기만한 소리로 말하며, 고개를 떨군다.

"당신은 처가댁에서도 같은 약을 달인다는 것을 어찌 알았단 말이오?"
오늘 있었던 일을 들은 유본은 눈을 동그랗게 뜨고 신기한 물건을 보듯 빙허각을 바라본다.
빙허각은 빙그레 웃으며 "사람이 죽으라는 법은 없나 봐요. 죽을 약 뒤에 살 약이 있다더니 오늘이 그런 날이었네요"라며, 연경에 다녀오는 동지사 편에 구한 새 기하학 책을 심각하게 들여다본다.
유본은 투정을 부리듯 책을 덮어 버리고, 빙허각의 다음 말을 기다린다.
"서방님, 그리 궁금합니까?"

빙허각은 답을 쉽게 알려 주지 않겠다는 듯한 얼굴로 보채는 유본을 바라본다.

"밤하늘의 별의 움직임을 읽지 못하거나 수학문제의 답을 구하지 못할 때보다 궁금하고 답답합니다."

그때 밖에서 인기척이 들리면서 준평이 빙허각을 찾는다. 준평은 오늘 빙허각이 여산 송씨를 어려움에서 구해 준 것에 진심으로 고마움을 표한다.

집안 어른의 탕약! 그것도 주상이 내린 탕약을 태워 버린 며느리는 큰 불효와 불충을 저지른 동시에 남편과 친정 부모를 욕보인 것이다.

"형수님~ 형수님의 지혜가 저희 부부를 살렸습니다. 형수님! 사돈댁에서도 같은 약을 하필 오늘 달인다는 것을 어찌 아셨습니까?"

형님과 똑같은 질문을 하는 준평의 얼굴이 형의 얼굴처럼 심각하자, 빙허각은 웃음이 난다.

"두 형제분이 참으로 세심하고 똑같이 호기심이 많으십니다. 오늘 일은 큰며느리로서 어머니를 대신하여 동서를 제대로 돌보지 못한 저의 불찰로 일어난 일입니다. 당연히 저도 야단을 맞을까 두려웠습니다.

주상께서 환갑을 넘긴 원로대신들에게 입추 탕약을 내리셨다는 것을 어머니에게 들었습니다. 당연히 친정아버님도 받으셨을 것이며, 오늘 탕약을 달인다는 것은 날씨와 일진을 보고 알았습니다. 탕약은 맑고 쾌청한 날, 특히 바람이 조금 부는 날이 제일 잘 달여져 좋은 탕약이 나오지요. 그리고 오늘은 손이 없는 날이라 귀한 약을 달이기에는 가장 좋은 날이지요."

두 형제는 빙허각의 설명에 무릎을 치며, 형수와 아내의 지혜로움에 감탄한다.

"형수님~ 덕분에 저희 부부는 죽을 코에서 벗어났지만, 수어사 어른의 귀한 탕약을 축냈으니 어쩌면 좋을지 모르겠네요."

준평은 미안한 듯 머리를 긁적이며 겸연쩍게 웃는다.

준평이 간 뒤 유본은 빙허각의 두 손을 잡고 "오늘 마음 고생이 많았지요? 당신의 재치가 아니었다면 제수씨는 물론이고 집안 어른들의 마음이 모두 편치 않을 뻔 했소"라며 치하한다.

"여자들이 탕약을 태우거나 잘못 달였다고 시집 어른들에게 봉변을 당한다는 이야기를 심심치 않게 듣곤 했답니다. 여자들이 농사일이며 아이 돌보기, 어른들 모시기, 손님 접대, 길쌈, 바느질까지 일이 너무 많다 보니 이런 실수를 하게 되지요."

말을 마친 빙허각은 읽던 책을 덮고 깊은 생각에 잠긴다.

보름 뒤, 서씨 집안 사람들이 빙허각이 만든 약탕기를 보기 위해 안채 앞뜰로 모여들었다.

빙허각이 두 치 반 길이의 쇠 봉의 양끝에 쇠사슬을 이용하여 동으로 된 접시를 매달아 둔다. 세 개의 나무 기둥을 세워 위는 합하여 묶고 바닥은 세 다리로 서도록 고정한다. 다른 쪽 동 접시를 고정시킬 막대와 쇠 봉의 균형을 잡아 주기 위해 한 가운데를 고정시킬 막대를 박는다. 결국 쇠 봉을 지탱하는 지지대는 세 개가 된다. 세 다리의 막대에는 약탕기를 올린 동 접시를 고정하고 다른 동 접시에는 약탕기 무게와 똑같은 쇠 추를 올려 미리 세운 막대에 고정한다. 쇠 봉의 균형을 잡아 주기 위해 쇠 봉의 한 가운데를 미리 박아 둔 가운데 막대에 고정한다. 약탕기가 올려진 동 접시 아래에는 숯불을 담은 연화로가 놓이고, 쇠 추가 올려진 동 접시 아래에는 풍종이 놓여졌다.

구경 온 사람들은 숨을 죽이고 빙허각이 자동약탕기를 설치하고 실제로 약을 달이는 것을 구경한다.

약탕기가 뜨거운 김을 내기 전까지는 한참을 쇠 추와 평형을 유지하다가, 탕약 냄새가 진해지면서 가벼워진 약탕기는 서서히 위로 올라가고 쇠 추는 점점 바닥으로 내려가 풍종에 닿는다. 풍종에 닿으면 약이 달여졌다는 것을 알리기 위해 풍종이 소리를 낸다.

자동약탕기로 달여진 탕약의 양은 약 대접의 절반으로 묽지도 진하지도 않아 약효를 제대로 볼 수 있게 잘 달여졌다.

"당신 덕분에 형수님의 자동약탕기가 태어났으니 당신이 일등공신이라 할 수 있겠네. 이제는 당신이 약을 태우는 일은 없겠구료."

준평이 웃으며 말하자, 여산 송씨가 시어른들이 들을까 무서우니 말을 멈추라는 듯 준평을 가자미눈으로 흘겨 본다.

"빙허각처럼 문제를 해결하기 위해 노고를 아끼지 않고, 다른 사람과 혜택을 나누려는 마음을 본받아야 한다."

서호수가 빙허각의 자동약탕기 성능에 감탄하는 구경꾼을 둘러보며, 며느리의 노고와 마음가짐을 치하한다.

나아지는 삶을 체험한 서씨 집안 여자들은 빙허각이 연경에 다녀온 것이 헛것이 아니라며 속삭인다.

유본은 발명가이자 자신의 아내인 빙허각을 경외의 눈으로 바라보고, 한산 이씨는 넋빠진 큰 아들 유본을 한심한 듯 바라본다.

"장안에 대제학 집안 맏며느리가 만든 자동약탕기가 좋다는 소문이 자자하여, 내가 궁금함을 이기지 못하고 너를 들라 하였다."

다홍색 곤룡포에 익선관을 쓴 주상이 위엄이 넘치는 모습으로 빙허각을 바라본다.

"너무도 간단한 이치를 활용한지라 송구스럽습니다."

빙허각은 미리 그려온 그림으로 약탕기의 원리를 주상에게 설명한다.

빙허각에게 탕약을 태운 여산 송씨의 실수로 자동약탕기가 나왔다는 이야기를 들은 주상은 박장대소를 한다.

"쯧쯧… 수어사 이창수의 약을 대제학 서명응이 먹었으니 이를 어쩌면 좋단 말이냐?"

주상은 내의원을 불러 바로 빙허각의 자동약탕기를 사용하여 탕약을 올릴 것을 명하는데, 일일이 약재를 정하여 준다.

'주상은 자신이 박학다식한 데다 무예까지 뛰어난 것이 문제라는 것을 모르시는 것이 문제지.'

빙허각은 주상의 약재에 대한 날카로운 질문에 진땀을 빼는 어의를 보면서 가벼운 한숨을 쉰다.

"빙허각 덕에 조선 여인들의 삶이 좀 더 편안해졌구나. 약탕기를 만든 원리로 다른 기구를 만들어도 좋을 것 같구나."

"송구하오나 전하! 저는 수차와 수레를 개량하기 위해 여러 책을 주유하고 있는 중입니다."

"내가 너를 연경에 보낸 값을 하기 시작하는구나."

주상이 살짝 비꼬듯 말하자, 데데하게 구는 주상에게 열을 받은 빙허각이 고개를 바로하였다가 주상의 회한이 어린 눈과 마주치자 당황하여 고개를 숙인다.

"그래 빙허각은 그동안 잘 지냈느냐? 약탕기를 만든 것을 보면 서씨 집안에서 잘 지내고 있다는 것은 짐작하고도 남음이 있다만…"

주상의 목소리에 잔잔한 파문이 인다.

"황공하옵니다. 주상 전하!"

주상이 긴 장죽을 물자, 내관이 수정으로 만든 대통에서 남령초를 꺼내서 옥으로 만든 대꼬바리에 담고 불을 당겨 준다. 한 모금 길게 남령초를 빨아들인 주상은 장죽을 휴연대에 내려 놓고 생각에 잠긴다.

'비바람이 땅과 하늘을 뒤집을 듯 요란스럽게 몰아치는 날, 너는 연경에 가고 싶다며 늙은 아비와 함께 폭풍이 되어 내 곁에 왔다. 빙허각이라는 폭풍에 내 마음은 송두리째 뽑혔고 내 정신은 공중에 흩어지듯 혼미하였지만, 임오년에 죽었던 사내 이산은 비로소 살아나 숨을 쉴 수 있었다.

뜰에 뒹구는 붉은 꽃잎과 찢어진 나뭇가지를 남기고 가 버린 폭풍처럼 나를 어지럽히고 가 버렸다. 빙허각은 기가 막힌 나의 마음을 짐작이라도 한 적이 있는가.'

주상은 선정을 처음 보던 날이 마치 어제 있었던 일처럼 생생하다.

주상이 태우는 남령초 냄새가 성덕임이 남기고 간 듯한 진한 사향 냄새와 더해지자, 폭풍우가 몰아치던 날 세손의 방에서 느꼈던 향기가 그대로 되살아난다. 빙허각은 마음이 편안해 옴을 느낀다.

한 남자로서 '이산'은 목숨을 던져 사랑할 남자로 부족함이 없었다. 주상의 청을 거절하고 빙허각도 한동안은 마음이 편치 않았다.

주상을 도와서 조선 개혁에 동참하고 싶지만, 주상이 온전히 자신의 남자가 될 수 없다는 현실이 끔찍하였다. 밤새 주상을 기다리다 새벽녘에 겨우 선잠이 들고, 혹시나 주상이 찾아 줄까 노심초사하다가 가슴조차 시커멓게 타버린 여인의 삶을 버텨 낼 자신이 없었다. 자신은 세손빈이나 성덕임처럼 주상을 다른 여인과 나누고도 잘 지낼 수 있는 여자가 아님을 잘 알고 있었다.

세손과 함께 수련을 구경하던 그날, 선정은 자신이 어떤 사람과 혼인을 해야 하는지 동궁전을 나오면서 마음을 정리하였다.

주상은 폭풍처럼 와서 꽃잎 지듯 소리 없이 가 버린 빙허각이 시침을 뚝 떼고 앉아 있는 것이 괘씸하여 쌀쌀하게 대하리라 마음을 먹었지만, 빙허각의 얼굴을 바라보는 순간 슬며시 녹아 버린다.

주상은 태우다 남은 남령초를 기분이 좋은 듯 피우기 시작한다.

주상과 빙허각 사이의 원망과 미안함으로 인한 팽팽했던 긴장감이 걷히면서, 두 사람은 오랜만에 만난 공부방의 지우인 듯 다정하다.

빙허각이 서씨 집안으로 시집갔다는 소식을 들은 주상은 다행이다 싶었다. 자신의 여자가 될 운명이 아니라면, 식견이 환히 트인 서씨 집안 사람이 된 것이 빙허각의 재주를 살릴 수 있는 길이기 때문이다.

주상의 예상대로 서씨 집안은 빙허각의 재주를 사랑하였고,

그녀가 공부할 수 있도록 배려하였기에, 오늘처럼 자동약탕기를 들고 자신을 만나게 된 것이 아닌가?

뒷걸음으로 물러서는 빙허각에게 주상이 나지막이 말한다.

"네 눈에서는 여전히 별빛이 쏟아지는구나. 눈이 부셔 너를 바로 볼 수가 없구나."

한산 이씨의
분노

"형수님! 오늘은 공부 시간을 좀 미루면 안될까요? 아직
방정술方程術과 영부족술盈不足術, 천원술天元術까지는 이해를 하
였는데, 개방술開方術에서 막혀 좀 더 읽고 외울 시간이 필요
합니다."

준평은 할아버지의 아침 진지를 준비하는 형수 빙허각에게
통사정을 하고 있다.

"도련님! 읽고 외우는 것으로 깨달으려고만 하지 말아요. 책
을 읽고 외우는 것도 필요하지만, 때로는 머리 속에서 생각
을 깊이 하다 보면 막힌 이치를 저절로 깨닫기도 하지요. 도
련님! 마침 찻잎을 따야 하는데… 머리도 식힐 겸 다녀와요."

빙허각은 준평에게 칡으로 엮은 큰바구니를 주며 연한 찻잎
을 가득 따오라고 한다.

형수인 빙허각은 준평의 스승이기도 하여, 준평은 빙허각의 말을 거역하지 못하고, 아침 이슬이 채 마르지 않은 차밭으로 간다.

"언제 찻잎을 따서 이 큰 바구니를 채운단 말이냐? 이 시간이면 책을 한 줄이라도 더 읽을 텐데…"

준평은 이슬이 내린 차밭의 축축한 습기와 함께 팔에 엉겨붙은 거미줄을 손으로 비벼내며 한숨을 내쉬다가, 빙허각이 무서워 보드랍고 연한 찻잎 만을 골라 따기 시작한다.

찻잎에 앉아 있던 은구슬 같은 이슬이 또르르 굴러 준평의 사슴가죽 신발 위로 토독 떨어진다.

"형수님~~ 찻잎을 따왔습니다."

시동생 준평이 한가득 딴 찻잎 바구니를 차를 덖을 무쇠솥을 닦고 있는 빙허각에게 건네는데, 두 눈이 기쁨으로 반짝인다.

"수고했어요~ 도련님! 조반은 따로 준비하여 두었어요. 시간이 늦었으니 오늘은 필사를 하는 서생들과 함께 먹어야 할 것 같아요."

"형수님~ 조반이 문제가 아닙니다. 몇 일을 골몰하던 개방술의 이치를 찻잎을 따다가 깨달았습니다. 형수님이 차밭에서 찻잎을 따라고 시키지 않으셨으면, 오늘도 머리를 싸매고 끙끙거리며 저의 둔한 머리를 탓하고 있었겠지요."

"그래요? 도련님은 형수도 돕고 공부의 뜻도 알게 됐으니 이 모든 것이 차밭 덕분이네요. 도련님~ 차는 마시지 않고 차밭에서 향기만 마셔도 정신이 맑아진답니다. 또 뭔가에 골몰하여 걷다 보면 막혀 있던 문제가 저절로 풀리는 경우도 종종 있지요."

"그럼 매일 차밭에 나가 찻잎을 따서 형수님을 기쁘게 해드 릴게요. 그러면 공부는 덩굴째 굴러오는 호박처럼 저절로 될 것 같아요!"

빙허각은 연신 벙긋거리며 살갑게 구는 귀여운 시동생 준평 을 풍년 농사를 지은 농부가 잘 익은 벼를 바라보듯 흐뭇한 얼굴로 바라본다.

이때 유본이 부엌으로 들어서며 동생과 아내 빙허각을 동시 에 발견하고 반가워한다.

"두 사람이 다 궁금했는데 여기에 있네!"

유본은 고운 선한 두 눈이 감길 정도로 함박 미소를 짓는다. 하루 종일 형수 뒤만 졸졸 따라다니는 형 유본의 마음을 충 분히 알고도 남는지라, 준평은 얼른 스승과 제자로 만나는 시 간을 다시 한번 빙허각에게 확인하고 서둘러 부엌을 나선다.

"차를 덖는 일은 언년어멈이 안채 일을 마치면 같이 하지 그 래요?"

유본은 걱정스러운 얼굴로 빙허각을 바라보며 슬며시 찻잎 이 담긴 바구니를 들어 옮기며 말을 잇는다.

"당신 본가에서는 부리는 사람이 많아 일이 수월했을 텐데, 우리집은 그러지 않아 당신이 많이 힘들까 봐 내가 늘 좌불안석이오."

유본은 진실로 미안한 얼굴로 빙허각을 바라보며, 안타까운 듯 미간을 찌푸린다. 유본은 할아버지나 아버지가 노비나 하인을 많이 두고 부리는 것에 극도의 거부감이 있다는 것을 잘 알고 있다.

"언년어멈도 환갑이 넘었는지라 이제 쉬엄쉬엄 일을 해야지요. 어제는 잠을 자며 끙끙 앓는 소리를 내는 것이 안쓰러워 오늘은 안채 일을 마치면 좀 쉬라고 했어요. 오늘 딴 차 맛이 다르고 내일 딴 차 맛이 달라 급한 마음에 준평 도련님 손까지 빌렸는데, 지체하지 말고 덖어야 한답니다."

빙허각은 유본이 옮긴 찻잎 바구니를 적당히 달궈진 무쇠솥 옆으로 옮기며, 차 덖는 일을 도울 일손도 없고 급히 서둘러야 하는 이유를 설명하고는 들릴 듯 말 듯 한숨을 쉬며, 유본을 바라본다.

별이 쏟아지는 듯 반짝이는 눈빛에 장난끼와 사랑스러움까지 더한 빙허각의 눈빛과 마주치자, 유본은 모래성처럼 허물어지는 무력감과 동시에 온몸에 솟구치는 행복감에 소름이 돋는다.

"알았소! 내 오늘은 모든 일을 다 멈추고 당신이 차를 덖는 일을 도와 주겠소."

유본은 옷소매를 걷어붙인다.

유본이 혼인하기 한 해 전, 유본과 준평을 불러 앉힌 서호수는 공부를 점검하고 독려하고자 질문을 던졌으나, 두 아들은 서호수를 만족시키지 못했다.

특히, 서호수는 큰 아들 유본에 대한 실망이 몹시 컸다. 수학의 기본을 겨우 이해하고 있어, 유본이 자신을 따라오기에는 가는 세월을 붙들어야 할 판이었다.

"오늘 너희들의 게으름과 둔함을 확인하는 자리 밖에 되지 못했구나. 너희들이 이런 지경이니 내 책들은 앞으로 장독 덮개로 밖에 쓸모가 없겠구나."

책을 덮은 서호수가 장탄식을 하였다.

유본은 실망과 동시에 희망을 잃어버린 듯한 허무함까지 담은 아버지의 눈빛을 보고 큰 충격을 받았다. 공부를 게을리한 것에 덧붙여 동생에게 모범을 보이지 못한 형으로서의 부끄러움에 고개를 들지 못하였다. 남들은 꿈도 못 꾸는 서재를 가득 메운 귀한 장서들과 조선의 대학자들과 한 집에서 사는 서씨 형제들로서는 할 말이 없었다. 고개를 숙인 유본은 손 바닥에 손톱자국이 파일 정도로 두 손을 움켜쥐면서, 아버지가 이룬 가학을 잇고 빛나게 하겠다는 다짐을 한다.

그날 이후로 유본은 농업과 천문, 역상의 기초가 되는 수학 공부에 전념하였다. 이를 악물고 익힌 수학 실력으로 요즘에는 빙허각에게 수학을 가르치는 재미에 흠뻑 빠져 지내고 있는 중이다.

빙허각은 하나를 가르치면 열을 터득하여, 유본은 자신의 공부보다는 빙허각에게 수학을 가르치는 데 열중하고 있던 참이다. 가끔은 빙허각이 하는 집안일 중에서 자신이 대신 해줄 수 있는 것이 있으면 빙허각이 공부를 하도록 배려하고 자신이 대신하기도 하였다.

아침의 분주함이 가시자 언년어멈과 집안을 둘러보던 안주인 한산 이씨는 큰아들 유본과 며느리 빙허각이 다정하게 차를 닦는 모습을 보다가 돌아서서 발길을 안채로 향한다.

서씨 집안에서 늙어버린 충직한 언년어멈은 한산 이씨가 큰아들 내외를 보고 날을 새운 치맛자락에 찬 바람까지 일으키며 쌩하고 돌아서는 이유를 알 수가 없어 머리를 갸웃거린다.

"어머니! 소자는 할아버지와 아버지의 뜻을 따라 가학을 잇고자 합니다."

점심상을 물린 뒤 한산 이씨는 아들 유본의 서재를 찾아, 과거에 대한 준비를 잘하고 있는지를 물었고 유본은 평소의 소신을 말한다.

"그럼 과거 시험에는 뜻도 없고 보지도 않겠다는 뜻입니까?"

유본의 어머니 한산 이씨의 뜻밖의 추궁에 잠시 당황해 하다가, 곧 평정심을 찾고 한산 이씨와 눈을 마주친다.

"저는 서씨 집안의 큰아들로 집안을 돌보며 장서를 관리하고 할아버지와 아버지가 연구하시는 수학과 천문학을 깊이 공부하여 두 분의 뜻을 잇고자 합니다. 그리고…"

"그리고 무엇입니까?"

한산 이씨가 눈썹을 치켜세우며 말한다.

"저는 남다른 내자를 한갓 평범한 여인으로 살게 하지 않겠습니다."

유본은 어머니의 심기를 건드리지 않으려는 듯 조심스럽게 말한다.

"그것이 무슨 뜻입니까?"

"소자는 총명한 내자를 도와 내자가 가고자 하는 길을 함께 가 보고 싶습니다."

"그게 무슨 해괴한 말입니까?"

한산 이씨가 기가 차다는 듯 말한다.

"어머니~ 조정에서 주상을 돕는 일도 의미가 있지만 탁월한 재능과 열정을 가진 내자를 돕는 것이 훨씬 더 조선을 위한 일입니다."

"그럼 빙허각은 얼마나 실망이 크겠소? 빙허각은 주상 전하도 여사女士로 인정할 정도인데, 정작 남편인 자네가 벼슬길에도 못 나가면 자네의 체면은 물론이요, 집안의 기강이 바로 서겠습니까?"

한산 이씨는 화가 담긴 카랑카랑한 목소리로 묻는다.

"어머니~ 소자는 경세치용經世致用이 여사인 내자가 할 일이며 집안의 기강을 바로 잡는 일이라고 생각합니다." 유본은 당당히 말하다가 뒤틀려지고 굳어진 한산 이씨의 얼굴을 보고 자신의 언사가 빙허각의 시집살이를 벌였다는 것을 깨닫는다.

한산 이씨는 아들 유본이 똑똑한 며느리 빙허각에 눌려 치이지 않을까 하는 어미로서의 두려움과 노파심을 유본 앞에서 여과 없이 드러낸다.

한산 이씨는 빙허각을 며느리로 맞이하는 것을 썩 내켜 하지 않았지만, 빙허각은 서씨 집안의 큰며느리로 흠잡을 데가 없었다.

옛날에 아름답고 현숙하고 지혜롭기까지 한 며느리를 둔 어떤 시어머니가 있었다. 시어머니는 주변에서 며느리에 대한 칭찬이 자자하자 괜한 심술이 난다. 시어머니는 며느리의 흉을 잡아서 기를 죽이고 싶은 마음에 눈에 불을 켜고 며느리의 행동을 살폈으나, 티끌 만한 흠도 찾을 수가 없었다. 어느 날, 며느리가 하루 일과를 마치고 우물가에서 발을 씻으러 버선을 벗는데 발 뒤꿈치가 계란처럼 매끈한 것이 아닌가? 시어머니는 큰 흠을 잡은 듯 회심의 미소를 지으며 "세상에 발 뒤꿈치가 계란 같은 년은 처음 봤네"라며 중얼거렸다고 한다.

한산 이씨는 자신이 어릴 적 어머니가 들려 주시던 이 이야기 속의 못된 시어머니와 닮아가고 있다는 생각이 들면서, 비 맞은 낙엽 같은 추적한 마음으로 울적해지곤 하였다.

한산 이씨의 눈에는 착하고 순한 유본이 특출나고 잘난 며느리에게 끌려 다니는 것 같아 마땅치 않았지만 참고 있던 차였다.

"어머니의 말씀하시는 바가 무엇인지 잘 알고 있습니다. 제가 처신을 잘하지 못해서 어머니께 심려를 끼쳐드렸습니다. 앞으로 주의하겠습니다."

"이 어미는 자네가 준평이처럼 과거에 뜻을 품고 거기에 합당한 공부에 좀 더 열중하기를 바랍니다."

한산 이씨는 너무 기가 센 큰며느리 빙허각 때문에 유본이 기를 뺏겨서 저리 비실거리는 것이라는 생각을 도저히 떨칠 수가 없다.

'자고로 암탉이 울면 집안이 망한다고 했어. 너무 시어른들이 공부 잘한다고 추어주니 버르장머리가 없어 두고 볼 수가 없구나. 나라도 기강을 바로잡지 않으면 우리 아들은 빙허각의 뒷바라지나 하는 상머슴이 되고 말 것 같아 이제는 도저히 참을 수가 없다'며 개구리처럼 눈과 배에 힘을 잔뜩 준다.

증좌소산인

"서방님~ 연암 선생님이 오셨습니다."

빙허각의 들뜬 목소리가 밖에서 들리자, 한산 이씨가 방문을
벌컥 열고 빙허각을 향해 쏘아붙이듯 말한다.

"내일은 홍양호 대감 내외께서 우리집에 놀러오신다고 하였
으니, 너는 오늘은 할아버지 옷도 빨아서 손질하고 집안 청
소도 깨끗이 하고… 놋그릇도 다 닦아 놓고… 내일 점심도 준
비하도록 해라. 그 댁 큰며느리는 어찌나 집안 살림을 잘하
는지 뒷마루까지 번쩍번쩍 광이 나서 파리가 낙상할 지경이
더라. 우리집 마루는 왜 이리 뻑뻑하고 껄끄러운지 할머니가
버선발이 밀려서 다닐 수가 없다고 하신다."

동생 유락에게 공부를 가르치던 유본이 살그머니 문을 열고,
어머니의 말에 당황하여 어쩔 줄을 모르며 빙허각의 표정을

살핀다.

한산 이씨는 유본에게 "민보 아비는 뭐하고 있는지요? 연암 선생님께서 기다리십니다"라고 말한다.

유본은 꾸물거리며 걱정스러운 표정으로 자리를 뜬다.

"어머니! 죄송하오나 저도 연암 선생님의 제자로 함께 공부를 하고 있습니다. 오늘 일을 다른 사람이 대신하면 다음에 제가 하겠습니다."

빙허각은 시어머니가 잠시 착각을 하신 것으로 생각하고 담담하게 말한다.

"네 일을 누가 대신한다는 말이냐? 과거를 볼 것도 아니고, 공부야 네 할 일을 마치고 하면 되지 않느냐? 오늘 준평이 처는 나랑 고모님 댁에 가기로 했으니 네가 알아서 해야 하느니라. 참, 고모님 댁에 손이 부족하다 하여 억기와 언년어멈, 구월이는 내가 데리고 간다."

그때 왁자지껄한 소리가 밖에서 들린다.

빙허각의 큰아들 민보가 신발이 벗겨진 채 억기에게 업히고 구월이가 민보의 가죽신을 들고 뒤를 따른다.

"아이고 아씨! 민보 도련님이… 천한 것들에게 두들겨 맞으셨습니다."

"우리 큰손자가 두들겨 맞았다고? 이 무슨 해괴한 일이냐?"

버선발로 마당으로 내려와 흙바닥에서 몸싸움을 벌였는지 옷은 흙투성이가 되고 코피가 터졌는지 면상은 온통 피투성이가 된 큰손자 민보를 본 한산 이씨의 얼굴은 하늘이라도 무너진 듯 황망하였다.

"마님! 저희가 상처를 살펴보았는데 다행히 큰 상처는 없고 코피가 좀 난 것 같습니다."

구월이가 민보에게 신발을 신기며 말한다.

"죄송합니다 마님~ 순식간에 일어난 일이라… 소인의 잘못입니다."

"억기 네 잘못이 아니니 죄송할 것은 없다. 어서 큰도령을 씻기고 다른 곳은 다치지 않았는지 꼼꼼히 더 살펴보거라."

억기와 구월이는 평소 다정했던 마님이 서릿발이 서서 기세가 당당하고, 야무진 아씨가 어쩔 줄을 모르고 있는 것이 낯설다.

한산 이씨는 손자를 살피러 가는 빙허각을 불러 세운다.

"내 이럴 줄 알았다. 어미가 공부만 하느라 자식들에는 도통 관심도 없어 저리 두들겨 맞고 돌아올 지경이 되었으니 내가 기가 막히고 입이 굳어 말조차 안 나온다. 조상님들을 무슨 면목으로 뵈어야 할지 모르겠구나."

"어머니! 심려를 끼쳐 죄송합니다. 일단 무슨 일인지 알아보겠습니다."

'건방진 것… 놀란 자식에게 알아보기는 뭘 알아봐.'

한산 이씨의 분노에 찬 얼굴을 뒤로 하고, 빙허각은 민보에게 간다. 빙허각은 시무룩한 큰아들 민보에게 무슨 일이 있었느냐고 자초지종을 묻는다.

민보는 주상 말(세손이 서명응에게 선물로 준 말)을 냇가에서 씻겨 주겠다는 억기를 따라 갔는데, 덩덕새머리를 한 아이들이 지나며 자신을 보고 "우리 피를 빨아 먹고 살아 살이 찌고 얼굴이 구더기처럼 희다"며 자신을 놀려서 싸움이 시작되었다고 말한다.

자신은 하나인데 아이들은 셋이나 되어 자신을 때렸는데, 비겁하여 분하다고 한다.

"어머니! 그 아이들은 저를 몹시 미워하는 것 같아요."

"그렇지 않아요, 그 아이들은 배가 고프고 춥고 화가 나서 그러는 겁니다."

"어머니! 저도 배가 고프고 추울 때도 있어요."

"잘 들어봐요. 민보는 조금 기다리면 밥을 먹을 수 있고, 추우면 옷을 더 꺼내 입으면 되지만, 그 아이들은 아무리 기다려도 밥이 안 오고 입을 옷이 없답니다. 그리고 아이들이 무조건 배고프고 춥다고 때리지는 않아요. 혹여 민보의 표정이나 행동이 아이들을 화나게 했을지도 몰라요."

"아이들이 거름을 뒤집어쓴 것처럼 지저분하고 고약한 냄새가 나는데, 감히 주상이 하사하신 말을 만져보고 싶다고 해서 제가 안 좋은 낯빛으로 바라보긴 했습니다."

"사람은 누구나 자신이 무시당하는 것을 싫어한답니다. 민보가 아이들의 입장이었어도 민보를 때렸을 거예요. 앞으로 아이들을 만나게 되면 민보가 잘 대해주도록 해요."

"네 어머니~ 아이들이 저로 인해 화가 난 것이면 화를 내도 될 것 같아요."

민보는 슬픈 얼굴로 빙허각을 바라본다.

아들에게 자초지종을 들은 빙허각은 백성의 배고픔조차 해결하지 못하는 조선의 현실에 가슴이 아프다.

선왕께서 백성을 잘 살게 하고자 각고의 노력을 하셨지만 정작 실행되어야 할 계획은 배부른 신료들의 반대로 뜻을 이루지 못했고, 보위에 오른 새 주상은 아직 병권조차 쥐지 못하고 있어 '가진 자들의 것을 덜어 내어 없는 자들에게 나누어 주고, 없는 자들의 것을 갈취하지 못하게 하는 제도'를 만드는 개혁을 시도하기엔 역부족이었다.

그날 복례를 데리고 놋그릇을 닦고 청소를 하고 음식을 준비한 빙허각은 다른 날보다 일찍 잠이 들었다가, 오늘 해야 할 일의 무게에 짓눌려 신새벽 잠에서 깨었다.

어젯밤 연암과 공부를 마치고 온 유본은 빙허각을 위로하고 다독여 주었다.

"공부는 평생을 하는 것이니 초조할 것은 없지요"라고 빙허각이 말하였다.

"그리 생각해 주니 내가 너무 고맙소. 어머니가 외조부 충정공을 닮으셔서 성정이 조금 급하시기는 하지만 오래 가슴에 묻어 두시지는 않는 분입니다"라고 유본이 빙허각을 위로하며 말한다.

빙허각은 수학과 천문학에 재미를 붙여 집안일과 아이들에게 소홀한 여파이므로 마땅히 자신이 감당해야 된다고 생각한다.

"오늘 연암 선생은 자신의 생각을 담은 자신만의 글을 쓰면 문장으로 천하를 호령할 수 있다 하시면서, 내게 이 시를 내주셨소. 내 읽어볼 터이니 들어보시오."

이 세상 사람들을 내 살펴보니
남의 문장을 기리는 자는
문은 꼭 양한을 본떴다 하고
시는 꼭 성당을 본떴다 하네.
비슷하다는 그 말 벌써 참이 아니라는 뜻
한당이 어찌 또 있을 리 있소
우리나라 습속은 옛 투식 즐겨
당연하게 여기네.
촌스러운 그 말을
듣는 자는 도무지 깨닫지 못해
얼굴이 붉어지는 사람이 없군.
(……)
한당은 지금 세상 아닐 뿐더러
우리 민요 중국과 다르고말고

중좌소산인

반고나 사마천이 다시 태어난다 해도

반고나 사마천을 결단코 모방 아니 할걸.

새 글자는 창조하기 어렵더라도

내 생각은 마땅히 다 써야 할 텐데

어쩌길래 옛 법에만 구속이 되어

허겁지겁하기를 붙잡고 매달린 듯하나

지금 때가 천근하다 이르지 마소

천년 뒤에 비한다면 당연히 고귀하리.

(······)

적막한 물가에서 그대를 만나니

가을철 쓸쓸한 규방의 미인마냥 얌전도 하이.

웃음을 자아내는 광형이 방금 온 듯

몇 밤이나 등잔 심지 돋우었던가.

글 평론 약속한 듯 서로 꼭 들어맞으니

두 눈을 빛내며 술잔을 잡네.

하루아침에 막힌 가슴 쑥 내려가니

입에 가득 매운 생강 씹은 맛일레.

평생에 숨겨 둔 두어 줌 눈물

가을 하늘에 싸 두었다 뿌리노라.

"연암 선생은 옛 문장을 흉내내려 하지 말고, 시대에 맞는 글을 쓰라 하였소. 듣는 사람들이 알아 듣지도 못하는 문장은 집어치우고 눈 앞의 살아 있는 흥취를 지금의 글로 풀어내도록 하라는 뜻이지요."

"정말 옳으신 말씀입니다. 지금은 없어진 한나라나 당나라의 글을 흉내내는 것은 걸음을 배운다고 기어다니고 여자들이 서시를 흉내낸다고 찡그리는 것과 다름이 없지요. 당신이라면 꼭 당신만의 글을 쓸 수 있는 분입니다. 당신이 과거에 매달리지 말고 자신이 하고 싶은 공부를 자유롭게 하였으면 합니다."

"고맙소. 이제부터는 내가 즐겨하던 옛 문장을 버리고 나만의 문장으로 글을 쓰겠소."

"쪽집게 같은 연암 선생이 당신을 쓸쓸한 가을 규방의 얌전한 미인이라고 한 것은 정말 우수에 젖은 듯한 당신에게 반해 폭 빠져 사는 내 마음을 대신한 듯합니다. 호호호."

"허참~ 내가 당신에게 빠져 사는 줄은 알고 있었지만, 당신도 나에게 폭 빠져 있단 말이오? 허허허."

빙허각은 남편 유본과 연암의 가르침에 대해서 더 말을 나누고 싶지만, 시할아버지의 옷에 풀을 먹이기 위해 방을 나선다. 한산 이씨는 집안 남자들의 옷을 빨래하여 풀 먹이고, 다듬이질을 하고, 한올 한올 당겨서 바르게 펴고, 인두질을 한 옷을 지아비에게 입히는 것까지 며느리들이 직접 하는 것을 원칙으로 하였다. 지어미의 정성이 담긴 잘 손질된 옷을 입은 남자는 밖에 나가서도 절대로 허튼 행동을 하지 않는다는 것이 한산 이씨의 숨은 뜻이었다.

연경 만두와
평양냉면

　오늘은 명문세족 부인들의 시 모임이 서씨 집안에서 열리
는 날이다. 서로 모여서 담소를 하고 자신들이 지은 시를 낭
송하기도 하고 주제가 주어지면 시를 그 자리에서 짓기도 하
였다. 시 모임이기는 하지만 제사보다는 젯밥에 관심이 있다
고 모두들 '시'보다는 부인들이 자신들의 옥나비 노리개, 산호
반지 등의 장신구나 연경의 화려한 비단으로 지은 옷을 자랑
하는 모임이라고 하는 편이 더 정확하고 옳을지도 모른다.
한양에서 내로라 하는 집안의 마님들을 모신 가마들이 서씨
집안의 대문 안으로 들어서고, 새 옷과 새 신을 더럽히기 싫
은 아씨들은 한 발이라도 더 걷지 않으려고 시 모임을 하는
마루까지 가마를 댄다.
과년한 딸을 둔 마님들은 딸과 함께 참석하여 서로 신랑감에

대한 정보를 수집하기도 하여 시 모임은 항상 성황을 이루곤 하였다.

"아이고 아씨~ 손님들이 많이도 오셨네요."

복례는 정짓간과 안채를 들락거리며 손님의 숫자를 헤아리며 빙허각에게 알려 준다.

"예쁘게 차려 입은 작은 아씨는 정짓간에는 얼씬도 않고 마님 곁에서 딱 붙어 계시네요."

복례가 여산 송씨가 얄미운 듯 말한다.

"내가 작은 아씨는 어머니 곁에서 손님을 맞이하라 했다. 음식에 침 들어가니 말은 그만하고 음식에 집중하거라."

"아씨! 그러면 효순이라도 정짓간으로 보내야하지 않아요?"

복례가 여산 송씨를 닮아서 뺀질거리는 효순이가 불만인 듯 볼메인 목소리로 말한다.

그때 영수각 서씨가 정짓간으로 들어선다.

"날씨도 더운데 우리 큰 자부가 애를 많이 쓰네. 내가 도와 줄 일은 없는가?"

정짓간은 만두를 찌고 냉면을 삶는 열기로 가득 차서 선뜻 발을 들여 놓기가 부담스러울 정도지만, 평소 빙허각 이씨를 아끼는 영수각이 음식이 뭔지 궁금함을 핑계 삼아 정짓간으로 온 것이다.

"말씀만 들어도 감사합니다. 오늘 점심은 만두와 평양냉면을 준비하여 간단합니다."

억기가 국수틀에서 메밀면을 뽑아내고, 복례가 펄펄 끓고 있는 면을 긴 젓가락으로 휘휘 젓고 있다. 구월이가 건져진 면을 찬물로 행궈 소쿠리에 밭여내고, 빙허각은 적당한 양을 덜어 미리 만들어 둔 육수와 함께 예쁘게 그릇에 담아낸다. 다른 가마솥에서는 "씨익~ 씨익~" 소리와 함께 김을 내며 만두가 쪄지고 있다.

"음식 준비는 잘 되어 가고 있느냐?"

긴장한 얼굴의 한산 이씨가 정짓간 문을 열고 빙허각을 향해 말한다.

"네. 어머니~ 잘 준비되고 있으니 걱정은 놓으셔도 됩니다."

만두가 담긴 가마솥을 열어보던 빙허각이 고개를 들어 한산 이씨에게 공손하게 답한다.

"정경부인이 아직 안 오셨는데, 정경부인만 오면 바로 점심을 들 예정이니 서두르도록 해라."

한산 이씨가 분주한 빙허각을 독촉하다가, 영수각 서씨를 발견하고 "아이고, 영수각! 더운 부엌에는 왜 왔는가? 어서 방으로 가서 과일이나 들지 않고"라며 영수각을 앞세우고 정짓간을 나선다.

"형님~ 큰 자부가 애를 많이 쓰고 있네요."

영수각이 말하자 앞서 걷던 한산 이씨가 갑자기 걸음을 멈추고 "겨우 어제 오늘 일을 좀 하고 있는 거라네. 평소에는 공부에 빠져서 집안일은 거들떠도 보지 않는다네"라며 속이

후련한 듯한 표정으로 말한다.

"자네도 공부를 하는 여사이기는 하지만, 저 아이는 도를 넘는다네. 그리고 건방지긴 얼마나 건방진지 시집온 지 두 해도 안돼서 제사를 단출하게 하자고 하는데 기가 막히더군. 영수각 자네도 알다시피, 우리 서씨 집안처럼 제사를 단출하게 모시는 집안이 어디 있는가? 다 자기 공부를 하는 데 방해가 되니까 그러는 걸세."

영수각 서씨는 한산 이씨가 드러내 놓고 공부하는 빙허각을 못마땅하게 생각하는 것이 당연하다고 생각한다.

영수각 서씨도 빙허각처럼 성리학은 물론이고 수학이나 천문학에도 뛰어난 자질을 보였지만, '풍홍달서豊洪達徐'라 하여 달성 서씨와 더불어 조선 최고의 명문가 중 하나인 풍산 홍씨 집안으로 시집가 아들 셋을 생산할 때까지는 절대로 공부 티를 내지 않았다.

빙허각은 서명응과 서호수 그리고 유본의 절대적인 후원이 있기는 하지만, 시어머니인 한산 이씨의 입장은 다르다는 것이 영수각의 생각이다. 영수각은 어느 편도 들 수 없는 처지라, 웃으며 한산 이씨의 말을 들어준다.

정경부인의 가마가 도착하였는지 일행들이 맞이하느라 요란하다.

남자들은 노론이니 소론이니, 남인이니 갈려서 서로 상소를 올려 몰아내고 몰려나고 하지만, 다행스럽게도 시 모임의 부인들은 큰 관심을 두지 않는 것 같았다.

걸때가 코끼리만한 정경부인이 힘들게 가마에서 내렸다. 머리에는 금박장식을 한 정경부인 첩지를 둘러 호박가락지며 옥비녀, 금팔찌 등 요란한 장식을 하고 온 부인들의 기를 한번에 꺾어 버린다.

잠시 뒤, 꿩만두와 꿩육수로 만든 평양냉면 그리고 술지게미로 만든 무장아찌와 간장 한 종지가 오른 소박한 점심상이 각각 부인들 앞에 놓인다. 온갖 산해진미가 오른 밥상을 기대했던 부인들은 서로 얼굴을 바라보며 당황한다.

"아니 겨우 이게 뭐야? 우리를 무시하는 거야?"

메줏볼이 진 김 판서 부인이 옆에 있는 대사헌 부인에게 작은 소리로 속삭인다. 모두들 얼굴이 굳어진다.

마침 빙허각이 대청마루로 올라오자 한산 이씨가 준비된 음식이 또 있냐고 묻는다.

빙허각이 '냉면과 만두'가 오늘 준비된 점심의 전부라고 하자 한산 이씨는 무렴하여 어쩔 줄을 모른다.

빙허각은 어처구니 없는 표정을 한 귀부인들에게 이 만두는 연경의 황실 요리사에게 직접 배운 만두이며, 평양냉면도 평양 감영의 대숙수에게 배운 방법으로 만든 특별한 음식이니 맛을 보라고 권한다.

부인들은 반신반의하는 표정으로 만두와 냉면 맛을 보기 위해 젓가락질을 한다. 냉면과 만두를 입에 넣은 부인들의 얼굴이 하나같이 놀라움으로 바뀐다.

"만두피가 입에서 살살 녹고 만두 안에 고기국물이 들어 있네!"

"육수가 깔끔하고 담박해서 속이 다 개운하네. 이렇게 맛있는 만두와 냉면은 처음 먹어보네."

"연경에서 배운 방법이라 그런지 만두가 다르네."

모두들 빙허각이 만든 만두와 평양냉면을 침이 마르고 입이 닳도록 칭찬을 한다.

"상차림이 편하고, 먹는 사람은 맛있으면서 신선한 음식을 먹고, 상을 치우는 사람도 손쉽게 할 수 있으니 이 또한 서씨 집안 큰며느리인 빙허각의 덕이라고 할 수 있겠네."

머리 좋은 영수각이 선수를 쳐서 빙허각을 칭찬하고, 근엄한 정경부인도 만두와 냉면 만드는 법을 딸과 며느리들이 함께 배우기를 청한다.

점심 식사가 끝나자 다과를 즐긴 뒤 시 모임이 시작된다. 부인들은 두루마리에 적어 온 시를 펴놓고 자신들의 차례가 되면 낭송을 한다. 시를 미처 지어오지 못한 부인들은 그냥 듣기만 한다. 대부분 부인들의 시 수준이 높지는 않지만 서너 편의 시는 상당한 수준에 올라 있어 듣는 이를 감동시키기도 한다.

그날 던져진 주제를 가지고 시를 짓는 시간이 되었는데 오늘 감동을 준 음식 '만두'와 '냉면'을 주제로 시를 짓자고 정경부인이 제안한다.

그리고 본인은 '만두'를 주제로 지은 시를 발표한다.

봉선화 만두

한입 베어 물자

늦여름 봉선화꽃 씨방처럼 툭 터지며

입안으로 가득 쏟아지는 먼 이국의 맛에

늙어 무뎌진 입과 혀가 깜짝 놀라네.

오호라~ 작은 이 만두 하나면

내 족히 연경을 다녀온 듯하구나!

부인들은 정경부인이 쓴 '봉선화 만두'에 감동을 받은 듯 눈물을 글썽거리기까지 한다.

시 발표회가 끝나고 부인들은 삼삼오오 모여 혼사 문제며 어떤 스승 밑에서 과거를 준비해야 빨리 급제를 하는지에 대한 정보를 서로 주고받지만, 자식들이 과거에서 경쟁을 해야 하는 처지라 서로 눈치를 보고 있다.

시 모임이 끝나 부인들이 돌아가고 마지막 남은 영수각 서씨가 빙허각의 연경 만두와 평양냉면은 검박한 서씨 집안의 가풍을 잘 담으면서 점심상에 잘 어울렸다는 칭찬을 하지만, 한산 이씨는 왠지 씁쓰레한 얼굴이다.

그네를 미는
소년소녀들

"여기 있소?"

유본은 빙허각을 찾아 서재로 들어선다.

늘 그렇듯 빙허각은 독서에 빠져 유본이 들어온 것도 모르고 있다.

"어서 나오시오. 아이들이 모두 당신을 기다리고 있답니다."

빙허각은 약속을 어긴 것이 미안해 겸연쩍은 미소를 지으며, 치맛자락을 올려 잡고 서둘러 일어선다.

바깥채 마당 한 켠에는 벌써 아이들이 여남은 명 모여 깡총 거리며 놀고 있다.

복례가 시루에 팥떡을 쪄서 머리에 이고 와 물푸레나무 아래의 작은 평상 위에 내려놓자, 놀던 아이들이 떡을 향해 몰려든다.

빙허각과 유본, 시동생 유비와 유락, 시누이 윤정, 아들 민보와 딸 시화, 그리고 억기의 아들 딸과 다른 가솔들의 아이들, 그리고 민보를 때렸던 아이들까지도 모두 '그네제'에 참석하였다. 소년들은 처음 만남에도 곧 친하게 되어 닭싸움을 하거나 바람개비를 날리고, 소녀들도 가댁질을 하면서 그네제를 기다리고 있다.

북촌에 살고 있는 영수각 서씨가 손주와 가솔들의 자식을 데려오고, 서형수의 며느리들도 아이들과 함께 도착하자 마당은 올망졸망한 아이들로 꽉 차버렸다.

억기가 그넷줄을 등에 지고 잎이 막 무성해지기 시작한 푸른 물푸레나무에 오르기 시작하자, 아이들이 손뼉을 치며 억기를 바라본다.

복례는 억기가 조선 팔도에서 가장 나무를 잘 타는 민첩한 남자라고 생각하지만, 원숭이도 나무에서 떨어지는 법이라 침을 꼴깍 삼키며 억기에게서 눈을 떼지 못한다.

드디어 억기가 그넷줄을 꼼꼼하게 매달고 나무에서 내려오자, 신이 난 아이들이 그네 주위로 몰려든다.

"자 모두 신발 한 짝을 내놓도록 해라."

아이들이 모두 신발 한 짝을 내놓자, 유본이 어린아이들의 신발부터 그네 발판 위에 올리고, 그네를 매단 물푸레나무를 향해 절을 한다.

빙허각이 축문을 읽기 시작하자, 모두들 엄숙하고 경건한 얼굴로 나무를 응시한다.

우리 아이들이 그네를 다치지 않고 탈 수 있도록

나무 할머니께서는 아이들을 보살펴 주시고

그네를 타는 아이들이 더욱 건강해지고

유쾌하고 행복한 시간을 보내도록

나무 할머니께서 허락해 주시기를 바랍니다.

우리 아이들이 서로 사랑하고 살펴주며

서로 같이 도우며 사는 세상이라는 것을

할머니가 내어 주신 그네를 타면서

깨닫게 할 수 있도록 하여 주십시오.

우리의 정성을 모아 나무 할머니께

이 간소한 예물을 바치오니 부디 받아주시기 바랍니다.

빙허각의 축문이 끝나자, 아이들은 손뼉을 치고 노래를 부르
며 서로 손에 손을 잡고 나무 주위를 빙빙 돈다.

모두들 나무 신의 은혜가 올 한 해 자신들의 안녕을 지켜
주기를 다시 한번 축원한 뒤, 차례로 그네를 타기 위해 줄을
선다.

소녀들부터 그네에 오르자, 소년들이 조심스럽게 소녀들의
등을 밀어서 그네가 멀리 갈 수 있도록 도와준다. 소년의 도
움으로 그네가 일정 높이로 오르면, 소녀들은 무릎의 반동을

그네를 미는 소년소녀들

이용하여 그네가 높이 올라가도록 있는 힘을 다한다.

소녀들의 힘이 달려서 그네가 힘을 잃으면, 소년들이 다시 그네가 높이 올라가도록 등을 밀어준다.

소녀들의 즐거운 환호성이 메아리치고, 소년들은 새가 되어 높은 하늘을 차고 나가는 소녀들을 자랑스러운 눈으로 바라본다.

소녀들이 그네를 멈추면, 소년들은 흔들리는 그넷줄을 잡아 소녀들이 안전하게 내리도록 도와준다.

소녀들이 그네를 다 탄 다음, 소년들이 그네에 오르고, 소녀들이 소년들의 등을 밀어서 그네가 높이 오를 수 있도록 도와준다.

소년들이 내려올 때에도 소년들이 그랬던 것처럼, 소녀들이 다가가 소년들의 그넷줄을 잡아 준다.

빙허각은 여자들의 놀이인 그네제를 통해서, 남녀는 유별한 것이 아니라 서로 도우며 지내야 하는 동등한 관계라는 것을 알려 주고 싶었다.

서씨 집안의 그네제는 단오에 즈음하여 지냈는데, 아이들뿐만 아니라 어른들도 모두 그네제를 손꼽아 기다린다. 다른 집안에서도 빙허각의 그네제를 따라하기 시작하여 먹고 살 만한 집안은 물론이고 아이들이 있는 집안에서는 그네제를 지내는 것이 유행이 되고 있었다.

한산 이씨는 막내딸 윤호를 안고 정자에서 아이들이 즐겁게 뛰노는 것을 지켜만 본다.

빙허각이 "할머니가 오셨다"고 아이들에게 말하자, 아이들이 "할머니"라고 부르며 한산 이씨에게 달려든다.

아이들에게 둘러싸인 한산 이씨는 빙허각을 보고 어색한 듯 웃으며 말한다.

"너는 모든 사람들을 행복하게 하는 재주를 가졌구나."

"어머니 칭찬을 들으니 송구할 뿐입니다. 서씨 집안의 며느리로서 응당 해야 할 일을 했을 뿐입니다."

"우리 서씨 집안 자손들이 양반의 자식이니 상놈의 자식이니 따지지 않고 서로 어울려 즐겁게 노는 것을 보니, 마치 태평천하가 눈 앞에 펼쳐진 듯하여 내 눈물이 다 나오려고 한다. 결국 주상과 어른들의 꿈이 무엇인가? 다 행복하게 잘 사는 세상을 꿈꾸고 계시는 것 아닌가?"

"어머니의 말씀이 옳으십니다."

한산 이씨는 물푸레나무처럼 푸른 아이들의 웃음소리가 공중에 부서지는 소리를 들으며, 다시 한번 빙허각을 다정한 얼굴로 바라본다.

유본은 어머니가 예전처럼 빙허각에게 다정하게 대하는 것을 보면서, 체기가 되어 얹혀 있던 큰 시름이 내려가는 것을 느낀다.

"어머니가 당신을 미워하시는 것이 내가 부족해서 그런 것 같아 몹시 미안하였소."

그네제가 성황리에 끝난 그날 저녁, 유본과 빙허각이 태극실 마루에서 백화주를 귤배에 따라 달빛을 안주 삼아 마신다.

"우리가 서로 아끼고 사랑함이 이처럼 깊은데 무슨 말을 하는지요. 그 말은 당신이 나를 멀리 하는 것 같아 몹시 듣기가 거북하고 섭섭합니다."

빙허각이 뾰로통하여 말한다.

"어머니의 뜻을 따라 과거 공부에 매진하지 못한 것이 늘 마음에 걸렸소만, 자네가 나를 이리 생각해주고 아껴주는데 내 무엇이 부럽고 두렵겠소?"

"과거는 어머니의 뜻이지 당신의 뜻은 아니지 않습니까? 어떤 길을 선택하든 당신이 원하는 행복한 길이었으면 합니다."

"나의 행복은 빙허각 당신과 함께 지내는 것입니다. 사실 과거에 급제해도 당신과 지내는 시간이 줄어든다고 생각하면 과거가 싫어집니다."

"그건 당신이 알아서 결정하세요. 나는 당신의 뜻을 존중할 것입니다. 하지만 어머니에게 그런 말은 삼가하세요. 또 미움을 받습니다."

빙허각은 한산 이씨와의 화해로 그네를 타고 창공을 가로지르는 소녀처럼 마음이 날아갈 듯한지 콧노래까지 부른다.

"자네가 기분이 좋은 것 같아 이 재미난 이야기는 지금 하는 것이 딱 좋겠소."

"뭔 이야기인데요? 기분이 좋을 때 들어야 하는 이야기라면 재미난 것이 아니라 언짢은 이야기 아닌가요?"

빙허각이 빨리 말하기를 재촉하자 유본은 입을 연다.

"내 얼마전 갔던 아회에서 친구들이 하는 말이 내가 무서운 당신과 얼마 살지 못할 것이라며 얼마나 살지 서로 내기를 했다고 합니다. 사실은 나도 당신과 결혼하는 것이 몹시 겁이 났었소."

"겁이 났었다고요?"

유본이 고개를 끄덕이자, 빙허각의 얼굴이 자존심이 상해서 발그레한다.

"할아버지와 아버지가 당신과 꼭 혼인을 해야 한다고 하시니 거역할 수 없어 도살장에 끌려가는 소의 심정으로 당신을 보러 갔는데, 당신이 세간에 떠도는 소문과는 달라서 깜짝 놀랐답니다."

"세간의 소문은 뭐고 내 모습이 소문과 뭐가 달랐다는 건가요?"

빙허각은 자신에 대한 소문이 어찌 나있는지 진실로 모르는 것 같은 궁금한 표정으로 묻는다.

"뭐… 당신의 소문은 지나치게 똑똑하고 무서운 소녀라고 나있었소. 당신이 장도리로 이빨을 뽑은 것이… 그리된 모양이요. 당신은 정녕 모르고 있었소?"

빙허각이 한참을 말이 없자, 내심 화가 난 것이라고 생각한 유본이 말을 잇는다.

"당신은 무서운 소녀가 아닐 뿐 아니라 아름다웠소! 별빛이 쏟아지는 듯한 당신의 맑은 눈빛에 두려웠던 마음이 다 사라졌을 뿐만 아니라 혼넋을 다 뺏겼답니다."

"흥~ 사실은 나도 당신에게 별 기대가 없었답니다."

빙허각이 샐쭉한 눈으로 말하자, 유본이 놀란 듯 바라본다.

"유금 숙사가 연경 가는 내내 어찌나 자신이 공부를 가르치는 두 도령을 칭찬하는지… 소문난 잔치에 먹을 것 없고 빈 수레가 요란하다는 말이 있지 않나요? 부족하니까 칭찬한다 생각했습니다. 그리고 알다시피 유금 선생은 말을 보태는 습관이 있지 않습니까?"

빙허각은 곱게 눈을 흘기며, 유본의 귤배에 향기로운 백화주를 따르자, 유본은 빙허각의 잔에도 따른다.

"당신의 술은 옹졸한 내 마음속에 들어 있는 응어리를 지워 주고, 오늘을 행복하게 하고, 내일을 도모하게 해 주는 천하의 명주요."

귤배에 담긴 백화주를 한 잔 마신 유본이 회한에 잠긴 듯한 아련한 눈으로 아이들이 모두 떠난 텅 빈 마당을 바라본다.

우수에 젖어 그늘진 유본의 반듯한 얼굴이 서늘한 푸른 달빛 탓인지 오늘따라 더욱 빙허각의 가슴을 설레게 한다.

"주상도 오늘처럼 달빛 좋은 밤은 귤배에 백화주를 담아 드시겠구료."

유본은 얼마 전 성균관시에서 지은 문장을 들고 주상을 알현하였다. 주상은 유본의 문장을 크게 칭찬하며 오늘처럼 달이 밝은 밤이면 빙허각의 백화주를 귤배에 담아 홀짝이는데, 오늘은 좌소산인이 왔으니 같이 마시자고 하였다.

빙허각도 귤배에 백화주를 넘치도록 따라 마시던 주상의 발그레한 얼굴을 떠올린다.

"너는 하나도 버릴 것이 없는 귤과 같구나. 어찌 귤껍질로 술잔을 만들 생각을 하였단 말이냐? 그리고 이 백화주는 진상받은 어떤 술보다도 맛이 있어 내가 누구에게도 주지 않고 혼자 마시고 있단다."

"송구합니다. 귤배는 아녀자라면 누구나 생각할 수 있고, 백화주는 동트기 전 새벽 이슬을 머금은 꽃으로 만들어서 향기가 다른 것 같습니다."

"네가 만든 자동약탕기가 어찌나 신통한지 약을 달이던 의녀들이 할 일이 없어 내보내야 한다며 내의원의 김말손이 크게 웃더구나."

"전하! 그 약탕기는 제가 전하의 은덕으로 연경에 갔을 때 사온 저울의 원리를 이용해서 만들어 본 것인데, 궁에서도 잘 쓰이고 있다니 그저 기쁘기 그지없습니다."

"그래 네 남편 좌소산인은 지금도 벼슬에는 뜻이 없느냐?"

"그러하옵니다. 집안의 장서를 관리하고 농사 짓고 저와 같이 공부하면서 틈틈이 책을 쓰는 데 만족하고 있습니다. 요즘 좌소산인은 이순신 장군에 비해 낮게 평가받고 있는 김시민 장군이나 김천일 의병장 등의 행장을 통해 진주성 전투를 재평가하는 책을 쓰고 있습니다."

"허허~ 좌소산인이 참으로 고매한 일을 하고 있구나. 그래, 집안에 벼슬하는 사람은 준평이로 족하지… 살벌한 정치판에 끼지 않고 책에 파묻혀 지내는 것도 좋지만, 좌소산인의 뛰어난 문장과 학문이 아깝구나."

주상도 유본이 벼슬을 하지 않는 것을 진심으로 잘된 일이라고는 생각하지 않는 듯, 뒤죽박죽 말한다.

주상과 나눴던 대화가 떠오른 빙허각은 취기가 오른 유본에게 "혹여 벼슬길에 나가지 않음이 감춰 둔 응어리가 되었는지요?"라고 묻자, 유본은 절레절레 고개를 저으며 웃는다.

서호수가 유본에게 자신의 상소문이나 보고문의 초고를 부탁하면 대체로 고칠 구석이 없다는 것을 아는 빙허각은 유본의 뛰어난 학식이 아깝다는 생각이 들곤 하였다.

빙허각의 얼굴에 애달픔을 눈치챈 유본은 애써 웃으며 "당신과 같이 공부하는 것이 나의 행복입니다. 인생이란 자신이 선택한 길을 걷는 것입니다. 관직을 택한 준평은 주상을 돕고, 당신을 택한 나는 당신의 재능이 빛나도록 할 것입니다."

"당신의 말을 듣다보니 유치하지만 마치 내가 여왕이라도 된 것 같습니다. 호호~"

빙허각이 고마움이 가득 담긴 눈으로 유본을 바라본다.

"사람은 누구나 유치한 면이 있지요, 숨기고 살아서 그렇지."

"당신이 숨겨 둔 유치함은 무엇인지 궁금합니다."

"하하~ 나의 유일한 유치함은 당신을 너무 좋아하는 팔불출이라는 것이오."

"당신은 정말 딱한 양반입니다."

빙허각은 유본을 나무라듯 말하지만 눈은 초가을빛을 받고 있는 감잎처럼 반짝거린다.

"그럼 자네의 유치함은 무엇인지 솔직하게 말하시오."

유본이 으름장을 놓으며 빙허각의 대답을 기다린다.

"세상살이에 서툰 아낙의 유치한 말 같지만, 당신과 한 날 한 시에 죽는 것이 안 된다면 당신과 한 날 한 시에 묻히고 싶습니다."

가슴속에 오래 묵혀 두었던 말인 듯 덤덤하게 말을 마친 빙허각은 머흘머흘 하늘을 덮는 구름에 눈길을 준다.

유본은 놀란 눈으로 빙허각을 바라본다.

신궁 빙허각

아직 동이 트기 전의 짙은 잿빛 하늘은 내려앉을 듯 무겁게 가라앉아 있었다.

빙허각은 하늘을 올려다보고 바람의 방향을 감지하며 오늘의 날씨를 짐작해 본다.

그때 태극실과 필유당을 끼고 있는 뒤란에서 인기척이 들려 눈을 들어 보니, 복례가 고양이처럼 민첩하게 자신의 방이 있는 별채 뒤쪽으로 간다.

'잠이 많은 복례가 이 시간에 무슨 일이지?'

흠 없는 사람이 없다고 했던가? 복례는 싹싹하고 착하고 눈치가 빠르지만, 단 하나 흠이 있다면 잠이 많다는 것이었다.

서씨 집안의 장서를 탐내는 사람들이 있어 책을 도둑맞은 적도 있기에, 빙허각은 께름칙한 생각이 들어 준평의 서재인 태극실에 들어가 본다.

태극실의 서가와 창문 등을 주의깊게 조사해 보았지만, 책들은 서가 제자리에 가지런히 꽂혀 있어 별 다른 일은 없어 보였다. 다만, 서재 한 켠 벽의 작은방으로 통하는 문이 조금 열려 있는 것이 수상하였다. 서재 바로 옆에는 공부를 하다가 잠시 눈을 붙일 수도 있고, 또 서재 뒤뜰로 바로 통하도록 문을 별도로 내놓은 작은방이 하나 있었다. 준평이 공부를 하다가 이 방에서 날을 새우기도 하여 여산 송씨가 불만을 토로하기도 하였다.

빙허각이 작은방에 들어가보니, 누군가가 꽤 오랜 시간 머물다 나간 것처럼 사람의 온기와 함께 익숙한 체취가 느껴진다.

새벽 동이 트기도 전, 빙허각과 유본은 찬물로 세수를 하고 정신을 긴장시킨 다음 활터로 간다.

유본은 작은할아버지 서명선에게 밥숟가락을 들기 시작할 무렵부터 활쏘기를 배웠다.

서명선의 활솜씨는 백발백중, 아니 천발천중일 정도로 뛰어났다.

봄과 가을 일 년에 두 번 열리는 서씨 집안의 활쏘기 대회는 서명선의 활솜씨를 보기 위해 사람들이 몰려들어 글 읽는 소리 가득하던 집안이 장터가 된 듯하였다.

한 번 사냥에서 사슴을 서른 마리, 그리고 꿩을 한 꿰에 두

마리를 잡기도 하여 서명선이 사냥을 나가면 여자들은 사냥감을 손질할 사람들을 대기시켜 놓을 정도였다.

어린 유본에게 맞는 작은 활이 만들어졌고 자라는 키에 맞춰 활도 점점 커져가면서 활솜씨도 점점 늘어, 지금 유본은 서명선을 제외하고는 집안 누구도 따라올 수 없을 정도의 출중한 활솜씨를 자랑하고 있었다.

선정은 친정아버지를 졸라 활쏘기를 배우려 했지만, 이창수는 집중력이 뛰어나고 호기심 많은 딸이 순식간에 여자 명궁이 된 다음, 칼 쓰기 등 또 다른 무예를 가르쳐 달라고 할 것이 염려되어 가급적 딸에게 활을 가르치는 것을 피하였다.

이병정의 심신 단련과 마음 수양을 위해 군관이 집에 드나들며 활쏘기를 지도하고 있었지만, 병정의 집중력에 방해가 된다는 명분으로 선정이 활터에 들어오는 것은 일체 금지되었다.

부모의 사랑을 독차지하였지만, 남녀 간의 할 일과 안 할 일의 구분이 있고, 오라비의 견제를 받으며 살았던 빙허각에게 남녀의 일에 편견이 없는 서씨 집안은 마치 천국과도 같았다. 특히, 활솜씨가 뛰어난 유본에게 활을 배울 수 있다는 것이 빙허각에게는 책을 마음껏 볼 수 있는 환경과 더불어 가슴이 싸할 정도로 행복감을 느끼게 하였다.

혼인하고 처음 서씨 집안의 어마어마한 장서를 본 순간, 빙허각의 가슴은 기쁨으로 터지다 못해 오그라지는 것 같았다.

'아! 정녕 내가 죽기 전에 이 많은 책을 다 볼 수 있을까?'

시할아버지의 '죽서재竹西齋', 시작은아버지의 '필유당必有堂', 남편 유본의 '불속재不俗齋', 시동생 준평의 '태극실太極室'은 빙허각을 황홀하게 하였다.

시집온 지 삼 년 만에 시아버지 서호수는 며느리를 위하여 '빙허각옥'이라는 작은 서재를 만들어 주었고, 자주 책을 선물하여 서재를 채우도록 하였다.

활쏘기 연습은 빙허각이 책 읽기와 더불어 중요하게 생각하는 일상이었다. 활시위를 당기기 전의 집중과 고요, 그리고 찬 새벽 공기를 가르며 날아간 화살을 바라보는 떨림, 자신을 담은 화살이 탁! 하고 과녁에 박힐 때 느껴지는 환희를 무엇과 비교할 수 있을까?

화살이 과녁의 정중앙을 맞추었을 때는 책 한 권을 자신이 만족할 만큼 이해하고 덮을 때의 충만감과 같았다.

처음 유본에게 구박받던 빙허각의 활솜씨는 시집온 지 십삼 년 만에 일취월장하여, 이제는 빙허각이 유본에게 훈수를 둘 정도가 되었다.

"이번 일등은 당신이 하는 것 아니오?"

활쏘기를 마친 유본이 화살통을 정리하다가 손수건으로 이마의 땀을 훔치면서 빙허각을 바라보며 말한다.

"다음부터는 민보와 형보를 일찍 깨워 활 연습을 시켜야겠어요."

빙허각은 딴소리를 하며 남편의 질문에 대답을 피한다.

"자네는 가끔 솔직하지 않고 엉뚱한 대답을 하는 버릇이 있소."

자신의 마음을 그대로 드러내는 것이 가끔은 상대방의 마음에 상처를 주기도 한다는 것을 잘 아는 빙허각 나름의 화술이지만, 유본은 자신과 거리감을 두는 것 같아 빙허각이 동문서답을 하면 화를 내곤 하였다.

빙허각은 마지못해 말한다.

"올해도 작은할아버지께서 일등을 하시겠지요."

"하하~ 올해는 작은할아버지께서 참관은 하시지만 궁수로 나서지는 않는다고 하셨답니다."

"호호~ 그럼 당신이 일등을 노려볼 만하네요."

"아니, 올해의 일등은 당신일 수도 있소."

"남자와 여자가 서로 겨루기를 하지 않으니, 내가 당신을 앞서지는 못하지요."

"지금까지는 작은할아버지 때문에 남녀 대결이 불가능했지만, 올해는 내가 어른들께 남녀 대결을 제안할까 합니다. 만일 자네가 일등을 한다면, 진심으로 기분 좋게 내 체면을 구겨줄 수 있소. 말을 타고 달리면서 활을 쏘거나 사냥을 하면 내가 당신을 앞서겠지만, 과녁을 겨누는 활쏘기 시합에서는 자네가 나를 이길 수도 있을 것이오."

유본은 연행길에 겁도 없이 따라나섰던 소녀에서 이제는 네 아이의 어미가 된 빙허각을 사랑이 듬뿍 담긴 눈길로 바라보며 말한다.

　개나리, 진달래가 지고 푸른 보리밭이 춘풍에 파도처럼 일렁이며 춤을 추는 구름 한 점 없는 쾌청한 사월의 어느 봄날, 서씨 집안의 활터인 수신정이 북적북적하다.

천막이 다섯 개나 설치되고, 남자들은 큰 솥을 걸고 돼지를 삶고, 그 옆의 길이 잘 든 번철에서는 여인들이 고소한 기름 냄새를 풍기며 먹음직스러운 대구전이며 두릅전을 쉴 새 없이 쏟아내고 있었다.

대회는 열 살 이하 소년소녀의 시합으로부터 시작되었다. 고사리 같은 손으로 활시위를 당기는 자손들을 바라보는 서명응과 서명선, 서호수, 서형수를 비롯한 서씨 집안 사람들의 얼굴에는 미소가 끊이질 않는다.

소년의 시합은 순위를 두지 않았지만, 한 발이라도 더 과녁을 맞추기 위한 경쟁은 뜨거웠다. 유락이 가장 어린 소년 궁사로 뽑혀서 새 활을 선물로 받았다.

윤정의 나이가 마침 열 살이라 소년소녀 궁사부로 들어갔으나, 자신은 소녀를 면한 지 오래라 여자 궁사부로 참여하고 싶다 하여, 어른들이 긴급 회의를 해서 윤정을 여자 궁사부로 넣어 준다.

소년소녀들 활쏘기에 이어 여자들의 활쏘기가 시작된다. 대회에 참석하는 여인들은 고기를 썰고 전을 부치던 손을 멈추고 활을 맨다. 요리사에서 여자 궁사로 전환하기 위한 배려로 한 시간의 연습시간이 주어졌다.

구경꾼의 환호 속에 알토란 같은 윤정을 필두로 한산 이씨와 빙허각을 비롯한 서씨 집안의 여인들이 활을 매고 입장한다. 윤정은 열다섯 발을 쏘아 두 발을 맞췄는데, 그 중 한 발은 정중앙에 명중하여 잘했다고 칭찬을 받았지만, 본인은 성에 차지 않은 듯 뾰루퉁하다.

한산 이씨는 친정아버지 이이장에게 배운 활솜씨가 살아 있어, 열다섯 발 중 다섯 발을 명중시키며 기염을 토했다. 빙허각은 열다섯 발을 쏘아 열세 발을 맞추었는데, 그중 열 발이 과녁의 한가운데를 맞추었다.

심한 감기를 앓아 몸이 축난 여산 송씨는 아예 참석을 하지 않고, 따가운 봄볕을 피하여 시원한 나무 그늘 아래에서 쉬고 있었다.

점심이 끝나고 남자들의 경기에 앞서 집안 어른들의 활쏘기 시범이 있었는데, 서명선은 스무 발을 쏘아 그중 열아홉 발이 과녁의 정중앙을 꿰뚫었다.

서명선의 양녀 서로주는 빙허각과 비슷한 연배였으나, 무예 실력이 양부인 서명선보다 오히려 뛰어나 시범과 심사에만 참여하였다.

기력이 예전만 못한 서명응은 열 발을 쏘아 일곱 발을 적중

시켜, 활쏘기가 힘이 아닌 집중으로 하는 운동이라는 것을 보여 주었다.

이어서 열린 남자부에서는 부인이나 자식들의 응원이 볼만하였다.

상으로 받은 작은 활을 어깨에 걸어맨 유락이 의젓하게 동생 유비의 손을 잡고, 한산 이씨는 돌이 지난 딸 윤호를 안고 유본과 준평을 응원한다.

빙허각은 아들 민보와 딸 선유와 함께 유본의 활이 과녁을 뚫을 때마다 환호를 하지만, 여산 송씨와 효순이는 준평이 쏜 화살이 번번이 과녁을 벗어날 때마다 안타까운 탄식을 자아낸다.

준평이 긴장하고 활시위를 당기며 힘을 너무 준 나머지 그 자리에 엉덩방아를 찧으며 주저앉자, 사람들은 박장대소하고 여산 송씨는 화가 나서 얼굴이 일그러진다. 여산 송씨는 준평의 어리벙벙한 모습에 배를 잡고 웃는 어린 조카들을 새우눈을 뜨고 뿔난 표정으로 바라본다.

남자부에서는 압도적인 성적으로 유본이 일등을 하였고, 유경과 유궁이 뒤를 이었다.

시합이 끝난 뒤 남편의 승리에 함박웃음을 웃는 빙허각에게 "아주버님이 과거를 포기하시더니 형님까지 신궁이 되셨네요"라고 여산 송씨가 웃으며 말하다가, 자신이 말실수하였다는 것을 깨닫고 지레 당황해 한다.

빙허각은 여산 송씨의 말에 대꾸를 하지 않고, 들어도 못 들은 척 무심한 표정으로 어른들에게 시선을 돌린다.

유본이 할아버지들에게 남녀 대결을 요청하고 이를 허락받으면서, 활쏘기 대회는 남자 최고의 궁수 유본과 여자 최고의 궁수 빙허각 사이에 남녀 대결이자 부부간의 흥미진진한 대결이 펼쳐지게 되었다.

빙허각은 남녀간 아니 부부간의 대결을 벌이는 남편 유본의 의도를 알 수가 없지만, 굳이 대결을 피하려 하지 않고 미소를 띤 채 자신의 활을 어루만졌다.

사람들은 먹고 있던 전과 술잔을 내려놓고 숨을 죽이며 평생을 살아도 볼 수 없는 대결을 지켜보려고 좌우로 몰려들고, 진행자는 사람들을 물리치느라 진땀을 뺀다.

"세상에 오래 살고 볼 일이야. 남편하고 활쏘기를 겨루다니…"

"빙허각은 도대체 못하는 것이 뭐야? 남다른 재주에 덕을 갖추고 얼굴까지 잘났지. 게다가 아이도 잘 생산하고 세상에 복도 많은 사람이야."

"여자가 너무 잘나면 뭐해요? 어차피 쓸 데가 없잖아요."

"자네는 경우 없는 소리를 해도 유분수지, 동서가 만든 타지 않는 약탕기를 그리도 잘 쓰고 있으면서… 자네 샘을 내는 거야?"

"아참 누가 샘을 내요? 동서의 재주가 안타까워서 하는 말이죠."

"준평이 처가 빙허각하고 비교가 되어 힘들겠어요."

집안 여인들은 여산 송씨가 다가오자, 입을 다물고 딴청을 부리며 시합이 시작되기를 기다린다.

활을 맨 빙허각과 유본이 입장하자, 사람들은 환호성을 지른다.

"형님께서는 손자와 손부 중 누가 이길 것 같습니까?"

"허허~ 어려운 질문일세. 아우의 생각은 어떤가?"

"형님께서 들으시면 섭섭할지 모르지만, 저는 손부가 이길 것 같습니다."

서명응은 서명선의 대답에 놀라며 어찌 그리 생각하는지를 물었고, 서명선은 빙허각의 남다른 집중력과 대범함을 장점으로, 그리고 유본이 갖고 있을 부담감을 패인으로 꼽았다.

드디어 시합을 알리는 북이 울리고 깃발이 올려지자, 사대射臺에 오른 유본이 신중하게 첫 발을 날렸으나 화살이 과녁의 아래쪽에 꽂혔다.

유본에 이어 활을 잡은 빙허각의 모습은 적을 제압하는 당당한 여자 궁사의 모습이었다.

구경꾼들은 자신들이 빙허각에게 압도당하여 숨소리조차 못 내고 있다는 것을 느끼지도 못하고 있었다.

빙허각이 쏜 화살이 봄빛을 가르며 창공을 향해 날다가 매처럼 정확하게 과녁의 한가운데에 꽂힌다.

책을 읽는 빙허각, 길쌈을 하는 빙허각, 약탕기를 만들고 수차를 연구하는 빙허각에서 여자 궁사로서의 빙허각을 보니 사람들의 고개가 절로 숙여진다.

유본이 첫 번째 실수를 만회하면서 유본과 빙허각은 엎치락덮치락 시합을 이어가고, 사람들은 손에 땀을 쥐고 경기를 지켜본다.

드디어 빙허각과 유본이 맞비긴 상황에서 일등을 정할 화살 하나씩이 화살통에 남겨진다.

사대에 오른 유본이 팽팽하게 활시위를 당기다가 놓은 화살이 과녁의 정가운데를 맞추지 못하고 우측으로 한 촌쯤 비껴서 박히자, 사람들 속에서 작은 탄식이 흘러나온다.

여궁사 빙허각이 과녁을 명중시키면 오늘의 승자가 될 수 있다.

빙허각이 마지막 승부를 정할 화살을 들고 사대에 오른다.

정신을 집중시키기 위해 이마에 붉은 명주띠를 두른 빙허각은 활시위를 팽팽하게 가슴까지 끌어당긴 다음, 숨을 멈추고 모든 정신을 집중한다. 드디어 빙허각의 손을 떠난 화살이 날아오른다.

사람들은 숨을 죽이며 화살이 과녁에 꽂히는 것을 상상하고, 눈들은 과녁의 정가운데로 몰려 있다.

"딱!" 화살이 깨끗하게 과녁을 꿰뚫는 소리가 들린다. 눈을 감았던 빙허각이 사람들의 환호소리에 자신이 명중시켰다는 것을 알고 눈을 뜬다.

"와아! 와아! 명중이야. 명중! 빙허각이 일등을 했어!"

빙허각의 귀신 같은 활솜씨에 서씨 집안 사람들은 더 이상할 말을 잃는다.

"당신이 화살을 일부러 과녁의 오른쪽으로 쏘았지요?"

빙허각이 웃으며 묻자, 유본은 고개를 가로저으며 말한다.

"아니요. 집안 어른들 앞에서 당신에게 지는 것이 싫어 욕심을 부리다 어깨에 너무 힘이 들어간 탓이오. 이제 당신은 여사에 이어 여궁사까지 되어 명실공히 문·무를 갖춘 여인이 되었소."

유본은 자신을 이겨서 청출어람靑出於藍의 예를 보여 준 빙허각을 하무뭇한 얼굴로 바라본다.

수상한
준평과 복례

"복례야! 너 요즘 얼굴이 꺼칠하고 때 낀 것처럼 거무튀튀하구나! 걱정거리라도 있느냐?"

복례는 늘상 밝은 모습이어서, 복례와 같이 있으면 우울한 마음도 비 갠 하늘처럼 환해지곤 했다. 그런 복례가 요즘 말수도 줄어들고, 까무잡잡하기는 했지만 맑았던 피부가 칙칙해지는 것이 영 꼴이 아니었다.

"아닙니다. 아씨! 걱정거리라니요… 쇤네가 무슨 걱정이 있겠습니까? 봄을 타는지 입맛이 좀 떨어졌을 뿐입니다."

빙허각의 걱정스러운 눈빛이 부담스러운 듯, 복례는 갑자기 놋그릇을 닦아야 한다며 자리를 피한다.

부리나케 걸어가는 복례의 뒷모습을 바라보며 '내가 복례의 혼사에 너무 무심했구나. 조만간 복례의 혼사를 논의해야겠다'고 생각하던 빙허각의 얼굴에 핏기가 가시고 눈빛이 서늘해진다.

복례가 황급히 간 뒤, 빙허각의 머리는 갑자기 혼란스러워지기 시작한다.

활쏘기 대회 며칠 전, 도둑고양이처럼 태극실 근처에서 얼쩡거렸던 복례를 며칠 전 그믐달이 뜬 날 밤 늦은 시간에도 태극실에서 나오는 것을 목격하지 않았던가?

빙허각은 서둘러 준평의 거처로 향한다. 배꽃이 활짝 핀 안채의 큰 정원을 지나다 연꽃을 새긴 돌의자에 앉아 혼자 차를 마시는 여산 송씨를 본다.

빙허각은 바람에 살포시 날리는 가냘프고 연한 배꽃을 닮은 여산 송씨를 바라보며 아슬함과 아찔함을 느낀다.

"배꽃 지는 것을 혼자 보고 있는가? 서방님과 같이 보지 않고…"

빙허각의 말에 여산 송씨가 천천히 등을 돌리는데 우울한 낯빛이다.

"저는 형님이 아닙니다."

여산 송씨가 짧게 대답한다.

"무슨 뜻인가?"

심한 태동이 느껴진 빙허각은 온 신경이 복중의 태아에게 집중되어 간단히 묻는다.

여산 송씨는 잠시 머뭇거리다가 "저는 술도 입에 대지 못해

흥도 없고, 수학도 천문학도 모르고, 그저 일상 여인들의 잡다한 규방의 일밖에 이야깃거리가 없으니 말하기가 딱하지요. 형님은 제 마음을 모릅니다"라며 배꽃의 한숨인 듯 작은 한숨을 몰아 쉰다.

그때 효순이가 와서 탕약이 준비됐다고 하자 여산 송씨는 기다렸다는 듯 제꺼덕 가버린다.

준평과 여산 송씨가 합방을 한 지 다섯 해를 훌쩍 넘기고 있지만 태기가 없자, 여산 송씨의 친정에서는 수태를 돕는 약을 보내고 여산 송씨는 가끔 친정 나들이를 하며 몸을 다스리고 있었다.

이런 여산 송씨를 배려하여 빙허각은 자신의 다섯 번째 임신 사실을 알았을 때, 여산 송씨가 마음을 상할까 무척 신경을 쓰고 있던 참이었다.

그날 밤, 더 큰 불상사를 막기 위해서 빙허각은 태극실로 갔으나, 준평의 모습이 보이지 않아 다시 작은방으로 들어가 꼼꼼하게 살펴본다.

"아~ 이게 뭔가?"

복례의 댕기가 방 한 켠에 있는 것이 아닌가?

빙허각은 작은 정자에 앉아 준평을 기다린다. 빙허각의 마음처럼 달도 구름에 가려 어둑어둑하고 큰 일이 터질 것 같은 교교한 분위기가 태극실 앞을 감싼다.

잠시 뒤 준평이 나타나고, 그 뒤로 쿨쿨 자고 있어야 할 복례가 나타난다. 둘은 한참을 속삭이다가 헤어진다.

둘의 다정한 모습을 정자에서 본 빙허각은 하늘이 무너지고 땅이 꺼지는 듯한 큰 충격을 받는다.

'아! 세상 남자들은 정말로 믿을 수가 없구나. 준평 서방님이 복례와 깊은 관계였다니… 어머니와 동서에게는 어떻게 알려야 하나?'

이 일이 집안에 미칠 파장을 생각하자 빙허각은 더럭 겁이 난다. 빙허각은 충격으로 그 자리에서 한 발도 움직이지 못하다가, 부들부들 떨리는 발을 겨우 지탱하여 방으로 돌아와서 무너지듯 주저앉는다.

복례에게 얼마간 돈을 주고 서씨 집안을 떠나게 해야 하는지, 아니면 친정에 있는 복례어멈과 상의를 해서 이 일을 해결해야 할지, 사리분별이 뚜렷한 빙허각도 도무지 순서가 정해지지 않는다.

다음날 한산 이씨와 여산 송씨를 보는 빙허각의 마음이 몹시도 괴롭다.

복례가 뒤에서 잡아당기는 듯한 걸음걸이로 걸어와 유본이 빙허각을 찾고 있음을 알리는데, 빙허각의 싸늘한 눈길과 마주치자 햇빛을 본 지렁이처럼 몸을 움츠린다.

'몹쓸 년! 하필 준평 서방님을…'

환한 봄볕에서 본 복례의 얼굴은 분명 홀몸이 아니었다.

탁자 위 종이에는 숫자가 빼곡하게 쓰여진 도형들이 그려져 있고, 유본은 긴 생각에 잠겨 있다가 빙허각이 아들 민보와 함께 들어서자 화들짝 놀라며 팔을 벌려 두 사람을 안아준다.

"내 구고술句股術과 중차술重差術의 심오한 이치를 모두 깨달았소. 유금 선생도 풀지 못하던 문제를 내가 풀 수 있게 되었단 말이오! 당신과 민보 앞에서 이 문제를 풀어 보겠소."

유본은 신이 나서 도형을 그리고 문제를 풀기 시작한다.

빙허각은 유본의 막 익기 시작한 사과 같은 볼그족족한 얼굴을 바라보는데, 준평 서방의 일로 가슴이 뻐근해 온다.

"자~ 내 풀이가 정확하게 맞는 것 같지요? 아버님이나 유금의 경지에 오르려면 아직은 멀었지만 조금은 자신감을 갖게 되었소."

유본이 기뻐하는 모습에 자신도 마음이 좀 여유로워짐을 느낀 빙허각은 태극실에서 천하태평인 준평을 만난다.

"서방님! 복례와의 일은 조용히 처리하는 것이 좋을 것 같아요."

"네? 복례요? 복례하고 뭔 일이오?"

"네. 서방님! 아직 동서가 생산을 못하고 있는데, 복례가 아들이라도 생산하면 어쩌려고 그러십니까?"

"복례가 아들을 생산한다고요? 누구 아들요? 무슨 말씀을 하시는지 도통 모르겠습니다 형수님!"

"서방님이 시치미를 뗀다고 해결될 일이 아니라는 것은 잘 알고 계실 텐데요."

빙허각이 성엣장보다 더 차가운 목소리로 말한다.

"형수님! 오해를 하고 계신 것 같습니다."

"서방님! 내일까지 저에게 말씀을 해 주십시오. 지금은 서방님도 갑작스러운 질책으로 할 말이 없으신 것 같은데, 집안을 위해 마음을 정리하시고, 내일 이 시간 이 장소에서 뵙도록 해요."

준평은 잘 모르는 일이라고 항변을 하지만, 빙허각은 북풍한설 찬 바람을 일으키며 방을 나온다.

'아! 세상에 믿을 사람이 없구나. 공부만 아는 점잖은 준평 서방님이 여색을 밝힐 줄은 꿈에도 생각을 못했어. 동서도 작은 빙허각이라고 불러야겠네.'

빙허각은 속상하고 분하여 눈물을 흘린다. 준평을 만나고 화가 솟구친 빙허각은 내친김에 복례를 부른다.

복례가 빙허각의 방으로 들자, 복례의 얼굴이 보기 싫어 몸을 돌리고 앉았던 빙허각이 원망과 분노를 담은 눈으로 복례를 노려본다.

"네가 저지른 일을 네 스스로의 입으로 말해 보아라."

빙허각은 복례가 이실직고하기를 추상 같은 기세로 명한다.

복례는 다 알고 있는 듯한 빙허각의 불을 뿜어 내는 듯한 눈빛에 기가 질려서 눈물부터 보이기 시작한다.

"아씨, 잘못했습니다! 쇤네가 잘못했습니다!"

"잘못? 잘못했다고? 왜 잘못할 일을 저질렀느냐?"

"아씨! 쇤네를 죽여 주십시오."

복례는 턱을 덜덜 떨며 울음을 터트린다.

"너 이년! 그래 네가 죽을 짓을 한 것인지는 아는 모양이구나. 너는 친정에서 나를 따라와 이런 파렴치한 일을 저질렀으니, 내 친정까지 욕보인 너를 도저히 용서할 수가 없다. 네가 앞으로 어찌 할 것인지를 내가 정해 주어도 되겠느냐?"

빙허각은 평생을 함께한 복례의 배신으로 제 정신이 아니다.

"아씨! 아씨가 시키는 일이면 무엇이든 하겠습니다. 제발 두 사람 목숨만 살려 주십시오."

복례는 눈물 콧물이 뒤범벅이 된 얼굴로 울부짖는다.

"두 사람? 두 사람이 누구냐?"

"아씨! 이년의 뱃속에는… 흐흐흑."

'드디어 올 것이 왔구나. 서씨 집안에 망신살이 뻗쳤구나.'

이제 더 이상의 희망이 없다고 생각한 순간, 빙허각은 의외로 담담해진다.

"그래, 달거리를 거른 지는 얼마나 되었느냐?"

"아씨! 두 달째입니다."

"아이의 아비가 누구인지 말해 줄 수 있느냐?"

빙허각의 목소리가 공격적으로 변하자, 복례가 당황해 하면서 눈물을 훔치기만 한다.

"눈물을 멈추고 어서 말해 보아라."

빙허각이 달래듯 말하자, 복례는 풀숲에 몸을 처박은 꿩처럼 죽어가는 개미 소리로 "아씨~ 어… 억기입니다"라고 말한다.

순간 빙허각은 긴장이 풀어지면서 광대 근육이 움찔거린다.

"그래… 억기?… 억기가 확실하냐?"

억기는 준평의 수발을 드는 가솔로 복례보다 나이는 열두 살이나 많고, 아들 하나 딸 하나가 달린 사별한 홀아비였다.

"억기가 확실하더냐? 네가 거짓말을 한다면 너는 당장 이 집을 떠나야 한다."

빙허각은 아금박스럽고 잔꾀가 있는 복례가 일단 억기라고 둘러대어 위기를 모면한 후, 준평 서방님처럼 귀가 높이 달린 아들을 안고 의기양양하게 서씨 집안 대문으로 들어서는 모습이 그려진다.

"아씨~ 믿어 주십시오. 이렇게 아씨가 알게 된 마당에 이년이 뭐하러 거짓을 고하겠습니까? 흐흑~"

복례가 간절함을 담은 눈빛으로 애원을 한다.

빙허각은 손등으로 눈물을 훔치는 복례에게 자신의 손수건을 내주며 눈물을 닦으라고 한다

"이제 너는 홀몸이 아니니 각별히 몸조심을 하거라. 마님을 비롯한 집안 어른들에게는 내가 잘 이야기를 할 터이니, 마음을 편히 갖도록 하여라."

복례를 보낸 뒤, 빙허각은 풀리지 않는 수수께끼를 풀기 위해 준평을 만난다.

자초지종을 들은 준평은 크게 놀라며 형수님의 오해를 살만 했다며 오비이락이었다고 한숨을 돌린다.

크게 놀랐던 빙허각은 돌다리도 두드리는 심정으로, 복례가 준평의 서재에서 나온 일과 깊은 밤 준평과 함께 소곤거렸던 일의 전말을 확인한다.

준평은 여산 송씨의 수태를 돕기 위한 약을 연암 선생으로부터 받아왔는데, 그 맛이 괴상하여 영리한 복례와 의논하면서 여산 송씨의 식사 때 이 약을 자연스럽게 먹이는 방법을 찾고 있었다고 답한다. 그러다보니 복례가 태극실로 자주 준평을 찾았고, 태극실이 언제 비는지 아는 복례가 억기와 정분을 맺는 장소로 태극실의 작은방을 쓴 것 같다고 말한다.

준평은 "복례가 억기와 정분이 났다고 하니 참으로 잘된 일이지만, 하마터면 분개한 형수에게 맞아 죽을 뻔 했다"며 한시름을 놓는다.

이레 뒤 억기와 복례는 간단하게 부부의 연을 치뤘고, 모두들 복례의 임신을 축하해 주었다. 복례 어미도 사내다운 억기가 마음에 드는 눈치였다.

억기의 다섯 살 난 아들과 여섯 살 딸도 젊고 상냥한 새어머니 복례가 좋은지 연신 복례 곁을 떠나지 않는다.

빙허각은 혼례 전 날, 주둥이를 꽁꽁 싼 고운 분홍빛 물이 담겨 있는 병 하나와 책 한 권을 꺼내 복례에게 건넨다.

"복례야~ 이제 너는 서씨 집안의 큰며느리 빙허각의 수발을 드는 몸종 복례가 아니라, 새로운 생명의 어미로 다시 태어난 것이야. 태중의 아이를 소중하게 대하는 것이 무엇보다 중요하단다."

"아씨~ 이것은 아씨가 만든 귀한 장미수가 아니옵니까? 그리고 이 책은 무엇입니까?"

"그래, 잘 아는구나. 이것은 내가 만든 장미수이고, 이 책은 태교 책으로 용인 숙모가 쓴 내용에 내 의견을 더하여 정리하였단다. 네가 언문을 알고 있으니, 시간나는 대로 읽어보고, 꼭 지키도록 하여라."

복례는 언문 공부가 달콤한 잠을 뺏고 즐거운 수다 시간을 줄여야 하는 것이 싫어 꾀를 부렸지만, 빙허각에게 크게 야단을 맞은 뒤로는 죽은 듯 언문 공부를 하였다. 빙허각은 복례가 언문 공부를 잘할 수 있도록 〈춘향전〉이나 〈임경업전〉 같은 재미있는 소설을 빌려 주기도 하였다.

"소인처럼 비천한 년에게 장미수와 책은 천부당만부당 어울리지 않습니다. 소녀는 땀 냄새 나는 억기와 평생을 함께할 텐데 이런 장미수는 가당치도 않습니다."

"나는 너를 비천한 사람이라고 생각한 적도 그렇게 대한 적도 없거늘, 네가 그런 말을 하니 너를 대함에 소홀함이 있었다는 생각이 드는구나. 너도 너지만, 태중의 아이에게 이 장미수를 선물하는 거야. 좋은 향기는 너뿐만 아니라 주변사람 마음을 너그럽게 해 주어, 뱃속의 아이를 이롭게 한단다."

"아씨~ 정말로 고맙습니다. 쉰네에게 벌을 내리시기는커녕, 이런 귀한 선물까지 주시니 몸둘 바를 모르겠습니다."

"너와 억기가 서로 의리를 지켰는데 무슨 이유로 벌을 내릴 수 있단 말이냐? 너희들의 사정을 헤아리지 못한 나의 불찰이지."

"저 복례는 이 뱃속의 아이가 딸이든 아들이든 서씨 집안의 충직한 종으로 키우겠습니다."

"복례야~ 아이는 아이의 갈 길이 있단다. 시대가 변하고 있으니 곧 다른 세상이 올 것이야. 딸이든 아들이든 공부를 시키면 조선 제일의 거상이 될 수도 있고, 발명가가 될 수도 있단다."

"아씨~ 말만 들어도 가슴이 뜁니다."

"너도 마음고생이 심했을 텐데, 오늘은 대강 일을 추스리고 쉬도록 해라."

빙허각의 말이 떨어지자, 복례는 바로 우물가로 달려간다. 복례는 빙허각이 준 장미수를 물에 풀고 깨끗하게 빤 자신의 무명옷을 담근 다음, 향이 옷감에 올올이 배어 오래가도록 방망이로 장단을 맞춰 가며 옷을 두드린다.

그날 밤, 복례는 빙허각이 준 태교 책을 단숨에 읽는다.

"하늘로부터 받은 품성은 동일하지만 아기는 어머니의 뱃속에 있을 때 품성이 결정되니…"

유식한 복례는 소리내어 책을 읽기 시작한다.

"무릇 아기 가진 아낙은 너무 덥게 입지 말고, 밥을 너무 배부르게 먹지 말고, 무거운 것을 들고 높은 곳에 올라가지 말고, 많이 자지 말고, 오래 누워 있지 말고, 때때로 거닐어라."

'오매! 말아야 할 일 투성이네. 나는 밥 욕심 내지말고 무거운 것 드는 것을 조심해야겠네. 참! 잠도 좀 줄여야겠고… 계속 읽어봐야지…'

"달이 차면 머리를 감지 말고…"

'감기 걸리고, 숙이고 머리 감는 것이 뱃속의 아기에게 좋지 않은 모양이야.'

"난산하는 사람은 귀하게 편히 지내는 사람이고, 가난한 여자는 난산이 없다 하니…"

'응! 맞아. 편한 아씨들이 애 낳다가 많이 죽는다고 했어. 몸을 적당히 움직여야 고생 않고 애를 쑥쑥 잘 낳는구만.'

복례는 태교 책을 읽느라 첫닭이 울어서야 잠이 든다.

그날 점심, 억기와 혼례식을 치르는데 복례가 자꾸만 하품을 하지만, 사람들은 복례가 잠이 많아서 그런 것으로만 생각한다.

술 마시는
여산 송씨

"휘익~ 윙윙 푸드덕"

뒤란 뒤 대숲을 때리는 세찬 비바람 소리와 비를 피하려는 꿩들의 부산한 움직임에 책을 읽던 빙허각은 급히 복례를 찾아 나온다. 땅이 함씬 젖어 있는 것으로 보아 한참 전부터 달구비가 내린 것 같은데 독서에 빠진 빙허각이 몰랐던 것이다. 서쪽 하늘이 컴컴한 것이 비가 금방 그칠 것 같지가 않다. 빙허각의 목소리가 빗소리에 묻혀 들리지 않는지 복례가 낮잠이 깊게 들었는지 불러도 대답이 없다. 비가 오면 남자 하인들은 헛간마루에서 새끼를 꼬거나 아궁이를 청소하고, 여자들은 놋그릇을 닦거나 자신들의 옷을 깁기도 한다.

한산 이씨는 홍 대감 댁 막내아들 혼인 잔치에 갔고, 유본은 동호에 머물며 집필에 몰두하고 있는 할아버지를 뵈러 갔다.

아이들도 모두 서당에 모여 한참 공부를 할 시간이다.

여산 송씨가 안채 뜰로 모습을 보였다가, 빙허각이 들어서자 못본 척 얼른 몸을 돌려 되돌아가고, 여산 송씨의 몸종 효순이도 급히 몸을 돌린다.

서씨 집안의 활쏘기 시합 이후 동서간 사이가 서먹해졌다고 생각하는 여산 송씨는 자꾸만 빙허각을 피한다. 활쏘기에 유난히 소질이 없는 준평의 체면을 살리려다가 빙허각의 마음을 상하게 했다고 지레짐작하고 있는 것이다.

시어머니 한산 이씨와 시할머니 전주 이씨는 여산 송씨보다 일 년 앞서 시집온 빙허각과 모든 일을 같이 의논하여 결정하였다. 조반을 마친 뒤 집안의 며느리들은 안채에 모여서 그날의 할 일을 의논하고, 자신의 특별한 사정이 있다면 모두에게 알렸다.

빙허각은 길쌈을 하고 정원을 가꾸거나 음식을 만드는 일 이외에도 유본, 준평과 함께 연암과 유금 그리고 서형수에게 가르침을 받는다.

여산 송씨는 여자인 빙허각이 준평을 가르치는 것이 낯설었지만, 집안 사람들은 익숙한 듯 하였다.

빙허각이 서재에 틀어박혀 책을 읽다 집안일을 놓쳐도 흉이 되지 않았고, 자신의 의견을 내세워도 시어른들은 미소를 지으며 들어주었다.

심지어는 새가 나뭇가지에 앉아 노래를 부르면, 장독대를 닦던 복례가 "너도 우리 아씨 칭찬을 하는 거야?"며 새에게 모이를 뿌려 주기도 한다.

여산 송씨는 평범한 여인인 자신은 뱁새요, 잘난 여사인 빙허각은 황새로 태생부터 다르다고 생각하였다. 조선 팔도에 둘도 없을 빙허각 같은 여인이 자신의 형님이라는 것이 자랑스럽기도 하였다. 빙허각은 두 살 아래인 여산 송씨를 친동기처럼 잘 대해 주었다.

무엇보다 여산 송씨를 기죽이는 것은 시숙 유본이 항상 아내인 빙허각의 입장과 처지에서 일을 보고 해결하려고 한다는 것이다.

처음엔 이런 유본이 한산 이씨의 눈에 거슬렸는지 가끔은 아들을 나무랐지만 시숙은 "어머니! 세 살이나 어린 나를 의지하고 시집온 사람인데, 소자가 잘해주지 않으면 저 사람은 천지간에 고아나 다름이 없지요"라고 당당히 말하곤 하였다. 평소 어머니의 말에 순종하는 시숙으로서는 파격적인 언사라고 할 수 있었다.

빙허각을 대하는 시숙의 특별함은 강물이 바다로 흘러가고 봄이 되면 매화가 피어나듯 자연스럽게 여겨지고, 한산 이씨도 더 이상 큰아들의 태도를 문제삼지 않았다.

여산 송씨도 같은 여자이고 며느리인지라 빙허각이 마냥 손윗 동서로 좋고 존경스러운 것만은 아니었다.

새댁 시절 주상이 내린 약을 태우고 빙허각의 도움으로 살아난 뒤부터, 여산 송씨는 의기소침해져 잘하던 일도 실수를 하곤 하였다. 자신감을 가져 보려고 노력을 해봐도 빙허각이 있으면 괜스레 잘되지 않았다. 자신도 친정에서는 제법 길쌈을 잘하였는데 시집와서는 자신이 짠 비단은 고르지 않아 신발이나 이불을 만드는 데 쓰이고, 빙허각이 짠 비단은 어른들의 옷을 짓는 데 쓰였다.

특히 준평이 형수를 높이 평가하고 자신을 낮추어 보는 것 같아 자존심이 상한 적이 많았다.

"형수님에게 물어봐야겠네."

"형수님께서는 어찌 생각하실까?"

말수가 적고 자신의 일을 스스로 해결하도록 길러진 준평임에도 하루에도 열댓 번씩 형수님을 외쳤다.

늦게까지 서재에서 공부하는 준평을 위해 여산 송씨가 간단한 술상을 준비하여 들고 가서 인기척을 내도, 공부에 빠진 준평은 대답이 없다.

여산 송씨가 방문을 두드리자, 공부에서 깨어난 준평이 반가워하며 문을 연다.

"아이고, 이게 무엇이오? 마침 출출한 참이었는데 고맙소."

별로 술을 즐기지 않는 준평이지만 여산 송씨의 성의를 생각하여 술 한 잔을 받았다

"저도 한 잔 따라 주세요."

"자네는 술을 싫어하는데 어쩐 일이오?"

준평이 놀란 토끼 눈으로 여산 송씨를 바라보자, 여산 송씨는 잔을 들어 따라 달라고 한다.

"그럼 당신은 입만 축여보시오."

"그러지 말고 한 잔 가득 따라 주세요. 형님은 몇 잔을 마셔도 괜찮으신데 저도 형님처럼 술을 마시고 싶어요."

여산 송씨의 말에 준평이 당황한다.

"형님이 형수님하고 같이 술 마시는 것을 낙으로 생각하시니 형수님도 형님에게 맞춰 드리는 거겠지요."

"소문에는 형님이 친정에서부터 술을 좋아하여 말술을 마시고 위아래가 없이 술주정을 했다고 합니다."

"당신은 그런 해괴한 소문을 믿소? 다 형수님을 시기 질투하는 사람들이 만들어낸 말이오. 형수님이 형님과 술을 즐기는 정도로만 마시지 어디 과음하는 것을 봤소? 또 태기가 있으면 절대 술을 입에 대지도 않는 분인 걸 알지 않소?"

평소 순한 준평이 눈빛을 바로 세우고 정색을 하며 여산 송씨를 바라보자, 더럭 겁이 난 여산 송씨는 준평의 눈을 피한다.

"자 망측한 소리 그만하고 술이나 마십시다."

모처럼 부인과의 다정한 시간을 깨뜨리고 싶지 않은 준평은 대구포를 참기름에 찍어 여산 송씨의 입에 직접 넣어준다.

"형님이 아주버님과 왜 술을 마시는지 알겠네요."

오랜만에 지아비의 사랑을 느낀 여산 송씨가 대구포를 썹으며 기분이 좋은 듯 콧소리를 낸다.

"미안하오. 나도 앞으로는 당신과 이런 자리를 자주 만들어야겠소. 나는 당신이 술을 싫어한다고만 생각했지요. 물론, 당신 몸이 약해서 걱정되기도 하고요."

"한 잔의 기분 좋은 술은 보약이라고 합니다."

다정한 준평의 말이 삐뚤어져 가던 여산 송씨의 마음을 바로 잡게 해 주는 묘약이었는지, 여산 송씨의 낯빛이 한결 느긋하고 여유로워진다.

"형수님은 총명하기도 한 분이지만 무엇보다 바르고 어진 분이오. 나에게 형님은 아버지와 같은 분이니, 형수님은 당연히 어머니와 같은 분이지요. 당신이 형수님을 잘 따르고 친자매처럼 지내는 것을 나는 공부보다 더 귀하게 생각하고 있소."

마치 여산 송씨의 마음을 읽고 있는 듯한 준평의 말에, 여산 송씨는 자신의 행동이 부끄러워져 눈물이 솟는다.

"저도 이번 복례 사건을 처리하는 형님을 보면서 보통분은 아니구나라는 생각을 했어요."

"맞소! 형수님은 여러 면에서 남다른 분이오. 당신은 몸도 약한데 형수님을 잘 따르는 것만으로도 빛이 납니다."

정월 대보름 지난 지가 엊그제 같은데 요 며칠 볕이 좋아서인지 양지 녘에는 개나리 몇 송이가 꽃망울을 터트려 제법 봄 내음을 풍긴다.

여산 송씨는 빙허각이 좋아하는 생강 식혜를 은은한 비췻빛이 도는 유리 보시기에 담아 빙허각의 방을 찾았다.

"형님! 날씨도 좋은데 비단옷을 짓고 계십니까?"

여산 송씨의 갑작스러운 방문으로 의아해 하는 빙허각에게 상냥하게 말을 건넨다.

"어른들 옷을 짓고 남은 비단을 누벼 아이들이 봄에 입을 고운 조끼를 만들고 있다네. 봄바람은 품 안에 든다고 하지 않는가? 자네가 마침 왔으니 만들어 놓은 소화 조끼는 먼저 가져가게나."

준평의 노력이 효과가 있었는지, 여산 송씨는 복례의 혼인 전후에 태기를 느꼈고, 마침내 첫딸을 낳았다. 빙허각은 오랜 기간 자식이 없던 시동생 부부가 아이를 낳은 것을 누구보다 기뻐하며, 조카가 입을 비단 조끼를 우선 만든 것이었다.

"형님~ 고맙습니다. 비단 조끼가 너무 예뻐서 입히기가 아까울 것 같아요. 고맙습니다."

여산 송씨는 빨간 양단을 누벼 녹색으로 끝단을 댄 섬세한 소화의 조끼를 보고, 빙허각의 섬세한 바느질 솜씨와 안목에 새삼 감탄한다.

"내 눈대중으로 만들어서 잘 맞을지 모르겠네."

"형님 눈대중은 잣대나 저울을 잡동사니 신세로 만들어 버리는데요."

"나도 잣대를 쓰지 않았다가 큰 실수를 한 적이 여러 번 있다네. 지난번 아버님의 겹도포를 잘못 재단하여 팔을 깡뚱하게 잘라놓았지 뭔가? 어머니 몰래 수습하느라 진땀을 뺐다네."

"호호~ 어찌 해결하셨어요?"

"어머니께 연경의 사대부들은 겉옷에 다른 색을 대는 것이 유행이라고 하면서 짙은 옥색을 넣어 이었다네. 아버님과 어머님이 몹시 좋아하셨지."

"아버님의 청색 겹도포가 그래서 팔 가운데 다른 색이 들어 갔군요. 저는 멋을 내려고 형님이 일부러 그렇게 만든 줄 알았어요. 형님의 재치가 아버님을 젊어 보이게 만드셨네요. 호호호."

"그런 셈인가? 두 분께는 비밀이라네."

"형님~ 식혜 드세요. 식혜가 아주 달고 맛있습니다."

"어른들 방에는 올렸는가?"

"네~ 다 올렸습니다. 걱정 마세요. 그리고… 형님~ 제가 활쏘 기 대회에서 형님께 불경스러운 말을 했던 것 용서해 주세요."

"지난 일은 잊어버리게나. 자네의 진심이라고 생각하지 않네. 설령 진심이어도 어쩔 수 없지 않은가? 자네가 나를 멀리하 는 것을 느끼고도 자네와 마음을 터놓고 이야기할 기회를 만 들지 않았던 내 잘못도 있다네."

"형님~ 앞으로 우리 여자들도 술자리를 갖고 서로 우의를 다졌으면 좋겠어요."

"자네가 어찌 술맛을 다 알았는가?"

"형님~ 저도 제법 술이 세답니다."

"여자들만의 술자리라 호호… 좋은 생각일세. 내가 여자들의 몸을 보하는 약술을 담글 테니 자네는 약술과 합이 맞는 안주를 만들어 보면 좋겠네. 어머니와 평양 할머니께도 이 말씀을 드려보게."

"알겠습니다. 형님 호호~ 정말 재미있을 것 같아요!"

"곧 진달래꽃이 필것이니 꽃달임을 하면 좋겠네."

"좋은 생각이네요! 형님~ 그날은 모두 꽃단장을 하고 만나는 것으로 해요!"

"호호~ 꽃달임에 꽃단장이라… 꽃들이 서씨 집안 여인들을 시샘하겠네."

빙허각의
축하연

"내가 가르쳤던 글을 쓰는 방법은 몽땅 잊어버리게나."

연암은 순진한 준평이 과거 시험에서 자신이 가르친 격식이 없고 자유로운 글쓰기를 하여 낙방을 할까 걱정이 되었다.

"나야 사람들의 입방아에 올라도 괜찮지만, 자네는 이제 시작이 아닌가?"

연암은 당신의 제자를 애정이 듬뿍 담긴 눈으로 바라본다.

"자네는 반드시 과거에 합격하여, 주상을 보필하며 새로운 지식으로 백성이 잘사는 나라를 만드는 데 온 힘을 쏟아야 한다네."

"알겠습니다. 스승님!"

"나야 글을 이용하여 세상과 사람들을 비웃고 다니며 잘난 체를 하지만, 모두 다 나를 알아주지 않는 소외감과 울분이 쌓여서 그런 거지 난들 그러고 싶겠나."

연암은 이 말이 진심인 듯 표정까지 비겁해진다.

불순한 글로 세상을 희롱하는 소인배로 자신을 비하시키면서까지, 준평이 문체반정文體反正의 희생양이 되지 않기를 경계하는 스승의 깊은 뜻에 준평은 가슴이 뭉클해진다.

"나는 자네들 형제와 빙허각을 제자로 둔 일을 내 일생의 큰 기쁨 중 하나로 여긴다네."

빙허각이 유본과 함께 술상을 가지고 들어온다.

"스승님이 좋아하시는 과사두를 만들다 보니 술상이 좀 늦어졌습니다."

"내 최고의 술안주는 자네 형제와 빙허각을 만나 이야기를 나누는 것이라네."

연암은 껄껄껄 호탕하게 웃으며, 두 사람에게 자리를 권한다.

빙허각은 자신이 옳다고 생각하는 길을 가며 주위의 질시와 비난에 흔들리지 않는 연암 박지원에 연민의 마음을 가지고 있었다.

연암은 진취적이고 파격적이지만, 매란국죽梅蘭菊竹을 합해 놓은 듯한 고매한 인품의 소유자였다. 가끔 정자에서 서명응을 기다리며 정원의 수련을 하염없이 바라보는 연암의 뒷모습이 유달리 외로워 보이는 것은 품어야 하는 넓은 가슴을 가졌지만 품을 것이 없기 때문이라고 빙허각은 생각했다.

'불공평하구나~ 가슴이 넓고 따뜻한 사람은 품을 것이 없

고, 가슴이 좁고 메마른 사람은 많은 것을 품었으나 내줄 것이 없구나.'

선생이 오실 때마다 빙허각은 특별히 맛있는 음식을 준비하곤 하였다.

"보만재 어른께서 몸은 떠나셨지만, 그 정신은 이 집에 살아 계심이 느껴지네."

연암은 서명응이 남긴 장서를 둘러보다가 세 사람을 사랑스러운 눈으로 바라본다.

"어른의 아름다운 향기가 바로 자네들을 통해서 천리만리까지 퍼져 나갈 걸세."

"어른이 안 계셨다면 나는 이 세상 사람이 아닐지도 모르지. 가짜의 세상이라는 것을 알게 되면서, 술을 물 마시듯 마시며 괴로워했다네. 내가 무기력하다는 것도 싫고, 나를 알아주지 않는 세상도 맘에 안 들어, 목숨을 끊을 생각도 여러 번 했다네. 어른께서 나를 인정해 주면서 죽어야겠다는 생각을 버리게 되었고, 자네들을 가르치며 그동안 세상에서 받았던 상처를 치료하게 되었어."

세 사람은 늘 유쾌하고 호방하여 농담을 잘하는 선생에게 감추어진 허무와 쓸쓸함, 그리고 극단적인 선택을 하려던 선생의 고통스러운 마음을 잡아준 할아버지를 생각하며 마음이 숙연해진다.

"자신을 알아주지 않는다는 것은 의외로 큰 고통이라네. 부부간에 싸우는 것도 다 자신의 마음과 상황을 알아주지 않는 섭섭함에서 시작되고, 알아주려는 마음으로 상대방을 보면 이해하게 되고 싸움이란 없게 되지. 이게 바로 열린 마음이라네. 우리 조선 사람들은 너무 마음이 닫혔어."

'열린 마음…' 빙허각은 연암의 말을 되뇌인다.

"자, 오늘은 모처럼 준평의 과거 급제를 축하하는 '미리 축하주'를 마시는 것이 어떤가? 자네도 책에만 코를 박고 있으면 생각이 옹색하고 오종종해진다네. 이렇게 술도 한잔 마셔야 생각지 않은 멋진 문장도 술술 나온다네. 자, 내 잔을 한잔 받게나."

"스승님! 이러다가 과거에 낙방하면 안 되니 '미리 축하주'는 안 마시겠습니다."

소심한 준평이 근심스러운 얼굴로 잔을 들고 어쩔 줄 몰라 하자, 연암이 어깨를 흔드는 특유의 웃음을 터트리며 "어허! 걱정일랑 저 강물에다 던져 버리게. 내 꿈에 어른이 기쁜 얼굴로 나타나서 내 손에 쥐어 주신 큰 옥을 자네에게 전하는 꿈을 꾸었다네"라고 호탕하게 말한다.

준평은 연암의 꿈이 진실이기를 바라며 술 한잔을 단숨에 들이킨다.

"서방님! 시험이 얼마 남지 않았으니 날을 새워 책을 읽기보다는 조섭을 잘하는 것이 더 중요합니다."

늦은 밤, 빙허각은 유본과 함께 잣죽을 끓여 공부하는 준평의 서재를 찾았다.

준평의 얼굴은 수척하고 핏기가 없어 과거 시험을 보기도 전에 쓰러질 것만 같지만, 눈빛만큼은 형형하였다.

준평이 책에서 겨우 눈을 떼고 수저를 들려 하는데, 밖에서 한산 이씨가 준평을 찾는 소리가 들린다. 한산 이씨는 빙허각의 수고를 치하하고, 들고 있던 서찰을 준평에게 건넨다.

"아버님이 연경에서 보내신 편지다."

동지사행사로 열하를 거쳐 연경에 가 있는 서호수가 과거를 보는 준평과 자신의 자리를 대신하고 있는 유본에게 격려의 편지를 보낸 것이다.

준평은 연경이 있는 서쪽을 향해 옷매무새를 가다듬고 큰 절을 한다. 서찰의 봉투는 여러 사람의 손을 거쳐 온 탓인지 헤지고 손때가 묻어 있다.

준평 부부 보아라

어찌 있느냐? 먼 연경에서 집안의 소식을 알 수 없으니 답답할 뿐이다.

할머니의 병환은 차도가 있으신지, 잠든 사이에도 집을 잊지 못하여 밤낮으로 걱정이 된다.

내가 부사일을 마치고 귀향했을 때는 너는 이미 과거 시험을 마쳤을 것이다. 이 편지를 인편을 통해 보내지만, 길고 긴 여정이라 네가 과거 전 이 아비의 편지를 볼 수 있을지는 모르겠다.

공부에 매진하느라 날밤을 새고 있는 너의 모습이 눈 앞에 그려지며 건강은 돌보면서 공부를 하고 있는지 걱정이 된다.

할아버지와 작은할아버지 그리고 나의 뒤를 이어 과거에 급제해야 한다는 압박감에서 벗어나 편안한 마음으로 과거를 보기 바란다.

올해 낙방하면 내년에도, 내후년에도 과거를 보면 되지 않느냐? 아비는 네 실력이면 어디에 내놓아도 뒤지지 않는다는 것을 인정하고 있다.

구구절절 과거를 보는 아들을 염려하는 아버지의 편지를 읽으면서 준평은 눈물이 솟아나며 가슴이 뜨거워진다.

한산 이씨는 큰아들 부부에게도 서호수의 편지를 전한다.

유본 부부 보아라

나는 열하를 거쳐 연경에 도착하였다.

너희 부부가 있어 내가 연경에서 집안일을 잊고 편히 있다고 생각한다.

어제는 연경의 유리창을 구경하고, 너희 부부에게 요긴한 책을 샀다.

십오 년 전 며늘아이와 함께 연경을 구경하던 일이 새록새록 떠오르더라. 내일은 며늘아이와 같이 갔던 천주당을 들러 보고자 하는데, 며늘아이가 신기한 듯 바라보던 서양화를 구입할 수 있으면 좋겠다.

그때보다도 연경은 서양 사람들과 안남국(베트남), 남장국(라오스),

몽골 사람들이 거리에 가득하니 마치 천하가 통일이 된 듯하다.

준평의 과거 준비에 도움을 주고 있는 너희에게 멀리서나마 아비로서 고마운 마음을 전한다.

만리 먼 연경에서 아비가 큰아들 부부에게 보낸다.

빙허각은 먼 연경에서도 자신을 생각해 주는 시아버지 서호수의 따뜻한 마음에 감읍하여 손수건으로 눈물을 훔친다.

서호수 일행은 청나라 땅을 벗어나 눈을 뜨고 고개를 들 수 없을 정도로 몰아치는 삭풍과 싸우며 압록강을 건넜다. 열하를 향해 갈 때는 말의 가슴까지 차 올라오는 장맛비에 불어난 압록강을 건너느라 갖은 고초를 겪었는데, 이제는 혹독한 추위로 고통을 받고 있다.

수레에는 주상이 부탁한 책과 서호수가 논 열 필지를 사고도 남을 돈을 들여서 산 책들이 가득 실려 있다. 집에 돌아가 이 책들을 서재에 정리하고 한 권씩 볼 생각을 하니, 삭풍도 눈보라도 견딜만 하다고 느껴진다. 며느리 빙허각을 위하여 '응급 처치법'과 청국의 시집, 수레를 만드는 방법이 담긴 책과 빗, 그리고 몇 개의 화장품도 구입해 왔다.

빙허각이 며느리로 들어온 이후, 자신이 신경을 쓰지 않아도 유본과 준평 그리고 조카인 유경의 공부가 일취월장하고 있었다.

평양에서 닷새를 머물며 행장을 추스린 동지연행사 일행은 출발한 지 이레 만에 서씨 집안의 세거지인 장단을 통과한다.

어린 시절, 서호수는 장단을 지나는 연행사 일행의 말발굽 소리를 들으면 가슴이 뛰곤 하였다. 멀리서 흙먼지를 일으키며 달려오는 연행 행렬을 가까이 보기 위해 달려갔다가 넘어져 새 비단옷이 찢어지고 무릎을 다치기도 하였다.

어머니 전주 이씨는 호수의 상처 난 무릎에 산초기름을 발라주며, "연행 행렬을 구경하는 것이 밥먹는 것도 잊고 아픈 것도 잊을 만큼 재미있느냐"고 물었다.

소년 호수는 "과거에 합격하고 연행사가 되어 어머니에게 제일 귀한 선물을 사오겠다"고 하여 전주 이씨를 흐뭇하게 하였다.

연행 행렬은 어린 호수의 가슴에 미지의 세계에 대한 동경을 키우는 계기가 되었다. 서씨 세거지인 장단은 새로운 세계로 나가는 길목인 동시에 새로운 학문과 문물이 들어오는 통로이기도 하였다.

장단 집을 통과할 때 눈에 익숙한 사람이 엉성한 솜씨로 말을 타고 달려왔다.

'누군가? 억기가 아닌가? 집안에 무슨 일이 있는 건가?'

엉성하지만 비호같이 달려온 억기가 말에서 내리기도 전에 뭐라 외치는데 몹시 흥분한 얼굴이다.

"영감님!!! 준평 서방님이…"

"준평이에게 무슨 일이라도 있단 말이냐?"

"준평 서방님이 과거에⋯ 과거에 급제하셨습니다."

"그래? 정말이냐?"

여독에 지쳤던 호수의 얼굴이 기쁨으로 가득 차고, 눈에는 눈물이 그렁하다.

"아버지! 감사합니다."

서호수는 하늘을 우러러 하늘의 덕과 선친 서명응에게 감사를 드린다.

준평이 과거에 급제한 날은 마침 서명응의 제삿날이었다. 준평을 유난히 사랑하셨던 할아버지의 음덕이 이에 미쳤다는 생각에 서호수의 가슴이 메인다.

이틀 뒤 한양의 집에 당도했을 때, 복두에 다홍, 보라, 노랑색 종이꽃으로 만든 어사화를 쓴 준평이 아버지를 맞는다.

준평의 과거 급제가 열흘이나 지난 일이어서 어사화를 쓴 아들의 모습을 기대하지 않았던 터라 서호수의 기쁨이 더욱 크다.

서호수는 준평보다 먼저 한산 이씨와 여산 송씨 그리고 빙허각의 노고를 치하한다.

준평의 과거 급제를 축하하는 잔치를 열기로 하였다.

빙허각은 한산 이씨에게 준평의 과거 급제 잔치는 자신이 주관하여 치르겠다는 허락을 받았고, 주상은 동지연행사로 연경에 다녀온 보고를 하러 간 서호수에게 잔치에 쓸 밀감과

젓갈을 하사한다.

"아씨! 잔치가 코앞에 닥쳐서 고기며 어물을 가져오는 장사꾼들로 복작거려야 하는데, 너무 조용해서 쇤네 걱정이 됩니다."

복례가 빙허각의 눈치를 보며 조심스럽게 묻는다.

"걱정하지 말고 억기를 좀 오라 해라."

며칠 전 내린 폭설로 검불덤불한 정원을 정리하던 억기가 눈의 무게를 이기지 못하고 부러진 마들가리 한 다발을 안고 온다.

빙허각은 글씨가 쓰여 있는 종이를 경상에 올려 놓고, 복례와 억기에게 한참을 설명한다.

억기와 복례는 연신 고개를 끄덕이더니, 빙허각이 준 종이를 복례의 허리춤 주머니 안에 소중하게 넣고 집을 나선다.

잔칫날이 모레로 닥쳤는 데도, 빙허각은 음식 준비는 커녕 시누이와 자식들이 잔치에 입을 옷을 손질하며 한가로운 시간을 보낸다.

잔치 전날, 빙허각은 유비와 유비의 처를 시켜 광 속에 보관된 그릇들을 꺼내서 깨끗이 닦게 한다.

억기와 유본은 차양을 치며 음식이 없는 잔치 준비를 하고, 달머슴으로 온 돌쇠는 잔치 분위기를 돋울 유등을 큰 대문과 중간 대문에 다느라 매달려 있다.

복례는 정짓간 앞의 우물에서 쌀을 씻고 있다.

빙허각은 구월이를 데리고 마당에 멍석을 깐 다음, 높은 상들을 일렬로 멍석 위에 늘어 놓는다.

점심을 먹고 나자, 지게꾼들이 생선포와 적당한 크기로 썬 돼지고기를 짊어지고 와 정짓간에 부리고 간다.

잔치 준비가 잘되고 있는지 둘러보러 온 한산 이씨는 멍석 위에 높은 상이 열다섯 척 길이로 놓여 있고, 장독 뚜껑만한 접시들과 작은 항아리들이 어른 허리춤만한 높이로 스무 개가량이 정리되어 있는 것을 보고 의아해 한다.

'설마 빙허각이 지난번 여인들의 시 모임에 점심으로 내놓았던 연경 만두와 평양냉면을 또 내놓으려는 것은 아니겠지. 물론 맛이야 있었지만, 지금은 겨울이고 잔치가 아닌가?'

정짓간에는 지게꾼들이 부리고 간 생선포와 돼지고기가 광주리에 담겨 있을 뿐이었다.

잔치를 앞둔 정짓간의 기이한 적막감을 "톡~톡~" 참깨알 터지는 소리와 "꽁~꽁~" 돌절구로 깨소금을 빻는 소리만이 달래 줄 뿐이었다.

한산 이씨는 불안하지만 슬기 주머니가 있는 며느리 빙허각을 믿어 보기로 하고 정짓간을 나선다.

다음날 아침, 복례와 억기는 김이 모락모락 나는 음식을 짊어지고 온 지게꾼들이 부리는 음식을 받느라 정신이 없다.

"먹어 보고 맛이 없으면 다시는 거래를 하지 않겠소. 이것은 돼지수정회인가요?"

복례는 거만한 표정으로 지게꾼과 같이 온 육의전에서 음식을 파는 사내에게 말한다.

"걱정 말게~ 쫄깃쫄깃한 것이 둘이 먹다가 하나가 죽어도 모를 맛이여."

복례가 검지 손가락으로 돼지수정회를 살짝 눌러보고는 만족스러운 듯 눈꼬리를 내린다.

"이 음식은 쇠곱창찜인가요? 반들반들하니 먹음직스럽지 않고 왜 이리 퍽퍽해 보이죠?"

복례가 제법 노련한 눈으로 일일이 음식을 검수한다.

억기는 매의 눈으로 일일이 음식을 검수하는 야물딱진 복례를 흐뭇한 표정으로 바라본다.

"먹을 때 참기름을 바르면 됩니다. 처음부터 발라오는 것이 아니랍니다."

음식을 직접 만든 가게의 주인이 공손하게 복례에게 말한다.

잠시 뒤 여산 송씨의 친정에서 금방 만든 두텁떡과 팥떡을 짊어진 하인들이 도착하였다.

빙허각의 오라비 이병정은 우족탕과 사슴포며 곶감, 낙화생 같은 쉽게 보기 힘든 음식들을 바리바리 실어 보냈다.

정짓간 옆의 찬방은 음식으로 가득차서 발 디딜 틈이 없을 정도다.

"형님~ 정말 순식간에 잔치를 치를 음식으로 가득찼네요. 우리가 이 음식들을 다 준비하려면 몇 날 밤을 새워야 했을 텐데요"

여산 송씨는 빙허각이 신기하기만 하다.

"잔치는 남자들만 참여하고 즐기는 것이 아니라, 여자들도 같이 참여해서 축하를 해야 진정한 잔치가 아닌가? 지금까지는 남자들만의 잔치였다면, 앞으로는 여자도 잔치를 즐기도록 할 걸세."

"형님이 과감한 생각을 하지 않으셨으면 음식을 준비하느라 여자들은 초주검이 되어 있었을 거예요."

빙허각은 음식을 조금씩 담아 여러 개의 상을 차리지 않고 큰 접시에 수북이 담아서 올려 놓으라고 지시한다.

"형님~ 한 그릇에 음식을 이렇게 많이 담아도 되나요?"

소쿠리에 담긴 쇠곱창찜을 큰 접시에 담던 유락의 처가 걱정스러운 듯 묻는다.

"큰 그릇에 음식을 많이 담고, 작은 접시에 원하는 음식을 덜어서 먹으면 된다네. 연경 사람들이 잔치에서 남녀노소 모두 원하는 음식을 제시중으로 먹는 것을 본 적이 있다네. 버리는 음식도 줄 뿐 아니라, 설거지도 크게 줄어 잔치에 힘이 덜어진다네."

시집온 지 얼마되지 않은 유비의 처는 빙허각의 말이 알 듯 말 듯하지만 설거지가 줄어든다는 말에 연신 고개를 끄덕인다.

"우리도 단장을 하고 잔치에 참여할 준비를 하세."

빙허각이 동서들을 이끌고 안채로 향한다.

여산 송씨는 친정에서 보내온 노랑 양단 저고리와 열두 폭 진분홍색 수단 치마를 입고, 연신 거울을 들여다 보며 옷매무새를 가다듬는다.

빙허각은 자신이 아끼는 나비 모양의 칠보반자를 여산 송씨의 얹은 머리 양쪽에 꽂아주고 산호, 백옥, 금으로 만든 세 개의 노리개를 황, 적, 남색의 세 가닥 진사 끈에 맞춰 단 삼작노리개를 안 고름에 달아 주었다.

"형님~ 여자와 집은 꾸미기 나름이라더니 제가 그러네요."

거울에 한껏 꾸민 자신을 이리저리 비춰보며 만족스러워하는 자신이 열없는 듯 여산 송씨가 말한다.

"우리 동서가 선녀처럼 곱고 예쁘네. 자네는 앞으로 정경부인이 될 사람이니 항상 몸단장에 신경을 써야하네."

"형님~ 진심은 몸단장이 아니라 마음 단장에 힘쓰라는 말씀인 줄 알고 있어요."

"호호, 자네가 내 마음을 거울 들여다보듯 하네."

여산 송씨의 화사한 차림새와 희고 창백한 피부가 묘하게 잘 어울려, 빈소리 못하는 준평도 "곱다"며 칭찬을 한다.

모처럼 서씨 집안의 여인들이 한껏 차려입고, 큰 접시에 담겨 있는 음식을 작은 접시에 담아서 반가운 사람들 틈에 끼어 즐겁게 이야기꽃을 피우며 식사를 한다. 어른들도 제시중을 들어야 먹을 수 있는 잔치를 기꺼이 즐긴다.

여산 송씨 집에서 보낸 찬모와 계집종들은 번철에서 전유어를 지져 내고, 억기와 복례는 솥을 두 개 걸고 김이 모락모락 나는 삶은 돼지고기를 먹는 속도에 따라 썰어 낸다.

잔치에 온 손님들은 처음엔 떡, 고기, 포, 약식, 전유어, 과일, 산적, 밥, 저, 혜 등이 한꺼번에 차려지지 않은 잔칫상이 요상하다 흥을 보지만, 곧 빙허각 잔칫상의 장점을 알아챈다.

연경을 다녀온 연암과 박제가, 유득공, 이덕무는 연경에서 보았던 잔치를 시동생의 과거 급제 축하연에 과감하게 활용한 빙허각을 칭찬한다.

한산 이씨는 잔치음식 준비에서 벗어난 며느리들이 곱게 차리고 잔치를 즐기는 모습을 바라보며 흐뭇해 한다.

서호수는 큰아들 부부를 불러 준평을 가르친 노고와 오늘의 잔치까지 주관한 수고를 치하한다.

그날 밤! 휘영청 뜬 달빛을 받으며 유금이 들뜬 얼굴로 한 손에 책 보따리를 들고, 또 한쪽 팔로는 거문고를 안은 채 중문을 밀고 들어섰다.

"준평이 과거에 급제하여 잔치를 연다기에, 내 가야금을 타려 이리 부랴부랴 달려왔네. 좌소산인 부부를 위해서 연경에서 가져온 수학과 천문학 책도 가져왔다네."

"스승님! 과거에도 나오지 않는 별 볼일 없는 수학과 천문학은 이제 그만 할까 합니다."

침울한 얼굴의 유본이 들뜬 얼굴을 한 유금을 향해 말하였다.

유본의 말에 유금의 얼굴에서 들뜬 기운이 사라진다. 유금은 슬픈 눈으로 빙허각을 바라본다.

"아닙니다. 스승님! 저는 스승님의 뜻을 이어 수학과 천문학을 계속 공부하겠습니다."

빙허각은 단호한 목소리로 말한다.

유금은 흐뭇한 듯 미소를 지으며 들고 온 책을 마루에 내려놓고, 들어온 중문을 향한다.

빙허각은 그리운 마음에 중문을 걸어 나가는 유금의 뒷모습이 사라질 때까지 하염없이 바라본다. 유금의 모습이 사라지자 허망하여 눈을 뜬 빙허각의 옆자리에는 잔치를 치르느라 힘들었던 유본이 곤히 잠들어 있다.

빙허각은 꿈이 너무도 생생하여 유금이 죽은 날을 헤아려 본다. 책력을 보던 빙허각의 손이 가늘게 떨린다. 오늘이 바로 숙사 유금이 죽은 지 두 해가 되는 날이었다.

살아 있었다면 어제의 잔치에서 신명나게 가야금을 연주하고 너울춤을 추었을 유금을 그리워했던 마음이 꿈에서라도 만나게 한 것이다.

아침이 되자 빙허각은 억기를 시켜 유금의 집에 제사에 쓸 포와 술을 보낸다.

준평은 할아버지 서명응과 아버지 서호수의 뒤를 이어 규장각 각신으로 벼슬을 시작한다. 준평이 관복을 입고 아버지 서호수와 같이 나란히 등청을 하고 나면, 집안에는 평생을 함께 지내던 동생이 등청하는 모습을 보는 유본의 마음처럼 쓸쓸함이 감돌곤 한다.

유본과 빙허각은 집안의 대소사를 챙기는데 그중 장서를 관리하는 일이 가장 큰 일이었다. 맑고 바람이 부는 날이면 습기찬 책을 꺼내어 음지에서 말리고, 표지가 헤진 책은 표지를 새로 해 넣고, 제목을 새로 써 넣는데, 남의 손을 빌릴 수 없는 일이라 늘 손이 달려서 쩔쩔매고 있다.

오늘은 노환으로 자리보전을 한 서명선의 병문안을 가기로 하여, 빙허각은 대추죽을 정성스럽게 끓여 비단보자기에 싸고 유본과 함께 집을 나선다.

백두산의
욕쟁이 부부

　좁고 험한 산길을 유본과 빙허각이 말고삐를 늦추며 간다. 오붓한 산길에서 두 사람은 말에서 내려 계곡물에 발을 담그고, 주막에서 산 도시락을 다정하게 나눠 먹는다. 개울을 만나면 유본은 빙허각을 업고 건너기도 하는데, 빙허각이 솜덩이라도 되는 듯 사뿐하다. 두 사람의 기척에 산앵도나무에 앉아 있던 꾀꼬리가 놀라서 날개를 퍼덕이며 산죽 위를 껑청거린다.

사냥꾼이 뚫어 놓은 나무 구덩이에 물을 먹으러 왔다가 빠진 담비가 가여워 유본이 꺼내준다. 담비는 높은 나무 위로 올라가 빼꼼히 유본을 바라본다.

두 사람은 희고 푸른 삼나무 숲 계곡이 내려다 보이는 소나무 아래의 큰 바위에 자리를 잡고 앉는다. 개오동나무에 묶인 말들은 따뜻한 봄빛을 받으며 연한 새순을 뜯어먹는 것이 기분 좋은지 풍성하고 긴 꼬리를 연신 흔들어 댄다.

"힘들지는 않소?"

"힘들기는요! 집에만 갇혀 있다가 여행을 떠나서 당신과의 온전한 시간을 보내고 있으니 꿈을 꾸고 있는 것 같아요."

"이게 정녕 꿈이라면 영원히 깨지 않았으면 좋겠소."

유본이 행복해 하는 빙허각을 바라보며 흐뭇한 미소를 짓는다.

"백두산이 아주~ 아주~ 더 먼 곳이었으면 좋겠어요."

빙허각이 유본의 어깨에 몸을 기대며 말한다.

"얼마나 더 멀었으면 좋겠소?"

유본이 빙허각의 머리를 쓰다듬으며, 봄바람 같은 부드러운 목소리로 속삭인다.

"평생을 가야 닿을 수 있는… 아니, 영원히 가도 나오지 않는 곳이었으면 좋겠어요."

"나도 그렇소."

유본의 표정이 너무 진지하여 정녕 빙허각과 둘이라면 떠돌이 삶도 감수할 듯하다.

노랑나비 한 마리가 유본의 다리를 베고 곤하게 잠이 든 빙허각의 어깨 위에 한참을 앉았다가 계곡 쪽으로 날아간다. 빙허각은 여행길의 피로가 한꺼번에 몰려왔는지 가볍게 코까지 곤다.

빙허각의 낮잠으로 출발이 늦어졌기에 유본이 발길을 재촉하는데, 비가 내리기 시작하며 숲이 금세 얼굴을 바꾼다.

"아무래도 길을 잃은 것 같아요."

처음엔 담담하던 빙허각도 불안한 듯 목소리가 흔들리기 시작한다.

비안개가 자욱히 끼어 앞뒤를 분간할 수 없는 숲속에서 두 사람은 길을 잃어버렸다. 어느새 비는 우박으로 바뀌고 유본이 쓴 갈모도, 빙허각의 유삼과 돼지기름을 먹인 박쥐우산도 쓸모가 없게 되었다.

말들이 내뿜는 콧김이 흰 연기가 되어 피어오른다. 유본의 말이 고뿔에 걸렸는지 머리를 크게 흔들며 재채기를 하면, 세차게 내뿜은 콧물이 유본의 비 맞은 얼굴에 '척'하고 달라붙는다.

"주막까지 가기는 틀렸으니, 일단 인가라도 좀 찾아봅시다."

유본은 비에 젖은 빙허각이 금방 쪄낸 상화병처럼 김을 모락모락 내고 있는 것을 안쓰러운 얼굴로 바라보며 말한다.

"아까 화전을 보았으니 인가는 틀림없이 있을 것 같습니다."

빙허각은 한기로 이빨까지 딱딱 부딪치며 간신히 말한다.

두 사람은 비를 피할 수 있는 큰 바위 아래에 말을 매 놓고, 괘안낭에서 유등과 육포를 챙겨 인가를 찾아 손을 잡고 어두운 숲길을 헤맨다. 빛이라고는 실낱만큼도 없어 나침반도 무용지물이라, 어느 방향으로 가고 있는지 짐작조차 할 수가 없다.

영원히 벗어나지 못할 것 같은 캄캄한 숲에서 빙허각은 자신을 이끌어 주는 알 수 없는 힘에 이끌려, 마을이라고 생각하였던 남쪽의 반대쪽 숲을 향하여 간다.

칠흑 같은 어둠 속에서 희미한 빛을 감지한 빙허각이 백여 보를 내딛자, 화전인 듯한 평지가 나타난다. 무너져가는 흙집이 한 채 보이지만, 빛이 없어 사람이 살고 있는 것 같지 않다. 유본이 문틀이 내려앉은 방문을 두드리자, 안에서 인기척이 나고 방문이 열리며 남자 목소리가 들리는데 어두워 얼굴이 잘 보이지 않는다.

유본이 사정을 설명하고 하루저녁 머물기를 청하자, 남자는 잠시 망설이다 들어오라고 하는데, 방안에 있던 부인인 듯한 여자가 어둠 속에서 남자에게 욕을 퍼부으며 화를 낸다.

난처해진 유본과 빙허각이 어정쩡하게 서 있자, 남자는 개의치 말라는 듯 방으로 들라고 손짓을 한다.

두 사람이 방으로 들어간 뒤에도 여자는 상스러운 욕을 멈추지 않는다. 방안은 쉰내와 오물 냄새로 가득하였는데, 여자의 욕이 아래에서 나는 것으로 보아 여자는 몸이 불편하여 누워 있는 것 같았다.

작은 호롱불이 켜져 있기는 하지만 가물가물하여 거리감을 느낄 수가 없는 빙허각이 이마를 흙벽에 찧었다.

유본이 유등을 꺼내 방안의 작은 호롱불씨를 빌어 어렵게 불을 피우자, 비로소 방안이 보이기 시작한다.

빙허각의 짐작대로 여자는 누더기를 덮어쓰고 찬 흙바닥에 누워 있는데, 사람이 아니라 짐승의 형상이었다. 머리는 언제 감았는지 제 색을 잃어버렸고, 누워서 대소변을 보는지 여자에게서 나는 심한 악취에 숨을 쉴 수가 없었다.

"아파서 금방 뒈진다는 년이 주둥이는 살아서 욕은 잘 지껄이네."

남자가 여자에게 분풀이를 한다.

"내가 네 놈의 꼬임에 넘어가서 이 꼴이 되었는데 나에게 욕지거리야! 벼락 맞아 죽을 놈!"

여자도 지지 않고 남자에게 대든다.

여름 소낙비처럼 실컷 욕을 퍼부은 두 사람은 어느 정도 화풀이를 했는지 잠잠해진다.

유등빛에 비친 남자는 의외로 이목구비가 반듯하여, 여자에게 심한 욕을 퍼부었던 사람이라고는 믿어지지 않았다. 남자는 미안한 얼굴로 두 사람을 바라본다.

"놀라셨지요? 저희 두 사람은 화가 많아서 서로 욕을 퍼부어서 화를 내리며 살고 있습니다."

"무슨 사연이 있길래 서로 화를 내고 살아야만 합니까?"

유본이 근심스러운 얼굴로 묻는다.

남자가 처음으로 다른 사람에게 말한다며 이야기를 시작하자, 여자도 남편의 이야기에 장단을 맞추며 한숨을 쉬기도 한다.

여자는 경기도의 만석꾼 집안의 여종이었는데, 만석꾼의 소작인이었던 남자가 여자를 좋아하여, 오 년을 뼈가 빠지게 머슴살이를 하고, 여자를 자신의 아내로 맞이하였다고 한다. 두 사람이 혼인하여 아들 하나를 두고 이 세상 부러울 것 없이 살 무렵, 만석꾼인 남자가 자신의 여종을 빼돌렸다고 관아에 신고를 하였다.

목사의 판결에 따라 아내와 아이는 만석꾼 집안의 종으로 끌려가게 되었고, 분한 남자는 밤에 몰래 만석꾼의 집에 들어가 만석꾼을 칼로 찌르고 여자와 아이를 데리고 도망쳤다.

아이는 중간에 죽고, 이 곳에 온 첫 해에 여자는 나물을 뜯으러 산에 올라갔다가 떨어져 허리를 다쳐서 꼼짝 못하고 누워 있는 병신이 되었다. 죽지 않은 것이 천행이라고 남자는 한숨을 쉰다.

슬픈 이야기를 마친 남자는 유본에게 메밀로 만든 술을 대접하고, 유본은 육포를 꺼내 놓는다.

흙벽 너머에서는 여전히 빗소리가 들린다. 남자와 여자가 흘렸던 눈물이 비가 되었다고 생각하자 빗소리가 마치 통곡 소리처럼 들린다.

방이 하나라 잠자리가 마땅치 않은 유본과 빙허각은 비를 피하는 것만도 다행이라 생각하며, 앉아서 날을 꼬박 새운다.

다음날 아침, 남자는 멀건 메밀죽을 쑤어서 유본과 빙허각을 대접하고, 여자에게도 나무 수저로 죽을 먹이지만 여자는 거의 받아먹지 못하고 뱉어낸다.

어젯밤 남자에게 상욕을 야무지게 퍼부었던 여자는 어디에도 없었다.

빙허각은 여자의 목숨이 얼마 남지 않았음을 느낀다. 빙허각이 잡풀 같은 머리털로 덮힌 이마를 쓸어 올려 주자, 여자는 빙허각을 바라보고 미소짓는다. 끔찍한 고통의 세월을 겪은 사람이 지을 수 없는 믿어지지 않을 만큼 순수한 미소였다. 빙허각은 여자의 끈적이는 손을 꼭 잡아준다.

빙허각은 알았다. 여자가 욕을 퍼부었던 사람은 남자가 아니라 자신들을 버린 세상이었고, 남자가 욕을 퍼부었던 사람도 여자가 아니라 자신을 속인 세상이었다고….

빙허각이 여자의 손을 차마 놓지 못하자, 여자는 어서 길을 떠나라는 듯 빙허각의 손에서 살며시 자신의 손을 빼고는 억지로 잠을 청하는 어린애 마냥 눈을 감는데, 눈꺼풀이 가늘게 떨린다.

"한양 아씨~"

빙허각이 일어서는데 여자가 눈을 감은 채 가늘고 쉰 목소리로 빙허각을 부른다.

"저는 얼마 살지 못합니다. 내가 죽으면 저 사람은 여기를 떠나야 합니다. 만석꾼 영감은 어깨가 찔렸기 때문에 죽지는 않았을 것입니다. 우리가 여기 숨어 사는 동안 세상이 조금이라도 나아졌다면 남편은 죄가 없음이 밝혀질 것입니다. 우리는 서로 사랑한 만큼 아프게 살았을 뿐이니, 혹여라도 저희 부부를 가엾게 여기지 말아 주십시오."

겨우 말을 마친 여자의 질끈 감은 두 눈에서 눈물이 솟아난다.

사랑이 사랑을 아는 것처럼, 빙허각은 두 사람의 애닯으면서 처절한 사랑과 마지막까지 의리를 지키려는 모습에 가슴이 저려온다.

남자는 빙허각과 유본이 말을 묶어 두었던 큰 바위를 잘 알고 있었다. 남자의 안내로 말을 다시 찾고, 빙허각은 자신의 행장에서 연분홍빛 항라저고리와 진분홍 치마를 꺼내 비단 보자기에 싸 남자에게 준다. 소나무숲을 지나온 아침 바람이 남자의 얼굴에 설핏 스치던 분노를 가져가 버린다.

남자는 터지는 눈물을 겨우 참으며 빙허각이 내준 옷을 받는다. 남자가 빙허각과 유본이 떠나는 것을 보고 싶다고 하여 남자를 숲에 홀로 남겨둔 채로 길을 떠난다.

"백두산에서 당신의 초상화를 그리려 옷을 준비했는데, 그 옷이 임자를 찾아갔으니, 나는 당신의 심상을 그리면 되겠소."

유본이 빙허각을 바라보며 웃는다.

"이제 여비가 넉넉지 않으니 아껴서 써야 하는 것 아닙니까? 이미 두 사람의 사랑을 통해 백두산 천지를 본 것과 다름이 없습니다."

부부의 방에 돈을 두고 나오는 유본을 본 빙허각이 선수를
친다.

서둘러 주막에 도착한 빙허각과 유본은 허기진 배를 채우고
모처럼 깊은 잠에 빠진다.

　한 달 전 유본은 빙허각과의 백두산 여행을 허락받았고 보
름 후 두 사람은 백두산을 향하여 출발하였다. 빙허각은 둘
만의 여행을 감행한 유본의 마음을 헤아려 자식들과 집안일
을 내려 놓고 결단을 내렸다.

행장에는 유본이 백두산을 배경으로 빙허각의 모습을 그리
고 싶다 하여 고운 치마저고리 한 벌과 그림을 그릴 도구를
챙겼고, 별을 관찰하는 선기옥형璇璣玉衡을 유본이 여행용으로
작게 개량한 것을 넣고, 마지막으로 홍문관 부제학이었던 할
아버지 서명응이 선왕의 노여움을 사서 갑산으로 유배 갔다
가 삼수로 유배 왔던 조엄을 만나 백두산을 여행하고 쓴 〈유
백두산기〉를 넣었다. 유본은 빙허각과의 백두산 여행을 할아
버지의 흔적을 따라서 가보기로 한 것이다.

유본과 빙허각은 한양 집을 떠난 지 보름만에 할아버지 서명
응이 열사흘 걸렸다는 갑산에 도착하였고, 자포령을 넘어 삼
지연으로 가던 중 푸른 삼나무 숲에서 길을 잃고 화전민 부
부를 만난 것이다.

부부와 헤어진 지 사흘만에 빙허각과 유본은 소백산과 백두산의 출입문이라 할 수 있는 천평을 거쳐 서명응이 산수가 수려하여 눈과 마음이 낭랑하게 된다고 하였던 삼지연에 도착하였다. 안개에 싸인 삼지연은 멀리서 보면 너른 들판처럼 보였다. 맨 오른쪽 호수는 둥글고, 가운데 호수는 십오 리가 넓을 정도로 크고 둥글었는데 작은 섬을 에워싸고 있었다. 맨 왼쪽 호수는 네모졌다. 호수 주변은 할아버지의 기행문대로 나무는 한아름 낙락장송이고, 물은 맑아서 바닥까지 보이는데 물고기가 헤아릴 수 없이 많았다. 모래톱에는 여전히 노루 사슴의 자취가 어지러웠다. 이십오 년 전이나 똑같은 삼지연의 풍광을 보는 유본은 할아버지가 옆에 계시는 듯하다.

삼지연을 떠난 두 사람은 바닥에서 물이 솟아나는 천수에서 밥을 먹고, 발 아래가 천길 낭떠러지인 대협곡을 지나서 무지봉 골짜기에 도착하였다. 북쪽을 바라보니 백자를 엎어 놓은 듯한 세 개의 울멍진 봉우리가 솟아 있다.

"할아버지께서 여기서 백두산 정상까지 삼십 리라고 하셨으니 오늘은 그만 쉽시다."

평평한 바위 위에 앉아서 〈유백두산기〉를 보던 유본이 말한다.

무지봉의 막사에서 유본은 육포와 어포를 넓직한 바위 위에 제수로 놓고, 구름과 안개가 걷혀 천지를 볼 수 있게 해 달라고 산신령에게 제사를 지내는데, 할아버지가 이십오 년 전지으신 제문을 그대로 읽었다.

우리나라 백두산은 중국의 명산 곤륜산과 같은데 만약 해동의 편협한 땅에 사는 사람들이 한 번 백두산에 올라 그 웅대한 경관을 보지 못한다면, 그 한스러움이 어떠하겠습니까? 백두산에 오르는 사람들 중에는 풍우와 운무 때문에 제대로 경관을 보지 못하는 사람들이 많다고 합니다.
산신은 우리를 보우하셔서 해와 달이 밝게 비추어 만상이 드러나고 산의 풍광을 모두 다 볼 수 있게 하십시오.

엄숙하게 제문을 읽는 유본의 얼굴에 서명응의 얼굴이 겹쳐지며 빙허각은 그리운 마음에 할아버지를 나지막이 불러 본다.

다음날 두 사람은 말을 타기도 하고 걷기도 하면서 백두산에 오른다. 아직 녹지 않은 눈이 바위틈에 쌓여 있고, 노랗고 빨간 이름 모를 꽃들이 피어 있다. 이십 리를 가자 연지봉 밑에서 보았던 백두산의 깎아지른 듯한 봉우리 세 개가 코앞에 서 있다. 십 리를 더 올라가자 사방의 높고 낮은 뾰족하고 둥근 봉우리들이 발 아래에서 파도를 치는 듯 하는데 하늘 끝까지 한 눈에 다 들어왔다. 두 봉우리 사이의 평평한 곳에 큰 못이 있다.

"할아버지의 제문이 효험이 있나 봐요."

신비한 자태를 마음껏 드러낸 백두산의 비경에 흠뻑 빠져 있던 빙허각이 말한다.

못의 주변에는 물을 마시고 걸어다니거나 천천히 달리는 사슴들이 무리 지어 있고, 흑곰 두 마리가 벽을 따라 오르내리는데, 눈을 돌리는 곳마다 장관이었다.

"못의 물과 하늘의 색이 똑같아서 구별이 안돼요."

"할아버지도 당신과 똑같이 기행문에 적으셨소."

유본이 신기한 듯 말한다.

유본은 빙허각을 백두산의 풍경과 함께 화선지에 담기 시작한다. 적당히 흐트러진 머리카락으로 빙허각의 자유스러움을, 별처럼 빛나는 총기 넘치는 눈에는 지식에 대한 열망을 담고자 하지만, 무엇보다 중요한 것은 한 남자의 사랑을 받는 충만한 여인의 모습이었다.

백두산에서 돌아오는 길에 천수에서 유숙을 하던 유본은 행장 속의 선기옥형을 꺼내 북극성의 고도를 관찰한다. 할아버지는 천수의 푸른 달빛과 서늘한 밤 공기에 취해 해금을 타고 피리를 불었지만, 유본은 빙허각의 가늘게 코고는 소리가 해금이나 피리 소리보다 더 아름답게 들린다.

북극성의 고도는 여전히 42도 이상이다.

의리의 주인

　준평이 과거 급제하여 조정에 출사한 지 채 일 년이 안 되고, 유본과 빙허각이 백두산 여행을 마치고 돌아온 지 보름 정도 지난 날, 작은할아버지 서명선이 돌아가셨다.
서씨 집안의 큰 기둥 서명응에 이어 서명선의 죽음으로 서씨 집안은 크나큰 슬픔에 휩싸였다.
"내 서씨 집안에 신세진 것이 크다. 형은 나의 동궁 시절 스승이었고, 아우는 나를 보위에 올렸으며, 이제는 그 아들들이 나를 돕고 있으니, 진실로 나는 복이 많은 사람이다."
주상은 호탕하게 웃으며 말하곤 하였다.
주상은 서명선이 상소를 올리는 일에 힘을 모은 인물들과 동덕회同德會라는 모임을 만들어, 매년 십이월 초사흗날이 되면 상소를 올린 그날을 기념하여 첫닭이 울 때까지 동덕회 회원들과 술을 마셨다.

"주상께서 오늘 조용히 문상을 오신다는 연락이 궁에서 왔습니다."

슬픔에 젖어 있던 서씨 집안 사람들은 주상이 신하의 문상에 친히 오신다는 말에 감읍한다.

말을 타고 서명선의 집에 문상을 온 주상은 흰 도포에 백색 세조대를 허리에 둘러, 정승을 지낸 충신 서명선에 대한 최상의 예를 갖추었다.

빙허각은 말에서 내리는 주상의 모습을 먼 발치에서 바라보았다. 몇 년 만에 뵙는 주상의 모습인가?

'아~ 주상이 그 사이 많이 늙으셨구나!'

주상이 문상을 하시는 길은 미리 가솔들의 출입을 금했지만, 주상을 보고자 하는 마음은 막을 수가 없어, 문상객과 가솔들이 사랑채 큰 마당으로 봇물 터지듯 몰려들었다.

"세상에 주상이 오셨어. 살다가 주상을 이렇게 가까이서 뵙다니 오늘 죽어도 여한이 없어."

"어머나! 정말 잘생기셨다. 저 풍채 좀 봐."

"저리 좀 비켜 보시오. 나도 주상을 좀 봅시다."

초상집은 느닷없이 주상을 보려는 사람들로 아수라장이 되고 만다.

유본의 안내로 서명선의 위패 앞에 선 주상은 한참을 떠날 줄을 몰라 같이 온 내관이 주상에게 "전하! 신하의 문상자리에 너무 오래 계시면 아니 됩니다"라고 여쭙는다.

돌아서는 주상의 옥안에 주루룩 눈물이 흐르고 있다.

내관이 또 여쭙는다.

"전하! 눈물을 거두십시오. 신하의 문상에서 국왕이 눈물을 보여서는 아니 되옵니다."

문상을 마친 주상이 서명선이 지내던 거처를 보고 싶다 하여, 서명선이 가장 많은 시간을 보낸 서재로 안내된다.

주상은 서명선의 낡은 보료 위에 앉아 경상에 놓여 있는 서명선의 손때가 묻은 벼루와 붓들을 만지며, 눈물을 글썽인 채 말한다.

"어디서 오시나 했더니 이 서재에서 책도 읽고 졸기도 하다 나에게 오셨구료. 내가 놓아주면 줄행랑을 치듯 도망치신 곳도 바로 이곳이고요."

겨우 눈물을 그쳤던 서씨 집안 사람들은 주상의 눈물에 다시 서명선을 잃은 큰 슬픔에 잠긴다.

조용히 문이 열리고, 술상을 든 계집종들 뒤로 흰 상복을 입은 빙허각이 쟁반에 술을 담아 들어선다.

주상과 빙허각은 서로 무심하게 바라본다.

빙허각은 술쟁반을 조용히 내려 놓고, 뒤로 물러서 나가려 한다.

"빙허각은 잠시 앉으시오."

주상이 빙허각을 바라보며 말하였다.

빙허각은 문을 닫고 유본 옆에 앉는다.

주상은 방안의 사람들에게 두루 눈길을 주며 말한다.

"이제 보만재와 서명선이 가셨으니, 과인은 부모를 잃은 고아와 같고 한쪽 날개가 없어 날 수 없는 새 신세가 되었소. 앞으로 서씨 집안은 운명을 달리 하신 두 분의 빈 자리를 느끼지 못하도록 나를 지탱해 주기를 바라오."

"주상 전하! 성실하고 근면하게 주상을 보필하고, 생을 마감하는 것이 신들의 마지막 소원입니다."

서호수는 울며 주상에게 말한다. 모두들 따라 울며 주상과 함께할 것을 맹세한다.

"죽도록 경전만 공부해서 이룬 것이 무엇인가? 경전의 실천은 부모를 공경하고 자식을 사랑하며 친구를 배신하지 않으면 되는 것 아닌가? 경전을 들먹이는 자들일수록 예禮에서 벗어나고 자신의 이익만을 좇아 산다네."

주상은 서명선의 죽음으로 서씨 가문의 가학에 대해서 감회가 새로운 듯하다.

"사대부라면 마땅히 먼저 백성의 삶을 돌보고 챙겨야 할 터인데, 지금 우리 조선의 사대부들은 농업과 공업, 상업에는 관심이 적고 오로지 경전에 나오는 예禮니 의義니 같은 뜬구름 잡는 주장으로 당을 만들어 밤낮없이 싸움만 하는 것이 현실 아니오? 신통하게도 서씨 가문은 혜안이 있어 백성의 삶에 필요한 지식에 뜻을 세웠으니, 내 어찌 고맙지 않으리요! 백성이 배가 부르고, 따뜻한 집에 몸을 누이며, 마소와 같은 삶에서 벗어나는 내 꿈을 이룰 동지들이 바로 서씨 집안이라네."

'아~ 주상! 주상의 꿈이 바로 서씨 집안의 꿈입니다. 뜻이 같은 주상이 있어 어떠한 간난신고艱難辛苦도 극복하겠습니다.'

말은 하지 않았지만, 침묵 속에서 서로의 마음과 마음이 이어지고 있었다.

"여기 서씨 집안은 오랑캐의 나라에서 시작하여 지금의 번영을 이룬 청을 직접 가 본 경험들이 많소. 특히 빙허각은 여인으로 청을 다녀온 경험이 있으니 다들 조선의 현실에 도움이 될 만한 생각들이 있을 터인데… 어떠한가?"

주상이 빙허각에게 질문을 던지고 대답을 기다리는 듯, 시선이 빙허각의 얼굴에 머문다.

빙허각은 고개를 숙여 주상에게 예를 표한 다음 말한다.

"청을 다녀오고 난 뒤 지난 십오 년 동안 조선의 현실과 빗대어 많은 생각이 들곤 했습니다만 무엇보다도 청이 마음과 생각을 열었기 때문에 지금의 모양새를 갖추었다고 생각합니다."

"마음과 생각을 열기 위해서는 어찌해야 하느냐?"

"청나라에서는 경전은 교양인으로서의 덕목일 뿐이며 실리를 좇아 신학문과 신기술을 받아들이는 데 열중하고 있습니다. 조선도 마땅히 그렇게 해야 한다고 생각합니다."

"연경은 새로운 기술과 물건을 가지고 온 서역 사람들의 왕

래가 활발하고 그들은 마땅한 대접을 받고 있습니다. 우리가 서역 사람들을 받아들이면 자연스럽게 서역 문화가 유입됩니다. 조선 사람이 서역의 언어를 익힌 뒤, 서역에 가서 직접 배워오는 것도 한 방법입니다."

"청나라가 천주교 포교의 혜택을 받은 셈이지요. 서역 문화와 천주교는 불가분의 관계라 서역 문화를 받아들이면 천주교의 세가 강해지게 되고 양반들의 저항에 부딪히게 되겠지요."

"다섯 개의 큰 대륙이 서로 교류를 하는 것은 강물이 흘러 바다로 나가는 것처럼 자연스러운 일로, 폭넓게 교류를 하는 나라의 백성들이 잘 먹고 잘 살게 될 것입니다."

"최치원이 당나라에 유학하여 이름을 떨치다 신라에 돌아와서 신분적인 한계로 그 뜻을 펴지 못한 일이 구백 년 전입니다. 지금 조선은 구백 년 전에서 변한 것이 없습니다."

"주상의 입지를 더욱 견고히 하여 주상의 개혁에 반대하는 세력을 잠재워야 합니다."

문상 온 주상과 서씨 집안 사람들 사이에 난데없이 조선의 현실을 둘러싼 격렬한 토론이 벌어졌다.

"조선과 과인을 아꼈던 서 공의 문상에 오니 큰 슬픔을 넘어 이런저런 회한에 젖게 되네. 다행스럽게도 오늘 서 공의 후손들과 이야기를 나누면서 희망을 갖게 되었으니, 오늘 나왔던 이야기들은 나중에 다시 논의하도록 하겠네."

"주상 전하! 성은이 망극하옵니다."

주상은 다시 빙허각을 바라보며 말한다.

"과인은 빙허각의 뛰어난 학식과 재주를 높이 사지만, 여자라는 이유로 벼슬을 할 수 없음을 가슴 아프게 생각하오. 조선이 청나라처럼 발전하기 위해서는 무엇보다 백성의 계몽이 중요하다는 것이 과인의 신념이오. 빙허각은 먼저 조선 백성의 반이 되는 여인들을 계몽하는 책을 언문으로 집필하여 사방에 그 혜택이 미치게 하오."

"내자는 남에게 알리고 싶은 유익한 내용이나 자신의 생각을 틈틈이 기록하여 가본으로 낸 것이 벌써 오래 전입니다."

유본이 상주라는 것을 잠시 잊은 듯, 얼굴에 기쁨이 스친다.

"허~ 그거 아주 잘된 일이오. 빙허각이 책을 내면 내가 교서관校書館에서 간행토록 하여, 한양의 양반집 여인들이나 깜깜한 벽촌 산간의 아낙들이나 모두 읽을 수 있도록 만들겠소."

빙허각은 주상이 자신의 마음을 거울처럼 들여다보는 듯하여 놀란다. 빙허각은 서씨 집안의 며느리 역할에 좀 더 충실하고, 자신의 공부가 더 쌓인 후 여성들에게 필요한 백과사전을 쓰려고 마음속에 새겨 두었기 때문이다.

주상은 회한과 그리움을 가득 담은 눈으로 일행과 떨어져 앉은 빙허각을 바라본다.

주상의 시선을 느낀 빙허각은 괜스레 옷깃을 여민다. 주상의 회한과 그리움은 빙허각 자신에 대한 미련이 아니라, 서명선의 죽음으로 인한 것이라 생각하니 마음이 편안하다.

빙허각이 세손의 간절한 부름을 외면하고 유본과 혼인한 후에 주상은 성덕임을 후궁으로 맞이한다. 주상은 성덕임(의빈 성씨)에게서 왕자(문효세자)와 옹주를 얻지만, 채 돌이 되지도 않은 옹주를 잃고, 그 몇 년 뒤에는 어이없게도 세자와 만삭인 성덕임을 한 해에 모두 잃는 변고를 당한다. 주상은 상심하여 건강을 해칠 만큼 깊은 슬픔에 잠긴다. 조정과 백성들이 나라의 근본을 걱정하던 중 다행스럽게 수빈 박씨가 작년에 세자를 생산하여 신료들은 한시름을 놓고 있던 참이었다.

빙허각은 살며시 고개를 들고 흐린 등잔불에 비친 주상을 바라보았다.

'아~ 옥체가 과로로 고단하시구나! 춘추가 이제 불혹도 안 되신 나이에 벌써 흰머리가 반이고, 눈이 침침하여 분간이 잘 안 되시는지 미간을 찌푸리며 사람을 보시는구나.'

서명응은 주상의 편집증적인 독서가 건강을 해치는 일이라 염려하였지만, 책에 빠진 주상을 건져낼 재주가 없음을 한탄하였다.

"주상의 춘추가 삼백 살은 족히 넘었다."

어느날 서명응이 밥을 먹다가 불쑥 말을 던진다.

"할아버님! 주상의 춘추는 이제 겨우 서른이 넘으셨습니다."

빙허각은 할아버지가 노망이 나셨나 하여 더럭 겁이 났다.

"하하, 주상의 독서량만 생각하면 삼백 살을 산 선비나 맞먹는다는 뜻이야. 다른 선비가 삼백 년 걸릴 독서를 갓 서른 넘은 나이에 하셨으니, 눈이 얼마나 혹사를 당하셨을까 생각하면 마음이 갈기갈기 찢어지는 듯 하네."

서명응의 염려가 현실로 다가왔다.

주상은 서명선의 빈소에 다시 들러 생피보다 진하고 뜨거웠던 신하와의 이별을 고한다. 사랑하는 사람을 여의고 다시 궁을 향해 말에 올라 탄 주상의 뒷모습이 너무 쓸쓸하고 애잔하여, 빙허각은 눈시울이 뜨거워진다.

주상을 보내는 서씨 남자들도 빙허각의 마음과 같은 양 눈자위가 울음빛으로 붉으스레하다.

얼마 뒤 주상은 신하를 보내는 가슴 아픈 국왕의 절절한 애도의 마음을 담은 시를 지어 보내와 초상집을 다시 한번 눈물 바다로 만들었다. 주상의 시는 서명선과 함께 먼 길을 떠났다.

의리의 주인이고 / 義理主人

조정의 미더운 신하였으니 / 朝廷藎臣

무소와 범처럼 흉한 무리들이 종횡으로 설치는 때 / 橫縱兕虎

분연히 일어나 일신을 돌보지 않았네 / 奮不恤身

을미년 겨울에 / 維乙之冬

일발에 매달린 듯 위태했는데 / 危如一髮

왕업을 어긋나게 하는 그릇된 무리가 / 逆禧匪類

감히 흉한 독기를 방자히 뿜었네 / 敢肆凶毒

경이 이에 강개하여 / 卿乃忼慨

한 장의 상소로 대궐에 아뢰어 / 尺疏籲穹

음흉한 재앙을 쓸어 물리치니 / 陰沴掃北

밝은 해가 동쪽에 걸리게 되었네 / 赫日揭東

이에 선왕께서 감탄하기를 / 先王曰咨

글자마다 가슴 가득 혈성이라 하시고는 / 字字腔血

경의 질직을 높이고 경의 아버지에게 제사를 지냄으로써 / 擢秩醊禰

정려 명하는 것을 대신하였네 / 以代綽楔

내가 왕위를 이어 등극하기에 이르러 / 逮予嗣服

바라는 심정이 매우 지극했는데 / 其望如歲

심려의 보필을 부탁하고 / 心膂付畀

수족처럼 호위할 것을 기대했네 / 手足捍衛

나오게 하여 조정에 오르니 / 晉而巖廊

주석의 신하가 되어 / 爲柱爲石

여러 차례 간흉을 베고 / 屢勦奸凶

거듭 종묘사직을 안정시켰네 / 再安宗祐

십 년 동안 나의 곁에서 보필하여 / 十載協贊

숨어 있는 위기에 대비함을 돕기에 / 副手衣裌

문득 경이 병통을 다스려 / 便卿調痾

짐짓 의정부를 다스렸네 / 姑解中書

지난 섣달에 한 번 대면한 것이 / 昨臘一面

문득 영결이 될 줄 어찌 알았으랴 / 那料奄隔

동덕회에서는 / 同德之會

이제 누구와 함께 즐거워할 것인가 / 孰與爲樂

은졸을 쓰고자 함에 / 欲寫隱卒

눈물이 종이를 적시니 / 有淚漬紙

충헌의 시호를 내림에 / 節惠以忠

모두들 옳다고 하네 / 咸曰是是

훤칠한 용모 길이 잠들었으니 / 頎容永祕

우러러 이룰 곳 없으나 / 仰成無地

따라서 사라지지 않는 것은 / 不隨而亡

한 부의 명의록일세 / 一部明義

시련 속에도
계속되는 기록

"형님~ 작년에도 가르쳐 주셨는데 또 잊어버렸네요. 메주 가루 한 말에 소금이 큰 됫박으로 세 되라고 하셨던가요?"

여산 송씨가 됫박으로 소금을 되면서, 미안함이 담긴 목소리로 빙허각에게 묻는다.

"아이고~ 이 사람아! 그러면 고추장이 짜서 어찌 먹나?"

"형님이 가르쳐 주시는 자리에서는 알 것 같은데, 시간이 흐르면 까마귀 고기를 먹은 것처럼 막막해요."

여산 송씨는 겸연쩍게 웃으며 소금을 덜어낸다.

"그래서 내가 적어 두라고 하지 않았나?"

"적어 둔다고 하다가, 또 다른 일을 하다보면 잊어버리게 돼요. 남정네들처럼 늘 붓과 벼루가 가까이 있는 것도 아니고요."

사촌 동서 평산 신씨가 옆에서 여산 송씨를 거든다.

"저는 형님이 알려주신 방법을 적긴 적었는데, 나중에 종이 쪼가리를 어디다 두었는지 찾을 수가 없어요. 아이들이 가져다 연을 만들었는지…"

서형수의 며느리인 풍천 임씨가 말끝을 흐리며 민망해 한다.

빙허각은 동서들이 하는 말이 우습기도 하지만, 살림을 책임지는 여인들의 처지가 안타깝기도 하다.

"그러게 말일세. 여자들이 살림하고 아이들 기르고 어른들 수발하고 바느질하고 농사도 지으면서, 기록하고 관리한다는 것이 쉬운 일이 아니지. 어찌 자네들 탓이겠는가?"

"형님은 늘 붓을 가까이 하시니, 형님께서 적어서 저희에게 주시면 안 되나요?"

입바른 소리를 잘해서 입방아에 자주 오르는 동서 평산 신씨가 똑~ 소리나게 이야기를 한다.

"맞아요~ 저희야 붓을 잡는 것이 친정에 아쉬운 편지 보낼 때 뿐이지만, 빙허각 형님은 자와 가위 사이에도 붓이 있는 분이시니까요…"

"불초여식 이 핑계 저 핑계로 찾아 뵙지 못하고 있는 바 다름이 아니오라 하며… 결국 아쉬운 부탁이지요."

평산 신씨의 이야기에 모두들 깔깔거리며 웃는다.

한산 이씨가 서형수의 부인과 함께 며느리들이 고추장을 잘 담그는지 보러 정짓간으로 오다가, 밖으로 새어 나오는 유쾌한 웃음소리에 자신들의 흉을 보는 것이 아닌가 하여 얼굴이 바짝 긴장한다.

"자네들의 웃음소리가 담 밖에까지 들려 깜짝 놀랐다네. 뭔 이야기가 그렇게 재미있는가?"

한산 이씨는 행여 며느리들이 모여 이런저런 말끝에 실수라도 하지 않을까 염려가 되어, 경계하라는 의미로 나무라듯 이야기를 한다.

"형님! 젊은 사람들 웃음소리가 나니 사람 사는 것 같고 좋은데 뭘 그러세요?"

너그러운 서형수 부인이 며느리들의 편을 들어 준다.

"어머님들! 고추장을 담그고 있는 중입니다. 만들어지면 맛을 볼 수 있도록 올리겠습니다."

맏며느리 빙허각이 한산 이씨와 서형수의 부인에게 공손히 인사하며 말한다.

"굳이 그럴 필요 없다네. 자네가 만든 고추장의 맛은 해마다 틀림이 없어. 익어서 먹기나 하면 되지. 어서 마저 담고 쉬게나."

한산 이씨는 노느매기를 잘하라는 당부를 남기고 정짓간을 나간다.

"까다로운 숙모님께 인정을 받는 빙허각 형님이 부러워요."

"눈짐작으로 해서 담그면 한 해는 맛이 있고 다음 해는 맛이 없지만, 양을 정확히 기록하고 담그면 실수가 없어 해마다 같은 맛을 낸다네."

"참! 좌소산인과 준평 서방님이 안 오셨네요."

"동호에 있는 차밭을 살피러 갔다네. 그렇지 않아도 서씨 집안 고추장이 맛있는 것은 자신들의 솜씨 때문이라 하시는데, 올해는 고추장 맛이 없다고 트집을 잡을 것 같네. 호호~"

"호호호~ 형님이 주관해서 담갔는데 그런 말씀은 안 하시 겠지요."

"이 고추장은 빙허각 형님의 솜씨와 우리들의 즐거운 사설도 함께 담겼으니 특별히 더 맛이 있을 것 같네요."

서철수 며느리의 말에 모두들 웃으며, 각자의 살림 규모에 따라 단지에 고추장을 담는다.

"아가야~ 어미다. 정신을 차려라!"

빙허각은 열꽃으로 뒤덮인 아홉 살 난 아들 조열이의 불덩이 같은 몸을 찬 물수건으로 식혀 준다.

복례는 열을 내리는 탕약을 달이고 억기는 의원을 모시러 달려갔다.

갑자기 조열이의 몸이 뻣뻣해지면서 눈의 초점이 사라지고, 눈동자가 위로 뒤집어지고, 울컥거리며 거품을 토한다.

"조열아~ 건강하던 네가 갑자기 왜 이런단 말이냐?"

한산 이씨도 전갈을 받고 달려와, 손자의 험한 모습에 놀라며 어쩔 줄 모른다.

마침 유본은 집안일로 장단에 머물고 있고, 이틀 뒤 돌아올 예정이었다.

"삼신 할미시여! 이제 더 이상 나에게서 아이를 거두어 가지 말아 주십시오."

아들 둘과 딸 넷을 연이어 잃은 후, 빙허각은 아침이면 정한 수를 떠놓고 자식들의 생명을 거두어 가는 잔인한 삼신할머니에게 간절하게 기도를 해 왔다.

자식을 잃을 때마다 겪었던 그녀의 고통은 이루 말할 수가 없었지만, 유달리 자식을 사랑했던 남편 유본과 상심해 하는 시부모를 생각하여, 슬픔조차 드러내 놓을 수 없어 거두어 들여야만 했다.

자식들에 대한 그리움과 아픔을 불끈 올라오는 슬픔과 함께 꿀꺽 삼키며 빙허각의 가슴은 짓이겨졌다.

"이제 조열이까지 나에게서 거두어 가면 난 어찌 살아간단 말이냐!"

빙허각은 왠지 불길한 생각이 들어 집을 비운 유본이 원망스러워진다.

유본이 전갈을 받고 집에 돌아왔을 때, 집안은 무서울 정도로 조용하여 유본 자신의 숨소리만이 정적을 깨고 있었다. 빙허각의 방에서 놋대야를 들고 나오던 복례가 유본을 보고 그 자리에 주저앉는다.

"그래, 너도 마음고생이 컸겠구나. 아씨는 어떠신가?"

복례는 아무 말도 없이 하염없이 눈물을 흘리며, 터져 나오는 울음소리를 감추려는 듯 입을 가린다.

빙허각은 이불을 덮고 죽은 듯 누워 있는데, 유본이 온 것을 아는 것 같지만 미동도 하지 않는다.

손도 대지 않은 미음상이 언제든지 먹기를 바라는 듯 상보도 덮지 않은 채 놓여 있다.

"내가 무엇을 그리 잘못하여 우리 아이들이 내 곁을 떠나는지 모르겠습니다. 너무 억울하고 분합니다."

빙허각이 거칠고 쉰 목소리로 말을 잇는다.

"여자의 몸으로 글공부를 한 것도, 건방지게 연경을 간 것도, 여사라고 잘난 체를 한 것도, 유금에게 좀 더 잘해주지 못한 것도 모두 후회스럽습니다. 이제 두렵습니다. 자식도 제대로 건사하지 못하는 어미 중에 가장 못난 어미가 태교를 말하고 예절을 논했으니 다 쓸데 없고 허망할 뿐입니다."

힘들게 말을 마친 빙허각은 영원히 일어나지 않을 듯 벽을 향해 돌아 눕는다.

유본은 벽을 향해 누워 있는 빙허각을 불안한 마음으로 지켜보고 있다가 소리친다.

"나를 홀아비로 만들 셈이오? 나를 위해서 밥을 먹으면 안 되겠소!"

장지문 너머로 들리는 유본의 슬픈 울음소리에 미음상을 들고 오던 순심이도 상을 내려 놓고 엉엉 운다.

유본의 간절함이 빙허각의 가슴에 닿았는지, 빙허각이 가까스로 몸을 일으켜 악물었던 입을 벌려 죽을 먹기 시작한다.

빙허각은 한동안 말을 잃어버렸다. 마루에 앉아 넋을 놓고 멍하니 밖을 응시하다가, 가끔은 신발 신는 것을 잊어버렸는지 버선발로 정원을 서성거리기도 하였다.

아무도 신발을 신지 않았다고 말하지도 않고, 밥을 넘기라고 권하지도 않았다. 그저 조용히 지켜볼 뿐이었다. 자식을 연이어 잃은 어미의 슬픔을 감히 누가 논하고 헤아릴 수 있고 어떤 말로 위로할 수 있단 말인가?

연이은 어린 손자들의 죽음은 한산 이씨와 서호수에게도 견디기 힘든 고통이기는 매한가지였다. 손자 중에 가장 영특하여 사랑을 받던 조열이가 갑자기 죽은 후, 서호수는 서재에 틀어박혀 책만 들여다보는 시간이 늘어나고, 한산 이씨의 한숨 소리도 커져만 갔다.

불행 중 다행이라면 서조모 박씨가 집안 살림을 꼼꼼하게 챙겨주고, 자리 보전하고 누운 빙허각을 대신하여 민보와 시화를 만단으로 돌봐 주고 있었기에, 집안이 돌아가고는 있었다. 서조모 박씨 할머니는 돌아가신 서명응이 평양 감사를 마치고 돌아올 때 함께 온 분으로 그 유명한 평양 기생 출신이었다. 할아버지를 따라 돌아올 때 박씨 할머니는 정실인 이씨 할머니에게 밉보이지 않기 위해서인지, 장식 없는 쪽머리를 나무 비녀로 단정하게 정리하고 여염집 여인의 일상복 중에서도 가장 수수한 무명 치마저고리를 입고 죄인처럼 고개를 숙인 채 가마에서 내리지도 못하였다.

서씨 집안은 서성 이후로 특별한 사유가 없는 한 남자들은 첩을 두지 않는 것이 불문율이었다. 첩이 없어 남자들은 자연히 글공부에 열중할 수 있고, 여자들도 투기에 신경을 갉아 먹지 않고 살림과 길쌈 등에 전념하므로, 서씨 집안은 다른 집안에 비해서 평온하였다.

'다른 남자들은 설령 기생의 머리를 올려 주었어도 이 핑계 저 핑계를 대며 본향에 두고 온다는데, 할아버지는 뭔 배짱으로 여자를 달고 귀환하신 건가?'

할아버지의 가르침을 받기 위해 평양에서 같이 기거했던 준평과 여산 송씨의 귀띔으로 전우좌우 사정은 알고 있었지만, 당시 빙허각에게 박씨 할머니의 등장은 큰 충격이었다.

불행 중 다행이라면 이씨 할머니가 심한 고뿔에 걸려 병석에 누워 계시는 바람에, 소실을 달고 올라온 뻔뻔한 할아버지를 마중하지 않아도 된 것이다.

박씨 할머니는 여산 송씨와는 평양에서 같이 지낸 탓인지 허물없이 지냈지만, 빙허각은 한동안 어려워 했다. 시간이 흐르면서 자연스럽게 빙허각과도 친해진 박씨 할머니는 한양에 오기 전부터 빙허각에 대해 잘 알고 있었고, 궁금하였다고 말하였다. 놀란 빙허각이 왜냐고 묻자, 평정심이 뛰어나고 냉

철한 할아버지지만 손주며느리 자랑에는 체면도 다 내려놓으셨다며, 평양 기생들 사이에 빙허각을 모르는 사람이 없을 것이라고 하였다.

박씨 할머니는 한동안 집안 사람들의 호기심의 대상이었으나, 화려하게 치장하지도 않고, 교태스럽게 웃지도, 게으르지도 않고, 나서는 법도 없어, 사람들을 안심시키면서도 실망시켰다. 단 한 번 나선 적이 있다면 서명응의 환갑연에서 곱게 차려입고 가야금을 탔는데, 그 솜씨가 천하 제일이라 사람들을 제압하였다. 할아버지가 직접 하신 말인지는 모르겠지만, 박씨 할머니의 가야금에 반한 할아버지가 먼저 박씨 할머니에게 관심을 갖기 시작하였다고 한다.

"결국 할아버지는 박씨 할머니가 아니라 할머니의 가야금 솜씨를 사랑한 셈이 되는 것인가?"

나중에 유본이 웃으며 빙허각에게 한 말인데, 책 다음으로 가야금을 사랑하는 할아버지이셨으니 틀린 말은 아니었다.

집안 곳곳을 둘러보던 서조모 박씨는 바깥 행랑채의 마죽 끓이는 부엌 아궁이에서 연기가 나고 인기척이 있어 들여다보고는 깜짝 놀랐다.

머리에 비녀도 찌르지 않고 산발한 빙허각이 활활 타오르는 불 속에 책을 집어 던지며 태우고 있는 것이 아닌가?

박씨는 깜짝 놀라 광기가 서려 책을 던지고 있는 빙허각의 손목을 꽉 잡고 책을 뺏는다.

"자네가 밥하고 길쌈하면서 틈틈이 기록해 놓은 소중한 글을 모은 책이 아닌가? 내 자네의 괴로운 심정은 충분히 이해하나 이러면 안 된다네. 돌아가신 자네 시할아버지가 이런 자네를 보면 뭐라고 하시겠나? 남다른 자네를 자랑스럽게 여기며 좋아하시던 모습이 지금도 생생하네."

"할머니! 다 허무하고 헛됩니다."

빙허각이 장작불 열기로 붉게 달아오른 얼굴에 눈물까지 뒤범벅이 된 채 태연하게 말한다.

박씨는 부지깽이로 아직 타다 남은 책을 꺼내서 거적을 덮어 불을 끈 후, 빙허각의 손을 잡고 밖으로 나와 뒤란의 평상으로 데려간다.

"자네 시할아버지가 돌아가신 뒤로 술을 입에 대지 않았지만, 오늘은 자네와 한 잔 하고 싶네."

잠시 뒤 술을 한 잔 시원하게 들이킨 박씨 할머니가 빙허각의 손을 잡은 채 말하였다.

"서씨 집안과 인연을 맺은 사람들은 모두 남다른 운명을 가지고 태어난 사람이라네. 어른께서 시집온 첫날 자네를 서재에 불러 앉히고 소학의 어느 구절이 가장 맘에 드냐고 물으셨지? 그때 자네는 말만 하고 행하지 않는 것이 가장 나쁘다라는 구절이 마음에 든다고 했다던데 기억이 나는가? 나는 평양에서 어른께 그 말을 여러 번 들었다네."

빙허각은 지을 듯 말 듯한 미소를 지으며 어린아이처럼 고개를 끄덕인다. 그때는 모든 것이 자신만만하고 부러울 것이 없던 새색시였다. 공부하는 며느리를 뒷받침해 주는 시어른들과 그런 아내를 자랑스러워하는 남편, 형수를 스승으로 존경하는 시동생, 새로운 공부에 대한 빙허각의 갈증을 풀어주는 신학문을 가르쳐 주는 당대의 뛰어난 스승들, 그리고 무엇보다 집안을 가득 메운 귀한 서책들은 마치 빙허각을 위해 준비된 것 같았다.

"힘들겠지만 자네를 위해서라면 불길이라도 뛰어들 좌소산인을 생각해서 힘을 내소. 책이 좀 타기는 했지만 앞뒤를 맞춰보면 다시 쓸 수 있을 것 같네."

서조모 박씨는 호~호 입바람으로 재를 날리며 불에 그을린 책들을 정성스럽게 매만진다.

"아씨! 도화꽃이 활짝 펴서 온 집안이 환하네요."

"그렇구나, 우리집이 신선이 살고 있는 선계가 된 것 같구나."

빙허각이 방문을 활짝 열고 연분홍꽃으로 뒤덮인 마당을 바라보며, 그동안의 근심을 잊은 듯 활짝 미소를 짓는다.

꽃샘 추위가 다른 해보다 극성스럽지 않아서인지, 올해는 유난히 봄꽃들이 아름답게 피었다.

닷새 전, 복숭아 꽃망울이 맺혀 있을 때 유본은 조열이의 죽음으로 상심한 빙허각을 데리고 봄 농사를 주관하기 위하여 장단의 집에 왔다.

날이 좋아서인지 오늘 아침 복숭아꽃이 일시에 봉오리를 터트리면서 마침 떠오른 햇발을 받아 눈부시게 빛난다.

유본도 뒤따라 나오면서 어제와 사뭇 다른 마당의 풍경에 감탄한다.

"아! 세상에~ 연분홍빛 작은 나비들이 날아와 나무에 가득 앉아 있는 것 같아요."

마당에 나선 빙허각은 복숭아꽃을 취한 듯 바라본다.

"이 복숭아 나무는 할아버지께서 집안의 여인들을 위해서 심으셨답니다."

"여자들은 부드럽고 달콤하고 향기로운 복숭아를 유독 좋아하지요. 저도 복숭아를 제일 좋아한답니다."

"하하 과일도 과일이지만, 여인들이 복숭아꽃에 취해서 아름다워지라고 심으신 거요."

"복숭아꽃으로 아름다워질 수 있다고요?"

"내 그냥은 절대로 알려줄 수 없소."

유본은 자물쇠를 채운 것처럼 입을 꽉 다문다.

조바심이 난 빙허각은 "할아버지께서 저를 얼마나 귀히 여기셨는데 안 알려주신답니까? 오늘 사당에 가서 할아버지에게 다 일러바치겠습니다"라며 얼굴까지 발그레해진다.

"알았소. 당신에게는 못 당하겠소."

유본은 빙허각이 투정을 부리는 것이 재미있어 죽겠다는 듯 흐뭇하고 사랑스러운 얼굴로 빙허각을 바라본다.

"그렇지 않아도 요즘 여인들이 아름다워지는 법을 적고 있는 중인데, 효과가 있으면 찬찬히 적어 두지요."

빙허각은 오만한 표정으로 유본을 바라본다.

"아씨~ 제발 복숭아꽃 미용법을 꽃같은 아씨가 기록해 두세요"라며 애원하듯 유본이 말하자, 빙허각은 유본을 "싱거운 양반!"이라며 상긋 웃는다.

"이른 새벽에 딴 복숭아꽃 한 줌을 세숫물에 잠깐 담가 두었다가, 우러난 꽃물로 세수를 하면 복숭아꽃처럼 낯빛이 화사해진답니다."

유본이 뭔가 비밀스러운 이야기를 하듯 속삭인다.

"저희 친정에서는 여자들이 잇꽃으로 세수를 하였지요. 숙정 언니는 잇꽃으로 세수를 열심히 해서 피부가 유독 고왔답니다."

잠시 빙허각의 얼굴이 죽은 언니 생각으로 어두워진다. 곧 살구꽃이 피고 살구나무 아래에서 슬피 울던 언니가 가슴이 에이도록 그리울 것이다.

"남녀 구별이 없으신 할아버지께서는 남자들을 위해서 무엇을 심으셨어요?"

"구기자나무라오."

"아! 우물가의 구기자나무도 할아버지가 심으신 것이군요."

"구기자는 피부를 늙지 않게 해 주어 팔십객도 홍안의 소년처럼 보이게 하고, 눈을 밝게 해 주어 선비에게 좋지요."

"그럼 할아버지가 원하셨던 것은 아름다운 며느리들과 늙지 않고 소년의 모습으로 글을 읽는 손주들이었네요."

"하하하~ 그러네."

유본도 유쾌하게 웃고, 빙허각도 손으로 입을 막고 웃다가 "그럼 나와 당신의 모습이네요"라고 말한다.

유본은 생전에 아끼던 손주며느리가 복숭아꽃으로 마음을 달래며 슬픔에서 벗어나는 모습을 보면서 할아버지에게 감사드린다.

"복례야, 복숭아 꽃물로 세수를 했느냐?"

"네. 아씨~ 여기 아씨가 쓸 복숭아꽃도 따왔습니다. 그런데 복숭아꽃이 떨어지고 나면 어떻게 하지요?"

복례가 근심스러운 얼굴로 빙허각을 바라본다.

"복숭아꽃을 술이나 식초에 담가 두었다가 그 물로 세수를 하면 되니 걱정 말아라."

"네 피부가 고와지고 있는지 억기에게 물어보고, 좌경으로 네 피부를 잘 살펴보아라."

유본은 빙허각이 다시 옛날처럼 쓰임이 될 만한 내용을 기록하고, 새로운 일에 호기심을 갖고 관찰하는 것을 보고 마음을 놓는다.

때 이른 여름 낙엽처럼 말랐던 빙허각의 얼굴이 물오른 버드나무처럼 살이 오르고, 광대 근처에 얼룩덜룩하던 상심의 꽃

기미도 사라져 낯빛이 환하다. 빙허각은 자신이 아름다움을 되찾은 것이 모두 할아버지의 복숭아꽃 덕이라고 생각한다. 복숭아꽃은 혈액순환을 촉진하여 얼굴을 밝게 해 주고 기미를 없애 준다.

빙허각은 부엌 한 켠에 마련된 평상에서 붓으로 복숭아꽃의 미용 효능에 대해서 적는다.

'자소 씨앗으로 죽을 끓여 먹으면, 희고 탐스러운 박꽃 같은 얼굴이 된다'는 내용을 적으며 혼처를 정할 나이가 된 선유에게 자소죽을 끓여 먹어야겠다고 생각한다.

부러진 굴대

'올해는 주상 전하를 찾아 뵙고 유본 서방님과 함께 만든 수차의 도면을 보여 드려야겠다.'

자존심 강한 빙허각은 자동약탕기를 만든 이후로, 자신이 주상에게 보여 드릴 뚜렷한 성과물이 없다고 생각하여 가끔 만나 도움을 달라는 주상의 명을 애써 지워 버리고 있었다.

주상은 빙허각을 총명하고 아름다운 여인에서 누이동생으로, 나중에는 뛰어난 학문적 동지로 대하였다.

빙허각은 주상이 기울어져 가는 조선을 일신할 수 있는 군주라고 믿고 있었지만, 한편으로는 아버지 장헌세자의 일에서 한 걸음도 벗어나지 못하고 있다는 안타까운 마음도 있었다.

'나는 일찍 아비를 여의고 죽었어야 하나 죽지 않은 사람'이라고 스스로를 정의한 주상을 공과 사가 분명한 빙허각은 냉정한 눈으로 바라보았던 것이다.

"올겨울에는 우리가 만든 수차를 좀 더 손질하여 주상을 같이 뵙도록 해요. 우리가 수차를 보급하는 것보다는 주상께서 하교하시면 훨씬 더 빠르게 온 나라에 퍼지겠지요. 이 수차로 인해 늘어나는 쌀의 양을 계산해 보니 일 년에 벼 오천 섬은 될 것 같아요."

"하하~ 당신 이차방정식과 경우의 수를 이용하여 계산을 한 모양이오."

"네, 생활을 하면 할수록 수학이 얼마나 중요한 학문인지 알 것 같아요. 집안 살림에도 의외로 쓰임이 크고, 나라 살림을 관장할 때도 수학을 활용하면 훨씬 더 정확하고 용이할 것 같아요."

"맞소, 주상을 만나 수학을 가르치는 기관을 하나 만들어 달라고 부탁을 해 보시오."

"수학이 있어야 집도 도구도 정확하게 만들 수 있어요. 나는 책 쓰는 일을 마친 후 당신과 함께 수학 선생을 하고 싶어요."

유본과 빙허각은 밤새도록 이런저런 이야기를 나누다 새벽녘이 되어서 잠이 든다.

잠시 눈을 붙인 빙허각은 흰옷을 입은 주상이 벽을 보고 돌아서서 슬피 우는 꿈을 꾸다가 깜짝 놀라서 잠이 깬다. 유본은 축시를 넘겨서 꾼 꿈은 맞지 않는다며, 좀 더 자라고 빙허각의 이불을 다독거려 준다.

빙허각과 유본은 장단에서 모내기 일까지 마치고 한양의
집으로 돌아왔다. 큰 대문 앞에서부터 탕약을 달이는 냄새
가 난다. 장단으로 가기 전부터 시름시름 하던 여산 송씨의
병세가 악화되었다는 소식을 억기로부터 들었던 터라 가슴
이 철렁 내려앉는다.

빙허각은 여산 송씨 방 앞의 작은 정원에 있는 해당화가 붉
고 곱게 핀 것을 괜스레 무심하다 원망을 하며 댓돌 위로 올
라선다.

마침 여산 송씨는 친정에서 보내온 탕약을 먹기 위해 일어나
앉아 있는데, 몹시 힘든지 가뿐 숨을 몰아쉬고 있었다. 탕약
을 반도 채 못 마신 여산 송씨가 갑자기 각혈을 하기 시작한
다. 하얀 손수건에 탕약과 섞인 선홍색 피가 묻어 나온다. 빙
허각은 여산 송씨의 입술에 묻은 피를 닦아준다.

"형님~"

각혈로 만진이 빠진 여산 송씨는 빙허각을 바라보며 퀭한 눈
에 힘을 모아 보지만, 잘린 화살끈처럼 힘을 잃는다.

"형님! 제 병에 차도가 없는 것이 자꾸 불길한 생각이 들어요."

"이 사람아! 그게 무슨 소린가?"

빙허각은 여산 송씨의 흐트러진 머리카락을 가다듬어 주면
서 가볍게 나무란다.

"자네 혹여라도 서방님 앞에서는 그런 약한 말을 하지 말게.
얼마나 실망이 크겠는가?"

여산 송씨는 남은 탕약을 마시고 "형님, 이 탕약을 먹으면 목이 따뜻해지는 것이 제 몸에 잘 맞는 약인 것 같네요"라며, 빙허각의 손을 잡은 채 자리에 눕는다.

마침 퇴청한 준평이 의관을 정제한 채로 여산 송씨를 위로하러 오는데, 얼굴이 많이 상하여 애처로워 보인다.

"제수씨는 좀 차도가 있는지요?"

유본은 근심어린 얼굴로 문병을 하고 온 빙허각에게 여산 송씨의 병세를 묻는다.

"우보 외가댁에서도 인편에 약을 보냈고, 내일은 간병할 사람을 보낸다고 해요."

"사돈 어른들은 얼마나 애간장이 타들어가시겠소?"

유본이 긴 한숨을 내쉰다.

"어린 우보가 딱하고 안쓰럽습니다."

빙허각은 여산 송씨의 병세가 심상치 않음을 인정하는 듯 말하며 눈물을 글썽거린다.

초구貂裘를 입은 빙허각이 마루 끝에 우두커니 앉아 펑펑 내리는 함박눈을 바라보며, 이런저런 상념에 젖어 있다. 임진년 진주성 전투에 관한 책을 쓰고 있는 유본은 점심상을 물린 뒤 몇 시간째 서재에 틀어박혀 있어 집안은 더욱 조용하다.

이제 제법 나이든 티가 나는 복례가 눈을 맞으며 장독대에서

간장을 뜨고 있다.

복례 딸 순심이가 눈을 맞는 어미를 보고는 냉큼 종이우산을 가져와서 받쳐 주고 제 어미의 어깨며 머리에 쌓인 눈을 탈탈 털어준다.

두 모녀의 다정한 모습을 보며 빙허각은 괜스레 눈물이 난다.

"왱그랑~ 왱그랑~"

자동약탕기에서 여산 송씨의 탕약이 다 달여졌는지 풍종이 울린다.

"서방님! 어른께서 어른께서… 아이고…"

억기가 울부짖으며 유본의 서재로 뛰어들고 놀란 유본이 먹을 묻힌 붓을 들고 뛰어나오고 있다.

부엌에서 탕약을 베주머니에 담아 짜고 있던 빙허각은 밖에서 들리는 다급한 억기의 목소리에 탕약을 짜던 손을 풀어버린다.

"뭐라? 뭐라 했느냐? 어른이 어쩌셨다고?"

빙허각은 억기의 말을 믿을 수 없다는 듯 재차 묻는다.

"어른께서 서재에서 쓰러지셨는데…"

억기의 말에 탕약을 담은 흰 사발이 빙허각의 손에서 미끄러지며 빙허각의 솜치마를 갈빛으로 물들이고는 쟁그랑~소리를 내며 산산조각이 난다.

시아버지 서호수는 두 해 전 환갑을 넘겼지만 혈기가 왕성하였다.

어제도 김영을 만나서 서역과 청나라 사람들이 쓴 천문학 책을 우리 조선에 맞게 쓸 것을 논의하였고, 그제는 대제학 홍양호 대감을 만나 밤 늦은 시간까지 경세치용의 뜻을 나누었다. 오늘 점심에는 여산 송씨를 염려하며 "사람의 몸이란 하늘과 같은 존재라 그 기운의 끝을 알 수 없으니 나쁜 생각일랑 하지 말라"고 하였는데, 정작 당신이 쓰러지셨다니…

서호수가 경상 위에 놓여 있던 거의 마무리 단계인 〈해동농서〉 위에 머리를 댄 채 의식을 잃은 것을 발견한 것은 돌쇠였다. 경상에 올려진 서호수의 손에는 먹이 묻은 붓을 잡고 있어, 서호수가 몸이 불편한 순간에도, 혼신의 힘을 다하여 〈해동농서〉를 마무리하고자 하였던 것을 알 수 있었다.

억기가 발견했을 때 미미하게나마 맥이 잡혔던 서호수는 끝내 의식을 회복하지 못한 채, 자손들이 모두 지켜보는 가운데 그날 밤 숨을 거두었다.

순창 군수로 나가 있던 준평이 주상에게 상소를 올리는 일로 한양에 와 있어, 아버지의 마지막을 함께할 수 있었던 것이 그나마 다행이었다.

갑작스러운 서호수의 죽음으로 자손과 가솔들은 큰 충격에 빠졌다.

유본은 자신의 스승이기도 한 아버지에게 가학을 미처 전수받지 못한 안타까움과 자신의 무기력을 탓하며 가슴으로 통곡한다.

주상께서도 조선 최고의 학자인 서호수를 잃어버린 비통함에 장례를 치를 때 쓸 옷감과 음식 등을 보내신다.

빙허각은 연경에서 시아버지와의 여러 기억을 떠올리며 깊은 슬픔에 잠긴다.

시아버지 서호수!

당신은 봄바람처럼 부드럽고 따뜻하여

의기소침한 이를 위로하셨고

그 학문은 여름 소나기처럼 시원하고 장쾌하여

새로움에 목말라 하는 이에게 희망을 주었고

그 뜻은 가을 햇빛처럼 따사롭고 깊어

지식을 살찌워 결실의 기쁨을 주었으며

그 성정은 겨울 눈처럼 순수하고 포근하여

누구에게나 행복한 새로운 세상을 주고자 하셨습니다.

허나 이렇게 황망하게 돌아가시니 제가 의지하여

기댄 기둥이 무너져버린 듯합니다.

빙허각이라며 허공에 기대어 산다 오만하였지만

사실은 당신이라는 큰 기둥에 기대어 살았던 것임을

이제야 알았습니다.

당신은 다른 사람과 다르게 살아야 하는 운명을 지닌

소녀의 두려운 마음을 불혹도 안 된 나이에 헤아리셨고

어리석은 여인은 당신의 깊은 사랑을 불혹을 넘겨서야 알고
그저 뜨거운 회한의 눈물을 흘릴 뿐입니다.

서호수의 삼우제를 치른 사흘 뒤, 모두 물먹은 솜덩이가 되
어 있을 때 또 하나의 죽음이 빙허각을 주저앉힌다.

오랜 투병 생활을 하던 여산 송씨가 효순이가 지켜보는 가운
데 봄바람에 배꽃이 지듯이 조용히 눈을 감았다.

"아이고! 망자의 몸이 한 줌 밖에 안 되네."

여산 송씨의 염을 마친 염장이가 안쓰러운듯 혀를 차며, 술
한 잔을 단숨에 들이킨다.

서호수의 장례를 치르느라 병석의 여산 송씨에게 소홀하여
망자의 꼴이 말이 아니다. 관뚜껑이 닫히기 전 준평은 이제
다시 볼 수도, 부를 수도 없는 여산 송씨의 차디찬 얼굴을 쓰
다듬으며 참았던 눈물을 쏟는다.

여산 송씨의 장례는 단촐하게 치뤄졌고, 어미를 잃은 어린
우보를 보며 모두들 눈물을 찍어내곤 하였다.

"애닯고 애달퍼라."

빙허각은 동서인 여산 송씨를 묻고 돌아온 날 우보의 상복
을 바로잡아 주며 터져 올라오는 눈물을 참는다. 잠시 그쳤
던 빙허각의 눈물은 시아버지와 동서의 연이은 죽음으로 줄
기차게 내리는 비처럼 그칠 줄을 모르고 흘러내린다.

꿈자리가 뒤숭숭하여 신새벽에 눈을 뜬 빙허각은 더위와 불안감으로 다시 잠을 이루지 못해 마루로 나와 밤하늘을 바라본다.

마침 달이 구름에 가려서인지 짙은 청회색빛 하늘에 반짝이는 굵은 소금 한 바가지를 쏟아 놓은 듯한 은하수가 빙허각의 눈을 떼지 못하게 한다. 좋지 않은 꿈 덕에 유난히 밝은 은하수를 보게 된 것이라 생각하자, 불길한 꿈으로 찜찜했던 마음이 맑아진다. 은하수를 더 잘 보기 위해 유금이 선물한 망원경을 가지러 필유당으로 가기 위해 당혜를 신으려는 순간, 동쪽 하늘에서 섬광이 번쩍이는데 마루까지 환해진다.

"마른 번개인가?"

무심히 고개를 들어 하늘을 본 빙허각은 천지를 밝힐 만큼 강한 빛을 뿜는 긴 꼬리를 가진 집채만한 유성이 동쪽 하늘에서 북쪽 하늘을 향해 기세 좋게 날다가 갑자기 빛을 잃고 떨어져 버리는 것을 본다.

너무나 순식간에 일어난 일이라 빙허각은 그 자리에서 동태처럼 뻣뻣하게 얼어붙어 버렸다. 필사적으로 몸을 움직이려고 애를 쓰다가 균형을 잃고 쓰러져 마당까지 데굴데굴 굴렀는 데도 아프지가 않아, 필시 이것도 꿈이거니 생각이 들 정도였다.

빙허각은 쓰러져 마당에 얼굴을 박고 엎드린 채 "주상 전하! 주상 전하!"를 신음처럼 중얼거리는데 얼굴에서는 피가 흐른다.

"이게 대체 어찌된 일이요?"

밖에서 나는 수상한 소리에 잠을 깬 유본은 옆에 빙허각이 없자, 늘 그러하듯이 잠이 오지 않아 필유당에 책을 읽으러 갔나 하고 잠을 청하려고 돌아눕는데 갑자기 신음소리가 들려 밖으로 나온 것이다.

유본은 빙허각을 부축하여 방에 눕히고, 등잔불을 살려 얼굴을 살펴보니 다행히 큰 상처는 아니라서 한숨을 놓는다.

"한밤중에 자던 자네가 마당에는 왜 나가서 쓰러진 것이오? 내 얼마나 놀랐는지 아시오?"

"주상께서 등창으로 옥체가 편치 않으신 지가 얼마나 되셨지요?"

"보름이 안 되는 것으로 알고 있소. 그런데 그것은 이 밤중에 왜 묻소?"

"오늘 준평 서방님께 등청하여 어환이 어떠신지 알아보라고 하세요."

준평은 아버지의 삼년상을 위해 순창 군수직을 내려 놓고 한양의 집에 머물고 있었다.

"무슨 일이오? 주상의 등창은 어의들이 여러 치료법을 쓰고 있어, 모두들 곧 나을 것이라고 생각하고 있소."

"이런저런 치료법을 동원한다고 좋은 것은 아닙니다."

넘어지면서 몸이 받은 충격이 상당히 컸는지, 빙허각이 일어나다가 다시 쓰러지자 유본이 얼른 부축하여 눕힌다.

"어의들이 잘 알아서 주상의 약을 처방하고 있지 않겠소? 자네가 아버지와 제수씨의 일로 너무 민감해진 탓이오."

"그렇겠지요. 설마… 우리 주상께 별 일은 없겠지요."

"내 복례에게 말해 치자떡을 만들어 달라고 할 터이니, 아파도 조금만 참고 기다리시오."

유본은 그 길로 준평을 찾는다.

그 사이 새벽 동이 트면서 동쪽 하늘이 환하게 밝아와, 붉은 기운이 온 집안을 덮는가 싶더니 금방 사라진다.

준평은 벌써 일어나 가부좌를 틀고 앉아 책을 펴 놓고 눈을 감고 있다가, 유본의 인기척에 깜짝 놀라서 눈을 동그랗게 뜨고 일어나 유본을 맞이한다.

"형님! 새벽 일찍 웬일이십니까?"

요즘 마음이 뒤숭숭하여 책을 읽고 있어도 눈에는 하나도 들어오지 않던 참이라, 형의 방문이 예사롭지 않다.

"오늘 궁에 좀 들어가서, 주상의 어환을 살펴보고 오게."

유본은 빙허각의 이야기를 꺼내며, 빙허각이 한밤중 무엇인가를 보고 크게 놀랐고, 여러 정황으로 봐서 아마 주상의 신변과 관련이 있는 것 같다는 이야기를 한다.

준평이 입궐하여 대제학 남공철과 규장각직각 심상규를 만나 주상의 어환을 묻자, 부친의 삼년상 중인 준평이 상복 차림으로 입궐한 것에 놀란다. 두 사람은 "주상은 이틀 전 연훈방^{煙薰方}을 하고 피고름이 한 말이나 빠져 나와 얼마 안 있으면 쾌차할 것이니 너무 염려하지 말라"고 한다. 두 친구의 말에 한시름을 놓은 준평은 모처럼 한가한 몸이 되어 대궐 안을 어슬렁거리며 걸어 본다.

'대궐 안은 여전하구나!'

주상이 신료들과 경연을 하던 정자 주변은 원추리꽃이 저녁 노을에 물든 주홍빛 구름처럼 몰려 피어 있고, 연못에는 작은 개구리 한 마리가 활짝 핀 수련 꽃 속에 들어가 어리둥절한 모습으로 눈알을 떼굴떼굴 굴리고 앉아 있다.

"그래, 개구리 선생~ 너도 네가 있을 자리가 아니라는 것은 아는 모양이구나."

작열하는 더위에 지친 준평이 땀을 식히며 연못가에 앉아 쉬다가, 내의원에 서씨 집안과 줄이 닿는 내관이 있다는 생각이 불현듯 떠오른다.

'진작 그 생각을 못했을까?'

준평은 자신의 아둔함을 탓하며 내의원 쪽으로 급히 걸음을 옮긴다.

"주상께서는 어제 저녁 경옥고^{瓊玉膏}를 드시고 깊은 잠에 빠지셨습니다."

내관은 주상의 병세를 낙관하는지 주상이 가벼운 체증에 시달리고 있는 것처럼 말한다.

경옥고라는 말을 듣는 순간 준평은 머릿속에 든 피가 싹 빠지는 듯한 불길함이 온몸을 감싸 안아 자신도 모르게 목소리가 오그라든다.

"경옥고라고 하셨습니까? 경옥고에는 인삼이 들어가지 않습니까?"

주상은 평소 인삼이 들어간 음식이나 약을 싫어했는데, 열이 많고 부아가 부글부글 용암처럼 끓어 대는 자기와는 맞지 않기 때문이라고 하였다.

진상된 인삼은 주상의 급한 성정에 불을 처지르는 천성이 느긋하고 답답한 신료들에게 보내지곤 하였다.

주상은 인삼을 하사 받은 신료들이 여전히 답답하게 하여 성에 안 차면 "비싼 인삼 먹은 값을 좀 하라"며 달달 볶고 다그쳤다.

"당연하지요. 이번 경옥고 처방에는 종기의 뿌리를 뽑기 위해서 인삼이 좀 강하게 들어간 것으로 알고 있습니다."

준평은 경연을 마치고 벌어진 잔치에서 독약이라도 되는 듯 인삼주와 인삼떡을 물리치며 인상을 쓰고 도리질까지 하던 주상의 얼굴이 떠오르면서, 온몸이 파르르 떨린다.

"옥체가 회복을 위한 힘을 모으기 위해서 잠을 주무시는 것 같습니다."

"주상께서 경옥고라는 것을 알고도 드셨습니까?"

"알고 드셨습니다."

이게 무슨 해괴한 일이란 말인가? 약재에 대한 지식이 뛰어나 주상 스스로 약을 처방할 수준이건만 어찌 인삼이 든 경옥고를 드셨단 말인가? 지금 벌어지고 있는 일들이 거역할 수 없는 하늘의 뜻이며, 이산이라는 사내의 운명인 동시에 조선의 운명이란 말인가?

낙담한 준평은 내색은 하지 않은 채 겨우겨우 마음을 추스려 집으로 돌아온다. 준평이 평생 모은 재산을 도적에게 강탈당한 사람처럼 망연자실하여 돌아오자 빙허각과 유본은 온몸에 힘이 빠지지만, 준평이 복더위를 먹은 탓이라 애써 위로하며 준평이 입을 열기를 그저 기다린다.

준평은 고개를 떨군 채 "주상이 인삼이 든 경옥고를 처방 받아 드시고 눈을 뜨지 못하고 있는 상황"이라고 말하였다.

"주상은 깊은 잠을 주무시는 것이 아니고, 혼수상태에 빠진 것입니다. 옥체가 몹시 시달리고 계실 것입니다."

빙허각은 안타까운 얼굴로 준평과 유본을 번갈아 본다.

"그러신 것 같습니다."

"지금이라도 주상께 열을 내리는 탕약을 처방해야 합니다. 주상께 인삼을 처방한 것은 빈대 잡는다고 초가삼간에 불을 지른 것과 같습니다."

"이미 늦은 것이 아니오?"

유본이 긴 탄식을 하자, 준평이 갑자기 일어서며 "알겠습니다. 형수님! 내 목숨을 걸고서라도 주상께 열을 식히는 탕약을 내리도록 손을 써 보겠습니다"라며 방을 나선다.

저녁도 거른 준평은 숙부 서형수의 집으로 달려간다. 어른들이 살아 계셨다면 주상을 가까이서 도와드릴 수 있을 텐데 아직은 힘이 없는 자신의 신세에 무력감을 느낀다.

서형수의 집에 도착하여 대문을 열고 중문에 발을 내딛는 순간 "아이고! 아이고!"하는 애자진 통곡 소리가 들린다. 서형수의 곡소리다.

숙부가 마당에 돗자리를 깔고 궁궐을 향하여 대성통곡하며, 미친 사람처럼 울고 있다.

'결국 주상이 돌아가셨구나!!!'

어찌 손을 써 볼 요량으로 친정 오라버니 이병정이 살고 있는 북촌을 향해 가던 빙허각은 가마를 타고 궁궐로 향하는 관리들의 어지러운 행렬을 보았다. 허둥지둥하는 가마들 사이로 낯익은 얼굴이 초조한 표정으로 밖을 내다보고 있었다.

오라버니 이병정이었다.

빙허각은 궁궐 소식을 물을 양으로 이병정이 탄 초헌軺軒을 향해 달려갔으나, 바퀴가 달린 초헌은 저만큼 멀어져 있었다.

빙허각은 평교자平轎子를 어깨에 메고 궁궐을 향해 발에 땀이 나도록 뛰는 가마꾼을 붙들고 묻는다.

낮에 대지를 달구던 뜨거운 태양은 어느덧 서쪽 하늘에 붉은 노을을 남기며 땀으로 범벅이 된 가마꾼의 이마를 핏빛보다 더 붉게 물들이다 사라진다.

"혹시 궁으로 들어가십니까? 무슨 일입니까?"

"저리 비키시오. 이러다 다칩니다."

발길이 바쁜 가마꾼은 빙허각이 다가서지 못하게 거칠게 손을 내젓는다.

평교자에 탄 김조순은 왕골로 만든 교렴을 올리고 두려움에 싸인 채 자신의 가마꾼과 승강이를 벌이는 여인을 바라본다. 김조순은 여인이 세상을 뜬 서호수의 큰며느리임을 한눈에 알아본다.

"이제 서씨 집안도 끝이 났지. 서씨 집안의 공으로 왕위에 오른 주상이 돌아가셨으니 이제 수학이니 농학이니 하는 공부를 해서 어디다 쓸꼬? 쯧쯧."

김조순은 냉정하게 눈길을 거두고, 얼른 가자며 가마꾼을 재촉한다.

뒤에 선 가마꾼이 양반집 규수 차림인 빙허각이 봉변을 당할까 염려가 된 듯 작은 소리로 속삭이듯 말한다.

"주상이 붕어崩御하셨다고 합니다."

'그렇구나!!!'

빙허각은 궁궐로 향하는 신료들의 허둥지둥하는 긴 행렬을 보고 주상이 돌아가셨음을 직감했지만, 믿고 싶지 않은 마음에 물었던 것이다. 빙허각은 하염없이 궁을 바라보다 발길을 돌린다.

"주상 전하! 조선을 위해 할 일이 산더미 같은데, 뭐가 그
리 급하셔서 이리도 황망하게 가셨습니까?"
"조선을 일으켜 세우기가 너무 벅차고 힘이 드셔서, 편한 저
세상으로 혼자 도망을 치셨습니까?"
"서씨 집안 선대의 꿈이 바로 자신의 꿈이라며, 우리 부부에
게 책을 내려 주시고 공부를 독려하시던 그 호탕한 목소리가
아직도 귓가에 쟁쟁합니다. 이제 주상이 떠나셨으니 무슨 힘
으로 수학을 공부하고 농학을 공부할 것이며, 또 누구를 의
지하여 수차를 개량하고 수레를 만들 수 있을까요?"
"세상의 어느 장수보다도 무예가 뛰어난 주상이 어찌 등창
하나를 이기지 못하셨는지요? 들꽃보다도 약한 분이 신료들
에겐 비실거린다며 잔소리를 퍼붓고 쓸데없는 군상들이라고
나무라셨습니까?"
빙허각이 집에 돌아오니 주상의 붕어를 알고 있는 유본과 준
평, 유락, 유비 형제들이 주상이 내려 주신 책을 안고 슬프게
울고 있었다.
유본은 매제 이병정보다도 더 다정하게 자신을 대해 주었던
주상, 함께 조선 개혁의 꿈을 꾸던 주상의 죽음을 슬퍼하며
애끓는 울음을 토해 낸다.
"좌소산인은 과거에는 영 소질이 없지만, 수학 실력은 가히

따를 자가 없네. 자네 아비가 성질이 지랄맞으니, 수학은 제대로 가르쳤을 거야."

깐깐하고 고집이 세서 주상의 말도 고분고분 듣지 않는 서호수를 마냥 칭찬하는 것이 내키지 않은지, 칭찬으로 포장을 한 다음 깎아내리는 주상의 얼굴은 땡감을 씹은 듯 떫떠름하였다.

"나는 좌소산인이 벼슬에 나서지 않은 것이 정말로 다행이라고 생각하네. 자네는 여인들이 농 속 깊이 숨겨 놓고 가끔씩 꺼내 보며 미소 짓는 보석 같은 사람일세."

"자네는 잘난 빙허각을 더욱 빛나게 해야 할 책무가 있는 사람이야."

"좌소산인은 늘 한결같은 사람이야. 빙허각이 좌소산인의 이런 모습에 반한 것 같아."

주상은 미복잠행微服潛行을 하여 극비리에 유본의 집에 온 적이 두 번 있었다. 사지를 짓누르는 답답한 궁궐을 벗어나 목숨을 걸고 자신을 왕위에 올린 서씨네 집에 오니 아늑하고 편안하다며, 빙허각이 직접 재배한 채소로 만든 소박한 안주에 부의주浮蟻酒를 마셨다.

유본 형제와 빙허각에게 가야금을 청하여 듣던 주상은 처음 듣는 곡인데 간소하면서 아름답다며, 누가 만든 곡이냐고 물었다. 준평은 형수가 만든 곡인데 선율이 단정하고 아름다워 할아버지와 아버지도 자주 연주한다고 말하였다.

주상은 다섯 번을 반복하여 듣고는, 가야금을 달라고 하여 한 음률도 틀리지 않고 정확하게 빙허각이 만든 곡을 연주하였다.

"혹시 이 곡은 비가 내리는 날 짓지 않았느냐?"

"주상 전하! 맞습니다. 비가 후드득 후드득 연잎 위로 떨어지는 소리를 담고자 하였습니다."

"그래, 빗소리가 물씬 묻어 있어. 내가 연잎이 되어 비를 맞고 있는 것 같구나."

"주상 전하~ 비를 맞으시니 시원하고 후련하십니까?"

"오늘은 나를 주상이라고 부르지 말아라. 그냥 이산이고 싶구나. 그래 아주 시원하고 후련하여 묵었던 마음의 앙금이 씻기어져 내려가는 것 같다."

군주의 임무는 무겁고 갈 길은 멀어 늘 근심에 싸여 있던 주상은 모처럼 환한 웃음을 보이며, 그대들과 같이 하는 것이 행복하다고 여러 번 말하였다.

'그토록 명민하셨던 주상이 어찌 자신에게 독이 되는 경옥고를 드셨습니까?'

"생각하면 할수록 분하고 억울하여 어찌 마음을 다스려야 할지 모르겠습니다."

준평이 죽장에 몸을 의지한 채 닭똥 같은 눈물을 뚝뚝 흘린다.

마치 꿈 같은 일이 꿈이 아니라는 것을 확인한 순간, 모두들 말을 잊어버리고 벙어리가 되어 버렸다.

주상은 승하한 지 나흘째 되는 날 재궁에 모셔지고, 다음 날 어린 세자가 인정문에 나가 즉위식을 하고 종친과 문무백관의 하례를 받았다.

즉위식을 마친 새 주상이 문무백관과 함께 희정당熙政堂에서 적의를 입은 대왕대비에게 하례를 하였다는 소식을 들은 세 사람은 마음이 참담하였다.

정순왕후의 수렴청정이 조선의 앞날에 어떤 영향을 미칠지는 너무나도 명약관화한 일이었다. 멸문 지경에까지 간 친정의 한을 풀기 위해서, 열다섯 살의 나이에 환갑을 넘긴 영조와 혼인을 한 정순왕후가 아닌가?

"조선이 정순왕후의 원한이나 풀라고 있는 나라는 아니지요."

수렴청정을 한 첫날 대왕대비가 파격적인 인사를 단행하자, 심상규가 준평을 찾아와 취하도록 마시며, 화를 못 삭이는 듯 씩씩대며 말한다.

"심 공! 입 조심하시게나. 선왕의 은혜를 입은 우리는 눈에 가시 같은 존재가 되어버렸네."

"준평! 자네는 더욱 조심하시게~ 자네는 나보다 더 가시 같은 존재라네."

하늘을 향해 날아간 꾀꼬리가 남기고 간 빈 새장을 바라보며, 다시 꾀꼬리가 돌아와 아름다운 노래를 부르기를 바라던 세 사람은 어두운 그림자가 서서히 집안을 덮치고 있음을 알고, 정신이 들기 시작한다.

"살쾡이 같은 무리들이 어리석은 대왕대비를 앞세워 우리 조선을 얼마나 갉아먹을지 생각만 해도 무섭습니다. 이제 우리 조선은 물에 빠진 사람에게 생명줄을 던져 주었다가, 잡기도 전에 다시 거둔 것과 마찬가지 형국입니다."

준평은 주상의 죽음으로 식음을 전폐하다가 이제 겨우 죽을 뜨고 있다. 조선의 암울한 현실과 앞날에 대한 걱정으로 온몸이 타버렸는지, 관자놀이에 파란 핏줄이 꼿꼿하게 서고 얼굴에는 희끗희끗 버즘이 피었다.

"준평아! 일단은 고요히 공부에 전념하면서 정국이 돌아가는 것을 보자. 선왕이 각별히 우리 서씨 집안을 아꼈고, 명고 숙부와 서매린 종당숙도 계시니 당분간은 우리 집안을 흔들지 못할 거야."

"지금 당장은 그렇지만, 시간이 흐르면 선왕의 유지도 자연스럽게 약해지는 법이지요. 정약용처럼 선왕의 총애를 받던 사람이나 박제가 어른 같은 서얼들의 운명도 어디로 흘러갈지 알 수가 없고요."

빙허각이 조심스럽게 입을 연다.

"그렇지요. 모든 것이 시간 속에서 변질되어 왜곡되면 흔들리게 되고, 결국 아무것도 장담할 수가 없지요."

따사로운 겨울빛을 받는 것조차 힘에 겨운지, 준평은 손갓으로 햇살을 가리며 힘겹게 말한다.

"정작 당사자는 고정한 마음을 가지고 있어도 주위 환경에 의해서 변하는 것 같아요. 그래서 장도, 술도, 우정도, 사랑도, 군신관계도 세월 속에서 한결같은 맛을 내고 관계가 유지되는 것이 힘들다고 하는 것 같습니다."

"그럼 삼십여 년을 처음 본 그 마음 그대로 당신을 좋아하는 나는 참 대단한 사람인 것 같소."

"참… 좌소산인은 가끔 나를 낯뜨겁게 만드는 재주를 갖고 계십니다."

빙허각은 푼수없는 유본에게 눈을 흘기며 째려본다.

준평은 처음에는 주책 빠진 형이 부끄러워 자신의 얼굴이 붉어지고 민망하여 고개를 들지 못한 적도 있었지만, 지금은 긴긴 세월 한결같은 사랑을 나누는 형과 형수님이 자연스럽고 보기 좋다는 생각을 한다.

"형님 말씀이 맞습니다. 형님과 형수님은 정말로 의리가 대단하신 분들입니다."

"서방님! 우보도 있고 하니… 서방님도 새장가를 드셔야지요."

빙허각은 유본이 짝 잃은 외기러기 신세인 동생 앞에서 주책없는 소리를 하는 것도 한두 번이 아니고 매번 민망하던 참에, 형수로서 혼인을 독려해 본다.

"지금은 평양 박씨 할머니가 우보를 잘 돌봐주고 계시니, 아직은 장가 들 생각이 없습니다."

"아직 서방님 나이가 한창이신데 장가는 꼭 드셔야 합니다.

나중에 후회하십니다."

"사실은 우보 어미가 병석에 누워 저보고 새장가 들지 말라고 신신당부를 하여, 그러겠다고 약속을 해서 의리를 지키고자 합니다."

준평은 잠시 고개를 떨구다가, 우보가 서조모할머니의 손을 잡고 재미스러운 얼굴로 지나다 아비를 보고 아는 체를 하자 손을 흔들며 환한 미소로 답한다.

"동서가 우보를 생각해서 한 말인데, 서방님은 너무 깊이 새기지 않으셔도 됩니다. 우보는 점잖고 사리분별이 바른 아이입니다."

빙허각이 대장장이에게 수차에 대해서 열심히 설명하고 있는데, 흰 갓을 쓰고 흰 도포를 입은 선왕이 나타났다.

빙허각은 반가운 마음에 선왕에게 다가가려고 하지만, 선왕은 오지 말라는 손짓을 한다.

"주상 전하! 이제 등창은 나으셨습니까?"

선왕은 웃으며 고개를 끄덕인다.

빙허각이 다시 주상에게 말을 하려고 하는데, 목소리가 나오지 않고 답답하여 가슴을 치며 어쩔 줄 모른다.

선왕은 빙허각을 향해 환한 미소를 지으며 손을 들어 돌아가라고 흔들더니 등을 돌려 천천히 사라져 갔다.

'아… 우리는 힘들지만 주상은 저 세상에서 편안하시구나~

평생을 옥죄이며 살았던 주상이니 이제는 좀 편안하셔야지.'

　다음 날, 유본과 빙허각은 개량을 하다 만 수차와 수레를 살피러 창고로 들어갔다. 몇 달간 방치된 수차와 수레는 거미줄로 뒤덮혀 있어, 빙허각이 빗자루를 가져와 거미줄을 제거한다.

"선왕의 꿈이 거미줄로 덮혀 있다니… 쯧쯧."

빙허각은 나약하고 게을렀던 자신을 나무란다.

"바퀴가 틀에서 자꾸 이탈하는 것으로 보아 좀 더 부드러운 것을 쇳물에 더해 보고 싶은데, 내일은 대장장이에게 가서 의논을 좀 해 보아야 할 것 같아요."

"내일은 선왕의 장례식이니 모레 가봅시다."

잠시 흐트러졌던 '조선 부흥'이라는 꿈 조각들을 다시 주워서 맞추는 것이 진정 자신이 할 일이라는 생각이 강물처럼 일렁이면서 '마음을 비우고 처음부터 다시 하자'며 빙허각은 새롭게 각오를 다진다.

선왕의 장례식에 갈 준비를 하던 빙허각이 등줄기를 베어내는 듯한 찬 기운에 놀라 뒤를 보니, 회색빛 하늘에서 진눈깨비가 어지러이 흩날리고 있다.

책을 태우는
서씨 집안

"허… 참으로 귀신이 곡할 노릇이구나?"

유본이 뒤채 마당에서 뒷짐을 지고 머리를 숙인 채, 뭔가를 골똘히 생각하며 중얼거렸다.

마침 태울 책 몇 권을 안고 뒤채로 들어서던 빙허각이 유본을 바라보며 묻는다.

"무슨 일이 있습니까? 왜 거기서 그러고 계시는 건지요?"

며칠째 서씨 집안에서는 집안의 자랑이요 긍지라 할 수 있는 책을 찢거나 칼로 오리고, 불로 태우는 해괴한 일들이 벌어지고 있다.

선왕이 승하한 후 조정에는 광풍이 일고 있었다.

선왕이 신뢰하던 신료들이 한직으로 밀려나거나, 선왕 같으면 '촉새 같은 인간', '동전 구린내 나는 인간'이라고 욕이나 실컷 얻어먹고 끝날 일로 귀양살이를 갔다.

정순왕후의 목표는 선왕의 모든 흔적을 지우는 것에 있는 것처럼 보였다. 선왕이 창설하였던 장용영이 해체되면서 군권은 다시 노론 벽파의 손아귀에 들어가게 되었고, 규장각도 유명무실해졌다. 선왕은 정학을 세움으로써 자연스럽게 서학의 범람을 막고자 관대하게 대하였던 천주교에 대한 가혹한 탄압 속에서, 선왕의 총애를 받던 남인들과 서얼 출신 신료들도 함께 휩쓸려갔다.

천주교도를 색출하여 숨겨준 자도 중형에 처하자, 백성들은 친척이나 친구가 다니러 오는 것도 경계하는 등 인심은 사나워졌다. 천주교도를 신고하면 포상을 한다는 벽보가 전국에 나붙자 사람들의 눈에는 핏발이 서고, 포상금에 눈이 멀어 애매한 사람을 신고하는 일도 종종 있었다.

급기야는 선왕의 이복동생 은언군 일가가 천주교 영세를 받았다는 이유로 사사되고, 선왕의 외삼촌 홍낙임도 천주교와의 연루를 이유로 유배되었다가 사사되는 등 온 나라에 피바람이 몰아닥쳤다.

유본과 빙허각, 준평은 천주교 탄압이라는 거센 풍랑에 혹시 휘말릴지 모르는 두려움 속에서 대책을 세우고 있었다.

일찍 서학을 받아들인 서씨 집안 사람들은 대체로 천주교에 열린 마음을 가지고 있었고, 독실한 천주교 신자가 된 사람들도 있었다. 선대 어른들이 청나라 연행 때마다 구입해 온 책들 중에는 천주교와 관련된 것들도 여러 권 있었다.

유본은 집안의 서재를 뒤져서 천주교에 대해서 조금이라도 언급된 책이 있는지를 꼼꼼하게 찾아내어 불에 태워 버렸다. 준평은 집안 어른들이 남긴 글과 책들을 읽으며, 천주교나 역모로 몰린 남인계나 서얼들과 관련된 내용을 찾아 오려낸다.

유본은 갑자기 십여 년 전 서씨 집안에 찾아왔던 정씨 집안 형제들이 떠올랐다. 선왕이 돌아가시기 몇 해 전 천주교도인 정약종이 정약전과 함께 찾아와 술을 마시다, 실학자는 천주교도가 되어야만 백성을 위한 처세를 할 수 있다며 천주교에 대해서 공부할 것을 권했지만, 서씨 형제는 옛 법을 버릴 용기가 아직은 없다며 거절한 적이 있었다. 그때 두 형제가 두고 간 천주교 서적들이 가끔 조용히 책을 읽는 뒤채의 방에 있는 것이 떠올랐다. 부리나케 뒤채로 가서 방을 샅샅이 뒤지지만 문제의 책들이 보이지 않는다.

유본은 조심스럽게 책의 행방을 묻지만 아는 사람이 아무도 없다.

"부인! 참으로 이상한 일이 일어났구려. 이 곳 뒤채에 분명히 보관해 두었던 서책들 중 일부가 귀신이 가져간 듯 사라져 버렸소. 게다가 그 서책들이 유독 천주학에 관한 것들이라서…"

유본의 말에 놀란 빙허각이 조심스럽게 묻는다.

"보통 일이 아닌 듯 싶습니다. 당신이 착오를 한 것이 아니라면, 이는 필시 누군가가 잘못된 마음으로 책을 가져간 것이 틀림없습니다."

두 사람은 서둘러 책이 사라진 방으로 들어선다.

빙허각과 유본은 불을 켜고 사라진 책들이 있던 뒷방의 벽이며, 창문을 자세하게 살펴본다. 주의깊게 뒷방을 관찰하던 빙허각이 바닥에 앉아 손가락으로 방바닥의 여기저기를 문지르면서 뭔가를 모았다. 빙허각이 모은 것은 흙이 섞인 모래였다. 빙허각은 흙이 섞인 모래를 코에 가져간 후 냄새를 맡기도 한다.

유본이 빙허각이 모은 흙모래를 보면서 물었다.

"뭐요? 뭔가 집히는 것이라도 있소?"

빙허각이 뭔가 단서를 찾은 듯 미소를 띠면서 말하였다.

"네, 있습니다. 책을 훔쳐간 범인이 누구인지 알 것 같습니다. 잠시만 이곳에서 기다리십시오."

빙허각이 일어나 급히 방을 나갔다가 잠시 뒤 돌아오는데, 뒤에는 화가 난 억기와 억기의 손에 잡혀 부들부들 떨고 있는 돌쇠가 따라오고 있었다.

"잘못했습니다! 마님! 죽을죄를 지었지만 한 번만 한 번만 용서해 주십시오. 제가 그만 돈이 탐나서 그랬습니다."

"배은망덕한 놈 같으니라고! 그럼 그 책들은 어디에 있느냐?"

유본이 떨리는 목소리로 묻는다.

"아직 제가 가지고 있습니다."

돌쇠가 가지고 있던 책은 다시 돌아와 바로 불에 태워졌고, 돌쇠는 포승줄에 묶여 광에 갇혔다.

그날 밤, 천주교 책을 훔쳐 다른 집에서 달머슴으로 일하고 있는 동생 먹쇠로 하여금 밀고하게 하여 포상금을 받아 나누려 했던 돌쇠는 잠시 감시가 소홀한 틈을 타서 도망을 갔고, 다시는 모습을 나타내지 않았다.

유본은 빙허각이 돌쇠를 감시하던 억기에게 술과 안주를 보내 취해 잠들게 하여 돌쇠를 놓쳤다고 짐작하였다.

"어찌 돌쇠가 범인이라는 것을 알았소?"

"책이 사라진 뒤채 방바닥의 모래와 흙이 첫 번째 단서가 되었습니다. 언뜻 흙으로 보이지만 사실은 거름이었습니다. 범인의 바짓가랑이에 묻었던 거름이 바닥에 떨어진 것이고, 우리 집안 사람들 중 요 근래 바짓가랑이에 거름이 묻었을 사람은 돌쇠였습니다. 사흘 전 돌쇠가 채마밭에 거름을 주었고, 그 거름이 바지의 솔기 등에 묻어서 바닥에 떨어진 것이지요. 또 사라진 책이 유독 천주교 책이라 조정의 벽보와 관련된 것이 틀림없다는 생각이 들었습니다. 요즘 조정에서는 곳곳에 벽보를 붙여 천주교도나 천주교 관련 책이나 물건을 신고

하면 포상을 준다고 하지 않습니까? 벽보를 읽고 천주교 책이라는 것을 알려면 글을 알아야 하는데, 돌쇠는 글을 읽을 줄 압니다.

그리고 주인을 배반하고 감히 신고할 마음이 들려면 돈이 급하게 필요해야 하는데, 돌쇠는 우리집에 머슴으로 오기 전 고지를 먹고 갚지 못하여 빚을 지고 있던 것으로 알고 있습니다."

명쾌한 빙허각의 설명이 모두 끝나자 유본의 얼굴은 더욱 어두워진다.

'이것이 정녕 백성을 위한 정치인가'라는 의문이 뾰족한 송곳이 되어 폐부와 머리를 찔렀다.

한 달 뒤 정약종은 순교를 택하여 서소문 밖에서 참수되었고, 정약용과 정약전은 배교를 선택하여 목숨만은 부지해 귀양을 간다는 소식이 전해지자, 유본과 준평과 빙허각은 큰 충격을 받는다.

"한 사람만 눈에 거슬려도 모두 함께 캐임을 당하니 마치 낙화생이나 고구마 신세 같아요."

빙허각이 낙화생을 까던 손을 멈추고 빈 하늘을 바라본다.

퇴청을 한 준평의 얼굴이 몹시 우울하다. 저녁도 거른 채 서재에 틀어박혀 있다. 이틀 전 박제가 어른이 별다른 이유도 없이 귀양간 일로 마음이 상한 것이라 생각한 빙허각은 모른 채 한다.

요즘 준평은 늦게 입궐하고, 해가 서산에 둥둥 걸려 있을 때 퇴청한다.

선왕 시절 규장각 각신으로 경서를 편찬하느라 새벽에 가서 밤에 별을 보고 왔던 시절을 생각하면, 지금의 준평은 탈기한 사람처럼 어깨를 늘이고 마지못해 입궁을 한다.

며칠 뒤, 준평이 안쓰러운 빙허각은 한산 이씨와 유본과 준평까지 함께하는 저녁상을 차려낸다.

"어머니! 규장각을 없앤다는 말을 귓결에 들었습니다."

저녁상을 물린 후 이런저런 이야기를 나누던 준평이 내뱉듯 말하고는 허망한 눈빛을 떨군다.

"규장각을? 규장각이 곧 선왕인데, 장용영은 그렇다 쳐도 규장각까지 없앤다는 것은 말이 안되네. 천부당 만부당한 일로 절대 간과해서는 안 되지요."

한산 이씨가 황망한 표정으로 준평을 바라본다.

"규장각을 없애다니… 할아버지의 꿈이 담겨 있는 규장각을 없앤다고…"

유본도 놀라 말을 잇지 못한다.

"그렇지요. 선왕의 명을 받고 보만재 공께서 규장각을 새롭게 정비하실 때 집에도 못 오셨지요."

한산 이씨가 호요바람을 내뿜으며 말한다.

"선왕을 부정하기 위해, 선왕의 업적은 지우고 선왕이 총애하던 사람은 트집을 잡아서 죽이고 있어요. 선왕 시절에는 죽은 듯 지낸 분이 돌아가신 선왕을 어찌 볼려고…"

준평이 분함을 이기지 못해서인지 목줄기에 날핏줄을 세우고 입술을 감물어버린다.

"선왕 시절 규장각 각신을 지낸 사람과 검서관을 지낸 유득공 등을 찾아서 뜻을 같이 해 상소를 올려 보면 어떻겠소?"

한산 이씨가 주위를 살펴 보며 말한다.

창덕궁 뒤 규장각은 선왕의 꿈을 실현하기 위한 요람이었다. 선왕의 규장각 각신에 대한 배려는 파격적이어서 삼정승도 허락 없이는 규장각에 들어올 수 없으며, 각신들은 근무 중에 다른 사람이 들어와도 자리에서 일어나서는 안 된다는 규정을 두어 공부에 열중할 수 있도록 배려하였다.

"지금은 범의 꼬리를 밟지 않도록 조심할 때입니다."

빙허각이 냉정한 얼굴로 준평을 바라보며 다짐을 받는 듯한 얼굴로 말한다.

빙허각은 어머니 한산 이씨의 뜻은 옳지만, 선왕의 각별한 사랑을 받았던 서씨 집안도 지워야 할 목록에 들어 있어, 상소로 인해 멸문지화를 당할 수 있을 거라고 말한다.

"네, 형수님! 형수님의 말씀을 가슴에 깊이 새기겠습니다."

빙허각은 학문의 요람인 규장각은 명분이 없어 철폐하지 않을 것이며, 왕실의 책을 보관하는 장소로 쓰일 것이니 너무

심려하지 말라고 한다. 빙허각의 예상대로 규장각은 그 역할을 크게 축소하여 왕실의 도서관이 된다.

선왕이 관용으로 대했던 천주교도에 대한 박해는 계속되어 민심은 흉흉해지고, 흉년은 계속되어 집집마다 앓는 소리가 하늘을 찌르지만, 저들의 귀에는 들리지 않는 듯 하다. 아니, 백성들이 꾀병을 앓고 있는 양 생각하고 귀를 막았는지도 모른다.

뇌물을 바쳐 벼슬자리를 얻고, 뇌물로 쓴 돈을 관직에 있는 동안 채우기 위해서 온갖 수탈을 일삼으니 백성들은 밑 빠진 독에 물을 채우느라 굶주리고 헐벗어야 했다.

'시어른들의 진정한 꿈은 무엇이었을까?'

아침이면 등청 준비로 시끌벅적하던 마당은 적적함이 감돌고, 주인 잃은 서재 앞 섬돌 위의 때 이른 귀뚜라미 울음소리가 쓸쓸함을 더해 준다.

오라버니를 찾는
빙허각

서호수와 여산 송씨가 세상을 뜨고, 시집간 시누이 윤정도 난산으로 세상을 등지자 서씨 집안은 적막강산이 되었다.

준평은 평안도 의주의 부윤이 되어 떠났다. 이십여 년을 오누이처럼 지내던 여산 송씨를 잃은 슬픔과 사랑옵던 누이 윤정의 죽음 때문인지 준평은 의주 부윤으로 떠나는 것을 차라리 좋아하는 것 같았다.

한두 해쯤 의주에서 지내다 보면, 슬픔이 덜어질 수도 있다는 생각에 모두들 잘되었다고 한다.

의주의 겨울이 몹시 길고 춥다고 하여, 빙허각은 두꺼운 설면자 이불과 누비옷을 여러 벌 챙겨 주었다.

준평이 의주로 떠나는 날, 홀아비 준평과 어미 잃은 우보의 슬픈 이별을 하늘도 아는지 비가 하루 종일 추적추적 내려 이삿짐이 더욱 외롭고 심란스러워 보인다.

가뭄으로 기근이 들어 서북의 민심이 흉흉하다 들은 빙허각은 시동생에게 말이나 행동을 각별히 조심하라고 신신당부를 한다.

　다투어 피었던 봄꽃들이 시들어 흩어질 무렵, 죽은 어미와 떠난 아비를 그리워하던 우보는 서조모 박씨 할머니와 빙허각의 정성 어린 보살핌 덕에 얼굴에 드리워졌던 그늘이 점점 걷히고 있다.

빙허각은 조카 우보의 머리를 감기기 위해 쫑쫑 딴 머리를 풀었다가, 없던 이가 득실거리는 것을 보고 깜짝 놀란다.

"우보야! 머리에 서캐와 이가 가득하구나. 왜 말을 하지 않았느냐?"

우보는 고개를 숙이고 모깃소리만한 목소리로 일부러 이를 옮겨왔다고 말한다.

"왜 그랬냐"고 빙허각이 근심 어린 얼굴로 다시 묻자, 죽은 여산 송씨를 닮아 마음이 여린 우보가 울음을 터트린다.

빙허각은 어미를 잃고 아비는 멀리 떠난 우보에게 큰어미의 모습이 무서웠나 싶어 우보를 달래 준다.

"큰어머니~ 어머니가 병석에 누워 계실 때, 너는 꼭 오래 살아야 한다고 여러 번 말씀하셨습니다. 얼마 전 억기가 이가 몸에 있으면 오래 산다고 하여, 일부러 만득이 머리에 있는 이를 옮겼습니다. 용서해 주세요."

어린 우보가 죽음에 대한 두려움이 있다는 것이 빙허각을 당황스럽게 한다. 여산 송씨는 아들 우보를 두고 가는 것이 늘 분하고 원통하다고 하였다. 저승길이 무섭다며 어린 우보에게 자주 하소연하는 여산 송씨가 못마땅하였으나, 차마 나무라지 못하였다.

빙허각은 이가 있으면 오래 산다는 것은 억기가 잘못 알고 있는 일이며, 이가 사람 몸의 피를 빨아먹기 때문에 병이 들어 도리어 오래 살지 못한다며 이를 없애야 한다고 설명한다.

우보는 큰어머니의 설명이 맞다는 생각이 들었는지, 고개를 끄덕이며 간지러운 이를 없애 달라고 한다.

의주 부윤을 마친 준평은 〈정조실록〉 편찬에 참여한 뒤 형조 참의, 여주 목사로 있다가 〈정조실록〉 교정을 수행하던 중 성균관 대사성에 임명된다. 그러나 준평의 마음은 이미 조정에서 떠난 지 오래여서 관직이 내려올 때마다 준평은 사직을 청하는 상소를 올리곤 한다.

"형님! 형수님! 이번에도 두 번이나 상소를 올렸는데 받아들여지지 않았습니다."

"주상께서 아우님을 그만큼 신임한다는 것이니 잘된 일이 아닌가?"

지금까지는 김조순이 저를 두고 볼 심산이었지요. 형수님이 범의 꼬리를 밟지 말라고 하셨는데 밟고 말았습니다. 이제는 벼슬을 벗어 버리고 장단에서 삶의 근본인 농사를 지으며, 백성의 삶을 윤택하게 하는 기술을 연구하며 살고 싶습니다."

"의로운 일로 밟았다면 어찌 서방님의 잘못이라고 할 수 있겠습니까?"

빙허각이 담담한 얼굴로 말한다.

"아우는 진정으로 벼슬에서 물러나 가학을 완성하겠다는 뜻인가?"

유본이 정색을 하고 묻는다.

"네! 형님! 이 조정에서는 더 이상 조선의 현실을 개혁하려는 의지가 전혀 없습니다. 벼슬을 더 하는 것은 낭비일 뿐입니다."

준평이 벼슬길을 떠나겠다는 각오가 단단하다는 것은 누가 봐도 느낄 수 있다.

"서방님! 벼슬에서 물러나게 되면 함께 장단에서 농사와 목장을 운영하며 연구를 해요. 그러면 덤으로 생활은 충분히 꾸릴 수 있을 거에요."

"네~ 좋습니다. 형수님이 같이 하신다면 농사는 이미 절반은 다 지었습니다. 농사를 경험하지 않고 농부에게 지식을 나누어 준다는 것은 어불성설입니다."

그 후, 준평은 다시 홍문관 부제학에 임명되지만, 장단에 칩거하며 사직 상소를 두 번 올린 끝에 마침내 벼슬에서 물러나게 된다.

"더러운 진흙탕 속에서 잘 나왔네. 어미는 공이 벼슬에 있음에 하루도 편한 날이 없었소. 공처럼 맑은 순정을 가진 사람은 벼슬 생활이 어울리지 않소."

한산 이씨는 우렁잇속 같은 시국에 준평이 벼슬에서 물러난 것을 다행스럽게 생각한다.

"내일 모레가 입춘이니 농사지을 준비를 하도록 해요."

마음이 급해진 빙허각은 내일이라도 장단으로 달려가 논밭을 살펴보고 싶다.

가뭄이 기승을 부리던 여름이 가고 말라 죽은 덤불로 뒤덮인 수확할 것 없는 가을 벌판은 쓸쓸하다 못해 스산하다.

빙허각과 유본은 장단에서 가솔들을 거느리고 가을걷이를 하는데, 아무리 볏단을 털어도 쭉정이만 나온다.

"휴~ 다행히 작년에 아껴둔 쌀이 닷 섬은 남아 있으니, 잘 버텨야지요."

빙허각은 근심 어린 얼굴로 이삭 쭉정이를 들여다보는 유본을 위로한다.

"돌쇠가 두고 간 아이들도 한참 때라 먹는 양이 늘어나고, 억기 아들도 분가를 하라고 해도 안 하고 우리집에서 계속 일을 한다 하니, 식구들이 계속 늘어나고 있어요."

"산 입에 거미줄이야 치겠소? 자 여기는 타작을 마쳤으니, 내일은 황화정 쪽 논으로 가봅시다."

가을걷이를 마쳤음에도 집안의 곳간은 비어 가고 있어 빙허각의 얼굴에 수심이 가득하다.

'내 서씨 집안의 큰며느리로 가솔들의 끼니를 거르게 할 수는 없지.'

빙허각은 점심을 마친 후 가뭄을 타지 않는 옥답을 가지고 있는 친정 오라버니 이병정의 집으로 향한다.

정자에서 다과상을 두고 한가롭게 혼자 차를 마시던 이병정은 누이동생을 보고 깜짝 놀란다.

'저 밤은 분명 양주 생률이고, 약과는 수원 약과일 거야.'

오라버니의 다과상은 세상과는 전혀 무관하여 마치 무릉도원에 와 있는 것 같았다.

"우리 선정이가 연락도 없이 갑자기 웬일이냐?"

"여자에게 친정은 가장 편하고 허물이 없는 곳인지라 그냥 왔어요. 더군다나 손을 뻗으면 닿을 거리인데요."

이병정은 잘난 여동생을 존중하는 서씨 집안과 벼슬에도 안 나가고 여동생에 빠져 지내는 매제 때문에 동생의 못된 성질머리는 여전하다며 혀를 끌끌 찬다.

"오라버니! 올해 장단의 농사가 엉망이라 온 식솔이 올봄을 나려면 벼 백 섬이 필요해요."

이병정이 놀라서 눈이 똥그래지며 여동생을 바라본다.

"책을 필사하는 선생들만 열 분이고, 책을 빌려 공부하려는 사람들의 발걸음도 끊이질 않아 식객의 수가 자꾸 늘어납니다."

이창수는 시집가는 선정에게 "우리 옥답의 삼분의 일은 네 몫이고, 나머지는 네 오라비와 가솔들의 것이다. 세상 일은 모르는 법이니라. 네 시집이 책을 수집하고 서재를 꾸미는 일에는 돈을 아끼지 않지만, 재산을 늘리는 일에는 도통 관심이 없으니 걱정이 된다. 네 오라비에게 단단히 일러두었으니, 나중에 어려운 일이 생기면 당당히 말을 하거라"라고 말하였다.

병정은 아버지의 말을 잊어버린 것은 아니지만 맡겨 놓은 듯 요구하는 선정의 태도가 좀 맹랑하였다.

"아버지에게 물려 받은 전답에서는 작년에 소출이 별로 없어 너에게 줄 것이 없고, 내가 마련한 옥답에서 소출이 있었으니 광을 살펴보고 좀 보내주마."

"아가씨 오셨어요?"

그때 조씨 부인이 아들 조묵과 함께 사랑채로 들어오다 남편과 함께 있는 선정을 보고 화들짝 반기며 한걸음에 달려온다.

"아이고! 우리 조묵이 못 본 사이에 의젓한 청년이 되었네."

조묵은 올해 나이 열두 살로 잘 먹어서인지 피부는 두부처럼 희고, 덩치도 다른 소년보다 커서 어디서든 돋보였다. 조묵은 아버지 병정보다는 할아버지 이창수를 더 닮아, 빙허각은 조묵이 더욱 살갑게 느껴진다.

병정은 조씨 부인과의 사이에서 일찍이 두 아들과 딸 하나를 두었으나, 천연두와 홍역으로 모두 잃은 뒤 조씨 부인이 사십 줄을 훌쩍 넘긴 나이에 어렵게 얻은 조묵을 금이야 옥이야 하며 키웠다.

"호호~ 아가씨! 우리 조묵이가 재주가 많은 것이 아가씨를 닮은 것 같아요."

"올케성과 오라버니를 닮았겠지요."

"아가씨가 내년부터 우리 조묵이의 스승이 되어 주세요."

"오라버니가 계시는데요?"

"아가씨에게 배우면 과거 급제를 한다는 소문이 났어요."

"뭐라고요?"

빙허각이 가르쳤던 시동생 준평이 과거 급제를 하는 바람에 그런 소문이 난 것 같아, 빙허각은 웃음이 나온다.

세상의 소문이라는 것이 과장되어 나는 것이 보통이지만, 시동생을 가르치는 형수라는 것이 다른 사람 눈에는 그만큼 낯설고 익숙치 않았던 것이다.

빙허각은 눈을 돌리는 곳마다 온통 아버지와 어머니, 작은성 숙정과의 추억을 떠올리게 하는 친정이 불편해서, 더 놀다 가라는 조씨 부인의 청을 거절하고 문을 나선다.

병정은 돌아가는 빙허각의 뒷모습을 바라보며 '동생이라고 하나 있는 것이 쌀쌀맞기는… 주상의 청을 받아들였으면 나도 좋고 저도 좋았을 것을'이라며 빙허각이 후궁 자리를 거절하고 서씨 집안에 시집간 섭섭함을 끄집어내며 투덜거린다.

다음날 이병정의 집에서 벼 백 섬과 조, 수수 등의 잡곡, 사슴과 멧돼지 포가 수레에 실려서 왔다. 온 식솔들의 얼굴이 환해지고, 마치 소리개가 채 가기라도 하는 것처럼 서둘러 광으로 짐을 나른다.

복례와 억기는 디딜방아를 청소하고 언년이는 아궁이에 장작을 던져 넣으며 밥할 준비를 한다.

"나에게 상의도 없이 어찌 어려운 친정걸음을 했소?"

수학책을 들여다보던 유본이 자존심 강한 빙허각이 처남에게 아쉬운 소리를 하고 식량을 조달해 온 것이 마음이 편치 않아 울적한 목소리로 묻는다.

"제 것을 찾아온 것이니 마음 쓰지 마세요. 아이들에게 싸래기 밥을 먹여야 하는 것이 딱하기도 하고요."

"당신 자존심 강한 것은 천하가 다 아는데 많이 힘들었겠구료."

"호호~ 올케가 조카 조묵이의 스승이 되어 달라고 해서 그런다고 했더니, 오라버니가 좋아하며 벼를 넉넉히 주었어요."

"당신의 문장 실력은 처남도 인정을 하는가 보구려."

"그럼요. 오라버니가 과거에 급제한 뒤에도, 글공부를 하다 막히는 부분이 있으면 많이 물어봤으니까요. 글이라는 것이 살아 있어, 방안에 틀어박혀 오래 공부하면 할수록 벽에 부딪히게 되거든요."

"그것은 맞소. 때론 다른 지혜가 글공부를 돕기도 하고, 특히 여자의 타고난 총명함이 글공부와 더해지면 남자보다 모든 면에서 앞서게 되어 있지요."

한양 제일의 갑부는 이병정이었다. 이병정의 재산은 헤아릴 수조차 없다는 소문이 파다하였고, 도둑의 침입을 막기 위해서 개인 무사를 거느릴 정도였다.

누가 대리청정을 하든, 경주 김씨가 권세를 잡던 안동 김씨가 권세를 잡던, 이병정에게는 하등의 상관이 없었다.

"내 재산은 내가 열심히 불려서 키운 것이기에 하늘을 우러러 한 점의 부끄러움도 없소."

영리한 이병정은 법을 어기거나 남들의 원망을 듣지 않는 아슬한 선에서 자신의 권력을 적절하게 이용하여 재산을 늘려 나갔고, 누구도 그가 부를 축적하는 과정을 문제삼을 수가 없었다. 모두들 돈 많은 이병정에게 잘 보이기 위해 줄을 섰고, 이병정은 조용한 절대 권력이었다.

유본은 가끔 오누이인 이병정과 빙허각이 실리를 중시하고 현실에 충실함이 많이 닮았다는 생각을 한다. 사람들이 이병정의 재산에 대해서 쑥떡거리는 소리를 들을 때마다 빙허각이 좀 덜 똑똑하고, 자신에게 시집오지 않았더라면 처남 못지 않은 부자가 되었을 것이라고 생각하였다.

조묵이 열세 살이 되었을 때, 이병정은 급환으로 세상을 뜨고 만다. 조씨 부인에게 덧정이 깊어 첩을 두지 않았던 병정

에게 자식은 조묵이 유일하였기에, 재산은 대부분 어린 조묵
앞으로 왔다.

희망을 일구는
빙허각

"아버님! 소자는 이제 어찌 삽니까?"

유경은 역적이 되어 귀양을 떠나는 서형수를 배웅하며 애달 프게 운다.

"내가 죽지도 않았는데 왜 이리 우느냐? 곧 다시 만날 날이 올 것이니, 너무 걱정하지 말고 어머니 잘 모시고 있거라."

"숙부님! 부디 몸 조심하십시오."

유본과 빙허각 그리고 준평도 터져 나오는 눈물을 참느라 입 술을 깨문다. 자신들의 설움이 아무리 커도 유경 삼 형제의 슬픔과 비교할 수는 없는 것이다.

준평이 벼슬에서 물러난 지 얼마되지 않아 서씨 집안에 날벼 락이 떨어졌다. 김조순 세력을 공격하였던 김달순이 조득영 의 공격을 받아 사사되는 사건이 발생하였고, 김달순의 배후로 느닷없이 서형수가 지목되면서 서형수의 사촌인 당시 영의정 서매수와 서기수, 조카 서유순 등이 한꺼번에 귀양을 가게 된 것이다.

귀양가는 숙부를 배웅하는 일은 빙허각과 유본에게 너무도 고통스러운 일이었다.

빙허각은 유배지로 떠나는 서형수를 보면서 연경에서 들었던 이야기가 되살아난다.

'목수의 아들로 마구간에서 태어난 야소라는 남자는 우리의 잘못을 대신하여 십자가를 짊어지고 골고다 언덕에 올라 죽었으며, 그의 죽음으로 우리는 죄를 사하게 되었다'는 슬픈 이야기였다.

'숙부가 야소가 되어 희생하면, 우리 서씨 집안은 사함을 받는 것인가?'

빙허각은 명백한 잘못도 없는 숙부가 흰머리를 휘날리며 천리가 넘는 멀리 전라도 외딴 섬 추자도에서 가시나무 울타리에 갇혀 지내야 하는 위리안치圍籬安置의 형을 받아 귀양을 간다는 사실이 그냥 황망스럽기만 하다.

서형수와 가까웠던 사촌형 영의정 서매수도 사대문 밖으로 쫓겨났고, 서유순과 서기수도 함경도 갑산과 삼수로 유배되었다. 돌아가신 할아버지 서명응조차 홍계능과의 인연을 이유로 흉악한 인물로 거론되고 있으니 모든 일이 준평이 벼슬을 내놓은 지 보름도 안돼 일어났다.

"아이고~ 가시면 안돼요. 가시기는 어딜 가신다고 합니까? 아이고 아이고~"

남편의 유배길을 보지 않는 것이 좋겠다는 가족들의 뜻에 따라서 방에 있던 조씨 부인이 집 앞을 막 벗어나려는 남편을 향해 달려가다가 만류당하자, 마당에 주저앉아 느끼어 운다.

"주상도 너무 하시지."

유본도 슬피 울면서 주상을 원망한다.

'아 차마 눈을 뜨고 볼 수가 없구나. 차라리 돌아가셨다면 가족들이 이렇게 힘들지는 않을 것이리라.'

"제발 조금만 기다려 주십시오. 제가 얼른 집에 들어가 아버지의 겨울옷 몇 가지만 더 챙겨오겠습니다."

서형수의 딸이 서형수를 귀양지까지 호송할 서리에게 애원한다.

"잠시 시간을 줄 테니 어서 대감의 옷을 가져오시오."

서리는 아버지를 걱정하는 딸의 마음을 헤아린 듯 선선히 허락한다.

"살아 생이별은 생나무에 불을 붙인다더니…"

서형수의 청지기가 옷소매로 눈물을 훔친다.

빙허각은 서리에게 다가가 얼른 돈을 쥐어 준다.

"가시는 길에 어른이 시장하지 않도록 잘 좀 챙겨주기 바랍니다."

빙허각은 간절한 눈빛으로 서리를 바라본다.

"너무 걱정하지 마십시오. 잘 챙겨드리겠습니다."

빙허각에게 꽤 큰돈을 받은 서리는 걱정 말라는 듯한 눈인사를 한다.

말에 올라탄 서형수는 어린 딸을 차마 보지 못하고 눈을 감아 버린다.

유본도 눈을 감는다. 꼭 감은 눈 위로 눈물이 터질 듯 솟구친다.

'숙부님! 이제 우리는 누구를 믿고 살아야 합니까?'

친자식인 유경과 유영, 유반보다도 유본과 준평을 더 사랑하던 숙부의 귀양은 하늘이 무너지는 듯한 충격이었고 심장이 타버리고 뼈가 얼어붙는 고통이었다.

달아!

귀양길이 천리라 밤낮 없이 가야하는 우리 숙부

캄캄한 귀양길, 초롱 밝혀 배웅하는 친구가 되어주고.

해야!

죄인의 몸이라 옷조차 제대로 걸치지 못한 우리 숙부

떨며 가는 귀양길, 춥지 않도록 따뜻하게 보듬어 주어라.

백구야!

우리 숙부 만나거든 짖지 말고 반겨 주어라.

오그라진 우리 숙부 가슴, 더 오그라질까 걱정이다.

유본이 눈을 떴을 때, 이미 천 리 길을 출발한 숙부의 모습은 누런 말 먼지 속으로 사라졌다.

바다로 흘러나간 강물이 다시 돌아올 수 없듯이, 귀양간 숙부도 다시 돌아올 수 없는 것은 아닌가 하여 유본의 가슴이 덜컥 내려앉는다.

유본은 숙부와 함께 공부를 하던 필유당 앞에 섰는데, 댓돌 위에는 숙부의 낡은 태사혜가 덩그러니 놓여 있어 금방이라도 숙부가 문을 열고 나와 태사혜를 신고 마당으로 나설 것만 같다.

"숙부님, 이제 공부를 다 마쳤으니 팽이 놀이를 같이 해 주세요."

"우리 조카들 공부를 잘했으니 팽이 놀이만 해 줘서는 안 되지."

숙부는 벽장을 열어 곶감이나 과자를 유본과 준평에게 내어 주고, 맛있게 먹는 조카들을 사랑스러운 눈으로 바라보곤 하였다. 숙부의 다정한 목소리와 따뜻한 눈길이 유본을 향해 커지며 다가온다.

"숙부님이 미치도록 그립습니다."

숙부가 사랑을 준 크기만큼의 슬픔이 몰려온 탓인지 유본의 눈물은 그칠 줄을 모른다.

숙부가 귀양을 떠난 후 빙허각은 두문불출하며 농서와 씨름을 한다. 빙허각은 시할아버지와 시아버지가 구해 놓은 청나라의 농서와 왜의 농서까지 구해서 읽느라 밤을 꼴딱 새우기도 하였다.

어떤 농사든 잘 짓기 위해서는 물을 제때 대고 넘치는 물을 잘 다스리는 것이 가장 중요함을 깨닫고 또 깨닫는다.

남자는 부지런히 농사를 지어

가을이면 곳간이 그득하고

여자는 열심히 길쌈을 하여

여름에는 시원하고

겨울에는 따뜻한 옷을 입히네.

배가 부른 아이들은 노래를 부르다

새처럼 하늘 높이 솟구치며 그네를 탄다네.

뽀얗고 살비듬 좋은 아낙들은

향기로운 장미수를 넣어 빨래를 하며

한가로이 햇차를 마실 날을 약속한다네.

빙허각은 주상과 어른들이 꿈꾸고, 유본과 준평과 자신이 꿈꾸는 세상이 하나임을 알고 있다.

얼마 뒤 빙허각은 유본을 설득하여 할아버지 서명응이 거주하던 동호로 살림을 옮긴다.

"오늘도 자갈밭에서 혼자 씨름을 하고 계시네."

"남편 없는 아씨여?"

"뭔 소리를 하는 거여? 멀쩡하게 잘생긴 서방님이 계시는 아씨라네."

"그런데 왜 서방님은 일을 안 하고, 저 아씨만 따가운 봄볕에 저러고 일을 하시나?"

동호 집은 동네의 인가와는 떨어져 한강을 마주하며 조금 높은 언덕 위에 있고, 차밭은 좀 더 높은 곳에 위치해 있어 동네 사람들은 유본의 집 일상을 환히 꿰고 있다.

며칠 전 비가 새는 것을 고치기 위해 지붕에 올라갔던 유본은 사다리에서 낙상을 하여 방안에서 꼼짝도 못하고 누워 있다. 다행히 크게 다친 곳은 없지만 온몸이 쑤셔서 거동을 할 수 없어, 빙허각이 혼자 밭의 돌을 캐내는 모습은 마을사람들의 호기심을 자극하기에 충분하였다.

"아니 비탈진 돌덩어리 밭은 뭐 하려고 저렇게 정성을 들이나? 밭이 저 지랄이라 뭐를 심어도 뿌리를 못 내릴 텐데…"

"그러게! 저 아씨 품값만 아깝네 그려. 들어가서 서방님 팔 베고 낮잠이나 주무시지…"

"집안이 망해서 먹고 살려고 저런 애를 쓰는 거지. 기특한 아씨네."

"저 집안이 대단했으니 먹거리는 있을 텐데… 얼굴이 매끄롬한 서방님이 주색잡기로 다 쓰셨나?"

"지난번 달구지에 싣고 온 이삿짐 안 봤어? 온통 다 책이잖아. 내 평생 그렇게 많은 책은 처음 봤네."

빙허각은 하나라도 돌을 더 캐내기 위해 젖먹던 힘까지 다한다. 어느새 저고리가 땀으로 젖고 머리는 헝클어졌지만 빙허각은 아랑곳하지 않는다.

자식들이 차밭 일구는 것을 도와주겠다고 떼를 쓰면, 빙허각은 공부를 하라고 타일러서 들여보냈다.

"어미가 차밭의 돌을 정리하고, 오늘 공부할 양을 다 마쳤는지 살펴볼 것입니다."

어미의 뜻을 아는 자식들은 방에 들어가서 미시가 지나도록 꼼짝하지 않는다.

밭을 정리한 빙허각은 어느 날 수차를 가동하여 한강물을 끌어올려 다락밭에 흘려 보냈다.

봄 가뭄에도 불구하고 물로 흠뻑 적셔진 밭은 제법 윤기가 자르르 흐르고 있었다.

"아이고! 그 아씨 보기보다 억척스럽네. 비탈진 돌밭을 저렇게 바꾸어 놓은 것을 보니 보통 아씨가 아니네."

"한강물을 퍼 올리는 저 수차는 또 어찌 만들었을까? 그야말로 돌밭이 문전옥답으로 천지개벽을 했네 그랴…"

"이제 뭐를 심을까 궁금해지네."

"빨리 자라는 콩이나 녹두, 팥을 심겠지."

밭을 정리한 빙허각은 청나라 사람들이 많이 모여 사는 한양의 숭례문 밖과 제물포의 청국촌을 다니며 여러 종류의 차 씨를 구해 왔다.

봄이라고는 하지만 아직은 꽃샘 추위가 언제 심술을 부릴지 몰라, 헛간에서 모판에 심어 싹을 틔우는데 낮에는 햇빛을 쪼이며 애타는 마음으로 찻잎의 발아를 기다렸다.

"당신이 너무 쳐다봐서 차가 싹을 안 내는 모양입니다."

시간만 나면 모판을 바라보는 빙허각에게 유본이 여유를 갖는 것이 당신이나 땅속의 차 씨앗에게도 좋을 것이라며, 내일은 김영 관상감 주부가 온다고 안주 걱정을 한다.

"김영 주부께서 오신다고요? 마침 달과 지구에 대해서 질문할 것이 많았는데 잘 되었네요."

"보이지도 않는 땅속의 씨앗은 그만 보고 그 시간에 공부를 하시오."

유본은 빙허각의 관심을 공부로 돌려 보려고 나무라듯 이야기를 하자, 샐쭉해진 빙허각은 "공부는 제 머리로 하는 것이지만, 안주상은 돈이 있어야 차리지요"라며 통쾌하게 받아친다.

유본은 빙허각의 말이 백번 옳지만 무력한 자신을 탓하는 것 같아 괜한 심술이 난다.

"당신은 돈이 그렇게 좋소?"

"당연히 돈이 좋지요. 돈은 죽은 사람을 살리고 산 사람을 죽이기도 합니다. 나는 차밭을 경영하여 돈을 벌 것입니다. 내가 차밭으로 큰돈을 벌면, 나에게 돈 좀 달라고 부탁하지 마세요."

"내 죽으면 죽었지 당신에게 손을 안 벌릴 테니 걱정하지 마시오."

"당신은 김영이나 홍길주가 오면 좋은 안주가 필요해서라도 나에게 돈을 빌려 달라고 할 것입니다."

"내가 안주 따위로 손을 벌릴 한량으로 밖에 보이지 않소? 하지만 귀한 책을 손에 넣기 위해서는 당신에게 손을 벌릴지도 모르겠지만요."

당당하던 유본의 목소리가 점점 힘을 잃고 오그라든다.

서로 말싸움을 하던 유본과 빙허각은 아직 싹도 나지 않은 차를 팔아서 부자가 되고, 그 돈을 빌리고 하는 자신들이 우스워 갑자기 배꼽을 잡고 눈물이 나도록 웃어댄다.

풍석암서옥과
김영

"김영 같은 사람은 두 번 다시 태어나지 않을 것이다."

김영을 처음 만나고 온 날, 서호수는 들뜨고 흥분하여 유본에게 말하였다. 서호수는 김영이 제대로 된 교육을 받지 못했고, 말을 더듬는 장애를 가지고 있음에도 타고난 비상한 머리와 직관으로 우주의 이치를 깨쳤음에 놀랐다.

주상은 장헌세자를 이장하는 천역을 하고자 하나 중성中星을 측정한 지 오십 년이 지나 별자리의 위치가 어긋나 있고, 해시계와 물시계가 실제 시간과 많은 차이가 나서 시간을 잡지 못하고 있었다.

서호수의 추천으로 관상감에 들어온 김영은 〈신법중성기新法中星記〉와 〈누주통의漏籌通義〉를 편찬하고, 중성을 관측하여 시간을 바로잡았다.

김영의 뛰어난 천문학적 지식에 탄복한 선왕은 관상감 관리들의 거센 반발을 무릅쓰고 김영을 관상감의 종6품 주부에 임명하고, 나아가 관상감 관원들은 김영에게 배우게 하였다. 이때 김영의 나이 마흔한 살이었다.

김영은 선왕이 무리수를 둔 것에 보답이라도 하듯, 신기에 가까운 천문학적 성과를 토해 냈다.

관상감은 과거 시험을 거치지 않으면 들어올 수 없는 전문직이므로, 특채로 발탁된 말더듬이 김영은 함부로 대하기 좋은 존재였다. 이들은 김영이 이룬 성과물을 자신들의 공으로 돌리는 교활한 짓을 저지르고, 김영이 고집 센 것을 핑계삼아 주먹으로 때리기까지 했다.

당시 노총각이었던 김영은 서호수 집에서 숙식을 해결하였고, 자연스럽게 빙허각, 유본, 준평 등과 수학과 천문학의 깊은 이치를 둘러싸고 서로 가르치고 배우곤 하였다.

김영은 흙바닥에 주저앉아 돌멩이를 파내며 차밭을 골라 준다. 빙허각이 놀라며 안으로 드시라고 하지만, 김영은 누런 이를 드러내며 헤실거린다.

"아씨… 차… 차밭에 조… 조좋은 기운이 가… 가득 찼습니다. 지… 지대가 높아서 차밭의 화… 환기가 자알돼 밤이면 그윽한 다알빛을 먹고 자란 차라 휘얼씬 더 향기로울 것 가… 가… 같습니다."

혀가 짧아서 말을 더듬는 김영은 어눌하지만 모처럼 길게 이야기를 한다.

김영은 빙허각이 근 한 달여를 노력하여 만든 차밭을 보고, 조선 제일의 차가 나올 것이라고 하여 빙허각의 집념이 헛되지 않을 것임을 점친다.

따뜻한 봄 기운을 느끼러 김영의 머리에서 기어나온 이들이 볕에 눈이 부셨는지 어깨 위로 툭툭 떨어졌다가, 시커면 때 목걸이를 두른 듯한 목덜미로 슬금슬금 기어오른다.

빙허각은 해가 기울어질 때, 자신이 일군 밭에 차 싹을 갓난 아이 손톱을 깎듯 조심스럽게 옮겨 심었다.

"추운 겨울을 이기고 살아 있어서 고맙구나."

차밭은 북쪽과 동쪽을 살짝 등진 남서쪽의 비탈진 곳에 자리잡고 있어, 겨울의 찬 바람과 강한 빛을 피하고 한강에서 불어오는 습기를 품은 바람과 부드러운 빛을 받을 수 있는 천혜의 조건을 갖추고 있었다.

단점이 있다면 자갈이 섞인 땅이라 곧게 뿌리를 내려야 하는 차나무가 제대로 뿌리를 내리지 못한다는 것이었는데, 빙허각이 자갈을 골라내고 수차를 이용하여 물을 댄 덕에 땅이 부드러워져 차가 바르게 뿌리를 내리게 되었다.

차밭은 차 순이 돋아나 죽해를 이루었고, 여기에 찬란한 봄빛까지 더해지면서 생명의 힘이 가득 넘치고 있었다.

김영은 해가 질 무렵에야 일을 끝내고, 유본과 저녁상을 마주한다.

"주부는 요즘 어찌 지내고 계십니까?"

선왕이 죽고 김영이 관상감에서 쫓겨난 지 꽤 시간이 흘렀지만, 유본은 여전히 김영을 꼬박꼬박 주부라고 불러 예우를 다한다.

"하… 한 달 전부터 서… 서서당의 후… 훈장질을 하고 있습니다. 가… 가끔 관… 관상감에서 이런 저런 도… 도움을 달라고 하면 가서 도… 도와드리기도 하고요."

"주부를 시기하여 몰아냈던 자들이 주부를 불러 도와달라고 한다고요? 그 자들이 저질렀던 일을 잊었나요?"

유본이 화가 나서 핏대를 올리는데, 정작 당사자인 김영은 아무런 대꾸도 없이 밥만 꾸역꾸역 먹는다.

"아… 아무 기… 기대도 없습니다. 어… 어차피 나 죽으면 사… 사라질 것들이요. 원… 원하는 사람들에게 주고 가면 호… 혹… 혹시나 압니까? 아… 아들 녀… 녀석이 그 보… 복으로 바… 밥이나 아… 안 굶고 살련지… 그… 그것이면 조… 족… 족합니다."

"그 자들에게 무엇을 도와주었소? 두 차례 나타난 혜성 때문이었소? 혜성의 운행도수를 계산한 사람이 바로 김 주부였구려."

유본이 김영을 나무라듯 말한다.

김영은 아무말 없이 자신을 나무라는 유본을 바라보고 히죽 웃는다.

김영의 이마에 있는 작은 종지만한 흉터가 술기운으로 붉은 빛을 띠자, 김영은 가려운지 연신 손으로 흉터를 긁는다.

"이마의 상처는 흉이 안 나도록 신경을 좀 쓰지 그랬소?"

유본이 마음과는 다르게 퉁명스럽게 김영을 나무라듯 말한다.

"나… 나를 새… 색경에 비… 비춰 볼 일이 없으니 휴웅… 터를 못 봅니다. 좌… 좌소산인이 내 이마의 휴웅이 보기 싫으면 나는 그… 그만 가알랍니다."

김영은 밥이 담긴 밥숟가락을 놓고 갑자기 일어선다.

유본은 정색을 하고 김영을 나무란다.

"내가 주부가 싫어서 이런 말을 하는 것이 아니라는 것을 잘 알면서 어린아이와 같은 행동을 하는 것이오? 내가 주부를 아끼기 때문에 이러는 것이오. 당장 도로 앉으시오."

유본의 꾸짖는 말에 김영은 순순히 다시 밥상에 앉아 먹던 밥숟가락을 든다.

김영 이마의 흉터는 관상감에 근무할 때 김영의 남다른 재주를 시기하고 질투하는 동료들이 김영을 때려서 생긴 것이다. 만약 김영이 준수한 외모에 말도 더듬지 않았다면 이리 함부로 대하지는 않았을 것이다. 생각이 이에 미치자 유본은 분노가 치밀어 올랐다.

"주부! 하늘의 뜻이 바르다면 우리 집안은 다시 일어설 것입니다. 그땐 꼭 주부를 크게 쓸 것이오. 주부가 어려운 시기를 넘기는 방법은 책을 쓰는 길밖에 없소. 책을 쓰시오."

김영은 밥을 먹던 숟가락을 놓고, 잠시 유본을 멍한 표정으로 보다가 히죽히죽 웃는다.

빙허각은 김영의 병이 깊어짐을 느끼며 가슴이 애잔해진다.

방에 들어간 유본은 잠시 뒤 소중하게 싼 보자기를 들고 온다. 보자기를 풀자 두꺼운 뭉치의 빈 원고지가 나온다. 그 원고지에는 '풍석암서옥'이라는 판심이 찍혀 있었다.

준평이 이곳 동호에서 할아버지 서명응을 모시고 공부할 때, 할아버지께서 준평의 서실 이름을 넣어 만든 원고지였다.

"주부~ 이 원고지는 서씨 집안의 원고지입니다. 이 원고지에 주부를 아꼈던 선왕과 나의 아버지, 그리고 주부의 꿈을 한껏 담아 주오."

유본은 진실로 온 마음을 모아 간절하게 말한다.

천재는 불행한 운명까지도 기꺼이 감수해야 하는가? 유본은 김영이 본래 가지고 있던 정신병이 사람들과의 상처 속에서 조금씩 심해지는 것을 느낀다. 김영의 지식이 정신병과 함께 사라진다면 조선의 크나큰 손실이다.

천재를 알아보지 못하고, 천재를 제대로 쓰지 못하는 나라…
유본은 오늘따라 할아버지와 아버지, 그리고 선왕이 너무나 그립다.

"시집온 뒤 할아버지께서 서씨 집안의 원고지를 내주시면서

'너는 이제 서씨 집안 사람이니 이 원고지에 글을 쓰도록 해라' 하시는데 가슴이 벅차고 떨리며 서씨 집안으로 시집오기를 정말 잘했다는 생각을 했답니다."

빙허각의 말에도 김영은 알아들었는지 못 알아들었는지 여전히 무표정하게 밥만 밀어넣는다.

그날 밤 늦었으니 하루 더 자고 가라는 유본을 뿌리치고, 김영은 원고지 보따리를 소중하게 가슴에 품고 길을 떠났다.

유본은 "고집이 황소 같네. 내가 마음이 바뀌어서 내일은 원고지를 안 준다고 할까 봐 이 어두운 밤길을 나서나"라고 투덜댄다.

빙허각은 김영의 몽롱하게 잠자고 있던 눈이 조용히 깨어나는 것을 보았다. 빙허각은 조만간 김영이 자신을 알아준 선왕과 서호수의 꿈, 그리고 천재 김영의 꿈이 가득 담긴 원고를 품에 안고 돌아올 것이라고 기대하면서 김영이 어지럽게 먹은 저녁상을 치운다.

귀신도
움직이는 돈

"할아버지가 차밭을 가꾸시던 이유가 있으셨던 것 같아요."

햇차 맛을 보러 동호에 온 준평에게 빙허각이 웃으며 말한다.

"형수님~ 참으로 차밭이 잘 만들어졌네요. 형수님 덕이 참으로 큽니다."

준평은 꿰맨 베옷을 입은 형수를 안쓰러운 눈으로 바라보며 말한다.

"유락과 유비 서방님이 많이 도와주지 않았으면 이렇게 향이 좋은 차를 생산하지 못했지요. 다행히 차나무가 지난 겨울 얼어 죽지 않아, 첫 잎을 수확하고 차를 만들어 냈으니 신기할 뿐입니다."

준평은 빙허각이 복례와 함께 막 덖은 차바구니에서 나오는 부드러운 향기를 즐긴다.

"이 차를 상인에게 맡기면 편하기는 하지만, 고생한 것에 비하면 이문이 많지 않습니다. 그래서 이 차를 조금씩 나누어 종이에 담은 다음 세 개씩 지함에 넣을까 합니다. 그리하면 통째로 상인에게 넘기는 것보다 다섯 배를 더 남길 수 있답니다."

"하하 좋은 생각입니다. 형수님이 장사꾼이 다 되셨네요. 차는 잘 덖으면 오래 보관할 수 있으니 급할 것이 없지요."

"도련님~ 이 차를 고흥에 있는 숙부에게 보내드리려 하는데, 인편을 좀 알아봐 주세요."

"얼마 전 숙부님이 이배를 하여, 흑산도로 가셨다는 소식을 유경에게 들었습니다."

"세상에~ 얼마나 집이 그리우실까요?"

금세 빙허각의 눈시울이 붉어진다.

준평은 유경이 돈이 부족하여 숙부가 아끼던 귀한 책을 팔고 있다는 이야기가 입가에 맴돌았지만, 형수의 마음이 상할까 봐 '꿀꺽' 삼켜 버린다.

"차를 파는 가게가 새로 문을 열었네!"

육의전 골목에서 선비들이 서성거리며 호기심 어린 눈으로 새로 생긴 아담한 차 가게를 바라본다.

"동호에서 성심껏 재배한 차로 향긋한 향과 부드러운 맛이 일품이라는구만~"

"어허~ 차를 사는 사람에게는 연경식 다구를 준다고도 쓰여 있는데, 우리 한번 들어가 보세!"

"안 사면 미안하지 않은가?"라며 쭈뼛거리던 주머니 가벼운 선비도 못 이기는 척, 친구를 따라 빙허각의 차 가게에 들어간다.

"어서 오세요!"

품위 있는 빙허각과 함께 보낸 세월이 길어서인지 돈 많은 상인의 부인이라도 된 듯 거만한 표정의 복례가 딸 순심이와 함께 선비들을 상냥하게 웃으며 맞이한다.

"잘생긴 선비님들~ 안 사셔도 괜찮으니, 우리 상점의 대단한 차 맛을 한번 보세요."

복례가 목소리에 힘을 빼고, 우아한 마님들 흉내를 낸다.

'내가 조선 제일의 빙허각 아씨를 모시며 산 세월이 도대체 얼마인데, 이 정도는 누워서 식은 죽 먹기지.'

순심이는 빙허각이 만든 연경식 다구에서 우려낸 차를 선비들에게 따라주며, 눈웃음을 살살 친다.

"차는 원래 청나라 것이 유명하고 조선에서는 머~얼리 지리산 차가 유명하지만, 먼 길에서 오다 보면 차에 팽이가 피기도 하고 향도 떨어지지요. 호호호! 하지만 이 차는 넘어지면 코 닿는 동호의 높은 차밭에서, 한강의 바람과 은은한 달빛, 그리고 새벽녘 신선한 이슬을 받아먹고 자란 차로 맛과 향이 기가 막힙니다."

순심이는 너스레를 떠는 어머니가 우습기도 하고, 마님의 차를 팔아 은혜를 갚으려는 어미가 자랑스럽기도 하였다.

"주인이 직접 재배를 하였소? 차는 원래 따뜻한 지역에서만 살 수 있다고 들었는데 동호에서도 차가 생산된다 하니 신기해서 묻는 말이오."

"잘생긴 선비께서 차에 대해 잘 아시네요. 차가 원래 추우면 잎이 말라 죽는 것으로 알고 있지만, 우리 사람들도 추위에 강한 사람이 있고 약한 사람이 있듯 차도 품종에 따라 추운 곳에서 잘 크는 차도 있습니다. 호호호."

선비들이 복례의 친절하고 상냥한 설명에 귀를 기울이며 고개를 주억거린다.

복례는 평소 아씨에게 주워 들은 차에 대한 지식으로 상점을 방문한 선비들을 감동시키는 자신이 신기하고 대견하다.

'공부해야 한다는 아씨 말을 들으면 손해나는 것이 하나도 없어. 오늘 이렇게 잘 써먹고 있네.'

자신감이 붙은 복례는 "추위에 강한 차나무는 따뜻한 지역에서 자라는 차나무보다 잎이 좁고 작답니다. 우리가 추우면 몸을 오므려 작게 하는 것과 같은 이치지요"라며 제법 빙허각처럼 말하는 자신에게 제풀에 놀란다.

순심이도 어미의 언사가 마님과 다름이 없어 우러르는 얼굴로 복례를 바라본다.

복례가 설명을 하고 있는 사이, 상점 밖에 쓰인 방을 보고 선비 두어 사람이 더 상점 안으로 들어와 복례의 설명에 귀를 기울인다.

"선비님들~ 공부하실 때 잡생각을 없애고, 머리를 맑게 하는 데는 좋은 기운을 받고 자란 차가 최고입니다."

선비들은 자신들이 과거에 계속 낙방하는 것이 차를 마시지 않아서인 것 같다는 생각이 든다.

"이 차 가격이 얼마요?"

맨드리가 제일 고운 선비가 묻는다.

"열다섯 냥입니다. 선물로 드리는 이 다구는 연경 선비들이 쓰는 것을 본떠 만들었습니다. 이 다구값만 해도 다섯 냥은 넘을 것인데 차와 함께 열다섯 냥이면 거저나 다름없지요."

복례는 큰 인심이나 쓰면서 주는 것처럼 말한다.

"좋소! 차 다섯 상자를 주시오."

매무새에 걸맞게 돈머리가 큰 선비가 선뜻 다섯 상자를 사자, 복례는 신이 나서 입이 귀밑까지 걸린다.

"저희 차상점의 마수걸이니 특별히 다구 하나를 더 챙겨드릴게요. 다음에 또 오세요."

"고맙소. 차 맛이 좋으면 당연히 또 오지요."

선비들도 얼른 차를 우려먹고 싶은 마음에 서둘러 상점을 나선다.

"어머니! 그 다구는 연경 거를 본뜬 것이 아니고, 아씨가 만든 건데 그리 말하면 어찌합니까?"

겁이 난 순심이가 복례를 추궁한다.

"나는 없는 소리는 절대로 안 하는 사람이야. 마님이 연경에 다녀왔으니, 연경 다구를 본뜬 것이나 다름이 없어. 그건 그렇고 너는 한번 들어온 손님은 절대로 빈손으로는 못 나가게 한다는 각오로 팔 생각이나 해. 니년은 내 맘을 몰라."

복례가 순심이에게 윽박지르듯 말한다.

동호의 집에서 빙허각이 유본과 함께 차를 포장하고 선물로 줄 다기를 만들면, 복례와 순심이는 차와 다구가 든 바구니를 머리에 이고 매일 육의전으로 간다. 차가 잘 팔리면 두 모녀의 보따리가 무거워지지만, 마음은 구름 위라도 펄쩍 뛰어오를 듯 가볍다.

다구는 빙허각이 만든 것으로, 아주 간단하면서도 차가 잘 우러난다.

작고 큰 대나무를 마디를 살려 내어 잘라 둔 다음, 작은 대나무통 바닥에는 작은 구멍을 여러 개 내고 위쪽 한 치 정도를 여러 조각으로 칼집을 넣은 다음 불에 휘어 마치 꽃잎처럼 펼친다. 작은 대나무통을 큰 대나무통 안에 넣으면 펼친 꽃잎이 큰 대나무통 위에 걸리고, 구멍을 낸 작은 대나무는 일정 거리를 두고 뜬다. 이렇게 만든 대나무 다구는 가벼워 휴대하기도 좋을 뿐만 아니라, 차 향에 대나무의 향까지 더해져 일반 다기로는 맛볼 수 없는 차가 만들어진다.

봄철 한동안 잘 나가던 차가 여름에는 주춤했지만, 찬 바람이 돌기 시작하면서 빙허각의 차는 불티나게 팔렸고, 첫 눈이 올 때쯤은 차가 없어 더 이상 육의전 상점을 운영할 수가 없었다.

빙허각은 차를 팔아서 가솔들의 배를 곯리지 않게 되었고, 동호의 집도 세 칸을 넓힐 수 있었다.

유본과 빙허각은 일단 육의전 상점을 접고, 다음해 차가 생산되면 상점을 다시 열기로 한다.

어제는 장단에서 시어머니 한산 이씨가 오셔서 큰 손주 민보의 혼사를 의논하였다. 자손들이 어린 나이에 명을 달리하여 서씨 집안에서 혼사는 실로 오랜만에 벌어지는 경사다.

'드디어 나도 할머니가 되는구나.'

빙허각은 자신이 할머니가 된다는 사실이 너무나 기뻤다.

복례도 손자를 벌써 다섯이나 두었는데, 아직 손자가 없다는 것도 빙허각의 기를 죽이는 일이었다.

올해는 차밭 농사도 잘 되었고, 준평 서방님도 몇 차례 이사를 거듭하다가 자리를 잡았다.

'새며느리가 들어오면 손자들이 태어나고 집안은 예전처럼 활력을 되찾겠구나.'

빙허각은 서씨 집안 큰며느리로 집안을 번성시키지 못했다는 자책감에서 벗어나며, 모처럼 찾아올 행복을 미리 즐긴다.

민보의 혼인에 필요한 돈을 예상할 요량으로, 빙허각은 여섯 달 동안 차 장사를 하여 번 돈을 기록한 장부를 펴고 이리저리 셈을 하였다.

빙허각이 한참 골몰하여 장부를 기록하면서 산가지로 계산을 하고 있는데, 제사에 쓸 제수를 사러 나갔던 유본이 집으로 돌아왔다.

"당신이 차 장사를 잘하긴 잘한 모양이오. 오늘 청국에서 우롱차를 가져온 김시준이라는 상인이 나를 찾아왔오. 육의전의 우리 차 가게에서 우롱차를 팔아줬으면 하는데, 내가 당신 의견을 묻지 않고 결정할 수 없다 하였소."

"잘 되었습니다. 내년 봄 차가 새순을 낼 때까지 지루해서 어찌 사나 했는데, 청국차를 팔아서 돈을 벌 수 있으면 마다할 일이 아니지요. 육의전 상점은 아직 정리를 안했으니, 김시준이라는 상인을 만나서 일단 차의 품질을 보고 어떤 조건으로 팔아달라고 하는지 알아보도록 해요."

"자네가 돈! 돈! 하더니 드디어 돈에 눈이 열린 것이 아니요? 난 솔직히 자네가 돈을 많이 버는 것이 싫소."

유본이 쓸쓸한 표정을 지으며 차를 판 돈이 담겨 있는 돈 통을 윗목으로 밀어 버린다.

빙허각에게서 노련한 장사꾼의 냄새가 나는 것이 유본은 왠지 싫었다.

그러고 보니 빙허각은 공부할 때는 냉정한 여사요, 음식을 만들 땐 까탈스러운 요리사이며, 농사를 지을 땐 영락없는 농사꾼이었다.

"참 호강에 잣죽 빠치는 소리를 다 하시네요. 당신이 오늘 넉넉하게 제수를 사 올 수 있었던 것도, 종이를 사서 좌소산인 문집을 쓸 수 있는 것도 내가 차 상점을 운영하여 돈을 벌었기 때문입니다. 동호에 와서 첫 해에 지내던 일을 생각해 보세요. 집은 비가 오면 줄줄 새고, 쌀 뒤주는 비어가고 막막하던 때를 벌써 잊었어요?"

"알았소. 잔소리 그만 하시오. 내일이라도 당장 김시준과 연락을 하도록 하겠소."

"민보의 혼례 비용도 만만치 않고, 귀양가서 고초를 겪으시는 숙부님과 장단에서 고생하시는 어머니와 유락과 유비 서방님을 생각하면 아직도 갈 길이 멀었습니다."

빙허각은 유본이 윗목으로 밀어 놓은 돈 통을 다시 당겨서 눈에 불을 켜고 돈을 헤아린다.

"세상은 결국 돈이 좌지우지합니다."

"자네가 돈을 벌더니, 이제는 나에게 큰 소리를 치는 것 같소."

"내가 아니고 돈이 큰 소리를 치는 것입니다. 나는 늘 같은 마음이니 괜한 오해로 사람의 속을 긁지 마세요. 나는 박이 아닙니다!"

빙허각이 의외로 거세게 반격하자 유본이 움찔한다. 빙허각은 기세를 몰아서 유본에게 자신의 돈에 대한 생각을 경연

장이라도 되는 듯 말한다.

"사람들은 돈을 좇는 것을 부끄러워하고 초연한 척하는데 자신의 본 마음을 속이는 것입니다. 잘못된 돈을 좇는 거나 돈에 집착하여 주변 사람을 잃는 것을 두려워하면 됩니다."

"알겠소. 나는 자네가 너무 힘이 들까 봐 하는 말이었지, 다른 뜻은 없소."

유본이 풀죽은 목소리로 말한다.

"돈이 있으면 위태로운 것을 편안하게 하고, 죽을 사람도 살리는 반면, 돈이 없으면 귀한 사람도 천하게 되고, 산 사람도 죽게 만듭니다. 이런 까닭에 분쟁과 재판도 돈이 아니면 이기지 못하고, 원망과 한스러움도 돈 아니면 풀리지 않습니다. 그러므로 돈이 있으면 귀신도 부릴 수 있다고 하니, 하물며 사람이야 말해 무엇하겠습니까? 전錢이란 글자를 보면 하나의 금金을 둘러싸고 두 개의 창戈이 싸우는 것과 같으니, 돈은 눈에 보이지 않는 전쟁입니다. 전쟁! 돈을 가볍게 여기면 다른 사람의 창에 찔려 죽임을 당하게 됩니다! 돈을 지향하는 상업이 조선을 좌지우지하는 날이 곧 올 것이라고 확신합니다."

"무슨 뜻이요?"

"장사를 잘하는 사람이 부를 축적하고, 자연스럽게 권력도 쥐게 된다는 뜻입니다."

"그럼 장사를 해서 돈을 번 거상이 한 나라의 국왕도 될 수 있단 말이오?"

"꼭 그런 것은 아니지만, 그만큼 돈의 중요성이 커진다는 뜻이지요. 돈은 신분 제도도 무너뜨리게 될 것이고, 그럼 돈이 많은 사람이 국왕도 될 수 있지요. 돈은 어찌 보면 능력이라고도 볼 수 있으니까요."

유본은 똑부러지는 빙허각의 말에 고개를 끄덕인다.

"사대부들도 더 이상 신분에 기대어 살 수 없는 다른 세상이 오고 있다는 것이지요."

"그럼 연암 선생님의 말씀대로 지금 천박하다고 생각되는 것들이 앞으로는 고귀하게 된다는 것이군요."

"네~ 스승님은 옛 방식에 구속당하여, 붙잡고 매달려 세상을 살지 말라고 하셨지요. 이제부터는 나라도 사대부도 백성도 새로운 각오로 자신의 길을 모색해야 합니다."

유본은 시대의 흐름을 정확하게 간파하는 똑똑한 빙허각이 원래는 '국사'나 '선사'로 태어나야 하는데, 옥황상제의 실수로 여인의 몸으로 태어나 자신과 인연이 닿았다고 확신한다.

열한 그루의
나무

"넌 누구냐? 도둑이냐?"

잠을 자던 빙허각의 아들 민보는 인기척에 놀라 눈을 떴다가, 어둠 속에 자신을 바라보는 시선이 느껴지자 공포에 질려 소리를 지른다.

열린 방문으로 새어 들어오는 달빛으로 도둑이 자신의 어머니라는 것을 알고 안도한다.

빙허각은 잠자리에서 왔는지 옥당목 자릿저고리에 쪽진 머리를 내려서 한 갈래로 묶고 있다.

"어머니! 이 밤에 웬일이세요?"

빙허각은 아들의 목소리를 듣고도 귀머거리처럼 아무 반응이 없다.

민보는 어머니의 이상한 행동에 놀라서 이불 속에서 나오지도 못하고 그저 어머니를 바라만 본다.

빙허각은 아들의 이불을 당겨서 목까지 단단히 덮어 준 다음 아들의 얼굴을 한참 들여다보다가 조용히 방을 나간다.

민보는 어머니를 따라 나가 댓돌 위의 당혜를 신는 어머니를 부축하지만, 빙허각은 아들의 손길을 느끼지 못하는 것 같다.

"어머니~"

민보가 빙허각을 불러 보지만, 여전히 빙허각은 저승에서 잠시 이승으로 다니러 온 듯한 모습이다. 차가운 초겨울 새벽 달빛에 비친 빙허각의 얼굴은 싸늘한 기운 탓인지 파르께한 빛이 감돈다.

민보는 정말 어머니가 돌아가셔서 귀신이 되어 나를 보러 온 것이 아닌가 하여 겁이 덜컥 난다.

당혜를 신은 빙허각은 한참을 살구나무 아래에 서 있다가 안채를 향해 걸어간다.

어머니의 기괴한 행동을 본 민보는 뜬 눈으로 밤을 새운다.

그날 아침 일찍 민보가 문안을 올리기 위해서 빙허각을 찾았는데, 어머니는 맑고 투명한 가을 공기처럼 해맑은 미소를 지으며 결혼을 앞둔 아들에게 덕담을 한다.

"혼례가 다가와서 그런지 더욱 늠늠하고 인물이 훤해지는 것이 방이 환합니다. 혼인이라는 인륜지대사를 앞두었으니 몸가짐을 각별히 조심하시게나."

어머니는 오늘 새벽 자신을 찾아왔던 일을 전혀 기억하지 못하고 있는 것 같았다.

민보는 어머니에게 '소자의 방을 새벽에 왜 들어오셨냐'고 묻고 싶지만, 자존심 강한 어머니가 민망해 하실까 봐 그냥 덮기로 한다.

올봄 장단의 본가에서 휴식을 취한 뒤 어머니의 안색이 많이 좋아졌기에, 가족들 모두가 안심을 하고 있던 참이었다.

그날도 어머니는 여느 때처럼 할아버지가 쓰시던 서재에서 책을 읽고 가솔들의 선생이 되어 공부를 가르치고, 오후에는 차밭에서 일을 하신다. 저녁에는 자신에게 수학을 가르치셨다.

어머니가 겉으로는 평소와 다름이 없어 보이지만, 동생들의 연달은 죽음과 집안의 몰락으로 인한 충격으로 마음의 병이 깊어졌다는 생각이 들자, 민보는 어머니가 가여워 눈물이 나온다.

다음달 민보가 혼례를 치르기 전까지 빙허각은 민보의 방을 밤에 두 차례 더 찾아온다.

두 번째는 민보에게 "아가야~ 어미를 두고 가지 마라"고 말을 하기도 하였다.

민보는 아버지에게 이를 알리고, 유본은 크게 놀라 의원을 만나 자초지종을 설명한다.

의원은 '크게 상심하였을 때 생기는 병으로 약으로는 고칠 수가 없으니, 환자가 마음을 잡을 때까지 기다려 보라'고 한다.

아이를 가질 때마다 빙허각은 이 세상 모든 어미가 그녀를 본받아야 한다고 할 정도로 태교에 힘을 썼다. 어미의 마음가짐과 행동과 습성이 태아에게 그대로 전달된다며, 급한 성격을 다스리며 마음의 고요를 유지하였다.

자기의 심성은 원래 일시적으로도 바꾸기 어려운 법인데 빙허각은 임신 중에는 급한 성격을 절대 드러내지 않았고, 음성도 높이지 않고 말도 천천히 하였다.

빙허각은 외숙모인 사주당 이씨가 쓴 태교책에 자신의 의견을 붙여 주석을 달기도 하며 자신의 경험을 기록하였고, 가본으로 만들어 서씨 집안의 여자들과 아비 어미가 될 사람들에게 나누어 주었다.

이런 빙허각이 뱃속에서부터 정성을 다하여 기른 자식들이 홍역이나 천연두로 허망하게 죽은 충격이 빙허각의 가슴에 넓적한 돌덩이가 되어 하나, 둘, 셋 퇴적되고 있었다. 급기야 그 돌덩이가 여덟 장이 되자 빙허각의 몸과 마음은 견딜 수 있는 한계를 넘어 버린 것이다.

사람들은 빙허각이 극성스러울 정도로 태교를 하지만 결국 마마와 홍역을 못 이겼다며, 유난스러운 빙허각을 못마땅하게 여겼던 마음을 슬쩍 드러낸다

'인생은 주어진 운명대로 살아야 하는 것인가?'

누구에게도 의지하지 않고 스스로 세상의 문을 열어가며 살겠다던 자신의 신념이 자식들의 죽음으로 무너진 것도 빙허

각을 고통스럽게 하였다.

빙허각은 혼자 장구치고 북치고 노래하고 춤추는 사람처럼 살았던 자신이 우습다.

'내가 책을 읽으며 깨우쳤던 것들을 실천하며 살고자 했던 것부터 잘못된 선택인가?'

온갖 잡념들이 빙허각의 머리를 헤집고 돌아다녔고, 순수하고 순진한 빙허각은 큰 혼란에 빠진다.

민보가 혼인을 하기 전날, 빙허각은 조상을 모신 사당에서 반 나절을 기도한다.

점심도 거르는 빙허각이 걱정이 돼 사당에 갔다가, 그녀의 기도를 들은 유본은 목이 메인다.

"조상님께 빌고 또 빕니다. 전주 이씨 영해군파 이선정은 달성 서씨 장손 서유본과 혼인을 하여 조상님의 음덕으로 자손을 여럿 두었으나, 부부가 부실하여 금쪽 같은 자식들을 일찍 보냈습니다. 이제 서민보가 장성하여 내일 버들 유씨 유덕현과 조상님의 음덕으로 혼례를 치르게 되었음을 여러 조상님께 고합니다. 부디 서민보가 무사하게 혼례를 잘 치르고, 유덕현과 더불어 부부로 백년해로를 하고, 자손이 번성하여 어린 손자들의 글 읽는 소리가 새벽을 깨우고, 그네를 타는 아이들의 웃음소리가 담 밖을 넘어가게 해 주십시오. 저의 미욱한 지혜와 지식이 이 손자들에게 전수돼 쓰러진 거목 조선을 일으키는 데 작은 힘이나마 보태며 살 수 있는 삶이 되도록 저에게 힘을 주시옵소서. 지하에 계신 조상님들! 혹시 제 목소리가 작아서 들리지 않으셨을까 봐 염려되어 큰 소리로 다시 한번 말씀드립니다."

빙허각의 애끓는 기도는 진시에 시작되어 미시가 넘어서 끝이 났다.

다음날 아들 민보의 혼례는 별 탈이 없이 진행되었고, 오랜만에 벌어진 서씨 집안의 경사인지라 잔치는 사흘 동안이나 계속되었다.

빙허각이 차를 팔아 번 돈으로 쌀 다섯 섬을 사서 떡을 하고, 돼지 다섯 마리, 말린 전복 서른 근, 밀가루 쉰 근을 넉넉하게 살 수 있어, 잔치 음식은 넉넉하였고 하객들의 입은 다물어지지 않았다.

잔칫상 사이를 누비며 심부름을 하던 복례 딸 순심이가 간전을 부치느라 눈길도 주지 못할 정도로 바쁜 제 어미를 한쪽으로 끌고 가 귓속말을 한다.

이를 본 빙허각이 나무라기 위해 다가오자, 순심이는 자지러지며 복례에게서 떨어진다.

"귓속말은 사람 사이를 갈라놓는 좋지 않은 행동이라고 누누이 일렀는데, 아직 여전하구나."

"아씨~ 죄송합니다."

"귓속말을 해야 할 긴급한 일이라도 있단 말이냐?"

"아닙니다 아씨, 술 취한 선비가 자꾸 제 손을 잡으려고 해서 어머니께 이른 것입니다."

얼굴이 빨개진 순심이가 둘러댄다.

"내가 삼돌이를 시켜 혼내줄 터이니 누군지 말해라."

"제가 놀라서 소리를 치니 아마 망신스러워 돌아갔나 봅니다."

순심이가 실눈을 뜨고 하객들을 열심히 살피다가 말한다.

그날 저녁 딸이 귓속말로 하고자 한 말에 궁금증이 난 복례는 잔칫상 설거지를 하는 딸에게 살며시 다가가 설거지를 도우는 척하며 묻는다.

"뭔 소리여? 아까 할려고 했던 말은?"

순심이가 사방을 살피며 경계를 하자, "아씨는 지금 새색시 집에 보낼 폐백을 준비하느라 방에 들어가셨어"라고 순심이를 안심시키고, 순심의 얼굴에 귀를 대며 재촉하는 표정을 짓는다.

"글쎄 생전 처음 보는 사내들이 술이 거나해서 내가 있는 줄도 모르고 하는 말이, 새아씨가 너무 쎄서 새신랑이 오래 못 산다는 거야. 근데 그 말을 한 사람은 눈이 쭉 찢어지고, 보통사람이 아닌 것 같더라고… 눈이 무섭게 생겨서 오금이 절로 저렸어."

"새아씨가 저리 여리고 순하게 생겼는데 무신 당치도 않은 소리를 한단 말이야. 괜히 남의 잔치에 와서 초치는 소리하는 미친 놈들이지."

"혹시 노론인가 뭐시긴가 하는 사람들 아닌가?"

영리한 순심이가 들은 소리가 있어서 아는 체를 하려고 하자, 복례가 엉덩이를 때리며 "이년아~ 헛소리 집어치우고 설거지나 열심히 해라. 날 새겠다"고 딸을 나무란다.

순심이가 지지 않고 "아이고, 아파라! 아씨가 소중한 딸에게 이년 저년 하지 말라고 했잖아요"라고 말한다.

복례도 지지 않고 "네 년이 뱃속에 있을 때는 내가 욕을 하지 않았고, 아씨가 언문을 깨쳐 주어 책도 읽고, 맛있는 과일도 챙겨 주셔서 네 년이 머리가 돌아가고 인물이 뺀쫄하여 예쁘다는 소리 듣는 것여. 아씨의 공을 아는 년이 재수없게 헛소리를 지껄이고 다니냐? 너는 이년 저년을 들어도 싸다."라며 휑하니 나가 버린다.

"아버님! 어머님! 아침 문안 인사 올립니다. 밤새 평안히 주무셨습니까?"

친정 신행을 마치고, 본가에서 첫날을 맞이한 의젓한 새신랑과 고운 새신부의 아침 문안 인사를 받은 빙허각과 유본의 입에 흐뭇한 미소가 멈추지 않는다.

"그래~ 새신랑과 새색시는 밤새 좋은 꿈 꾸었는가?"

노랑 삼회장저고리에 남색 치마를 입은 꾀꼬리 같은 새며느리와 시조부를 꼭 빼닮은 민보는 눈을 훔치기에 부족함이 없었다. 민보는 인물도 좋지만 사리가 밝고 명석하여, 어릴 때부터 빙허각의 공부를 놓치지 않고 따라와 빙허각은 민보에 대한 기대가 크다.

"새아기도 책 읽기를 좋아한다 들었는데, 읽은 책 중에서 가장 기억에 남는 구절이 무엇이냐?"

빙허각은 시조부 서명응이 시집온 첫날 문안을 올리러 갔던 자신에게 물었던 질문을 무심코 던진다.

"네~ 제가 감동 깊게 읽은 책은 〈춘향전〉이고 마음에 남는 구절은 변사또를 암행어사가 된 이몽룡이 혼쭐내는 구절인데 여러 번 읽어서 외울 정도입니다."

새며느리가 잠시의 망설임도 없이 대답하자 빙허각은 내심 크게 실망을 하고, 자신도 모르게 미간을 찡그린다.

"그런 재미스러운 패관 소설 말고 〈소학〉이나 〈시경〉 중에는 없느냐"고 조심스럽게 묻는다.

"어머니! 저는 〈소학〉이나 〈시경〉은 남자들이 읽는 책으로 알고 있습니다. 친정 아비가 읽으라 하여 읽어 보긴 했지만, 재미가 없어 잠이 옵니다."

새며느리의 철이 없기도 하고 솔직하기도 한 대답에 빙허각은 더 이상 말을 못한다.

"그랬구나… 새아기는 앞으로 경전에도 관심을 갖도록 하여라."

"네~ 알겠습니다. 어머니! 노력해 보겠습니다."

"그럼 이제 물러가서 오늘은 쉬고 작은 집안 살림에 대한 것은 순심어멈이 알려 줄 것이고, 부족한 것은 내가 나중에 가르쳐 줄 것이니 언제든지 어려워하지 말고 묻도록 하거라."

"네! 어머니! 걱정하지 마십시오. 언제든지 묻겠습니다."

새며느리는 연신 볼우물을 지으며 생긋거린다.

민보 부부가 나가고 빙허각은 잠시 젊은 며느리의 맹랑한 언사를 생각해 본다. 시대가 변하고는 있지만 지켜져야 할 것이 있는 법인데, 구별 없이 흔들리는 것이 마음에 들지 않는다. 열다섯 살에 시집온 자신도 저런 모습으로 어른들에게 비춰졌는가 하여 잠시 새색시 시절을 더듬어 보다 빙그레 웃는다.

'그래… 어른들이 나 때문에 많이 힘드셨겠구나!'

한산 이씨는 빙허각이 잎새가 떨어진 오동나무와 참나무, 벚나무에 하염없이 눈길을 주며 미동도 하지 않는 모습을 보고, 눈물을 훔치며 돌아선다.

"가여워라… 가여워! 가여워서 내 저 꼴을 어찌 보나. 내 속도 썩어 버렸는데, 며느리 심정은 오죽할꼬? 저러다 정신줄을 놓으면 안 되는데… 불쌍한 것…"

민보가 죽었다. 한 달 전 장가를 간 아들 민보가 급사를 하였다. 새며느리 유씨는 자신의 신세가 기가 막힌지 눈물조차 없다.

앞서 간 여덟 자식들은 불덩이 같은 이마를 밤새 짚어주던 어미의 손에 차디찬 기운을 남기고 허망하게 떠났고, 어미는 남은 자식 셋을 공포 속에서 노심초사하며 길렀는데 또 자식을 빼앗겼다.

빙허각에게 민보의 혼인은 경사이면서 치유였다. 자식들의 죽음으로 크기와 깊이조차 짐작할 수 없었던 상처에 퐁퐁 솟아오르던 피가 겨우 그으려던 참이었다.

어른과 함께 살던 죽서 시절은 육신의 고단함을 이기게 하는 양귀비를 먹은 듯한 환희가 있었다. 빙허각은 그 시절의 환희를 되살리려는 마음이 너무도 간절하였고, 남은 아들 민보만이 유일한 희망이었기에 민보의 죽음은 빙허각에게는 하늘이 무너지는 것보다 더한 충격이었다.

아들 민보의 염을 마친 빙허각은 세상에 아무 미련이 없는 듯하다.

복례는 멀찌감치 떨어져 빙허각을 바라보며 눈물짓는데, 들고 있던 미음상에 눈물이 톡톡 떨어진다. 열흘째 곡기를 끊은 빙허각에게 미음이라도 마시게 할 양으로 미음을 들고 다니며 빙허각 주변을 떠나지 않지만, 빙허각은 누구도 곁에 오는 것을 허락하지 않았다.

'저러다 아씨가 잘못되면 어쩌나?'

복례는 오늘 아침밥을 잘 넘기는 자신이 짐승같다는 생각이 들면서, 빙허각이 더 안쓰럽고 불쌍하였다.

끼니 때마다 굶는 빙허각을 생각하면 차마 수저 들기가 미안하였지만, '내가 힘이 있어야 불행에 빠진 아씨를 잘 모시지'

라고 생각하자 미안한 마음이 걷어진다.

'이제 더 이상 살고 싶지 않구나. 아이들 대신 내 목숨을 거두어 가시지.'

빙허각이 갈라진 입술 사이로 신음소리를 내뱉는데, 눈길 만은 여전히 나무를 바라보고 있다.

나무 한 그루 한 그루가 자식들의 얼굴로 보인다.

"어머니~ 어디 계세요?"

"어머니~ 오늘 공부는 그만하면 안 될까요?"

"어머니~ 어머니는 언제 주무세요? 우리가 자는 사이에 비단옷을 지어 놓으셨네요."

"어머니~ 어머니~"

자식들의 글 읽는 소리가 들린다. 자식들의 깔깔거리는 웃음소리가 생생하게 들린다.

"그래~ 애들아~ 어미 여기 있다. 조금만 기다려라."

빙허각은 맨발로 나무를 향해서 허깨비처럼 걸어간다.

반 정신이 나간 빙허각을 보고 복례가 당황하여 미음 그릇을 내려놓으며 어찌할 바를 모른다. 빙허각이 나무에 부딪힐 정도로 가까이 다가가자, 유본이 기겁을 하며 달려오다가 갑자기 발을 멈춘다.

서리를 맞은 나뭇잎을 바스락바스락 맨발로 밟으며, 빙허각은 나무 한 그루 한 그루를 어루만지다가 껴안고 얼굴을 부빈다. 그리고 수저로 나무에 밥을 먹이는 시늉을 한다.

빙허각이 어루만지는 나무 한 그루 한 그루는 모두 유본 부부가 자식들이 태어날 때마다 이를 기념하여 동호의 집에 심은 나무다. 아이들의 이름이 지어지면 나무도 같은 이름으로 불리어지고, 아이들은 동호에 올 때마다 자기 나무 앞에서 자신들의 이름을 부르곤 하였다.

보통은 딸이 태어나면 혼례 가구를 만드는 가벼운 오동나무를, 아들이 태어나면 활을 만드는 단단한 참나무를 심지만, 빙허각은 태내에서 아이가 하는 양과 출산 후 아이의 특성을 잘 관찰한 다음 유본과 상의하여 아이의 특성을 닮은 나무를 심었다.

태내에서 유난히 발길질을 많이 하고 유모 두 명의 젖을 먹고도 양이 차지 않는 아이에게는 선비의 덕을 상징하는 회화나무를, 입이 짧고 잘 우는 아이에게는 쑥쑥 잘 크는 오동나무를, 그리고 기상이 약해 보이는 아이에게는 단단한 참나무를 심어 주었다.

크고 작은 열한 그루의 나무는 잘 자라고 있지만, 주인을 가진 나무는 두 그루가 전부다. 민보와 앞선 조얼의 죽음은 빙허각의 영혼을 회복이 불가능할 정도로 산산조각 내버렸다.

"아이고… 자네 꼴이 이게 뭔가?"

두 딸과 함께 문상을 온 사주당은 조카 빙허각의 처참한 몰골에 놀라 빙허각을 나무라듯 말한다.

빙허각은 외숙모 사주당과 사촌동생들을 보자 슬픔이 복받쳐 올라 울지만, 이제 눈에서는 더 나올 눈물이 없다.

원래 침착하고 의연하기가 남자보다 더한 사주당이지만, 빙허각의 모습은 감당이 안될 정도였다.

한 달 보름 전 민보의 혼례식에서 기쁨을 감추지 못하던 빙허각의 모습이 눈에 선한 사주당은 기가 막히고 황망스럽다. 망연자실 바닥에 주저앉아 가슴을 치며 대성통곡을 하자 두 동생들도 사주당보다 더 큰 소리로 통곡하기 시작한다.

"아이고~ 아이고~ 아이고~ 불쌍해라! 우리 시누님 부부가 불쌍해서 어쩌나? 하나 밖에 남지 않은 따님이 저런 꼴로 울고 있는 것을 지하에서 보고 얼마나 애통하시겠나! 아이고~ 아이고~ 조선 천지에 제일 잘난 딸을 두었다고 귀히 여기셨는데, 이 꼴을 보고 피눈물을 흘리시겠네."

"아이고 불쌍하셔라~ 아이고 불쌍하셔라."

두 딸도 어머니의 곡소리에 맞추며 소리지르자, 가득찬 슬픔이 등기름이 되어 장작을 던지면 활활 타오를 것 같다. 빙허각은 외숙모 사주당 이씨의 품에 안겨서 아들을 잃은 슬픔을 태운다.

"숙모님~ 어느 하늘을 보고 울어야 할지 모르겠습니다."

"어른께서 자네의 남다른 성정을 걱정하시며 나에게 당부한 말이 있다네. '선정이가 살아가면서 자신의 몸을 해할까 염려됩니다. 부디 용인 아주머니께서 나 죽은 뒤에 우리 선정이를 선도하여 달라'고 신신당부를 하셨다네. 자네의 소식을 듣고 걱정이 되어 집을 나섰다네."

빙허각은 불현듯 아버지 이창수의 당부가 떠오른다. 아버지 이창수는 시집가기 전날 친정에서의 마지막 저녁 문안 인사를 올리러 온 선정을 보고, 간곡한 얼굴로 딸에게 부탁을 하였다.

"선정아! 살아가면서 어떤 시련이 닥쳐도 네 몸을 해하는 일을 해서는 절대로 안 된다. 이것만은 이 아비하고 꼭 약속하거라!"

이창수는 선정의 구부러질 줄 모르는 강한 성정과 숙정의 일로 몸을 해하는 일을 쉽게 생각할 수도 있다는 생각이 들었던 것이다.

선정은 지하에 계신 아버지가 일흔이 다된 외숙모 사주당을 보내, 수렁 같은 슬픔에 빠진 자신을 위로해 주신다는 생각이 들며 슬픔을 거둘 것을 결심한다.

자신의 식어버린 몸에 따뜻하면서 강한 기운이 휘몰아 오는 것을 느낀 빙허각이 뒤를 돌아본다. 빙허각의 슬픔을 덜기 위해 자식을 잃은 아비의 슬픔조차 드러낼 수 없던 유본이 더 내어줄 것 없어 안타까운 빈 수수깡이 되어 빙허각을 보고 있다.

땅의 책!
하늘의 책!

준평은 며칠 전부터 동호에 와서 추석 준비로 바쁜 형과 형수를 돕고 있다.

우보는 학산에서 주워 온 밤을 까고 디딜방아로 방아도 찧는다.

빙허각은 준평이 임진강에서 잡아온 붕어와 잉어를 살짝 쪄서 그늘에 꾸득꾸득 말린다. 살짝 찐 다음 말려서 찜을 하면 쫄깃쫄깃하여 맛이 더 좋고, 음식을 만들기 전 상하는 것도 막을 수 있어서 좋다.

점점 짧아지는 가을 해가 벌써 떨어졌다. 추석이 내일 모레라 달빛이 환하게 동호 집 앞 마당을 밝히고 있다.

준평과 유본이 달빛에 의지하여 묵나물 삶은 것을 손질하고 있는데, 빙허각이 술상을 준비하여 내왔다.

"달빛도 대단하고 소슬한 가을 바람도 좋아 안주가 필요 없을 것 같습니다."

안주가 푸성귀로 만든 나물 두 가지와 고추장 한 종지라 자신의 성에 미치지 못한 빙허각이 미안해 하자, 준평이 형수를 위로한다.

"네 형수는 차례를 모시기 전에는 어떤 일이 있어도 앞서 음식을 먹지 않으니 이것으로 만족해야 하네."

유본이 준평에게 양해를 구하듯 말한다.

준평은 오랜만에 보는 형수의 얼굴에 우울이 조금은 사라진 것 같아 한결 마음이 가볍다.

"구슬이 서 말이라도 꿰어야 보배라고 당신이 그동안 책을 쓰기 위해서 모았던 자료를 책으로 엮는 일을 본격적으로 해야 하지 않겠소?"

유본이 빙허각의 안색을 조심스럽게 살피며 말한다.

"형수님이 책을 쓰기 위한 작업을 시작하신 지가 선왕이 문상 오셨을 때의 일이니, 벌써 이십 년이 되어 갑니다."

준평은 작은할아버지의 문상에서 형수님에게 책을 쓰라고 당부하던 선왕의 얼굴을 떠올리며 형을 응원한다.

빙허각은 동호로 이사 온 뒤 차밭을 가꾸면서 책을 집필하기 위한 노력을 멈춘 적이 없었으나 민보의 갑작스러운 죽음으로 상심하여 손을 놓고 있던 참이었다.

"그러네요. 벌써 이십 년이… 선왕과 꼭 책을 쓰겠다고 약속도 했지요."

빙허각의 얼굴에 잠깐 생기가 돌다가 이내 수그러든다.

"당신이 세상을 이롭게 할 수 있는 내용을 담아 책을 쓰고 싶다고 했었는데…"

유본이 빙허각의 지난 처지가 가슴이 아픈 듯 말을 맺지 못한다.

"형수님! 형수님의 책은 이미 다 씌어졌다고 해도 과언이 아닙니다. 형님 말씀대로 이제 순서에 맞춰 줄에 꿰기만 하시면 됩니다."

준평이 간절하게 말하며 자신의 말에 동의하기를 바라듯 형의 얼굴을 바라본다

"두 형제분의 뜻이 무엇인지 잘 알았습니다. 언제까지 자식을 잃은 슬픔에 두 손 놓고 있지는 않겠습니다. 추석에 조상님들을 뵐 면목이 없어 우울하던 참이었습니다. 해가 갈수록 어른들이 베풀어 주신 사랑이 새록새록 합니다."

"형수님~ 고맙습니다. 형수님 책이 기대가 됩니다."

"당신이 그렇게 마음을 먹어 주니 내가 얼마나 좋은지 모르겠소."

유본이 상심한 빙허각으로 인해 마음고생이 컸던 터라, 빙허각의 말이 고맙기만 하다.

"이왕 책을 쓰는데 알고 있는 것뿐만 아니라 모르는 분야도 공부하여서 내용이 풍부한 책이 되도록 하고 싶어요."

땅의 책! 하늘의 책!

빙허각이 오랜만에 눈을 반짝이며 말한다.

'아~ 형수님의 눈은 여전히 별빛이 쏟아지는 듯 빛이 나는구나.'

"알았소. 필요한 책을 구하는 일과 체계를 잡는 일, 책을 교정하는 일 등은 내 힘껏 도와줄 테니 열심히 써 보시오."

"좌소산인 말씀만 들어도 책이 다 쓰여진 것 같습니다."

유본은 빙허각이 책을 쓰겠다고 말하자, 심장이 벌렁거릴 정도로 좋다.

"좋은 생각이오. 드디어 당신이 삶의 진정한 주인이 되는 것 같아 나도 기쁘기 그지없소. 아 그래! 내친김에 책의 체계를 준평이 있을 때 생각해 보도록 합시다."

"좋은 생각입니다. 형님! 형수님! 저 역시 오래 전부터 임원의 선비들을 위한 책에 대해 생각해 온 바가 있으니, 형수님 책의 체계를 잡는 데 보탬이 될 수 있을 듯 싶습니다."

"여자들 살림에서 가장 우선은 농사를 지어 음식을 만들어 먹고, 옷감을 생산하여 옷을 지어 입고, 집을 관리하고 자녀를 키우는 일이 아닐까 생각돼요. 거기에 여자들을 가꾸는 법과 기분 좋은 집을 만드는 법도 담고 싶어요."

"그럼 하나씩 생각해 봅시다. 먹을거리는 닭, 오리, 돼지 등의 가축과 채소가 있으니, 잘 키우고 가꾸는 방법부터 손질하는 법과 맛있게 음식을 만드는 방법을 책에 담으면 될 것 같은데 어찌 생각하오?"

"맞습니다! 그리고 의복은 뽕나무를 심고 가꾸는 방법부터 누에를 치고 옷감을 짜는 방법, 길쌈하고 옷을 짓고 수선하는 법까지 넣으려고 합니다. 또한 자식의 양육은 어미의 태중에 있는 때부터이므로 태교법과 아픈 아이를 치료하는 방법도 다루려 합니다."

"형수님이 책을 어찌 짓고자 하시는지 알겠습니다. 마치 집을 짓듯이 차곡차곡 기본부터 담으시려는 모양입니다. 이미 형수님이 적어 놓은 내용도 많이 있으니, 책이 만들어지기에 충분할 듯합니다."

"내가 쓰고 싶은 내용을 뽑아보니 내용이 다섯 장으로 나눠지네요."

"이왕 책을 쓰려고 붓을 든 김에 당신이 썼던 시문들과 청나라에서 온 신기한 물건과 당신이 발명한 도구들도 설명하여 넣으면 어떻겠소?"

"견문이 넓은 형수님이 평소 쓰고 싶으셨던 생활에 도움이 되는 이런저런 이야기를 자유롭게 쓰셔서 사람들과 형수님의 견문을 나누는 책이었으면 좋겠습니다."

"아! 그럼 좋겠네요. 결국은 세 종류의 책을 쓰면 되네요. 정리를 해보면, 하나는 여자가 아이를 키우는 일과 살림에 도움이 되는 실용적인 내용이요, 둘은 제가 보고 듣고 경험한 이야기나 발명품을 좀 더 자유롭게 쓰면 되고, 셋은 그동안 썼던 나의 시나 산문으로 꾸미면 되나요?"

"두 번째 책에는 천문, 지리, 상수도 같이 넣었으면 좋겠네."

유본은 빙허각의 눈이 별빛이 쏟아지는 듯 빛나는 것을 느낀다.

추석이 지나고 빙허각은 책을 쓰는 일에 열중하기 시작하였다. 추석 차례를 모시면서 빙허각은 서씨 집안의 어른들에게 받은 사랑을 꼭 책으로 보답하겠다고 약속하였다. 낮에는 농사를 짓고, 밤에는 호롱불 아래서 책을 펴고 붓을 든다. 조얼이가 죽은 뒤 여위기 시작한 빙허각의 몸뚱이는 바람이 불면 쓰러질 듯하다. 유본은 희미한 호롱불 아래로 보이는 빙허각의 야윈 어깨가 안쓰럽다. 빙허각이 마음을 모아 써내려가는 한 글자 한 글자가 마치 빙허각의 피눈물인 것만 같아 가슴이 칼에 베인 듯 에인다.

빙허각은 자신이 미처 경험하지 못한 것은 책을 쓰는 동안에 검증하기 위해서, 절기별로 목록을 만들었다.

"마른 송이를 진흙에 담그면 생것 같은데, 〈화한삼재도회和漢三才圖會〉에는 뜨물에 끓이면 맛이 아름답다고 하네요. 백로가 되었으니 송이를 구해 말려야겠어요."

"알겠소. 내가 송이를 구해서 깨끗하게 말려 줄 것이니, 당신은 잊어버리시오."

유본은 빙허각을 위해서 재료와 책을 구해 주고, 내용을 찾아 주기도 하며 바쁜 빙허각을 헌신적으로 도와주었다.

"요즘은 내가 자신 있는 부분을 쓰고 있어 아주 수월합니다."

"그렇소? 어디 한번 봅시다. 매화와 모란에는 나비를 수놓지 말고… 수가 낡아서 빛이 바래면 아교에 채색을 넣어 비벼서 화필에 묻혀 각각 그 빛대로 칠하면 완연히 새것 같아진다. 당신이 낡은 수를 감쪽같이 새 수로 만들던 방법이지요."

"옥색을 들이는 법은 자칫하면 현란한 푸른색이 되니, 먼저 쪽물을 받아 얼음물에 섞어서 여러 번 나눠 들이면 은은한 옥색이 된다."

유본은 빙허각이 쓴 내용을 꼼꼼히 읽으며, 잘못된 글자가 있으면 교정한다.

"당신이 쓴 열녀들은 남편의 뒤를 따라서 죽은 여자들뿐 아니고 여자 장군이나 집안을 일으킨 여자들도 넣었구료."

"열녀의 범위를 넓혀서 보아야 한다고 오래전부터 생각했어요."

"잘했소. 당신과 같이 새로운 시각으로 쓴 책들이 결국은 세상을 바꾼다오."

빙허각은 자신이 이 책들을 완성할 수 있을지 걱정도 되지만, 남편 유본이 있기에 자신감이 솟아오른다.

"아이가 태어나면 이름이 있듯이 책도 이름이 있어 미리 불러 주면 좋을 것 같아요."

"그럼 이름을 붙여 놓고 당분간 부르다가 책이 완성될 쯤 책에 담은 내용과 잘 어울리는 이름을 새로 짓도록 합시다."

"제 시와 산문을 모은 책은 '빙허각 시문집'이라고 하고 두 번째 책은 이런저런 내용을 합하여 쓰니 '박물지'라고 하면 어떨까요?"

"아주 맘에 드는 이름들이요. 그럼 지금 쓰고 있는 책은 규방에 있는 여자들을 위한 책이니 '규방지'라고 일단 부릅시다."

빙허각의 '규방지'는 생각보다 빨리 완성되어 갔는데, 이는 빙허각이 평소 살림의 지혜와 삶에 요긴한 내용을 꼼꼼하게 적어 두었기 때문이다. 빙허각은 책이 거의 완성되어 갈 무렵, 마음을 가다듬고 그녀의 삶의 궤적과 책의 연유와 내용에 대해서 간단히 요약한 발문을 완성하였다.

기사년(1809) 가을에 내가 동호 행정에 집을 삼아, 집안에서 밥 짓고 반찬 만드는 틈틈이 사랑방에 나가 옛글 중에서 일상생활에 절실한 것과 산야에 묻힌 모든 글을 구해 보며 견문을 넓히고 심심풀이를 할 뿐이었다.

어느 날 문득 '총명이 무딘 글만 못하다'는 옛 사람의 말이 떠올랐다. 글로 적어 두지 않으면 어찌 잊어버리지 않으리오. 그래서 모든 글을 보며 가장 요긴한 말을 가려내고, 혹 따로 내 소견을 덧붙여 〈규합총서〉 5편을 만들었다.

첫째는 〈주사의酒食議〉니 무릇 장 담그며 술 빚는 법과 밥, 떡, 과일, 온갖 반찬이 갖추어지지 않은 것이 없다.

둘째는 〈봉임칙縫紝則〉이니 심의, 조복을 손으로 마르고 짓는 치수 및 물들이기, 길쌈하기, 수놓기, 누에치기 등과 그릇 때우고 등잔불

켜는 모든 방법을 덧붙였다.

셋째는 〈산가락山家樂〉이니 무릇 밭일을 다스리고 꽃과 대나무 심는 일로부터 그 밖의 말이나 소를 치며 닭 기르는 데 이르기까지 시골 살림살이의 대강을 갖추었다.

넷째는 〈청낭결靑囊訣〉이니 태교, 아기 기르는 요령과 삼 가르기와 구급하는 방문이며, 아울러 태살胎殺이 있는 곳과 약물 금기를 덧붙였다.

다섯째는 〈술수략術數略〉이니 집의 터전을 정하는 법과 음양의 꺼리는 법을 알아 부적과 귀신을 쫓는 일제의 방법에 미쳤으니, 이로써 뜻밖의 환란을 막고 무당이나 박수 따위에게 빠짐을 멀리할 것이다. 무릇 각 조항을 널리 적기에 힘써 밝고 자세하고 분명하게 했으므로, 한 번 책을 보면 가히 알아 행하게 하고, 그 인용한 책들을 작은 글씨로 모든 조항 아래에 나타내고, 혹 내 소견이 있으면 '신증'이라 썼다. 이미 글이 이루어지자 한데 통틀어 이름 짓기를 '규합총서'라 했다.

무릇 부인의 하는 일은 규방 밖을 나가게 해서는 안 된다. 비롯 옛날과 지금의 일을 통하는 식견과 남보다 나은 재주가 있더라도, 문자로 표현해서 남에게 보고 듣게 하는 것은, 아름다움을 마음속에 품고 간직하는 이의 도리가 아니다. 하물며 나의 어둡고 어리석음으로써, 어찌 감히 스스로 글로 표현할 줄을 생각했으리오. 이 책이 비록 많으나, 그 귀결점은 다 건강에 주의하는 것이오, 부녀자의 마땅히 연구할 바라. 고로 마침내 이로써 서문을 삼아 집안의 딸과 며늘아기에게 주노라.

늦은 밤 원고지를 짊어지고 갔던 김영이 점심을 겨운 시각에 갑자기 청나라에 가게 됐다며 찾아왔다. 〈규합총서〉를 완성하고 〈박물지〉를 쓰고 있던 빙허각은 서둘러 김영의 점심상을 차려온다. 김영은 몇 달 사이 원래 마른 몸이 더 말랐지만 눈빛은 더욱 형형해졌다.

"김 주부는 청나라에 가지 않으면 안 되는가? 주부의 몸으로는 먼 여행을 견디기가 어려울 것 같아서 하는 말이오."

아침도 못 먹었는지, 누가 훔쳐라도 먹을까 밥을 입에 밀어 넣고 있던 김영이 다래끼로 누런 고름이 잡힌 눈으로 유본을 바라본다.

"걸음조차 배칠거려 몸주체도 못하는 주부가 감당할 수 있는 여행이 아니라오!"

유본이 다시 한번 목소리를 높여 김영이 청나라 가는 것을 반대하며 말한다.

"가… 가고 시… 시스습… 니다. 여… 여… 연… 겨… 경에… 바… 바반드… 시… 주… 죽거… 도 가… 겠… 스스습… 니다."

빙허각은 김영의 다래끼 난 눈에서 빛이 번쩍하는 것을 보았다. 하늘에서 김영의 눈에 빛을 쏘아 주고 있는 것 같았다.

"주부가 죽어도 좋다는데 내가 말릴 일은 아닌 것 같네."

유본이 포기한 듯 안쓰러움을 한숨으로 토해 낸다.

역법상 여러 문제가 생겨 청나라의 흠천감^{欽天監}에 가서 자문을 청해야 하는데, 김영 이외에는 이 일을 맡아 해결할 사람이 없어, 관상감에서 쫓아낸 김영에게 이 일을 부탁한 것이다. '교활한 관상감 놈들이 또 순진한 주부를 이용만 하고 내칠 텐데… 할 수 없는 일이지.'

유본은 관상감으로 복귀할 기회로 생각하고 병약한 몸으로 연경에 가는 김영이 측은하다.

유본이 김영에게 얼마간의 노자를 보태주자 깜짝 놀라며 받지 않겠다고 고집을 부리다가, 부인과 자식들에게는 필요할 것이라고 하자 몹시 미안한 표정을 짓더니 돈을 받는다.

점심을 먹고 난 뒤, 김영은 주인인 양 차밭을 둘러본 다음 채소에 거름도 주고 자신이 고친 아궁이가 불이 잘 드는지 살펴보기도 한다.

유본이 두루마리 한 장을 말아서 가지고 나와 담장을 손보고 있던 김영에게 준다.

연경으로 떠나는 김영에게 드리는 시

석정자는 참으로 기이한 재주를 가진 선비로

경문을 읽는 이를 따르지 않고 문장과 글을 스스로 연구하네.

시문을 잘 짓는 이와 즐기며 글을 잘 펴내지만,

뛰어난 기예를 전문으로 하여 유독 뛰어나네.

하얗게 센 머리가 가라앉은 것은 산법을 숨긴 형상이며

손바닥의 지문은 삼각형의 각도를 가리키네.

…

할환팔선은 주천을 나눈 것이고,

탄젠트와 코탄젠트를 서로 구하니 참으로 기이할 뿐이다.

…

"준평 서방님! 우보야!"

장단의 준평 집을 찾아온 빙허각과 유본은 반갑게 준평과 우보의 이름을 부르며 들어선다. 유본의 양 손에는 무거운 보따리가 들려 있었다.

"형님, 형수님~ 오셨습니까?"

준평은 형을 반갑게 맞이하며, 유본이 들고 온 보따리 중 하나를 얼른 받아서 마루에 올려 놓는다.

"형님! 보따리가 아주 무거운데 들고 오시느라 얼마나 힘드셨습니까?"

"이 보따리는 며칠 전 완성된 자네 형수의 책이라네. 아우님에게 제일 먼저 보이고 싶어 가져왔네."

준평이 놀라며 유본이 내려놓은 책 보따리를 풀어 그 안의 책을 들어 펼쳐 본다.

"형수님! 형님! 드디어 이렇게 책의 모습을 갖추니 격이 있습니다. 여자들은 알아도 모르는 척하는 것이 미덕인 잘못된 세상에 형수님이 먼저 길을 내셨습니다."

준평의 눈에 감격의 눈물이 고인다.

"자 책은 천천히 살펴보고, 내가 가져온 돼지고기를 맛있게 삶을 테니 아우와 조카는 먹기만 하게."

유본은 방대한 책을 쓰고 있는 준평이 제대로 먹지 못하는 것을 늘 안타까워하곤 하였다. 마을에서 돼지를 잡는다는 소식을 듣고 안절부절못하는 유본에게 빙허각은 햇차를 내보이며 이것이면 고기 대여섯 근은 바꿀 수 있을 것이라고 하였다. 햇차를 들고 간 삼돌이가 한참 뒤 고기 여섯 근을 어깨에 짊어지고 오자 유본은 어린아이처럼 좋아하였다.

그렇지 않아도 〈규합총서〉를 가지고 갈 참이었기에, 동생에게 갈 행장에 돼지고기를 더하여 득달같이 달려온 것이다.

"우보도 얼굴이 핼쑥하구나. 어디 아픈 곳이라도 있는 게냐?"

유본이 걱정스럽게 말하자, 우보는 얼굴을 붉히며 아무 말도 없이 그저 빙긋이 웃기만 한다.

"돌아간 지 어미를 닮았는지 몸이 좀 약해서 걱정입니다. 해보지도 않은 농사일에 고기잡이에 밤에는 잠을 줄여서 교정을 보고 있으니 아이에게 무리가 좀 되는 모양입니다."

"큰아버지~ 큰어머니~ 괜찮습니다. 아버지에게 제가 도움이 되고 있어 기쁠 뿐입니다."

유본과 빙허각은 우보를 위로하며, 집안이 다시 일어설 날이 있을 것이니 건강을 잃지 말라고 당부한다.

"책 이름이 〈규방지〉가 아니고 〈규합총서〉네요."

"호호~ 형님이 〈규방지〉가 마땅찮다고 하시며 몇 날 며칠을 고민하셨는지 몰라요. 고민 끝에 나온 이름이 〈규합총서〉예요."

"저도 사실은 〈규방지〉가 별로 마음에 들지 않았습니다."

"〈규합총서〉라… '규합'은 여자들의 거처를 뜻하니 〈규합총서〉는 여자들에게 필요한 여러 지식을 모은 책이네요. 책 이름이 간결하면서도 책의 내용을 잘 알려 주고 있습니다."

우보도 존경하는 얼굴로 백부를 바라본다.

"형님! 〈규합총서〉는 저에게도 정말 중요한 책입니다."

"벼슬살이에서 풀려나 집안 살림하는 동생에겐 아주 요긴한 책이겠네."

"하하! 맞습니다. 〈규합총서〉에 적힌 대로 음식을 만들면 틀림이 없겠지요. 형수님께서 만들어 주시는 거나 진배없을 듯합니다. 우리 집안이 멸문지화를 당한 뒤 형님은 동호로 가시고, 저는 거처도 없이 떠돌다가 장단에 이 집을 마련한 기쁨은 이루 말할 수 없었습니다. 남은 여생은 어부 겸 농부로 살다 가리라 마음을 굳혔는데, 형수님이 형님과 백화주를 드시며 책을 쓰겠다고 말씀하시는 것을 듣고, 마음을 고쳐먹었습니다. 형수님의 규합총서가 저를 자극하고 독려하여 [임원경제지]를 쓰게 된 셈이지요."

준평이 집안의 몰락으로 받았던 상처와 고통이 학문을 포기

할 정도로 컸지만 다시 추스렸다는 것이 다행스러웠다.

"〈규합총서〉가 아니더라도 서방님은 책을 쓰셨을 것입니다. 어부나 농부 일도 잘 해내겠지만, 학자로서 이미 경지에 오른 분입니다. 책과 서방님은 이미 한몸이기에 헤어질 수 없습니다."

"형수님~ 집안이 이렇게 버틸 수 있는 것은 책 때문인 것 같습니다. 책 속에 길이 있다고 하던 옛 성인의 말씀이 하나도 틀리지 않습니다."

"맞아요. 서방님! 〈규합총서〉는 슬픔과 고통의 구렁텅이에 빠졌던 나를 일으켜 준 책입니다. 한 장 한 장씩 책의 두께가 더해지면서 신기하게도 고통의 두께는 얇아졌어요."

"딸이나 며느리에게 주겠다고 표지를 붙이지도 않은 책을 필사해 간 사람이 서른 명은 족히 넘는다네."

"부부는 살면서 닮는다더니 형님이 형수님보다 더 빠르고 급하시네요. 책 이름이나 지은 다음에 필사를 하게 하셔야죠."

"하하~ 그런가?"

"형수님 이제 〈규합총서〉를 쓰셨으니 〈박물지〉와 〈빙허각시선〉을 쓰셔서 형수님의 지식을 세상에 널리 알려야 합니다."

"형수가 시집온 뒤로 써 놓은 글과 자료들이 많아서 생각보다 빨리 쓸 것 같구나."

유본은 사랑과 자랑스러움이 뒤섞인 얼굴로 빙허각을 바라본다.

화려하게 불타오르는 겨울 임진강의 저녁노을은 준평의 작은 집까지 붉게 물들인다. 시련 뒤에는 아름다운 날들이 올 것이라고 노을이 위로를 하듯 네 사람을 감싼다.

"빙허각~ 어서 오시게. 이게 얼마 만인가? 오느라 고생이 많았지?"

담 밖으로 불쑥 머리를 내민 접시꽃보다 먼저 조카를 마중하고 싶었던지, 사주당은 문밖을 서성거리다 들어서는 빙허각과 유본을 반갑게 맞이한다.

물을 뿌린 마당을 쓸고 있던 사촌동생 유희도 빗자루를 내던지며 반색을 한다.

빙허각이 자식들을 잃고 시름에 빠졌을 때 자신을 위로해 준 사주당을 한번 찾아 뵙는다는 것이 〈규합총서〉를 집필하다보니 어느덧 이 년이 흘렀고, 이제 완성된 〈규합총서〉를 안고 외숙모를 찾아 뵙게 된 것이다.

사주당은 아들을 잃고 절망하여 울던 빙허각이 고통을 딛고 일어선 것이 믿어지지 않는 듯 빙허각을 뒤로 보고 앞으로 본다.

"다행일세. 아주 건강해 보이는구료."

사주당이 평생을 살아온 용인 집은 주인을 닮아서 소박하지만 정갈하여 마음에 쏙 들어온다. 마당의 우물가에는 빨간 앵두가 주렁주렁 매달려 있고, 옆켠의 빨랫줄에는 향기로운 승검초 잎으로 만든 부각이 한풀 꺾인 오후 볕을 즐기고 있다.

정짓간에서는 유희의 아내가 수줍어서 자꾸만 어미의 치마 뒤로 숨는 아들에게 으름장을 놓는 소리가 들린다.

"외숙모님! 제가 쓴 책입니다. 〈규합총서〉라고 여성들에게 제가 알고 있는 지식을 나눠줄 요량으로 썼습니다."

"언젠가 조카가 책을 쓸 것이라고는 생각을 했네. 늦은 감은 있지만 참으로 다행일세."

유희가 〈규합총서〉를 펼쳐서 찬찬히 살펴본다.

"모란은 귀한 손이요, 매화는 맑은 손, 연꽃은 깨끗한 손, 복사꽃은 요염한 손, 해당화는 외로운 손, 해바라기는 충성된 손, 국화는 오래 사는 손이라… 귤꽃은 부르는 손이라… 누님~ 꽃기르는 법에 꽃의 특징을 나타낸 재미있는 글을 넣으니 책이 훨씬 더 생동감이 있습니다. 역시 누님은 재치가 있으십니다. 하하."

"재치도 있어야 하지만 근본적으로는 머리가 좋아야… 아니 뛰어나야 해."

유본은 유희가 빙허각을 낮추어 말하는 것 같아 가만히 나서 본다.

"매형~ 누님처럼 사람을 휘어잡는 재치는 뛰어난 머리가 있어야 나옵니다."

"그런가?"

유본이 머쓱해 한다.

유본의 시를 보물이라도 되는 듯 소중하게 가슴에 품은 김영이 청나라로 떠나고, 유본과 빙허각은 두 번째 책인 〈박물지〉 저술에 매진하고 있다. 봄이 왔지만 올해는 차밭 가꾸는 것을 포기하기로 한다.

"옛말에 한 몸에 두 지게를 맬 수는 없다고 했습니다."

빙허각의 태도는 단호하였다.

소문을 듣고 〈규합총서〉를 필사하겠다고 오는 사람들만이 동호 집을 잠시 소란하게 할 뿐이었다.

겨우내 책을 쓰느라 방에 틀어박혀 있던 빙허각이 잠시 책에서 눈을 떼고, 서명응이 아끼던 홍매화를 바라보며 봄을 즐기고 있었다.

아직 성글게 핀 홍매화 가지 사이로 껑충한 김영의 얼굴이 설핏 보이는 것 같은데, 김영이 아들 손을 잡고 어느새 대문으로 들어서고 있었다.

유본도 살아서 돌아온 김영의 손을 잡고 기뻐서 어쩔 줄을 모른다. 청나라에서 역법상의 문제를 말끔하게 해결하고 만년력을 받아온 김영이 관상감에 복귀하는 것은 너무나 마땅한 일이지만, 소인배들의 김영에 대한 질투로 관상감 복귀가 좌절되었다는 것을 유본은 이미 알고 있었다.

김영은 늦장가를 들어 아들 하나와 딸 둘을 두고 있었는데, 아들을 가끔 동호의 집에 데리고 와서 풀을 뽑는 일 등을 시키고, 꾀를 부린다며 아들의 머리통을 쥐어박곤 하였다. 빙허각이 놀라 김영을 나무라면 김영은 슬픈 얼굴로 감나무 아래서 한동안 멍하고 서 있다. 아들이 아비의 주위를 뱅뱅 돌면 김영은 아들의 손을 맞잡고 좋아하였다.

'늦장가라도 가서 천만다행이지.'

떠돌이로 살던 김영이 장가를 가서 아들까지 둔 것은 쥐구멍에 볕이 든 것과 같았다.

오늘 김영은 점심상에는 관심도 없는 듯 대문 앞의 홍매화나무를 하염없이 바라보는데, 지금껏 한 마디의 말도 하지 않은 것 같다.

"…마… 마아 마아니… 니님. 호호홍… 매… 매호호하… 가마… 님… 고과… 우…. 우…. 우운며명…"

청나라에서 큰 공을 세웠지만, 교활한 자들에게 우롱을 당한 상처로 병이 깊어진 김영의 말은 이제 알아듣기도 어렵다.

"주부! 이제 동호에는 오지 마시오. 주부의 고집대로 연경에도 다녀왔지만 결국 주부의 꼴이 이게 뭐란 말이오!"

화가 난 듯한 얼굴로 묵묵히 밥을 먹던 유본이 수저를 내려놓고 소리치며 말한다.

김영은 몹시 놀라고 슬픈 표정으로 유본을 바라본다.

"더 이상 더러운 세상일에는 마음 쓰지 말고, 동호에도 오지 말며, 오직 김영의 학문을 저술로 남기시오. 주부는 서양의 수학을 개량하고, 망원경을 실용화하고, 불편한 용미거 대신

편리한 용골거의 설계도를 완성하여 수리와 농경에 보탬이
되게 하며, 자명종과 시계의 설계도를 정리해 정확한 시간을
알 수 있게 하여 민생에 작은 보탬이라도 되고자 밤낮 노력
하고 있지 않았소?"

유본은 울며 말한다.

"아아알 게게게스습… 니… 다 조조좌소사산이인!"

김영은 마침 밥을 다 먹은 아들의 손을 잡고 대문을 나선다.
껑충한 김영의 슬픈 얼굴이 홍매화 나뭇가지 사이로 보이다
사라진다. 차밭에 올라선 김영은 한참을 차밭을 보다가 벌건
저녁노을을 등지고 휘청휘청 걸어간다.

김영의 가슴에는 커다란 대못이 박혀 있지만, 그 대못을 빼
는 순간 김영은 피를 철철 흘리며 죽을지도 모른다. 가슴에
대못을 박은 채 살아야 하는 것은 김영뿐만 아니라 서씨 집
안 사람의 운명이라고 빙허각은 생각한다.

그렇게 간 김영이 거짓말처럼 동호에 다시 왔다. 빙허각이
〈박물지〉의 마지막 내용인 해와 달과 지구가 상관하는 바를
쓰고자 하는데, 막히는 부분이 있어 여러 책을 열어 공부를
하고 있던 참이었다.

오뉴월 염천에 동호까지 걸어온 탓에 김영의 얼굴은 땀으로
범벅이 되었고 홍매화가 핀 날보다 더욱 말라 있었다.

김영은 손에 들고 있던 무명 보자기와 함께 말려 있던 종이

410

를 조심스럽게 펴서 빙허각에게 준다.

종이에는 '청규박물지'라는 이름이 김영의 날아갈 듯 유려한 필체로 쓰여 있다. 빙허각이 〈박물지〉는 임시로 지은 이름이라고 한 것을 기억한 김영이 책 이름을 지어 온 것이다.

"마마마… 니니님의 바… 방이 처… 처엉규…"

빙허각은 〈박물지〉를 〈청규박물지〉라고 쓰겠다며 고마움을 표하고, 수박을 먹는 김영에게 막혔던 부분을 묻는다.

"마님! 달과 지구 사이의 거리를 먼저 계산하려면…"

더듬던 말이 매끈하고 유려하여 받아 적던 빙허각이 놀라서 김영을 바라본다.

말더듬이에 눈곱이 누렇게 낀 김영의 모습은 온데간데없고 조선의 관상감을 짊어질 잘생긴 천문학자가 형형하게 빛나는 눈빛으로 빙허각을 바라보고 서 있다. 김영에게서 늘 나는 역한 냄새조차 사라지고, 주변은 향기로 가득하다. 빙허각의 눈에 김영의 내면에 숨겨져 있는 아름다운 천재의 모습이 비춰진 것이다.

'아! 김영은 이 세상 사람이 아니었구나.'

빙허각은 '김영이 천상에서 죄를 짓고 벌을 받아 사람으로 태어났는데, 하늘에서의 일이 다 지워지지 않고 머리에 남아 천문에 이리도 밝았구나'라고 생각한다.

빙허각은 유본이 없는 사이 김영이 〈청규박물지〉라는 책 이름을 지어 왔다는 이야기는 하지만, 유본이 그저 "허허" 웃을 것 같아서 오늘 보았던 김영의 모습은 말하지 않는다.

"어른들과 주상이 살아 계셨다면, 자네 책을 보고 얼마나 좋아하셨을까요?"

유본은 쓸쓸한 표정으로 〈규합총서〉와 〈청규박물지〉 그리고 〈빙허각시선집〉을 바라본다.

"이 책들은 당신의 도움이 없었다면 세상에 나오지 못했을 것입니다."

빙허각은 고마움이 가득 담긴 눈으로 유본을 바라본다.

"별소리를 다하는구료. 당신의 재주를 이제야 조금 보인 것 같아 미안한 마음이 앞서고 있소."

"동호로 이사 와서 배우고 얻은 것이 더 많습니다. 당신과 온전한 시간을 보낸 것이 가장 좋았어요. 책으로만 알고 있던 죽은 지식에 동호에서의 경험이 살로 덧붙으면서 산 지식이 되어 책에 담긴 것도 좋았습니다."

"그렇게 생각해 주니 고맙구료. 남해에 계시는 숙부에게도 이 세 책을 보여드리고 싶어집니다."

"그럼, 우리 남해에 가서 숙부님을 뵙는 것은 어떨까요?"

"정말이요?"

유본은 떨듯이 기뻐하며 빙허각의 손을 잡는다.

"차밭을 경영한 덕에 여비 걱정은 없으니 다행입니다."

보름 뒤 유본과 빙허각은 행장에 〈규합총서〉와 〈청규박물지〉, 〈빙허각시선집〉을 소중하게 꾸려 넣고, 숙부를 만나는 여행길에 나선다.

서형수는 가시가 달린 탱자나무 울타리에 둘러싸인 채, 고개를 길게 빼고 조카 부부를 기다리고 있었다. 힘겨운 귀양살이로 머리는 된서리를 맞은 듯하고, 쪼그라진 얼굴은 저승꽃으로 가득하였으며 허리는 굽은 두억시니로 변했지만, 눈빛은 여전히 형형하였다. 외로움에 지친 서형수는 피붙이를 만난 것이 꿈만 같은지 '이게 꿈인가 생시인가?'를 쉴 새 없이 되뇌이며, 억울한 세월 속에서 삼켜 버린 눈물을 쏟는다.

무엇으로, 무슨 말로 숙부를 위로할 수 있단 말인가?

유본은 조촐한 술상을 마련하여 눈물을 흘리며 숙부에게 술을 따라 올린다. 숙부의 술잔에도 유본의 술잔에도 눈물이 떨어진다.

숙부는 술을 달게 마시고 또 잔을 받는다.

집안의 어른도 주상도 유금도 연암도 모두 돌아가시고, 이제 책을 보여 드릴 어른은 숙부가 유일하여 먼길을 왔다고 하니 서형수는 영양실조로 빠져 쓰다듬을 것도 없는 수염을 쓰다듬으며 흐뭇한 미소를 짓는다.

숙부는 빙허각과 유본과 더불어 지내는 시간을 빼고는 빙허각이 쓴 책을 밤낮으로 읽는다. 빙허각과 유본은 논우렁이를 잡아 숙부가 좋아하는 우렁이찜을 만든다.

"내가 제자들은 참으로 잘 키운 모양일세! 책에 담긴 지식도 지식이지만 마치 소설을 읽듯 재미스러워 참으로 널리 읽힐 것 같네." 막걸리와 우렁이찜을 달게 먹던 숙부가 말한다.

남해에서 숙부와 한 달을 지낸 빙허각과 유본은 숙부가 해배되는 날이 곧 올 것이라고 위로하며, 눈물로 이별하고 떨어지지 않는 발길을 돌린다.

"요즘 김영의 발길이 뚝 끊어진 것이 이상하네."

아침을 먹던 유본이 불길한 꿈이라도 꾼 사람처럼 불안해한다.

"병이라도 난 것은 아닌지 모르겠네요. 날씨가 좋으니 한번 올 법도 하련만…"

"병이 나고도 남지요. 김영이야말로 억울해서 눈을 못 감고 죽을 사람입니다."

"김영이 책이나 쓰고 있는지…"

유본이 말을 못 잇는다.

"걱정마세요. 김영은 꼭 쓰고 있을 겁니다. 서양과 청나라의 학자들도 감히 따라오지 못할 대단한 책을 쓰고 있을 겁니다."

빙허각은 확신하며 말한다.

가을볕이 좋아서 마루에 나와 가야금 줄을 손보던 유본은 차밭 옆을 미친듯이 달려오는 떠꺼머리 소년이 김영의 아들임을 금세 알아본다.

유본을 본 김영의 아들은 엉엉 울며 아버지가 돌아가셨는데, 상자 안의 원고는 꼭 좌소산인에게 전해 드리라고 했다고 빨리 가자고 재촉한다.

유본과 빙허각은 옥황상제가 노여움을 풀고 천계로 부르자, 기다렸다는 듯이 날아가 버린 김영이 남긴 하늘의 비밀을 담은 원고를 가지러 줄달음을 친다. 빙허각과 유본이 김영의 찌그러진 누추한 집에 도착했을 때, 김영은 누군가를 나무라려는 듯한 표정으로 입은 벌리고 눈은 부릅뜬 채 누워 있었다. 김영의 부인은 망연자실한 듯 앉아 있고, 어린 두 딸은 아비의 시신 옆에서 죽은 김영이 남긴 듯한 싸래기죽을 먹고 있다. 유본은 김영의 눈을 감기고 날깃날깃하고 더러운 무명 이불로 얼굴을 덮어 준다.

"어른, 아무것도 없습니다."

김영의 부인이 원고가 담긴 상자를 찾아 두리번거리는 유본에게 시선은 밖을 향한 채, 냉정한 목소리로 말한다.

"상자가 없다니요? 그럴 리가 없습니다. 주부가 쓰고 있던 원고를 담은 상자말입니다."

유본이 절망하여 다급한 목소리로 말한다.

"한 발 늦으셨습니다. 관상감 놈들이 숨이 채 떨어지기도 전에 와서 상자째 가져갔습니다. 장례를 치르라고 돈 몇 푼을 던져 주고 말입니다."

관상감 관리 중 몇 명이 자신들이 해결하지 못하는 어려운 문제가 있으면 술과 먹을 것을 들고 김영의 집을 들락거렸다. 이들은 김영이 얼마 살지 못할 것이라는 것을 알고는 부쩍 자주 김영의 집을 찾아왔으며, 김영이 죽기만을 기다렸다는 것이다.

"아! 김영이 남긴 하늘의 책이 무슨 뜻인지도 모를 간악한 자들의 손에 넘어가다니… 이 모든 것이 나의 불찰이구나."

유본은 다시 태어날 수 없는 천재 김영과 원고를 잃은 허탈감으로 쓰러질 것만 같다.

유본과 빙허각은 여기저기 굴러다니는 김영의 원고를 추슬러서 보니 김영이 일곱 가지 이상의 책을 동시에 집필하고 있었다는 것을 알게 되었다.

세상이 사랑하지 않았던 천재 김영은 유본의 제문을 가슴에 안고 하늘로 돌아가 버렸다.

김영의 미완성 원고는 이후 준평에게 전해졌고, 준평은 자신이 틈틈이 기록하고 있던 〈금화경독기金華耕讀記〉에 김영의 원고 중 일부를 실어 후세에 전한다.

유금의
천문시계

"내 어제 종이를 사러 육의전 골목에 갔다가… 우연히…
조… 묵을 만났소."

유본이 빙허각의 눈치를 보며 겨우겨우 말을 잇는다.

빙허각은 친정 조카 조묵의 이름만 들어도 신경이 날카로워
지는 듯, 먹을 묻힌 붓을 내려 놓으며 우울하고 슬픈 표정이
된다.

유본은 괜히 처조카 조묵의 이야기를 꺼냈다고 후회를 하지
만, 이미 때는 늦었기에 빙허각에게 뭐든 보고하는 습관이
낳은 결과라며 자포자기한다.

"기생들과 어울려 술을 마시다가 흥분하여 또 골동품을 한
수레 사고 있던가요?"

자신의 몸을 소모하며 화를 내는 것조차 아까운 듯, 빙허각

은 체념하여 말한다.

"아니요. 그저 골동품 가게를 기웃거리고 있었소."

"기생도 돈이 있어야 품을 수 있고 골동품도 돈이 있어야 살 수 있지요. 이제 빈털털이가 되었나 보네요."

빙허각이 내려 놓았던 붓을 다시 잡으며 남의 일처럼 말한다. 오라버니 병정의 아들로 한때 빙허각이 공부를 봐주기도 했던 조묵은 깐깐한 이병정과는 완전히 딴판이었다. 공부를 할 때 집중을 하지 않았으며, 머리에는 잡념이 하나 가득이고, 글을 써야 할 종이에는 낙서로 도배를 하였다. 병정이 쉰 넘어 둔 아들이기에, 너무 넨다하며 키운 탓이라고 생각하던 빙허각도 조묵은 공부를 포기하는 것이 피차를 위해서 좋겠다는 결론을 내리지만, 병정은 조묵을 야단치며 더욱 공부를 강요하였다. 조묵은 그림 그리기와 시짓기를 좋아하였는데, 그 실력이 상당하여 빙허각은 '조묵이 정식으로 그림을 배워 화가가 되는 것이 좋겠다'고 병정에게 말하자 병정은 '환쟁이 아들은 필요 없다'며 버럭 화를 내었다.

아버지 병정에게 눌린 탓인지 어머니 조씨 부인마저 세상을 뜨자, 조묵은 노골적으로 방탕한 생활을 하기 시작하였다. 어린 나이에 여자들과 술을 가까이하였고, 몇 날 며칠을 잠을 안 자고 노름을 하다가 제정신이 나는가 싶으면 말도 안 되는 가격에 골동품을 열 수레든 스무 수레든 마음 내키는 대로 사들였다. 조묵은 특히 청나라 물건을 병적일 정도로 좋아하여, 가격의 고하를 막론하고 사들여 사람들의 비웃음을 샀다.

조묵의 이런 기행은 한양 바닥에 소문이 가득하였고, 사람들은 '이조묵을 못 속이면 그게 바로 바보'라는 말이 돌 정도였다.

빙허각이 조묵을 만나 조카의 무분별한 행동은 신문물을 받아들이는 것이 아니라 그저 기행奇行에 불과하다면서, 그림에 전념하고 지금이라도 재산을 추스릴 것을 간곡하게 말하였으나 단솥에 물 붓기 같았다.

"당신이 그리 정성을 들였는 데도 바뀌지 않는데 어찌하겠는가?"

유본도 침통하게 말하며 빙허각을 위로한다.

"마지막으로 조묵이를 한 번 더 만나서 타일러야겠어요."

십년 전 빙허각은 유본과 함께 방탕한 생활을 하는 조묵을 만나러 저동에 있는 조묵의 집을 찾아갔었다. 골목길을 들어서는데, 어렴풋이 가야금 소리와 여인들의 웃음소리가 깊은 동굴에서 나는 듯 아득하게 들려온다

"대낮부터 기생을 불러서 잔치를 벌이나?"

낯설어 하는 빙허각에게 유본은 '기생을 부르는 데 밤낮이 어디 있냐'며, 처조카의 비행일 것이라고는 생각지도 못하는 빙허각이 받을 충격을 줄이려고 한다.

조묵의 고래등 같은 집이 가까워질수록 여인들의 웃음소리에 더해 남정네들의 소리까지 더해지자, 유본은 날을 잘못 잡았다는 생각을 한다.

본채까지 가려면 열 개의 문을 지나야 하는데, 문을 하나씩 넘을 때마다 소리는 점점 커지고 급기야 아홉 번째 문을 넘었을 때, 가장 큰 연못이 있는 정자와 정자를 둘러싸고 있는 장미 정원에서 해괴한 광경이 벌어지고 있었다.

분향이 코를 찌르고, 술에 취한 남녀가 서로 엉겨서 잔칫상을 가운데 두고 희희낙락하고 있는데, 몇몇 남정네들은 상투를 풀고 산발을 하고 있었다. 여인들 중에는 침모나 찬모 그리고 아직 잔심부름 하는 머리에 피도 안 마른 계집종도 있었다.

피부가 희고 윤곽이 뚜렷해서 멀리서도 눈에 잘 띄는 조묵은 계집종을 끌어안고, 입에 안주를 넣어 주고는 젓가락으로 돈을 집어 계집종의 저고리 앞섶에 찔러 넣어 주며 희희낙락한다.

"돌아갑시다. 나는 조카가 없습니다."

빙허각은 망연자실한 표정으로 돌아선다.

다음해 유본은 술에 취한 채 가마를 타고 가는 조묵을 보았고, 빙허각의 친정집이 조묵의 외상 술값과 노름빚으로 넘어갔다는 소식을 들었다.

다시 또 몇 년 뒤, 술에 취한 채 갈지자걸음을 하는 조묵을 보았고, 여기저기 돈을 빌리러 다니며 운 좋게 빌린 돈으로 여전히 골동품을 산다는 소식을 들었다.

빙허각은 다시는 조묵을 입에 올리지 않았다. 조묵은 옛날에도 없었던 사람이고, 현재도 없는 사람이며, 앞으로도 없을 사람이었다.

그렇게 십 년이 흘렀고, 어제 육의전에 종이를 사러 갔던 유본이 우연히 조묵을 본 것이다.

그날 밤 저녁상을 물리고 책을 읽던 빙허각과 유본은 바람이 문풍지를 때리는 소리가 너무 요란하여 잠시 책에서 눈을 떼고 바람 소리에 귀를 기울인다.

"내일 날씨가 몹시 추울 것 같은데, 아침 장작을 일찍 넣으라고 삼돌이에게 단단히 일러 두세요."

"쌔애앵~ 위이잉~" 세찬 바람은 더욱 거세져 장지문으로 나눈 옆방에서 공부를 하던 소화가 귀신바람 소리가 나서 무섭다며 빙허각 옆으로 책을 들고 온다. 유본은 〈삼례지소〉의 집필이 끝나서 책의 교정을 보고 있는 중이었다.

바람 소리에 섞여서 삼돌이의 목소리가 들려온다.

"어른~ 손님이 오셨습니다."

'이 추운 날, 그것도 한밤중에 무슨 급한 일로 손님이 왔을까?' 의아해하며 문을 열자, 삼돌이 뒤로 어두워서 잘 보이지는 않지만 남자가 하나 서 있다.

"고모님! 저입니다. 조묵이~"

추위에 몸이 얼어붙었는지 연신 손을 비비며 말한다.

놀란 유본이 빙허각의 눈치를 보며, 조묵을 얼른 방으로 들어오라고 한다.

빙허각은 목각 인형처럼 서서 움직이지를 않는다.

조묵이 방안으로 들어오자 비로소 서서히 시선을 조묵 쪽으로 돌린다.

유본은 빙허각이 어떤 반응을 보일지 몰라 안절부절하고 있다. 십년 전 자신의 비행을 고모가 목격한 줄을 꿈에도 모르는 조묵은 "고모님! 오랜만에 인사를 올립니다. 고모부님과 함께 제 절을 받으십시오"라며 일어나 빙허각에게 아랫목을 권한다.

등잔불에 드러난 조묵의 행색은 초라했지만, 기가 죽지 않았을 뿐만 아니라 자신감도 넘쳐났다. 수려했던 용모는 세월과 주색잡기 속에서 깎였지만, 눈빛은 하나에 깊이 빠진 미친 사람에게 나오는 무엇으로도 막을 수 없는 힘이 요동치고 있었다.

비단옷은 좀 남아 있었는지 공단으로 지은 두루마기를 입고 추위에 얼어 죽지 않고 동호까지 걸어온 것이다.

빙허각은 의외로 조묵의 절을 받고 "잘 지냈는가?"라고 다정하게 인사까지 던진다.

"이 밤에 어쩐 일인가? 이렇게 추운데 촌각을 다툴 일이 아니면 내일 환한 낮에 오지 그랬어."

"고모님! 촌각을 다툴 일이 생겨서 제가 이 밤중에 고모님을 찾아왔습니다. 당태종이 쓰던 붓이 아주 극비리에 조선으로 넘어왔는데, 그것을 들여온 자가 자금이 너무 급해서 말도 안 되는 싼 가격에 내놓아 제가 사서 비싼 값에 되팔고자 하나, 돈이 융통이 되지 않아 고모님께 급전을 빌리러 왔습니다."

"그것은 그렇고, 저녁은 먹었는가?"

"아직 저녁 전입니다. 제가 너무 마음이 급해서 저녁도 못 먹고 고모님 댁으로 왔습니다."

조묵은 밥을 먹거나 옷을 입는 등의 일상에는 전혀 관심이 없어 보이는 듯하여, 두루마기라도 걸치고 온 것이 다행이라는 생각이 들었다.

"밥이 있기는 한데 찬이 마땅치 않네."

빙허각은 직접 정짓간에 가서 밥을 차려 온다.

조묵은 며칠을 굶은 사람처럼 달게 밥을 먹고, 숭늉에 가라앉은 눌은밥 알까지 하나도 남기지 않고 비운다.

이런 조묵을 본 소화가 "우리 어머니가 공부는 배고픈 사람 밥 먹고, 목 마른 사람 물 마시듯 하라고 그랬는데 바로 오늘 알겠네요"라며 똑소리나는 소리를 한다.

"누이가 영락없이 고모님을 닮았네요."

조묵은 겸연쩍은 듯 웃는다.

"그래! 그렇게 귀한 붓이 있다면 사야지."

빙허각은 일어나 건넌방으로 가서 한참만에 돌아오는데 손

에는 옥비녀, 노리개, 호박단추, 금반지 등이 담겨 있는 자개
함을 들고 있다.

"돈은 없으니 이것을 대신 주겠네."

유본은 깜짝 놀라서 빙허각을 바라본다.

"자네 아버지께서 우리 시집이 흉년으로 어려웠을 때 벼와
먹을 것을 보내 주셨으니, 내 그 고마움을 조카인 자네에게
보답하려고 하네."

"고모님! 고맙습니다. 제가 붓을 되팔면 고모님께 열 배로 갚
겠습니다."

"오늘은 추우니 여기서 자고 내일 떠나게나."

다음날 아침, 군불을 때던 삼돌이가 측간을 가던 유본에게
"손님은 가셨습니다. 동도 트기 전에 떠나신 것 같습니다"라
고 말한다.

조묵이 아침밥도 먹지 않고 떠났다는 것을 안 빙허각의 얼굴
에 얼핏 서운함이 스친다. 오랜만에 쌀만 가득 담은 바가지
를 광으로 도로 들고 들어가 쌀도가지에 붓는 빙허각의 뒷모
습이 안쓰럽다.

조묵이 떠난 방에는 이불이 반듯하게 정리되어 있고, 그 위
에는 조묵이 일부러 남기고 간 듯한 낯선 시계가 하나 덩그
러니 놓여 있었다.

빙허각과 유본이 살펴보니 이 시계는 숙사 유금이 죽기 일
년 전에 만든 천문시계였다.

천문시계에는 돌 인장을 잘 팠던 유금의 유려한 솜씨로 유금이라는 이름과 만든 해가 새겨져 있었다. 유금의 천문시계는 여러 사람의 손을 거쳐서 조묵의 손에 들어왔고, 유금이 서씨 집안의 숙사였던 것을 아는 조묵이 이 시계를 두고 간 것이다. 빙허각은 유금과 함께 연경에 갔던 소녀 시절, 유금이 눈독을 들였지만 돈이 없어 차마 사지 못하던 혼개통헌渾蓋通憲(아스트롤라베)을 사 유금에게 주었던 기억을 떠올린다. 유금은 오랜 시간 빙허각이 준 혼개통헌을 뜯어보고 이리저리 살펴보더니, 끝내는 대장장이와 함께 자신만의 천문시계를 만들어 내었던 것이다.

유금이 죽고 이리저리 흘러다니던 천문시계가 조카 조묵을 통해 빙허각에게 도착하니, 참으로 하늘의 신묘한 이치는 땅에 발 딛고 사는 인간의 작은 두뇌로는 헤아리기 어렵다는 생각이다.

유본과 빙허각과의 인연은 이것으로 끝이었지만, 조묵과 서씨 집안과의 인연은 훗날에도 계속되었다.

준평이 벼슬에서 물러난 뒤, 번계와 두릉에서 노년을 후학들과 함께할 때 형수의 유일한 친정 혈육인 조묵도 함께하였다.

백화주를
담그는
청빈한 삼후

먼길을 떠나는 좌소산인에게

당신은 이제 다정하게 나에게 웃지도 않고
그저 굳은 모습으로 누워 있습니다.
당신이 더 이상 숨을 쉬지 않는 것을
확인한 순간 내 심장도 멈추었습니다.
혹여 내일 아침이면 하품을 하고 기지개를 켜며
일어날지 몰라 좌소산인 옆을 지키고 있습니다.
저에게 수밀도를 쥐어 주던 따뜻한 손은
마치 딴 사람의 손처럼 차갑고 자꾸 굳어만 갑니다.
간절히 말하려고 했던 당신의 입은
할 말을 남긴 탓에 일그러져 있지만

당신이 남긴 말일랑은 얼른 당신을 만나서

들을 것이니 지금 말하지 않아도 됩니다.

그동안의 행복을 누린 것도 슬픔을 견딜 수 있었던 것도

당신과 함께 했기 때문입니다.

좌소산인! 당신이 없는 나는 이제 내가 아닙니다.

당신을 다시 만나기까지의 긴 시간을 기다릴 수 없습니다.

점점 날이 밝아오는데 당신은 일어날 기색이 없고

나는 절망에 사로 잡혀 당신의 찬 손과 이마를 어루만집니다.

사람들 발자국 소리가 들립니다.

이제 당신을 캄캄한 곳에 가두고 무자비하게 못질을 하겠지요.

좌소산인! 지금이라도 일어나시면 안되나요?

눈물을 움켜쥐고 슬픔을 헤치며 살 자신이 없습니다.

이런 나를 좌소산인은 이해하시기를 바랍니다.

나를 만나면 너무 빨리 왔다고 나무라지 않았으면 합니다.

좌소산인은 내가 없이는 한 시도 살 수 없다고 하였으니

그 말이 거짓이 아니라면

내심으론 내가 빨리 오기를 기다리고 있을 거라고 생각합니다.

아! 슬픔을 빨리 끝내고 싶습니다.

형님의 영정을 모신 방을 밤새 지키고 있던 준평은 새벽녘이 되
어도 빙허각이 보이지 않자 걱정이 되어 형수를 찾아 나선다.

형수의 격정적인 성정을 너무도 잘 아는 준평은 한번에 유본의 시신이 안치된 뒤란의 방으로 간다.

빙허각은 형님의 시신 곁에서 날을 지샌 듯 지친 모습이었다.

"형수님! 형수님의 애통한 마음은 누구보다 제가 잘 알고 있으나, 돌아가신 망자를 힘들게 해서는 안됩니다. 형수님을 두고 가시는 형님의 마음은 오죽 하셨겠습니까? 조카도 생각하셔야지요."

"서방님! 형님이 나를 어떻게 대접하고 사랑했는지를 가장 잘 아는 분이 섭섭하게 그런 말씀을 하십니까?"

금방이라도 죽을 듯하던 빙허각은 준평의 말에 흙마당에 내동댕이쳐진 물고기처럼 파닥거리며 노여워한다.

"형수님! 죄송합니다. 제가 형수님의 마음을 미처 다 헤아리지 못한 것 같습니다."

"나는 서방님에게 내 마음을 헤아려 달라고 말하는 것이 아닙니다. 나는 형님이 나에게 준 사랑의 크기만큼 정직하게 슬퍼할 뿐입니다. 그 사랑이 너무 커서 서방님 눈에는 지나치다 보이시는 것입니다. 서방님의 그런 말씀은 지아비에게 평범한 대접을 받은 여자에게나 할 말입니다.

지금이라도 좌소산인이 살아난다면 나는 활활 타오르는 불길 속이라도 찰라의 망설임도 없이 뛰어들 것입니다."

준평은 빙허각의 눈에 불꽃이 피어오르는 것을 보았다.

형이 위독하다는 전갈을 받은 것은 준평이 임진강에서 우보와 함께 그물을 던져 물고기를 가득 잡아서 막 집으로 돌아온 참이었다.

한 달 전 형을 보았을 때 조금 여위고 까칠하기는 했지만, 어려워진 집안 형편으로 고민이 깊은 탓과 육체노동이 더해진 탓이라고 가볍게 생각하고 지나쳤다.

생각해 보면 그날, 유본은 준평이 가져간 물고기로 끓인 탕과 만두를 미적거리며 잘 먹지 못하였던 것 같다.

빙허각이 많이 드시라고 자꾸 권하자 아침을 너무 많이 먹은 탓이라고 하였고, 빙허각은 "아침에 별로 드신 것도 없는데…"라며 말을 흐렸다.

준평은 물고기를 망태에 담고 우보를 독촉하여 급히 행장을 꾸린다.

형의 병간호에 지친 형수를 대신하여 형을 오래 돌보게 될지도 몰라 닭모이도 넉넉하게 뿌려 놓고 아궁이의 불씨도 껐다.

늦게 출발한 탓에 밤이 깊어서야 동호의 형 집에 도착하였다.

한 달 전 자신을 배웅하던 형의 모습이 눈앞에 선한데, 지금은 신음하며 끙끙 앓고 있는 환자가 되어 있는 것을 보자 준평은 눈물부터 쏟아진다.

"형님! 어디가 아프십니까?"

준평은 신열로 덥혀진 뜨거운 형의 손을 붙들고 애절하게 묻는다.

"나는 괜찮네. 의원이 다녀갔으니 곧 나을 걸세. 동생이 먼길을 일부러 나 때문에 왔네. 그래 우보도 왔는가?"

형은 앓는 소리를 멈추고 동생을 안심시키려는 듯 분명하게 발음을 하려고 애쓰며 겨우 말을 잇다가, 참을 수 없는 통증과 열 때문인지 다시 앓는 소리를 낸다.

준평은 형의 신음 소리가 비수가 되어 자신의 심장을 도려내는 듯하여 차라리 귀머거리였으면 하는 생각을 한다.

빙허각은 준평에게 형의 상태를 소상하게 설명하고는 분주하게 정짓간으로 달려가 약탕기를 살펴본다.

준평이 유본을 간병한 지 이레가 되어가지만 유본의 병세는 차도가 없이 점점 더해져 갈 뿐이다.

빙허각이 아끼던 책까지 팔아가며 유명하다는 의원들을 가마에 태워 동호로 데려오지만, 모두들 병명을 딱히 말하는 의원은 없다.

빙허각은 평정심을 잃고 점점 초조해져 간다.

준평은 고통에 시달리다가 잠깐 잠이 드는 형의 고통으로 일그러진 얼굴을 보며, 형과의 이승에서의 인연이 끝나가고 있음을 느낀다.

그때 자고 있는 줄 알았던 유본이 희미한 목소리로 동생 준평을 부른다.

"네 형수는…"

"형수님은 우보와 함께 어의를 지낸 의원을 모시러 갔습니다.

형님! 조금만 참으십시오."

준평은 찬 수건으로 형의 펄펄 끓는 얼굴을 식혀 주고 마른 입술을 적셔 준다.

유본은 희미한 웃음을 지으며 손을 가로젓더니 들릴 듯 말 듯한 소리로 "나는 이제 틀렸으니, 형수에게 괜한 수고 하지 말라고 해 주게"라고 말하고, 몹시 힘이 드는 듯 고개를 떨군다 싶더니 바로 깊은 잠에 빠진다.

유본은 갓난아이처럼 배냇미소를 짓기도 하고, 낮에 즐거운 일을 잔뜩 겪고 난 뒤 꿈에서도 여운을 즐기는 사내아이처럼 잠꼬대를 하기도 한다.

거두어지려는 유본의 혼은 이승에서는 빙허각과의 추억에 매달리고, 저승에서는 그리운 사람들과의 해후에 설레이며 오가고 있다.

"아씨는 아직 안 오셨느냐?"

준평이 다급하게 묻는다.

"네. 아직 안 오셨습니다."

"좌소산인이 위독하시다. 어서 사람을 보내 아씨의 모습이 보이면 빨리 모시고 오도록 해라."

형님 집안의 유일한 남자 가솔인 삼돌이가 준평의 굳은 얼굴에 놀라며 대문 밖으로 내달린다.

준평은 형수를 기다리는 시간이 너무도 길다는 생각을 하며, 조카들에게 따뜻한 물을 준비시킨다.

준평은 태어난 이래로 늘 형 유본과 모든 것을 함께하였다. 어머니 몰래 박쥐를 잡으러 어두운 헛간에 갔을 때에도, 밤 하늘의 반짝이는 별을 바라볼 때도, 장가가기 싫다고 투정을 부릴 때에도, 어려운 수학문제를 받고 한숨을 내리쉬고 있을 때에도 형은 항상 준평의 곁에 있었다.

준평은 따뜻한 물에 수건을 적셔 형의 몸을 정성을 다해 닦아 주기 시작한다.

원래 보기 좋을 정도로 부드러운 살집을 지녔던 형은 이제 수수깡처럼 마른 몸을 동생에게 맡긴 채, 이승에서의 여정을 마치려 하고 있다.

"형님! 형님~ 형님이 가시면 저는 어찌 살아야 합니까? 못난 동생이 형을 돌볼 날이 얼마 남지 않았는데 너무도 원통합니다."

준평의 뜨거운 눈물이 점점 보라빛으로 변해가는 유본의 몸으로 떨어진다.

준평이 형의 몸을 다 닦아 줄 즈음 형수가 늙은 의원과 함께 돌아왔다.

급히 오느라 기진맥진한 의원은 한참을 숨을 고른 다음, 유본의 맥을 짚어보고는 고개를 절레절레 흔들고는 냉큼 일어나 밖으로 나가려 한다.

빙허각이 의원의 소맷자락을 잡으며 어찌 방도가 없냐고 애원하자 의원은 딱하다는 듯이 "곧 숨이 떨어지려고 하십니다. 타고난 명은 의원도 어찌하지 못합니다. 사람의 명줄은 하늘이 쥐고 있습니다. 보만재 공과의 인연을 생각하여 돈은 받지 않겠습니다"라고 단호히 말하고는 다른 급한 환자가 있다며 가버린다.

의원이 가버리자, 빙허각은 유본의 죽음을 지키지 않고 부리나케 방을 나가 준평은 당황한다.

잠시 뒤 손가락을 싸맨 빙허각이 흰 종지 하나를 쟁반에 받쳐 들고 온다. 피였다! 빙허각은 손가락을 잘라서 나온 피로 유본을 살리려고 하고 있는 것이다. 빙허각이 붉은 피를 먹이고자 하나 의식을 잃은 유본이 입을 벌리지 않자, 빙허각은 싸맨 손가락을 풀어 입안에 넣고 피를 짜 넣기 시작한다.

이미 이승을 떠나기 시작한 유본의 몸은 빙허각의 마지막 희망을 뱉어 낸다.

빙허각은 절망한 듯 유본의 가슴에 얼굴을 던진다.

잠시 뒤 달그락거리는 소리가 들리더니, 유본이 숨을 크게 몰아쉰다. 그것이 다였다. 유본의 실낱같던 숨소리가 끊어져 버렸다.

"한마디 말씀도 못하고 이리 허망하게 가시다니요. 금방까지 숨을 쉬고 계셨는데… 한날한시에 죽을 수 없다면 한날한시에 묻히고 싶다는 제 말을 잊으셨습니까?"

죽은 자를 대하는 것에 익숙한 빙허각도 유본이 숨을 거두었다는 사실이 믿기지 않은, 아니 믿고 싶지 않은 듯 너무도 황망한 표정이다.

빙허각은 유본의 피 묻은 얼굴을 어루만지며 구슬프게 흐느낀다. 아내의 애통하고 애절한 눈물에 답이라도 하듯이, 숨을 거둔 유본의 눈에서 눈물이 글썽거리다가 턱까지 주르르 흐르는 것을 준평은 분명히 보았다.

준평의 염려와는 다르게 빙허각은 유본의 관에 넣을 물건을 정성껏 장만하고 장례와 삼우제를 담담하게 치렀다.
집안이 몰락한 뒤라 문상객이나 올까 싶었지만, 서씨 집안의 큰아들로 두루 인심을 잃지 않았던 유본의 죽음을 비통해 하는 사람들이 많다는 것이 그나마 준평에게는 위로가 되었다.
모두들 서씨 집안의 가학을 계승한 유본이 허통하게 세상을 뜬 것을 안타까워했다.
"아이고~ 할아버지 아버지 살아계실 때는 한양 최고의 명문가였는데 그 자제가 이렇게 고생을 하다 돌아가다니… 쯧쯧"
"날아가던 새도 떨어뜨리는 집안이었는데 금세 이렇게 되네."
상갓집마다 돌아다니며 잔심부름이나 험한 일을 도와주며 밥술이나 얻어먹는 사람들조차 서씨 집안의 영광의 시절을 기억하며, 인생지사 별 것 없다고 자신들의 처지를 위로한다.
준평은 조카사위와 함께 상주노릇을 하느라 하루 종일 물 한 모금 마시지 못하고 탈진해 있었다.
그때 마당으로 망연자실한 남자 하나가 들어서는데 홍길주였다. 홍길주는 망자와 상주에게 예를 갖추고 구슬프게 곡을 하며 운다. 같은 수학자로 유본을 친형처럼 따랐던 홍길주의 눈물과 울음은 길고 진하여, 마지막 길을 떠나는 유본의 망가로 충분하였다.

형님의 장례를 치르고 장단 집으로 돌아온 준평은 파김치가 되어 있었다. 잠이 쏟아져서 장단으로 오는 길에 서서도 잠이 들었다가 깜짝 놀라 깨기를 벌써 몇 번인지, 우보에게 부끄러울 지경이었다.

준평은 슬픔을 감당할 만큼 몸이 회복되자, 이제 예순 중반인 형수와 조카가 동호의 살림을 꾸려가야 하는 일이 걱정이 되어 이런저런 궁리를 하여 본다. 자신도 근근히 어설픈 어부와 농부를 하며 목에 풀칠을 하고 있는 처지라, 당장은 형수를 크게 도와줄 수 없다는 것이 한심하였다.

집안에서 팔아먹을 것은 다 팔아서 생활을 꾸리는 데 썼기 때문에 이제 팔 것이라고는 책들 밖에 없다. 책은 준평에게는 생명과 다름 없는 것이기에, 밥을 굶는 한이 있어도 책을 팔아서는 안 된다.

이럴 때 다시 벼슬길에 나갈 수 있다면 매일매일 끼니 걱정에서 벗어나 형수를 조금이라도 편히 모실 수 있을 터이고, 조금씩 그 가능성이 엿보이고 있지만 그때까지 형수가 버티실지 걱정이다.

내일은 친우인 남공철이 준평을 위로하러 장단에 온다고 하였는데, 시커먼 촌부가 다 된 친구를 보고 놀라지 않을까 두려워하는 자신에게 피식 웃음이 나기도 한다.

"늘 형님과 함께하시던 형수님은 얼마나 적적하실까?"

농사일을 묻다 알게 된 동네 노인의 손자에게 천자문을 떼어 주기로 약속하고 받은 돼지 새끼에게 밥을 주면서 준평은 형수가 걱정이 되기 시작한다.

영악한 노인은 손자가 천자문을 떼지 못하면 돼지 새끼를 도로 찾아간다며 슬쩍 겁을 주었다.

내일 남공철이 오면 물고기라도 대접할 양으로 투망을 들고 집을 나서려는데, 급한 서찰을 배달해 주는 사내가 조카의 편지를 들고 급히 사립문 안으로 들어선다.

준평 숙부님

숙부님이 장단으로 떠나신 후 어머니께서는 일체의 곡기를 끊으시고 세수도 하지 않으신 채 방에 들어가 나오시지 않은 지 벌써 열흘이 넘었습니다.

저를 비롯한 여러 사람들이 아무리 설득하여도 소용이 없습니다.

부디 오셔서 어머니가 아버지 뒤를 따른다는 결심을 포기하시도록 설득하여 주시기를 바랍니다.

동호의 형님 집에 도착한 준평은 곧바로 형수 방으로 들어갔다. 형수의 방으로 들어서는 준평의 눈에 누워 있는 형수보다 낯선 족자가 먼저 눈에 들어온다. 형수의 결심을 토해 낸 듯한 족자에 쓰인 〈절명사〉를 읽은 준평은 빙허각의 비장한 결기에 온몸의 피가 쏙 빠려 나가 마치 자신이 허수아비가 된 것만 같다.

절명사

사는 것은 취한 것이요 죽는 것 또한 꿈이리니
살고 죽는 것은 본디 참이 아니라네.
부모에게 받은 목숨을 어찌하여 티끌처럼 여기겠는가?
태산과 홍해처럼 베풀고
서로 의를 따라 살았네.
우리 혼인할 때의 사랑을 생각하니
세상 그 어떤 것도 비할 바가 없었네.
평생을 짝을 이루어 아름다운 부부의 연을 맺은 지
오십 년이라네.
내가 받은 사랑의 기쁨을 잊을 수가 없으니
지기知己의 은혜에 보답해야만 하리.
이제 죽을 자리를 얻었으니
일편단심 신에게서 질정받으리.
나 죽어 지우에게 사례하리니
어찌 내 몸을 온전케 하리오.

〈절명사〉를 읽은 준평이 기가 막힌 듯 형수를 본다.

형수는 헤진 무명 이불을 덮고 누워 천장만 바라보며, 준평에게 눈길조차 주지 않는다.

준평이 답답하고 애가 타서 형수를 부르자, 빙허각이 미동도 하지 않은 채 말한다.

"뭐하러 이 먼 곳까지 또 오셨습니까? 서방님은 우리 집안을 다시 일으켜 앞서간 분들이 남기고 간 가학을 완성해야 할 귀한 분입니다. 오늘은 피곤하실 테니 쉬고 어서 돌아가셔서 [임원경제지]를 마무리하십시오."

"형수님! [임원경제지]는 마무리되어 가니 걱정하지 마시고, 제발 일어나셔서 진지를 좀 드십시오. 형수님에게 이런 말을 할 자격은 있다고 생각합니다. 형님은 형수님이 자신을 살리려 의원을 찾는다고 고생하시는 것을 걱정하다 돌아가셨습니다."

빙허각은 아무 말도 없이 눈물만 주르르 흘린다. 빙허각의 머리맡에는 냉수 한 사발과 장미 수를 놓은 연분홍 손수건 위에 예쁜 꽃신 한 켤레가 놓여 있다. 유본에게 시집오는 날 새색시 빙허각이 신었던 꽃신이다. 빨강색으로 물을 들인 부드러운 사슴 가죽에 분홍색 부용화를 수 놓고, 테두리는 하늘색 비단으로 가늘게 두르고, 조금 심심해 보이는 뒤쪽은 계란 모양으로 잘라서 신이 튼튼하도록 박음질을 하였는데,

이 또한 꽃신의 격을 돋보이게 하는 역할을 하였다.

큰며느리의 꽃신이 마음에 들었던 한산 이씨는 둘째 며느리 여산 송씨에게도 똑같은 신발을 폐백으로 보냈다. 이 꽃신은 새며느리들이 두려움과 설레임을 안고 서씨 집안이라는 낯선 세계로 첫발을 내딛는 순간을 함께한 셈이다.

준평은 무릎을 꿇고 형수가 형을 따라 죽을 결심을 하지 않겠다는 답을 받아 낼 때까지 움직이지 않겠다는 듯, 조카에게 두꺼운 방석을 가져오라고 한다. 한 사람은 무릎을 꿇고, 한 사람은 누운 채로 만 하루를 보냈다. 빙허각은 중간중간에 설핏 잠이 들면 형과 고생하던 시절을 잠꼬대로 말한다.

만 하루가 지나자 빙허각이 쉰 목소리로 "나는 유구라는 이름보다는 준평이 더 좋소"라고 말한다.

형수가 서씨 집안에서 공부하던 시절을 떠올렸던 것 같다.

빙허각은 시동생 준평을 가르치면서 허물이 좀 없어질 즈음 뜬금없이 "나는 유구라는 이름보다는 준평이 더 좋아요"라고 하였고, 그에 맞춰 "준평 도련님!", "준평 서방님!"이라고 불렀다.

"형수님! 맞아요. 저도 유구보다는 준평이 훨씬 더 마음에 듭니다. 그래서 형수님의 뜻을 받들어 [임원경제지]에도 '찬 준평'이라고 썼습니다"라고 말하는데, 갑자기 눈물이 솟구쳐서 엉엉 울기 시작하였다. 도대체 어디서 이 많은 눈물이 나오는지 준평은 자신이 당황할 정도였다.

"준평 서방님! 내 우선은 물과 미음은 마시겠습니다. 아직은 음식을 씹어서 우적거리며 먹는 일은 좌소산인을 생각하면 차마 하지 못하겠습니다."

가뭄에 메말라 죽어가는 들꽃 같은 빙허각의 몸에 물과 미음이 들어가자, 화색이 돌고 눈에 생기가 좀 살아나 준평을 안심시킨다.

마음의 여유가 생긴 준평은 유본과 빙허각이 같이 공부하던 서재로 들어간다.

서재에는 글을 읽던 형과 형수가 책을 읽다가 잠시 차밭을 돌보러 나간 것처럼 책이 펼쳐져 있고, 머리에 떠오른 풀이나 책 이름 등을 잊지 않기 위해서 기록한 작은 종이들 몇 장이 놓여 있어, 준평의 마음이 애잔해진다.

준평은 서가에 꽂혀 있는 〈규합총서〉를 꺼내 형이 앉았던 자리에 앉아 책장을 넘긴다. 형이 지우인 형수에게 헌정한 서문이 나온다. 책장에 어린 형이 다정한 목소리로 서문을 읽어준다.

산에 사는 아내는 벌레나 물고기에 대해 잘 알고
촌가를 경영함에도 성글지 않네.
밝은 달빛과 갈대밭에서 함께 꿈에 들고
입택을 좇아 총서를 엮었네.

나의 아내가 여러 책에서 뽑아 모아서 각각 항목별로 나누었다. 시골의 살림살이에 요긴하지 않은 것이 없고, 더욱이 초목, 새, 짐승의 성미에 대해서는 아주 상세하다. 내가 그 책 이름을 명명하여 〈규합총서〉라고 했다.

〈규합총서〉의 서문에는 형이 형수를 인생의 동반자로, 학문의 길을 같이 가는 친우로서 얼마나 자랑스러워하고 사랑했는지가 한 구절 한 구절마다 담겨 있어 준평은 잠시 시름을 잊고 미소를 짓는다.

'형과 형수는 그 연은 혼인으로 시작되었으나, 조선 최고의 지음知音이라고 할 수 있지. 형은 형수의 재능과 뜨거운 열정을 이해하고 키워주기 위해서 혼신을 다한 멋진 남자였어.'

〈규합총서〉 표지 안쪽에는 낯익은 형님의 글씨체로 시 한 수가 적혀 있는데, 동호로 이사 온 후 어려운 살림살이를 꾸리면서도 한 마디의 불평도 없는 형수님에 대한 고마움과 안타까움, 그리고 사랑의 마음이 당밀처럼 녹아 있다.

북두성이 동쪽을 가리키니 이슬이 서늘하고
봄빛이 완연한 푸른 대지는 벌써 하늘처럼 빛나네.
새벽닭 울 때 비상하려던 정사에게 예를 올리고
우의를 입고 흐느끼던 왕장을 비웃노라.
때마다 양잠을 하니 청빈한 삼후요

누룩술의 맛은 백 가지 꽃이 무르익은 향기라네.

가난한 삶이라 괴롭다고 탄식하지 마오

깨끗한 마음이야말로 진정한 신선일 것이오.

그랬다. 지난 18년은 서씨 집안이 살아남기 위해서 몸부림을
쳤던 시간이었다. 하루아침에 행장을 꾸려 세찬 눈보라 속에
서 도봉산 골짜기로 피신하여 숨어 살았던 자신도, 소 달구
지에 이삿짐을 싣고 추적추적 내리는 비에 책이 젖을까 두려
워 걸치고 있던 옷가지를 벗어 덮던 형과 형수 그리고 조카
들도 이를 악물고 버텨 왔다.

형수 빙허각은 낮에는 손이 갈퀴가 되도록 차밭을 일구고,
사람들의 손가락질을 받으며 차를 팔았으며, 밤이면 호롱불
의 심지를 올려가며 세상을 향한 외침을 써 내려갔다.

준평은 〈규합총서〉를 덮으면서 서씨 집안이 감당해야 했던
처절한 세월이 끝나고 있음을 느낀다. 준평은 마지막으로 형
과 형수의 향기가 남아 있는 작은방을 천천히 둘러본다. 선
왕이 선물한 책가도와 눈이 나쁜 빙허각을 위해 서호수가 연
경에서 사온 안경과 연필들이며 상아로 만든 머리빗이 주인
을 기다리고 있다.

다음날 이른 새벽에 깬 준평은 찬물에 세수를 하여 정신을
맑게 한 다음, 형수에게 장단으로 떠날 것이라고 알린다.

빙허각은 자리에서 겨우 일어나 준평의 손을 잡고 한참을 슬

피 울며 조반은 꼭 먹고 가라며 신신당부를 한다.

준평은 고개를 끄덕이며 눈물을 흘린다. 준평은 한동안은 [임원경제지]를 마무리하느라 못 올 것 같다며, 형수에게 큰 절을 올린다.

빙허각도 몸을 바로 세우고 준평의 절을 받고, 자신도 반 절로 준평에 대한 예를 갖추는 것을 잊지 않는다.

형수 방의 문지방을 건너기 전 형수의 얼굴을 다시 한번 바라본다.

형수는 엷은 미소로 준평에게 화답한다.

이제 더 이상 별이 쏟아지지 않는 형수의 눈은 별빛 대신 준평에 대한 사랑을 그득히 담았다.

준평을 바라보고 미소짓는 빙허각의 얼굴이 새색시 시절처럼 행복해 보여, 준평이 잠시 어린 시절로 돌아간 것 같다.

무심한 방문이 '탁' 하고 닫힌다.

준평은 방문을 열고 형수를 다시 보고 싶은 마음과 형수님의 뜻을 헤아려야 한다는 마음으로 괴로워하다가, 낡은 목화에 천천히 발을 넣는다. 지금이라도 형수가 "준평 도련님!" 하고 한 번쯤은 불러 줄 것만 같아 한참을 마루끝에 걸터앉아 기다렸지만, 형수는 끝내 준평을 부르지 않았다.

준평은 사당에 들러 조상들과 형님에게 인사를 한 다음, 아침도 먹지 않고 그 길로 장단을 향해 떠났다. 다시 한번 형수님이 문설주에 기대어 자신을 배웅하는지 뒤돌아보지만, 형수님은 모습을 보이지 않는다.

형수의 차밭이 떠나는 준평을 야속하다고 원망하는 것 같아 예쁜 찻잎을 골라 몇 개 따서 행장에 넣는다.

'그래~ 그렇다. 때론 사랑이 삶과 죽음의 이유가 될 수 있음을 알았다.'

준평은 장단을 향해 발길을 재촉한다.

다음해 겨울, 준평이 관직에서 물러난 지 18년 만에 강원도 회양부사 겸 규장각의 원임대교로 관직에 복귀하라는 왕명을 받고 부임 준비를 하던 중, 동호의 조카로부터 형수가 돌아가셨다는 연락을 받는다.

"어머니는 작은아버지께서 아침도 드시지 않고 장단으로 떠난 것을 아시고, 배가 고파서 어쩌냐고 몹시 걱정을 하셨습니다. 그것뿐입니다. 그리고는 입을 다무시고 하루 종일 얼굴을 바로 세우고 누워서 천장만 바라보셨습니다.

간혹 미음과 물 만을 조금씩 드셨는데, 돌아가시기 두 달 전부터는 이조차 드시지 않고, 얼굴을 흰 천으로 가린 채 미동도 하지 않으셨습니다. 저희가 지키고 있는 것조차 극도로 거부하셔서, 혼미한 정신 속에서도 팔을 내저으며 모두 물리치셨습니다. 어머니의 뜻이 완강하여 저도 어머니의 뜻을 따르지 않을 수가 없었습니다."

조카는 울면서 준평에게 어머니의 마지막 모습을 이야기하며 애통해 한다.

"이제 어머니는 아버님과 해후하셔서 원도 없으실 겁니다. 숙부님! 어머니의 마지막 모습은 마중나온 아버지에게 달려가려는 듯 양손을 올려 내밀고, 입가는 미소를 짓고 계셔서 돌아가신 분이라고는 믿기지 않았습니다."

십팔 개월 전 아침도 먹지 않고 도망치듯 형수를 떠나온 준평은 가련한 형수를 생각하며 비통해 하지 않은 날이 하루도 없었다. 자신의 행동이 옳은지에 대해서 묻고 또 물었지만, 형수의 고통은 형과 함께하지 못함에 있다는 것을 아는 준평으로서는 어쩔 수 없는 결정이었다.

유본을 만나러 가는 빙허각은 시집올 때 입었던 소매에 색동을 댄 초록 원삼을 입고 꽃신을 신었다.

빙허각의 흔적인 〈규합총서〉, 〈청규박물지〉, 〈빙허각시선집〉과 유본과 해후하여 마실 백화주 한 병, 차 한 곽이 빙허각과 여정을 함께한다. 마지막으로 준평이 절명사가 쓰인 족자로 빙허각을 덮는다. 유본을 빨리 만나고 싶다는 빙허각의 뜻에 따라, 장례는 기간을 단축하고 조촐하게 치뤄진다.

빙허각을 태운 꽃상여가 대문을 빠져나가는데, 다른 해보다 열흘 서둘러 핀 홍매화가 봄바람에 실려 나부껴 내리며 빙허각에게 이승과 저승을 이어주는 꽃다리를 놓아준다.

복례와 순심이의 애간장을 녹이는 처연한 곡소리가 노란 봄

하늘가를 따라 애닯게 퍼져 간다.

준평은 이 꽃상여의 주인이 조선 여인들의 노고를 덜어주고자 자동약탕기를 만들었고, 여인들의 삶을 향상시키기 위해 여성 생활의 길잡이인 〈규합총서〉와 〈청규박물지〉를 썼으며, 수학과 천문학에 뛰어난 학자라는 것을 무심히 꽃상여 행렬을 구경하는 사람들에게 말해 주고 싶다.

'아~ 사실 진실로 알리고 싶은 것은 이토록 잘난 망자가 나의 형수이며, 망자가 오십 년 동안 금란지교金蘭之交의 정을 나누었던 지우가 나의 형이라는 사실이다.'

지난 세월은 무심하지만은 않아, 서씨 가문의 큰며느리 빙허각에게 인내와 고통에 대한 보상으로, 〈규합총서〉와 〈청규박물지〉와 〈빙허각시선집〉을 선물하였으니 한 여인의 삶으로 부족함이 없다고 할 수 있다. 신분과 남녀에 따라 누릴 수 있는 지식의 절대적인 양이 부족하고 질이 낮았던 시절 형수가 쓴 책들은 이 간극을 메꾸는 역할을 할 것이다.

준평은 형과 형수와 함께 바라보던 밤하늘을 바라본다.

별을 좋아하던 소년 유본은 별이 되었고, 별빛이 쏟아지는 듯한 눈을 가진 소녀 선정도 별이 되어 밤하늘에서 반짝인다.

'아 유난히 반짝이는 저 별이 형수님이고, 그 옆에서 그윽히 비추어 주는 별이 형님이구나!'

준평은 허허 웃는다.

"형수님은 남편과

태어난 지 열다섯 해 만에 반쪽씩 합해 부부가 되었고

부부가 된 지 마흔아홉 해 만에 미망인이라 칭하였다.

그로부터 또 세 해 만에 합장하여 다시 합했으니

그 헤어짐과 만남을 헤아려 보면

어느 것이 짧고 어느 것이 길까?

그 말씀을 실천하고 뜻을 이룬 것을 슬퍼하여

명을 써서 드러내노라."

- 서유구의 "수씨단인이씨묘지명" 중에서

백화주를 담그는 청빈한 삼후

허 공 에
기 대 선 憑虛閣
여   자

1판 1쇄 찍음 2019년 1월 3일
1판 1쇄 펴냄 2019년 1월 7일

지은이   곽미경
펴낸이   신정수
펴낸곳   자연경실
          진행   진병춘, 박정진, 박소해
          디자인   아트퍼블리케이션 디자인 고흐
          등록   제 300-2016-44호
          전화   02-6959-9921
          E-mail   pungseok@naver.com
          사이트   www.pungseok.com
가격   15,000원
ISBN   979-11-960046-9-9 (94080)

이 도서의 국립중앙도서관 출판예정도서목록(CIP)은 서지정보유통지원시스템 홈페이지
(http://seoji.nl.go.kr)와 국가자료공동목록시스템(http://www.nl.go.kr/kolisnet)에서
이용하실 수 있습니다.(CIP제어번호: CIP2018042305)

ⓒ 2019 곽미경
자연경실은 풍석문화재단의 출판 브랜드입니다.
잘못된 책은 구입한 서점에서 바꾸어 드립니다.